我是自然界的一个错误，是一头疯狂的野兽。

——乔治·巴塔耶

目录

一

我与刘启明的话题是围绕着一个女人的屁股展开的。

我一直弄不明白人为什么会长屁股，后来一个女老师告诉我，若人不长屁股，拿什么坐呢？我这才恍然大悟。真理是多么简洁朴素啊。为了让更多人沐浴真理的光辉（其实是为了避免遗忘。我得承认这点。可不管怎么用力想，我还是想不起女老师的面容。许多个深夜，我试图在白纸上勾勒出女老师的脸部轮廓，还喊来一个在公安系统搞模拟画像的朋友帮忙，留下的只是一些杂乱无章的线条。记忆是一处废墟，沉闷疆域，许多关于她的细节如同废墟上空倏忽来去的燕子，我不知道到底哪一只燕子才是她的眉眼唇角。这让人既沮丧焦躁，又无比沉溺），我问过许多人，男女老少，俊丑妍媸，皆言不及义！要么粉面含羞想出演潘金莲，要么佯作惊恐急急分辩自己不是GAY，要么是妄图给我上生物课或哲学课……其中一个老头儿唾沫四溅，给我讲了半个小时的“屁股主要是由脂肪组成，基本没有神经纤维和骨骼组织，是人需要诚实面对的身体部位”之类的废话。老头儿大嘴阔颌，黑脸无须。他把自己当海瑞，可我不是嘉靖。这都啥年代了，还搞君君臣臣，太不像话。我只好让他滚出去。

什么是滚？得双手抱着后脑勺，团一圈，让人再在臀部踹上一脚。

我没有让刘启明这样对待一位脑子还在封建社会的老同志。滚，也可以是我亲自把老同志搀扶上奥迪车，把他送回他任教的学校。不着急下车，绕教学楼三匝，我扶着他胳膊亦步亦趋，马仔随后，大包小包，一路恭送至他办公室。

这是咱们中国人尊老敬师的美德。是佳话。

人生若没有佳话，那还是一个值得过的人生吗？尤其是对于我这种人来说，别人看得见的美德自然是越多越好。

我语重心长。刘启明点头如捣蒜。刘启明就这点好，至少在我语重心长的时候，他还懂得讲一些笑话。比如做屁股多好，生下来就和自己的另一半在一起，一辈子不分开。

我问刘启明，我从屁股这里开始交代我的前半生，是否有耍噱头的嫌疑？

刘启明做摔杯状，喊道：没有屁股，怎么拉屎？不能拉屎，脑子里迟早也堆满屎。三哥，你这是抓住生而为人的关键。一个不敢于直面屁股的，叫伪君子。谁敢他妈的说你是耍噱头，老子干他全家。再说，谁他妈的不耍噱头啊？老祖宗还他妈的晓得酒香也得会吆喝。

刘启明出言粗鄙，一口一个他妈的，一副要与那个指责我耍噱头的虚构人物干架的样子。一段话说出来，前后逻辑还不自洽。

他的酒喝多了。

刘启明是90年代初的大学毕业生，是文化人下海。什么叫装×范？这就是。用奢侈品穿潮牌服饰手腕上还套一个沉香手链嘴上嘀嘀咕咕金刚能断之类的，属于装×范中的学徒。刘启明这种算是熟练技工。但他搞错了，老祖宗说的是酒香不怕巷子深。这有两种可能。他说快了嘴，援例不当，他得说九方皋相马的典故；又或者他故意恶心我。后者概率较小。刘启明瞧我一副看白痴的眼神，又一脸谄媚地背网络段子：

人生如戏，全靠演技。演技不够，拿钱来凑。

这话我不苟同。前提就不认同。把人生当戏的人，是不会懂得痛苦的。不过刘启明这种吮痈舐痔的样子让我心里还是比较受用。人上了年纪后，若连一个肯吮痈舐痔的身边人也没有，内心那真是一片恓惶。

我们说的是李芳的屁股。李芳的屁股好，这是共识。

“人在小时候容易形成共识，因为一个字：蠢。大人说啥都信。长大了，难免要把彼此视为奇葩——如果他们的脑子还在。尤其是在涉及女性屁股这种话题上，那是能掀得起一场强台风暴。在这场风暴前，豆腐脑甜的好还是咸的好之类的话题，就是水面涟漪。所以说茫茫寰宇里，我们能一致认同李芳的屁股好，能在此艰难时世里达成这条共识，真是不容易，也真是好啊。是‘永恒之女性引领我们上升’的中国叙事，值得浮一大白。”

我们坐在红磨坊的包厢里。

我举杯。刘启明跟着举杯。我喝一口，他喝三大口。

刘启明旁边坐着一个长腿黑裙少女，盘发髻，浓妆艳抹，淡蓝色闪粉眼影，浑身廉价感。她跷兰花指，喝了满满一杯。她又不是店里卖啤酒的，是刘启明叫来的，为什么喝得这么拼命？

很多事不是靠拼命就行的，但不拼命那就万万不行。

我冲着她礼貌地笑了笑。这是口周肌的运动，也是书写本人佳话的细节。

“所谓共识，究其根源，起初是一小撮人对世界的看法。今天被奉为圭臬的美国宪法最早也就是由十个白种男人起草、五十个白种男人签署。共识的达成是一个需要流血的过程，启明，知道美国内战的伤亡人数有多少吗？超过‘二战’！共识的形成不容易，你不可逾越的底线是另一些人的天花板。人与人之间的区别，比人与畜生之间的区别要大啊。为什么会这样？”

我又喝酒，我有点话痨了。

我知道我说的是废话，不过瞅着他俩专心致志的样子，这种感觉倒还不错。倒不是因为人之患在好为人师，纯粹就是“说”本身，它能带来口腔快感。以“说”与“吃”为核心的口腔快感是中国人的第一快感。

“更有意思的是，少数人最早的那个共识，与后来在公众层面形成的共识是不一致的。栽下的是李树，长出来的是桃树，甚至长出一个杏树女妖。所以说，精英与庸众，官僚与百姓，一致公认李芳屁股好，这个太不容易了。”

酒在喉咙里打着嗝。房间里有各种声音，熙来攘往，渐渐消失。

刘启明两条吊梢眉的表情真是丰富，上上下下。刘启明端起啤酒杯喝了三大口。黑裙少女又喝了满满一大杯。真不错。敢这样喝酒的姑娘都是好姑娘，当刻石勒碑。所谓古来圣贤皆寂寞，唯有饮者留其名。

我想起她的名字，姓陈，叫陈妍。

这个“想起”像一只燕子飞入脑海，啾地叫了一声。

妍媸的妍。浙人李渔说：“日高日上，日上日妍。”我哈哈大笑，随手在陈妍屁股上用力拍下。弹性十足。

陈妍挺胸。两个球体在我肩膀上来回摩擦。不算职业，但有热情。值得表扬。我愿意满足她的一个心愿，如果这个心愿只是换个 LV 包。我捏了捏她的尖下颏。下巴垫过，有整容的痕迹。这不好，这个心愿顶多只能是诺基亚手机。

“为什么会这样？传播过程不可避免地导致信息衰变扭曲。包括传播者、传播途径、传播媒介以及接收者等所有构成的这个信息传播机制太复杂了，尤其是传播者与接收者这两个环节。人性使然。人不是一个超导体，哪怕科技再进步，也没法把人处理成一个超导体，爱因斯坦不行，爱因斯坦与牛顿加在一块，也不行。这是常识。启明，你说说，为什么总有傻 × 想挑战这个命题，妄想全球一个共识，能放之四海皆准，难道他们是想拿诺贝尔傻 × 奖？”

我老僧打坐。我说了两个傻 ×。这不好，不过这毕竟不是在大庭广众下演讲。刘启明干笑，端起酒杯，又是一饮而尽。

陈妍眨眼道："三哥，挑战这个命题，与想拿诺贝尔傻 × 奖有什么关系？”

虚心请教是好同志。问题太蠢也不好。那个瑞典人对傻 × 的厌恶的程度，是要超过给他戴了绿帽子的数学家。我拍打着陈妍被酒精加热至滚烫的脸颊，示意她把那对丰乳拿开一点，这影响了我富有激情的肢体语言的表达。

陈妍点头如啄米。我起身踱步，继续思考“李芳的屁股”。

“一个屁股，被结结实实包裹在衣物里，能亲眼看见过的，寥寥无几。为什么大家众口一词深信不疑？哪怕他们心里是姑妄听之，姑妄言之，最后说出嘴的还是这个‘好’字。这就是事实，是观念事实，观念事实大于事实本身，我们所生活的这个世界实际上是由无数个观念事实所塑造的。哦，对不起，我扯远了。我好奇的是，人类数十万年的进化，为什么会形成这样一种心理机制？是因为他们真正渴望的、需要的，其实就是结论本身吗，哪怕是一个荒诞透顶的结论？”

刘启明继续喝酒。陈妍不再提傻问题，眼神是那种专钓金龟郎的眼神。下方露出的眼白多了一点，风尘味也重了一些，模样还算勉强能看。我示意她靠近，继续拍击她的臀部，像年轻的时候拍打一个篮球。

重新落座，揽这个雌性入怀，左手滑入她左胸前那个半圆球上。

“纤纤盈握之下润弧流线”。

李芳的屁股担得起这几个汉字。

自我介绍一下。我叫张三，不少人叫我老大，少数人叫我三哥。这是现在。在李芳的屁股堪比唐僧肉的80年代初，我只是一个满脑子荷尔蒙的退伍兵，小瘪三，阴沟里的泥鳅，连地痞流氓都没资格。眼瞅着各种妖魔鬼怪吃得欢，自己干巴巴地站在一边当看客，还得不时为他们的“吃得欢”鼓掌叫好，内心里面就有了风火雷电，无比煎熬。

什么是痛苦。这就是痛苦。佛陀说得好啊，所求不得，即为痛苦。

这种痛苦与一个人被杀父、被夺妻所感受到的痛苦，有什么不同吗？

没有的，它们都是痛苦，本质上是一样的。

刘启明对我的观点深为认同。几欲提笔作《屁股赋》，以慰我之伤悲。又张口埋汰我死掉的爹。说若我爸姓操，那我早就啃了那口水蜜桃了。

“你不是最喜欢曹操的《短歌行》吗？操姓可是曹操后裔。”刘启明嘟嘟囔囔。

文化人的脑子多半有问题，逻辑混乱。要不，就是用心恶毒。所以说东林党之祸远甚于阉宦。我爸再怎么不堪，轮到他来指手画脚吗？没规矩的家伙。我泼了他一脸酒。刘启明是好样的，面不改色，舔掉鼻尖下淌着的酒，赞道：“三哥泼酒的姿势好帅啊。要我是女人，肯定要被三哥迷得神魂颠倒。”刘启明的无耻让陈妍也不忍直视，埋头喝酒。

刘启明的主意不新鲜。我还真与我爸谈改姓。很多年前的事。不是我改，让他老人家改。改姓王，名八蛋。谈过几次，我爸死活不肯，躺在躺椅上呼噜打得震天响。

“启明，我觉得你，必须得改姓。你祖上可是汉高祖刘邦，你叫这个姓，太丢祖宗的脸。改姓流氓的流呢，如此名实相符，表里如一。”

刘启明一拍大腿，眼珠子冒出光，“三哥，我明天上派出所改去。流氓的流，这个姓太牛了。恰似一江春水向东流……”

“那倒未必。”我打断他的话，又捏了捏陈妍的另一个半圆球体，“流珠，五代时南唐后主李煜之嫔御，工琵琶，内媚。”内媚这两个字是我加的。怕陈妍听不懂，我耐心解释了这两个汉字。通俗说，叫内在美；引申来讲，就是床上的活好。

陈妍笑，牙齿倒算白，就是东倒西歪。笑声太不职业了，咯吱咯吱，跟夜里听见老鼠啃木头响差不多。这倒胃口。比李芳那种露出八颗牙齿的甜美，不知差了多少光年。改革开放三十年了，中国 GDP 增加了数十倍，为什么女性美不能与时俱进，同比例增加？我对刘启明找来的这种货色，不对，是陈妍姑娘，露出歉意的笑容。要尊重女性，不管她是不是刘启明找来的，也不管她的职业是什么。

要尊重女性，不分年龄，不分场合，不分职业。没有她们的子宫，又哪里有人类的繁衍生息。“玄牝之门，是谓天地根。”这九个字可是老子出函谷关写就的。她们是娑婆世界的示现。无她们，即无这三恶五趣杂会之所，无成住坏空，无苦集灭道，无种种烦恼悲怨，更无喜悦慈悲。啊，她们，她们是屋外云层里的闪电与雷声，是人的起源与终结，也是人类得以确认自身形象的唯一法门。

我几欲号叫出声。

要克制。克制是美德。

克制是太平洋大西洋印度洋北冰洋，平衡着这个脆弱的地球。不，这太他妈的虚伪。我都要看不起自己了。克制可不是为了这狗娘养的平衡，而是为了三千越甲可吞吴！是为了灭吴后，把夫差的脑袋当球踢！

我们继续谈李芳的臀部。随着时间的流逝，这个谈有点让人心神恍惚，起码是让刘启明神思恍惚。

我清楚，我说的都是废话。既不能为这个世界增加什么，也不会减少什么。但我就是想说。也不仅仅是口腔快感。

可能是这些句子里有一些稍纵即逝的美好时刻。比如当我把李芳的屁股比喻成天上的月亮，刘启明念明月几时有；我说李芳的屁股是 R136a1 星球，他赶紧用手机 Google 搜索，当场赋诗一首，赞美李芳的屁股之大，比地球还要大 130 万倍。刘启明的这种无耻真是让人心生欢喜，恨不得用拳头把他打成一只二维生物。

谈到后来，刘启明跟不上我的节奏了，垂头丧气，愣愣的，眼珠子都不转，只把手指关节捏得咯吱响。我猜得出他很想说一声，“三哥我想抽你丫的嘴”。

把一条恶狼驯化成一只忠狗，恶狼偶尔露出的尖利犬齿，会让驯化这种事变得更有挑战性，也更令我陶醉，更能感受到肾上腺素的分泌。我盯着刘启明，盯着他身体下意识流露出来的肢体语言。那些拙劣的肢体语言。

我清楚，他知道我是把他看成一条介于狼与狗的生物。我清楚，他知道我的清楚。这样说有点拗口，不过真他妈的有意思。“他妈的”要用在这里才叫对。倒是在我俩谈话中，陈妍不时露出友邦惊诧的表情，嘴巴一下子是 E，一下子是 O，一下子是 L，非常配合我说话的语气，是藤缠树，羊舔着喂它盐巴的那只手。我都想把她这张嘴当成一个洞来使用了。不过，这种想如白驹过隙。

有些事，想一下就够了；想两下，都是对自己的不尊重。

刘启明小心翼翼地靠近他的真实意图，吊梢眉提起角度，嘴巴的那根舌头也有了一点不自然，“三哥，我最近手头……”

“出门右转。”我慢条斯理地从嘴里吐出烟圈，又吐出一个。问陈妍借了十元钱，摊开，抹平纸币上的褶皱，“进工农路，前行三百米，有一家卖情趣品的门面，叫夏娃。宋体字。宋体字的发明者是秦桧。别用这种眼神看我。就是跪在岳王庙前的秦桧……启明，不是让你跪。站住，后退十米，左转入鱼尾巷，行十余步，能看到一家郑师傅殡葬用品店。十元人民币至少可购一千万元冥币，一亿元也不成问题。你说是我的朋友，郑师傅会给你五折。”

陈妍的胸脯剧烈抖动。胸前两坨肉目测有一公斤。

她笑得太放肆，V 字领都快掉肚子上了。刘启明是她能笑的吗？刘启明的这两条吊梢眉是两条还没长出獠牙的毒蛇。我盯着陈妍。陈妍瞬间老实，把夸张的表情一点点往回收。

姑娘，别这样委屈，我这是为你好。

我举杯示意陈妍，喝交杯酒。

刘启明一脸哀怨道：“三哥，我想吐……”

“启明，我没听错吧。是孕前反应吗？对不起，我的话让你怀孕了。你真的怀孕了？启明，你什么时候给自己弄了一个子宫？这是一件了不起的行为艺术嘛，让你超越上帝的律法，不男不女，不阴不阳，与东方不败同属高阶物种。以后要小心被外国政府特殊基因库给捕了去。好，我不开玩笑了。你别用这种怨妇的眼神瞅我。说一个严肃的问题。启明，你太酷了。我承认。你太不够哥们意思了吧。你都变成了女人，也不想着让三哥先爽一下？”

刘启明的脸上开了颜料铺。

我笑。刘启明与陈妍赶紧赔笑。我猛地收住笑声。陈妍还在傻笑，被反应神速的刘启明捅了下腰，这才明白过来，喉咙里像吞了一块炭，表情扭曲。

如果说我是木偶师，他们就是木偶。这有意思吗？

有那么一丁点。

我不再言语，双手抱头，仰望着天花板上的那些呈现男女交媾野合的浮雕。

屋内一时寂静。

这寂静在卡拉OK伴奏音乐的背景下，诡秘异常，是百足长虫，在脊背上缓慢爬过。

我的眼眶有点湿。我想歇斯底里地号啕出声。但我不能。所以，我从公文包里摸出一沓A4纸稿与两捆人民币，扔到刘启明面前，“我打算出本书。你今晚就帮我增删润色下。”

必须往喉咙里连倒三大杯酒，才能让“克制”这个词重新回到脑子里。

“二十万。把这件事办好。圆脊精装，内文80克纯质，印上一千本，印好送到公司，在前台码成堆，照着我的模样来码。启明啊，这是我的成长史，身体史，心灵史。卢梭写《忏悔录》是怎么说的？血淋淋的真实。我的人生经历诚如《忏悔录》中的跌宕起伏，始于纯真，发轫于贪婪与野心，其间又多有傲慢与罪恶……陈妍姑娘，你说这个时代为什么会孕育出我这样一个怪胎奇葩？”

二十万，刘启明起码可以净赚十万。

陈妍能赚多少？一分也没有。这不好，对女性不尊重。我刚才说了，得是诺基亚。我扔出一沓钞票，“这些归你”。撒钱这种事会刺激多巴胺分泌，尤其是捡钱者以各种姿势匍匐于面前，俯腰撅臀的时候。不分男女老少，都好看。

陈妍呜啦一声叫，以闪电一般的速度，抓起钞票塞入胸罩。

这世上有很多尺度，大小不一。唯有钱，才是衡量世间万物的真正的唯一尺度。可量化的，且精确到元角分。人在这个尺度下，无不原形毕露。我又摸出一沓人民币，上下抖动。陈妍的目光随之上下浮沉，毫不掩饰心中的热爱。她的样子有趣极了。我就喜欢这种姑娘。热爱钱的姑娘是靠谱的，至少比我遇到过的文艺女青年要靠谱得多。我把钞票在她抹着劣质粉饼的脸颊上拍了几下，塞回包内，竖指唇边，小声道：“看你表现。”

市场经济嘛，第一要讲交易原则。

二

刘启明吹着十八摸的口哨走了。“老头听了十八摸，浑身上下打哆嗦。小伙子听了十八摸，抱着枕头喊老婆。”吹得够淫荡。走之前，往一个紧身裙包裹的臀部狠狠地捏了一把。臀部的主人是辣妞，没有尖叫，浪笑，媚笑。刘启明奸笑，贱笑。两人眉来眼去。

我咳嗽一声。

刘启明支棱着的耳朵，准确地捕捉到三哥的不悦，推开投怀送抱的辣妞，掏出 A4 纸，声音换成主席台上领导发言的那种铿锵语调，“今晚不行，这份材料我得抓紧时间看，明天还得向全体员工传达上级的精神啊”。刘启明太能装了。装也没啥，脸部表情从猥琐到严肃转换的速度太快，让辣妞适应不了，也不好。

刘启明走后，辣妞朝他的背影比中指。再以一个空姐的标准站姿与露出八颗牙齿的笑容，问我还要点什么。辣妞很懂得男人要什么。所以，我说啥都不要。

指指已爬到我腿上来回摇晃的陈妍说：“她也不要。”

陈妍蠢了一些，倒也识趣，走了，走猫步，扭臀送胯。我在真皮沙发里和衣独自躺了半个小时，越躺越冷，脑子里有了一台嗡嗡响的冰箱，膝盖里有了冰碴子。女人多的地方阴气重。阴是好东西，阴阳互根，独阳不长。好东西多了也不好，起码会让人丧失对“好”的感受力。必须与好东西保持距离，时刻警惕。我在脑子里转悠了半天辩证法，确认它仍然具有战无不胜的威力后，又再确认双腿中间的玩意儿不会比一个蚕蛹大上多少后，驱车回家。

说是家，与宾馆没有太大区别。

如果非要说有什么区别的话，一是大，四百二十六平方米；二是性冷淡风，基本是北欧家具及相应的装修风格；三是有个厨房，厨具里的菜刀最便宜的是双立人牌的。

几个到过这套房子里的女孩在俯瞰了大半个城市的璀璨灯火后，说这房间里啥都没缺，就缺一样东西。缺女主人。

这种话太让人伤感了，伤感她们的天真与愚蠢。所以我不得不马上把她们赶走。“赶”是一种艺术。这活我做得还行。有个艺校毕业没多久的小姑娘可能觉得自己肤白貌美大长腿，可能是无法忍受这种被驱逐的羞辱，也可能是纯粹的贪婪，找到熊哥手下，几个染黄毛的年轻人想来敲诈我。我只好请熊哥好好地给这几位不知天高地厚的年轻人上了一课。

有些东西是不能碰的，甚至连这个碰的念头也不能有的。比如毒品，比如三哥。

没有女主人。每天下午，一个上年纪的钟点阿姨来帮我打扫房间，把昨天做的没动过筷的食物，倒进垃圾袋，再重新做一份。钟点阿姨熬的皮蛋瘦肉粥堪称一绝。还有几种老家风味的小吃，亦极为地道。

我给了她一个金领的工钱，还把她的儿子，一个智商80的傻大个安排进市城管局。斗米恩，升米仇。光施恩，那不行。我嘱咐手下找了一个小姐陪傻大个上床，诱导傻大个破口大骂他的领导，说他们是屁眼子生出来的。傻大个骂得欢天喜地，唾沫四溅。小姐拿着录像去敲诈傻大个。傻大个钵大的拳头，差点把小姐揍成外星人。死人这种事我不喜欢。至少因为这种事死人没意思。屋外的几个人冲进去制止住暴行，带回一段清晰影像。

我吃完钟点阿姨精心熬出的粥，叫住她，奇“片”共欣赏，疑义相与析。陶渊明的诗写得还真是不错，随便改一字，用在此处也是如此妥帖。钟点阿姨果然懂事，看到一半，自动跪下，眼泪汪汪地看着我，一句话也不说。

人长膝盖当然是为了跪的啊。

钟点阿姨态度端正，很清楚一个下人的规矩，不逾越，该跪就跪。我很喜欢。我请她把心放回肚子，事已摆平。但她得听话，真正听话，比狗还要听话。东西方女性所有美德中，最大一条，即顺从。要不她肚子里掉下的那块蠢肉别说保住公职，还得蹲牢被爆菊。知道爆菊有多惨吗？会得艾滋病的。知道得了艾滋病后是啥样吗？我没再接着说下去。钟点阿姨是个好母亲。这些年没有让我失望。我又替傻大个撮合了一桩婚事。钟点阿姨抱上了大胖孙子。

要是全世界的女人都与钟点阿姨一样，都有一个智商80的儿子那该有多好啊。

我在床上躺下。

又弹起。我不喜欢睡床上。再好的床，哪怕是豌豆公主的，也不好。活着的人害怕死者，哪怕只剩下半口气的。可人睡着了，就是死了。

床让人不能动弹，在梦境深处筋疲力尽。再舒适的床，我也会把它与恐怖片里的诸多可怕细节，死，阴森森的太平间等阴暗之物联系起来。哪怕是钟点阿姨做的一碗辣椒炒肉，也不能驱逐掉这些充满心头的焦虑杂念。这些糟糕的感觉从手臂、肚子、肩膀和脑门两侧传遍全身，让细胞简直无法呼吸。

我喜欢在床边的地板上睡觉，蜷缩成一团，这个好习惯曾经救了我一命。现在还不是躺下的时刻。我盘膝而坐，打开笔记本电脑。灯光下我的影子有一寸长。我冲它打了一个响指，吹了声口哨。不是刘启明哼的十八摸，是“一朵花开不为春，姹紫嫣红才是真”。

我叫张三。把这个陈述句在键盘上敲出来，像和尚敲木鱼。

“张三”这个人就与我有了距离。我自他的体内挣脱出来，干干净净，一坨。我打量他，反复审视他，就好像他干过的事都与我无关。这很有趣，古怪，也有点儿伤感——我不知道我与他为什么会这样。我们之间的姿势一会儿是蚕缠式，一会儿是鸳鸯合，一会儿是海鸥翔，一会儿是老猿抱树……可我是个男人，他也是，我们都是直男，在任何情况下任何环境里,哪怕是面对外星人的严刑拷打,也不可能让这个“直”字有丝毫弯曲。这些暧昧姿势偶尔让我颇觉难堪。没办法，事情就是现在这个样子。我朝他挤眉弄眼好一阵子，他没搭理我，抿紧双唇，手指继续在键盘上敲击。双唇有点薄，薄里又有一层青灰。这青灰色自唇角向上爬升，让他望上去就像一个面色惨淡的将死之人。

谁不是“将死之人”呢？在上帝眼里，期颐老者与黄口小儿是一回事，皆是须臾，弹指，刹那——这不重要。重要的是，他的身体还好得很，壮实得很，胸腔那颗约250克心脏的泵动强而有力，一口唾沫吐在地上，按刘启明的说法，这个城市的地面要齐齐震动，若真有人以为“人之将死，其言也善”，那真是滑稽。

我都想笑出声，他的面部表情还是那样凝重严肃，脸部中央的那个鼻子渊停山立。据说这种男人多为无情之人，心狠手辣之辈。我承认。在去红磨坊前，一个跟随他多年的马仔被他望了一眼，尿了裤子。他的目光里有刀子，不是什么菜刀砍刀大马士革刀，是那种要夺人生死的刀子。

我知道，我太了解他了，我是他最亲密的人，也是他最痛恨的敌人，不止在一个深夜，他咆哮着，想把我从他的体内揪出，撕成两半，剁成块，撒上芥末，再拌上老干妈辣椒酱吃了。如果不是我跑得快，他还真能逮住机会。

就在前天，吴情来找他，求他高抬贵手，挺胸收腹，伸长着一个天鹅颈，在他办公桌前跪五个多小时。我看不下去，说了声“起来吧”。等吴情走后，他朝我大发雷霆，还抄起水晶烟缸往脑门上砸，砸出猩红之血——他若死翘了，我也得两脚一蹬。

我劝他有事好商量，吴情再怎么说也是跟过他的女人，若没有她当年的知遇与提携，他恐怕早烂在垃圾堆里，捡泔水桶里的臭鱼烂虾果肚。可他反复问我知不知道吴情是一个贱货，这个贱货后来都干了什么事，怎么就能这样轻易放她一马。他跟祥林嫂一样，还拿水晶烟缸继续砸脑袋。水晶烟缸可是花了八百美元在美国纽约第五大道买的。我鼻青眼肿，只好打电话又把吴情叫回来，匿缩在他体内，看他对吴情的百般羞辱。

我讨厌他。可我还是奈何不了他。

还是不谈这些事吧。

起身，推窗。灯火通明的城市在我脚下，温顺一如妇人袒露之躯。

“我在这里，好像大火。万物是乌有前的短暂停留。众生，堆于虚无之上，如薪柴。那被赞美的丰腴妇人之躯啊，是我不能触及的梦境。”

这是刘启明写的诗，写得烂。不过吻合于我现在的心境。所以我得给它一个好的评价：

这诗有古典与现代、东方与西方之间的出入之妙，是词语的沸腾，情真意切，有着极为难得的能让人尾椎骨也震颤的浪漫抒写。

刘启明这个人是有才华的，不仅是写诗的才华，吮痈舐痔也是需要才华的。我很好奇他灵魂的结构，有一种极其复杂的精致性与广袤性，如果把他的基因片段比喻成碳原子，我能清楚看见他体内截然不同的数种排列方式。我对他的羞辱，也许能为我打开一个流淌着炽热岩浆的深渊奇境，这令人激动。

夜色若妇人之发自我手背滑过。

我又觉察到鼻腔中难以抑制的痒。

（我讨厌比喻。谁在说事时提及比喻，我就认为他基本是一个不靠谱的人。男人不是靠比喻活着的。可我有段时间很喜欢比喻，喜欢得要命。以为比喻能更接近事物的本体。因为觉得本体是危险的。它不可全知，需要敬畏，故佛陀说法，也是比喻。

我忘掉了我不是佛陀，他是一个伟大的圣者。而对于我这种人渣来说，比喻是自欺，是廉价的想象力与短视的思维力的混合物。它除了容易把人引入歧路，并为此激动不已，以为自己有某种天赋的才能外，就没啥好处。但我还是得继续使用这些比喻，因为我的手指根本不服从大脑的指挥，它自行敲击键盘。坦率地说，我喜欢这种“自行敲击”，它所带来的快感要远远超过对比喻的警惕。）

三

我喜欢这座城市。我曾俯瞰着这一片流光溢彩，一遍遍地告诉自己：

这座城，当由天上的星尘所聚集。

可我深知,这是抒情。她就是一个婊子。一个货真价实的婊子。一个若假包换、假一赔十的婊子。一个天性淫荡,偏偏又魅惑天成,让人欲仙欲死、欲罢不能的婊子。

她从不掩饰她对情欲与金钱的热爱（前者让她高潮，后者让她的高潮持续不断）。更重要的是：偶尔，再多钞票也不能成为她的入幕之宾，她偏就对一个穷小子投怀送抱，让我们感慨着好白菜都让猪拱了，同时也传诵起卖油郎独占花魁的佳话。

这是一个真正的婊子，在同一时刻，她也拥有数以百张脸庞，有的美貌异常，如曹植笔下的洛神；有的宛若处女，眉眼小小；有的像麦瑟琳娜在世——这位国王的妻子最喜欢在晚上扮成妓女上街勾引男人，从男人们的骨头与灵魂深处汲取生命的精华；有的端庄明艳，如威严的女王……我见过太多的这个时代最杰出的大脑，最热血、最有毅力的青年，是如何拜倒在她裙下，消磨了志气，毁坏了灵魂，陷入呓语与癫狂，再被她无情抛弃，沦为一具具行尸走肉。

她的势利与无耻能让最不要脸的贪婪之徒也甘拜下风。

不，这样说是不公平的。

她的慷慨同样令人吃惊。她能同时，连续，与上百万人持续交媾，不管是高矮胖瘦、男女老幼，还是阳痿早泄的。她的澎湃情欲，在夜幕下一声声歇斯底里的叫喊，能让天上的星辰黯然失色，要惊呼出声；也能让那些在她体内的生物，同时抵达高潮。

我从来没见过像她这样的婊子。

是喜新厌旧的，也是忠贞不贰的。是恶毒刻薄的，也是温柔深情的。既有狡黠多疑之时，也有真诚相待之刻。这些彼此矛盾的词语如同她的两只眼睛，一只眼睛是古典农耕社会的魂魄，另一只眼睛是现代消费主义的奇景。

我常凝视她袒露在大地上的身躯，如此丰腴饱满，又布满累累伤痕，浑身上下皆充满“魔法与异世界之美”，以及那让人叹为观止的丑陋与暴行，每寸皮肤、每块肌肉、每根血管，皆是一个“自然空间和古典时间被扭曲了的幻觉”，是对人，尤其是对中国人这种黑眼睛黄皮肤生物的最富有激情、极是匪夷所思，特别具有想象力的叙事。

我热泪盈眶。

这是一个从未出现于人类文明史上的伟大女性，烟视媚行，一颦一笑，无不勾人心魂。三十余年，即已颠倒众生。

如果我的生活需要一个女主人的话，那必定是她，也只能是她。

以上皆为抒情。该死的抒情。

我像一个鸦片鬼一样，既憎恶，又难以戒断。

抒情是可耻的，也是极其危险的，它会让人误把人间当成伊甸园。误以为草是不会枯萎的，花是不会凋零的，爱人是不会别离的，所求皆是能够满足的。抒情就是一剂 LSD，仅需要一粒沙子重量十分之一的剂量，就能让人头晕耳鸣，思维紊乱，浑身战栗，觉得桌椅板凳有了生命，每个声音皆是投入水面的一颗石子，所有人，不管是仇人贱人恶人歹人路人，都是肩膀上长着翅膀的天使。

得消毒。最好的消毒方式就是刘启明喜欢的那种真理在握、俯瞰式的学术话语。

比如，“楼是高的，房子是矮的，街道是宽的，天桥是窄的。这些人所结构的高矮宽窄，在璀璨灯光的映耀下，仿佛梦境之物，是一个个让人心醉神迷的符号，在虚空与时间的荒芜处，建构起一座试图抵达人之存在本质的宫殿，使人的思想与语言，以及他们可笑而又愚蠢的诸种荒谬行为，有了某种迫切，有了某种必须如此的逻辑。”

或者说，它是图腾，是人之观念的具现，又确实包含着某种真理性的局部，可以视之为对上帝的部分虚构。它所真正渴望构建的，不是人的睿智，而是人的愚昧与驯从，是人对“自我”的放弃。人在其阴影里流连忘返，磕下等身长头。浑然不知这些“局部”不过是一群来自深渊的异兽，它们因为人的目光得以凝形显现，被众生顶礼膜拜，又以人这种无足无羽生物为食。

我了解这个城市，它的骨骼与内脏，肌肤与毛发，真皮组织与细胞壁。

我了解它，包括那些已被它遗忘的、唾弃的，哪怕是它多年前曾吐出的一块痰。

我了解这只饕餮怪兽的魂灵。

这不需要学者的严谨理性与田野调查，不需要写作者的叙事与抒情，因为我即是它的一部分，是它的眼珠子，它眼珠子里的光，它的爪牙，它爪牙上的锋利，它的 DNA 片段。

这样说很伤感，但我没法否认。看看眼前这片如雨后春笋般冒出来的“高矮宽窄”吧，它们都是我心血之凝结，这倒不是说我规划了设计了建筑了，而是说赋予它们形的那种粉状水硬性无机胶凝材料，俗名水泥，以及与水泥相关的各种熟料与构件，皆是我所提供。

通俗点说，这个城市的水泥市场是我的。

我的生意是各种水泥在这个城市的总代理权。

没有哪个工地，哪怕它是李嘉诚投资的，胆敢绕过我或明或暗控制的三家公司；所有的水泥公司，要想开拓这个市场，必须要先来拜我这个码头。

这是简单的，也是危险的。我知道。许多人也知道。

但这并不难，如吴思先生所说，“血酬是对暴力的酬报，就好比工资是对劳动的酬报、利息是对资本的酬报、地租是对土地的酬报”，而我把吴思的话又做了一番升级，从产业经营的层面进一步垒高了这个产品高度同质化、销售半径小、区域性明显之行业的护城河。比如，质量承诺。为了保障承诺得到切实有效的执行，我请了几个包打听，没事在各个工地上便服转悠，明察暗访，若有问题，第一时间向我的一个副总汇报。

前年，给明珠楼盘的一批熟料出了问题。是大发公司在储存发运环节出了问题。一个管理上的问题。公司经理就是跟过我几年的王画虎。我把王画虎叫来，也把明珠楼盘的开发商叫来。先斟茶，代表公司致歉，当场支付赔偿金。然后我给了王画虎两个选择：一是脖子上套块木牌在明珠楼盘的工地前跪三天；二是桌上还有把水果刀。他是左手签的字，就把左手的尾指切下来吧。

王画虎切下左手尾指，没吭一声。我很满意，给了脸色惨淡的他一杯酒。

做错了事，就得认错，就得用一种最恰当的方式来认错。如果王画虎选下跪，我会再叫人打断他两条腿，让他团成团儿，从这个城市滚蛋。

质量是第一位的，其次是时间。水泥有着明显的淡旺季，太冷太热都不好施工，要赶工期，要体谅甲方。真实的购货需要必须在二十四个小时内得到有效供给。要经营好一个垄断市场，更要讲究专业精神，更要有把客户放在第一位的服务精神。只有这样，其他试图染指者，才会知难而退。

纯粹的暴力，能让人恐惧，是必需的，但这是远远不够的。做生意就得照着市场逻辑来办，暴力是敲门砖，敲开了门后即是威慑，不可轻启。一旦启用，就得雷霆万钧，将对方连根拔起。而这种程度的暴力，还需要借助于体制内的力量，工商税务经侦乃至刑事，他们在台前，我们在幕后，所谓不可沽名学霸王。

这些话简单，有效。但管用多久呢？经验带给我们的，未必一定是山峰，还有可能是峡谷与深渊。这个时代的变化太快了，快得一眨眼，我就嗅到了那些啮齿类小兽窃窃私语的声音。

是啊，是嗅。

我还没听到这些声音。但能嗅到。鼻子比耳朵更可靠，因为它只有一个，不像耳朵有两个——一个用来听真话，另一个用来听谎言。结果经常混淆了两者。“嗅”作用于心灵，调动的是人的直觉与潜意识。

我嗅到的这些啮齿类小兽，由人心的阴暗面所孕，不具有深渊怪兽的魅力与庞大体形，但更为贪婪龌龊，想着吃人，还想着吃人的魂灵。这是僭越之罪，徒然自取其辱。把这些磨牙吮爪的小动物找出来，一只只打死，变着法子打死，像打地鼠，这很有趣。这是一个曾令我肾上激素飙升的游戏，一个能通宵达旦玩上几个昼夜的游戏。是一个“曾”字。打久了，看着它们绝望的眼，还有电视剧狗血剧情一样的哀鸣与求饶，也很厌倦啊。

更重要的是，水泥这个行业红利已消失殆尽，从各种数据来看，凛冬将至。再想躺在沙滩上享受阳光与穿比基尼的美女，恐怕采取什么样的策略也无济于事。老子曰：知足不辱，知止不殆。该撒手时，得放下。但现在不是一个“江中行舟，不进则退”的经营问题，而是能不能放下的哲学问题。

这就像狼，再怎么疲乏饥饿，也不能随便趴下。我皱眉。屋子里有窸窸窣窣的声响。似有众多卑微之神灵在我看不见处聚集，在我那一寸长的影子里唱念做打，翻滚跳跃。我是它们的秩序与规矩，它们的安身立命之处。我对它们的遗弃，必遭反噬。更麻烦的是那些环伺四周的群狼，一旦我稍露疲态，必扑上来想把我分食而后快——这不奇怪，我一直就是这些群狼中的一只。怎么办？当徐图之。

又或者说，今天不再是一个独狼觅食的时代。我得学会与其他的狼合作，独乐乐不如众乐乐。这笔水泥生意我才能妥善结清。

是初秋的夜晚。空气干燥，是压缩饼干。当年在部队拉练时可没少吃这种东西，而且是在没有水的情况下咽下肚的。嘴唇上有皮屑脱落。脊背与腿部肌肉有虫爬感。鼻腔中有难以抑制的痒。我用力打出一个喷嚏。

全身的力气好像都被这声喷嚏倒了出去。

四

刘启明发来一条短信。其阿谀肉麻的程度，能让撰写诺贝尔文学奖颁奖词的评委也羞愧难当。让他在我这里吮痈舐痔还真是委屈人才，他这块料子搁在有关部门更能发光发热。不过话说回来，也只有在我这里，他才有这个吮痈舐痔的机会。

命运就是这样。我们都是命运的孩子，被各种虐待，也都习惯了这些虐待。若哪天鞭子抽到背上的次数少了那么一次，还会浑身不自在。

左胸昔日枪伤处有阵阵隐痛。这种隐痛是附骨之疽。痛与高潮有着强相关。刘启明这话是错的。只能说“高潮的表象与疼痛相对应”，疼痛带不来真正的高潮。迷恋 M，喜欢在疼痛中产生快感，乃至达到高潮的人，他们迷恋的，真正迷恋的，不是疼痛本身，而是迷恋自我人格的交出与丧失，迷恋的是被羞辱被征服被践踏，他们是权力关系的崇拜者。

哪个阈值是刘启明在被羞辱被征服被践踏，继而人格崩溃、化身为狼的临界点呢？

这是一个学术问题。也不仅是一个学术问题。

前天立方建筑的孙大可给了刘启明三十万，请他在我面前说上几句话。如果我把孙大可剥光衣服，关在铁笼子里，往里面扔进几条眼镜蛇或竹叶青，再请刘启明参观，他会不会尿裤子？大概率会的。但一个中年男人尿失禁实在是没有什么好看的。

刘启明有成为狼的潜质。我看好他。

床头柜里有几盒盐酸舍曲林。我往嘴里扔了几颗，咀嚼，用力咀嚼。又倒了一杯张裕白葡萄酒，一饮而尽。不是说买不起更好的酒。很多年前，我在女老师那里第一次尝到了这种液体。只是一小口，沾在皮肤上的热浪消失了，口中有新鲜甜酸，腹部更有一小团怪异的火升起。啊，这一小团怪异的火，在我腹中，至今已是一轮太阳。

我继续唱歌。边唱边在地上躺下，展开双臂，把自己摆成一个大字。我继续想，苦思冥想。“想”，比“操”还令人上瘾；比鸦片还更让人上瘾。能让人上瘾的，都是好东西。比如，人是大写的。既然有了大写的人，就得有往小写的人，这叫辩证法。有什么办法，能把刘启明这个人写得更小一点，更猥琐一点，更听话一点，甚至比最忠诚的狗还要忠诚，哪怕我要他割下老二，他也会立刻，马上，毫不犹豫地执行？

这样的狗，才会是这个世界上最凶恶的狼。

我挤出笑容。我在镜中看见了这丝干巴巴的笑容。我起身拿起床头柜上的稿纸。是我给刘启明的文稿的复印件。用A4纸复印了三份。A4纸好不好，首先是看光洁度。其次是看纸张的挺度。抖动纸张。挺度越好的纸，越不容易卡纸。再次是逆光看纸浆的均匀度。接着是看纸张的厚度、裁剪规格等。

纸能伤手。尤其是好纸，就跟好女人一样。

指尖出现一道口子，冒出几滴血珠。我把手指头含入嘴里。我喜欢血的味道。它会让浑浑噩噩的灵魂清醒过来，哪怕只是短暂的清醒。我用手掌来回摩挲着这些印有宋体字的纸。很古怪的感觉。像有什么东西从体内逸出，落到纸的上面。不是逸这个字，没那么轻松，是刺痛感，是一串荆棘条从体内拉出的感觉，对了，有点像一场没打麻药的牙科手术。

这种感觉真好。

我闭上眼，我以为我会流下眼泪。我已经很久没见到这种弱酸性的透明无色液体。还真是有点想念。过了半晌，眼窝里还是一片枯涩。这真是他妈的见了鬼。我在手指头的伤口处重重咬了一口，牙齿进入肌肉的感觉也不赖。

我说：女老师。

我又喊了一声：小羽。

我接着喊了声：许姜。

我拼尽全力喊道：鹿野。

还是没有眼泪。有一些汉字浮出字海，是繁体字，“親不见，愛无心，兒无首，飛单翼，可贪还是贪，毒还是毒”。没关系，只要这些字与她们有关，我就喜欢，不管它们是马，还是胁上有翼的马，垂垂老矣的马，被豺狼撕开腹部、血淋淋、眼里滚出泪水的马——至少，我可以骑在它们背上，去寻找她们。

床头柜上还有一个水蜜桃，咬过半口。是我咬的，还是昨晚那个有着波斯猫脸蛋的女孩咬的？应该不是她，她很职业，在与我交媾的过程中始终保持专注，保持叫床。

桃子有点硬，当与李芳最美时候的臀形接近。有一部电影叫作《蜜桃成熟时》。李芳看过吗？这部电影只有77分钟，我用了近二十年时间反复看了770分钟。前77分钟看的是李丽珍的胴体，中间几个77分钟看的是啥，依稀记得几个，比如看见性欲，看见一个富家女如何以爱情之名去追寻性；看见狂野不羁与自由简单生活之间的辩证关系；看见灵与肉的冲突与融合；看见色即是空空即是色……这样说太扯淡了，装×装得还没有启明高级。这样说吧。最后一个77分钟，我记得很清楚——

我看见了鹿野那对结实有力的长腿，小羽那双淡绿色的眸子，许姜那只握着剪刀的右手，女老师那握柔韧的腰。这样说不准确，也不全面。就是看见了鹿野、小羽、许姜、女老师，还有李芳。不是看见了她们的某一个器官或部位，是整个人，五个活生生的人。她们从那几具女性的胴体里走出，是透明的，或者半透明的，巧笑嫣然，载歌载舞。

她们中的一些，与我有过那层关系；有的，没有。她们都是我生命中的女人，是我的血我的肉我的骨我的线粒体我的哀号我的祈求我在深夜里的祝福我的眼泪。她们中的一些人，已经死了，不在人世，永远年轻；有的还活着，衰老如枯叶，如枯叶之美。

（吴情算不算，要打一个问号。）

我捡起水蜜桃，用力啃下去。眼角终于有了一点潮湿感。三个月前，我在市郊精神病院看到李芳。我本来是来看肥头的，一个我喊过大哥的男人。肥头真幸福。我说他老婆被卖到泰国最下等的妓寮里，他不生气；我说他独子失踪（这是警方的说法，其实是被人扔进基坑的混凝土），他乐呵呵地张大嘴，把手里的药片塞进嘴里；我说他老母瞎了眼，有时走在街头无缘无故地哭，无缘无故地笑，还捡垃圾箱里的东西吃，他还是乐，嘴角的口涎拖到胸襟上。

我有点难过，如果他没有疯癫，能够意识到这些事究竟意味着什么就好了。

肥头家人遭受到的不幸不是我干的。很多人以为是我干的。这挺好的。我把干这种事的人宰了，我不欠肥头什么了。我还是希望他知道这些事，知道苦痛是什么，他当年给我的苦痛不比这些轻。苦痛是人生的必需，是盐；又或者说，酸甜苦辣咸，苦在正中间。与肥头说完话后，我出门抽烟。

拐角处遇见李芳。她穿了一件蓝白条竖纹相间的衬衫，风摆杨柳地走着猫步，用一种很嗲的声腔问我她漂亮不漂亮。我说漂亮。我认出了她。一个真正的尤物是不会老的，哪怕她穿得再古怪或是朴素，哪怕她的眼角有了再多皱纹。她是尤物。她的容貌较昔日已有较大改变，但还是一个能够让男人肿胀的尤物。我一眼认出了她。

我说李芳，你疯了？她说，难道你没看见我穿什么衣裳？我赔笑说看见了。我不知道我为什么要赔这个笑容。这让我的脸有点挂不住。还好四周无人，春暖花开，草长莺飞。李芳从我手指上接过烟，抽了一口，咳嗽道，你也疯了？

我说可能是。

她不高兴地说，是就是是，不是就是不是。

我有点蒙，继续说是。

她皱眉道，你除了会说是还会说什么？

我说是。她乐了，哗啦一下，一直绷着的脸，像张帘子拉下。换上一副喜气洋洋的表情，样子是那样妩媚，细眉朝上弯。

她说，看见我身上的衣服了吗？

我说是。

她说，这叫制服？你懂不？

我说是。

她说这制服好，穿上后牙好胃好身体好吃啥都香。

我说是。

她嘘了一声说，在这儿就得穿这个，否则就是大逆不道。大逆不道的男人要被拉去杀头，大逆不道的女人要被很多男人搞。你懂不？

我说是。

她哈哈大笑说，你没穿制服，我要杀你的头！

她比掌成刀，往我脖子切来。我下意识地抓着她的手。她的手劲真大。这要让她切着颈动脉还真可能导致晕厥。我说，李芳，别闹。她立刻一副极委屈的样子，噘起嘴唇道，干吗揪人家嘛。好疼。真是的，要就要嘛。

她白了我一眼，这个“白”里有一种很让人心惊肉跳的东西。我怀疑自己是眼花了。迟疑着，她已动手解开上衣纽扣。我赶紧撤退，下意识的。记忆里我还从来没这样㞞过。跟逃跑差不多。走了几步，回头一望，她赤条条的，站在初夏的阳光里，一尊雕塑。不是古希腊雕塑，一个中国少妇的身材与五官。也不是雕塑，尽管有那么一瞬间，我以为自己看见的是雕塑。她在挥手，朝着我，也许不是朝着我，是朝着我身后的那一堆看不见的鬼魂。

她说，哥。

这一声叫喊可能打开了她体内的某个阀门。她跑，朝着我这个方向奔跑。

我没动。如果她扑在我身上，我会一个过肩摔，把她扔出去十米。尽管她是李芳。

几个工友自门前灌木丛中的小径里奔出，制止了她的疯狂行径。一个匆匆为她披上衣服。一个抬着双腿，一个兜住她双肩，另外一个在她布有青紫伤痕的乳房上拧了一下，捧着她的颈脖。她在四双大手里奋力挣扎，在这八只青筋毕露的手掌里拼命挣扎。我呆呆地看着，什么也没做。她终于露出小半张惨白色的脸，眼泪汪汪地看着我，带着哭腔突然唱起来。是信天游，不是我老家的歌。

> 白花花的大腿水灵灵的胸，妹妹这么好的地方为啥留不住你……

她错了。她不是我妹。按年龄算，我得是她弟。

一个工友的巴掌甩在她脸上，是那么响。她号啕痛哭。我捂住耳朵。这哭声的分贝起码有120，太刺耳了。又有一个巴掌甩在她脸上，力量恐怕是刚才那声响的几倍。她的哭声一下子断了，半天，如濒死之人抽泣着，断断续续地呼喊着：“哥，你别打妹呀。”

五

“一个女人的屁股是不是好，这里大有学问。一双脚都能被一丈白绫缠出金莲文化，这屁股在人体的位置好歹要比脚高一点吧，肉也要多一点吧，自然学问多多，文化多多。什么东西一旦有资格上升到文化这个层面，就有可能成为国粹，起码省粹、市粹是跑不掉了。何况我们的工作中心是什么？文化搭台，经济唱戏。若没有文化这个台子，经济这戏怎么开唱？”

游成把手指往桌上敲了敲，示意大家竖起耳朵。这个动作大可不必，大家的耳朵早比兔子竖得还要尖。游成是领导，这里的“大家”却不是主席台下一片黑压压各种款式的人头，只是杨平、刘山两人，游领导向来引以为豪的左膀右臂。用一些只在井水间流传的话来说，这两人是哼哈二将投胎转世，只需皱皱鼻子，或把嘴咧上一咧，一道白烟放出来，就会有人大叫一声吾命休矣，翻身落马。

房间里只有三个人。三人成众，也是大家。

“大家”这个概念是危险的。朱元璋先生对此深有体会。故，凡三个及三个以上的男子把脑袋凑至一起，哪怕他们只是互相询问下昨晚是谁放了一个屁，又或者谁的老婆没有放屁，他手下的锦衣卫也会立刻把他们投入牢中，劳其筋骨，饿其体肤，使其坦白从宽，早做新人。

因为这些屁话完全有可能是类似“天王盖地虎宝塔镇河妖”之类的接头暗号。

所以每当月明星稀乌鹊南飞的时候，总会有人在一回头的刹那，看见一个穿锦衣的人提着把刀在自己的影子里微微笑。令人不解的是，若再回一次头或是揉一揉眼睛，锦衣人就不见了。这种奇异的经历令很多人噤若寒蝉。这也难怪，有谁喜欢看见自己的皮被剥下舒舒坦坦地垫在别人的屁股底下？就算有人被某种目前还不清楚其原理与成分的迷幻剂一时蒙了心窍，想当耶稣或跟随主的殉道者，念及一家妻儿老小将要被送入教坊每日让二十余条汉子来回折腾，头上要永世顶着个淫贱材儿的帽子，一旦死了还要让上元县的男儿们直挺挺抬出门外，招狗吃了，那被猪油蒙了的心窍也当会立刻晶莹剔透，迅速转化为识时务者。

一小撮人（在人群中的比例不会超过百万分之一）愣没转过这道弯来，还想着要拿取丹心照汗青，但毫无疑问，这样的人早已经不是人。人类的心脏位于胸腔中部偏左下方，体积约相当于一个拳头大小，重量约250克。哪来什么丹心可言？

又或者说，所谓丹心不过是对“愚蠢与自私”的比喻，是以身边人的苦来成就自己的名。不过令人欣慰的是，我们早已把封建帝制踩在脚下。所以游成、杨平、刘山三个人，在房间内或躺或卧或二郎腿高高跷起，一点也不担心被警察捕去。

这张画面很感人，说明我们这个时代是有大进步的，也说明游成的领导艺术已达到一个何等高妙境界。一个领导能够这样与自己的下属同乐，这比桃园三结义那一幕，更能呈现兄弟情义融融之景。

今天不是星期一，不是星期二，不是星期三，不是星期四，也不是星期五。今天是星期六。这是废话，但大家都爱说废话，也必须说些废话，尤其是正确的废话。

不说废话的人不是好同志。杨平的脑袋还没有从游成所阐述的李芳的屁股与文化、经济的辩证关系中转悠出来，他只好先舔了舔自己的嘴唇，再冲游成的手指露齿一笑。这个笑容很有点儿像女人在嫣然一笑。杨平是个男人，这就让刘山心里有点儿不是味道，鼻子里不大不小地哼了声，脖子来回扭了扭。游成有些不满意两位哼哈二将的表现，手指再一次猛力向桌子敲去，指尖在触及桌面的那一刹那，颜色竟然发白了。桌子笃的一声轻响，它在提醒杨、刘两位，领导的确是一个很有力量的人。

游成用手指指杨平道："老杨，你来说说，李芳的屁股到底好在哪里？"

杨平来了精神，把手指头一扳："大、圆，有弹性，滑溜溜，手感特好。"

游成摇头："仅得其形，未得其神。老刘，你说说看。"

"有啥想法？看到她那个大屁股，脑子里就没其他想法了。"刘山做了一个猥琐的手势，"干。就这一个字。"

三个男人哈哈大笑。尽管这句话实在是不好笑。

游成笑道："老刘，你属猪吗？你这是猪八戒吃人参果。"

杨平与刘山赶紧赔笑道："老大，你给我们上上课。"

游成闭上眼，咂咂嘴："这女人的屁股简直就是能掐出水来。比刚上市的韭菜还要鲜嫩。你们说那死了的陈领导，眼睛怎么这贼亮？硬就是啖了头口汤。"

"头口汤有什么好啖？一不小心，反而烫了舌头。"刘山嘟囔。

"李芳的屁股好就好在是老陈啖这头口汤。当年老陈是什么样的主？咳嗽一声，方圆几百公里都要抖上几抖。他使用过的屁股，那就是皇帝用过的夜壶，谁会没有兴趣？图的就是这个调调。当然李芳的屁股也确实争气。一个女人屁股好不好，三点。缺一不可。"

游成咳嗽一声，眼里放出一道白光道："一是臀形要美，梨形最好。这是曲线，抑扬顿挫，极尽造物之神奇。二是脂肪要丰厚，方能圆润，里面筋肉有弹性，不能一按一个坑。三是肌肤要细腻，摸上去滑不溜秋，像摸冻猪油，所谓肤若凝脂。臀不宜过大，也不宜扁平，腰要柔，更要软，细腰丰臀，其轮廓应该明显隆起，成柔软波状形，臀部下面弯入的曲线最好要柔美、圆浑而紧滑。此两者搭配巧妙，这女人之臀才会丰硕娇艳。可以这么说，臀部之美在于丰满、圆滑、细腻、白净而富有弹力，它集视觉、触觉美大成，既像雪一样洁白无瑕，又像月亮一般神秘美妙。李芳的屁股虽不能赞为绝品，三条基本要素倒也都有。”

游成微闭上眼，沉醉道：“她的屁股简直就是一座能旋转的天堂！”

刘山双手拍桌，“大哥，您出口就是锦绣文章。太了不起了。天堂……啊，我只想到磨盘。我太庸俗了。大哥，我对您的景仰之情啊，就像太平洋里面的水，就像一条鱼佩服太平洋里的水。”

杨平眨眼道：“老大，听说陈领导与这李芳还有一段不打不相识的传奇？”

“当年老陈来我们这里搞检查，几杯酒灌下肚，酒意涌上头，便去找厕所。有人想扶他去，他冲人家瞪眼睛，摇摇晃晃说没醉，结果也不知怎么搞的，竟然走进女厕所里。刚巧就那李芳一个人蹲在里面……”

六

这篇文章写得不好，比起刘启明的生花妙笔差十万八千里。这点自知之明我还是有的。假如我是杂志编辑，我会在这篇稿子上画一个叉，写上五个鲜红大字：“滚你妈的吧！！！”必须要有三个感叹号，这样才能稍微缓解下我的不适。

别说我当初寄出的是八份，寄出八百份也不行。太污。光污还不打紧，还多是阴暗面、丑陋面。更糟糕的是，这个该死的家伙，他到底想说什么？情色小说也不是这样写法。

口腔里满是水蜜桃的汁液。

黏。我擦嘴。

我带着这份稿件，拜访过省城一本著名文学刊物里的一个蓬头垢面的男编辑。他迅速浏览了五分钟。一阵剧烈的咳嗽。我端坐不动，为自己给他造成的心理阴影暗叫惭愧。没办法，尽管深知不堪入目，内心深处还是有一只纸墨情结变幻出来的小鬼在作祟。也许不是小鬼，而是挑衅，是冒犯，是让这些整天喊着文以载道的人，知道生活并不是他们在书案前想象的那样，没有那么多的温良恭俭让，就是……对的，就是残酷这个词。

男编辑端起满是茶垢的水杯，拖长舌头，一口一口呷着。

我坐如钟，行如风，站如松。这是一个有过从军经历的男人对自身的起码要求。我都看见他那根长满白色舌苔的舌头，发了黑的奇形怪状的牙齿，还有散发出阵阵恶臭的口腔。我深呼吸，挤出笑容，鼓励他。

他问我说，知不知道小说为文学之最上乘，要两种德四种力，所谓欲新一国之民，不可不先新一国之小说？

我说不知道。其实我知道这话是谁说的，但确实读书不求甚解，不明白这两种德四种力具体是哪些内容。

他一拍大腿，叹道，这就对了。你这个小说，毫无疑问，只是荷尔蒙之分泌，一个人的臆想。你太肤浅了，完全着迷于那些庸俗的低级趣味。他露出哀伤的表情道，你忘掉了小说的主旨。另外，基本功也不行，细节不精确，你首先得加强基本功的训练，让自己的文字像手术刀一样精确。

我点头如捣蒜，虽然我不认同他中间那句话。

“记得小时候课本里的达·芬奇画鸡蛋的故事吗？”他说。

“记得。”我说。

“大道至简。”

蓬头垢面的男编辑面容庄严有光，又从那净是茶垢的杯里深吸了一口水，如龙吸水。垂首闭目，气沉丹田，蓦然双眼如电，手指在我的稿子上以每秒十余次的高频迅速戳击道："这就是法门所在。写作者在刚习写作时要能够一遍一遍、不厌其烦地去描述一样事物，或叙述一件事情。再简单点说，你写一个杯子，写一千字，写五千字，写一万字，写五万字，写十万字，写五十万字。每次对杯子的书写达到一定的字数，你对它，甚至是世界万物的理解，会呈一个几何级数的放大。你会通过这个杯子看见民族、国家、文化、宗教、社会、政治以及缠绕于这诸多词语之上的故事。当你能用五十万汉字来叙述一只杯子时，那时，你就是大师。"

他说得很对，最后还不忘起身给我倒了一纸杯水。

我很喜欢他，说了声"谢谢"就走了。

本来我想打断他，说达·芬奇画鸡蛋，就是一个课本里的故事，一份虚构的鸡汤，在达·芬奇的相关史料及权威传记中，找不到一点蛛丝马迹；本来我是想请他吃饭的，去模范东路那家新开的日本料理店，那里做女体盛的还真有几位附近高校里的漂亮女生；本来我想告诉他，把这篇万字文章刊发了，我会给他塞两万块钱红包，五万也成。可他说得对。说得太对了。

对于这样一个有专业精神的人，我不该拿钱来羞辱他。

回到公司后，我找了几个小瘪三，让他们在街头拦下男编辑，暴打一顿。小瘪三们做的活不错，还发来视频，这个颇有名士风度的男编辑，趴地上，汪汪叫，像狗一样摇着那条看不见的尾巴的样子，还真是让人忍俊不禁。

假如那天，我告诉这位编辑，说我打算用五万块钱来羞辱他，他是否愿意接受这份相当于他全年薪水的羞辱？不过，这样考验人性的事想一下就行了，做就没必要了。

我在房间里来回踱步。脚步在房间里发出空空荡荡的响声。

如果把房间比喻成鼓，把这些响声比喻成鼓槌，这会是一支什么样的曲子呢？《杂阿含经》里有一个阿能诃鼓的故事，1 世纪普鲁塔克提出一个忒修斯之船悖论。这两个问题几乎一模一样。不过佛陀与西方智者给出的答案却不一样。前者认为不是，因为诸法无我；后者认为是，因为这个概念涉及一个连续的时空观。

我是一只阿能诃鼓，还是一艘忒修斯船？

这不重要。不管是佛陀的阿能诃鼓，还是希腊的忒修斯船，都好过了一个人的房间——甚至不能用荒野来比喻它，荒野上还有沼泽、水草、各种古怪的小兽，甚至鬼魂；这个房间，什么也没有，连“什么也没有”亦会在某个时间里消失。也许这个房间就是所谓的黑洞视界的边缘。

原本又轻又暖和的鸭绒被似在水里浸过一般，又湿又沉。

我感到一阵心悸，感到了一些痛苦想要对我的大脑发出袭击。

这些痛苦的一小部分，与她们有关。我想念她们，凭借这一小部分痛苦抵御着那些无可名状。这种想念是不道德的。如果说她们知道我的想念，是对此表示接受，还是欣喜，还是无动于衷，还是憎恶？大概率是后者吧。事实上我就根本没有资格想念她们。

想这些事真是无聊。人就是一团无用之激情，一堆无聊之噪声。

我努力爬起身，关上灯，还是睡不着，想了许久，盯着屋角那团幽暗，骂出一句畜生。又想了许久，还是没弄明白自己是想骂谁。

七

还是先说说李芳吧。

一个普通的人名，一个简单的发音，一道万花筒里众多碎片罅隙间的奇异闪光。她是她们中的一个。非常特殊的一个。如果不是她，我也不会在电脑前坐下，反复敲打键盘。

“李芳”。

气流自体内深处缓慢上升，经过喉部声带后，溢满口腔，渐渐散发出一种苦杏仁的味道。

那是很多年前的一个日子，秋高气爽，天空南面云层的形状与一本书的封面纹理相似。阳光浮在空气中，形若有质，让我出生的这个小县城如同被包裹在一块橙黄色的琥珀里。我在路上走着，朝向路的尽头。那里有一座破旧不堪的二层建筑，是小县城的大脑中枢。路边是几棵合抱粗的高大樟树，冠盖如亭。树的叶子层层叠叠，浓密纷繁，青得发黑。偶尔有几个提篮人快步走过，便让穿过这块琥珀的光在天空中折射出七彩之芒。

我记得……是啊，尽管时间已经过了那么久，我还是清楚记得当时的场景与细节，不是普鲁斯特对那种又矮又胖名叫“小玛德莱娜”点心的记得，有点像博尔赫斯笔下那个博闻强记的富内斯。漫长的时光没有让我大脑里的海马体磨损枯萎,反而因为“此时此刻”的书写与读取，愈见清晰准确。

有风吹来，丝绒一样。一张报纸打着旋，当着我的面，从地表一浅凹处升起。升起，震动，飘扬，飘入风中，像一只蝴蝶，越过我的头顶，在二楼阳台处的旗帜上盘桓不去。浅凹处有一堆粪便，可能是人的，也可能是狗的。还算新鲜。

我站在进门的石阶上，被一个女人的美吓着了。那是我第一次看见李芳。后来，她告诉我，那时我的样子就是一个傻瓜，可以用西瓜刀切八块的。接着她扑哧一声笑了，说我傻乎乎的，一点儿也不精神，不像转业军人，嘴唇上那圈淡淡的茸毛倒也挺可爱。

我不明白傻瓜有什么可笑的。难道一个正常人的笑声就是建立在傻瓜的愚蠢上吗？那时我还没读过美国作家艾萨克·辛格的《傻瓜吉姆佩尔》，要不然我准会抄袭辛格的智慧，给她一个漂亮机智的反击。我光盯着她的嘴发呆了。

李芳的嘴唇是红的。不是所有女人的嘴都是红的，少数淡白，多有青黑或紫乌，大多数是那种淡黄与黄褐。不少女性嘴唇上方还有一圈小胡须，让人睹之，心烦意乱。我得说，李芳的嘴唇是当年我有限视野里的最好看的女性之唇。不是很惊艳的唇形，椭圆形，线条感不足，特别有少女感。李芳还用了粉色系口红，显得格外温柔。像一只凤尾金鲤，在说话的时候，嘴唇一张一合。

我很想扑上去在那上面狠狠亲上一口。

“你找我？”她不耐烦。

我敬礼，忘了说话。有句俗话，部队蹲两年，老母猪赛貂蝉。若真遇到貂蝉，估计就是我当时那种被雷劈了的样子。区区一个小县城，居然有这样的倾城之色？

“你谁啊？”她不耐烦的声音听上去也如天籁。

“我叫张三。”喉咙里挤出几个干瘪的汉字。我的目光直勾勾的。

她眼里有了一丝鄙夷。也许不是鄙夷，是还没有想清楚该拿我如何是好，或是一些更复杂的东西。她唇部的笑口肌开始上提，看得出来，她想给我一个好印象。“跟我来吧。”她引我前行。我迈入那幢黑咕隆咚的楼。这不是我第一次来，却第一次感到紧张，这种紧张根源于诗，五个字，“有女妖且丽”。这是我事后才想明白的。

那时我还不知道李芳的屁股有多么著名，也立刻领略到它不同寻常的美，如花团之摇曳——不对，这个比喻不对，这种美带杀伤力，起码得若玫瑰之摇曳，上面竖着数根荆棘。玫瑰玫瑰我爱你，就像老鼠爱大米。为什么她叫李芳呢，她得改名叫李家玫瑰。那时我还不懂什么是“纤纤盈握之下润弧流线”之类的高级词，只晓得用玫瑰向女人求欢这种恶俗。想到“求欢”两字……效果立竿见影。我可耻地硬了，不得不略弯下腰，避免被人发现我裤裆里的变化。我如一个去势未尽的太监，瞪眼，低首，弓腰，碎步，紧紧跟随着李芳的高跟鞋，疾走向前，鬓角出汗，心里全是一些不可告人的龌龊念头。

李芳的后脑勺有双眼睛。

这双奇妙之眼能察觉男人最细微的身体语言。等到她把我领到一个房门口时，她眉开眼笑。“小张，就这儿。靠墙那张桌子。你先坐，我等会儿带你到各处转转，熟悉熟悉。”她走了。她挺翘的臀，朝我挤了下眉，弄了下眼。

我咽下口水。

八

我喜欢咽口水。当兵时，离连队驻地不远有个养猪场，里面有几百号大大小小的猪。一般情况下，它们很闲，吃饱了就睡，睡醒了再吃。这种生活是惬意的，与王小波描绘过的黄金时代差不多。更愉快的是，它们不认识这些据说能令鬼哭神惊的汉字，自然不必去思考自己到底是不是生活在一个黄金时代。这样就避免了自找罪受。

人生忧患识字始！

这些猪就好，对白纸黑字的东西，毫无敬畏之心，不管是哪本书，它们只有一种态度，咬碎撕烂。它们啃噬书本的时候老是吭哧吭哧，口涎垂得老长，吃相无法恭维，食物还老糊了满脸。这种难看的样子常让我看入了迷。为此我从连队特意偷来许多报纸，扔在猪圈里。令我感到愤怒的是，这些猪在尝过几次报纸的滋味后，就对此不屑一顾。偶尔心情好了，就懒洋洋走上前，低头轻嗅，又大摇大摆走开。有一次，我实在忍受不住，趁一头猪不小心，抓紧它的耳朵，对它大声地吼："这可是精神食粮啊！"

这头猪轻蔑地瞪了我一眼，干嚎，声音是刀子，往我耳朵里直捅。

我吓了一跳，松手捂耳，逃窜。

我不怕它们，有点儿悚饲养员。也不是怕这个绰号"黑傻"的山东大个，是怕他手上那个盛满猪食的大铁瓢。那家伙目测有十斤重。黑傻从早到晚穿着件皱巴巴的绿军装，腰间围着条脏兮兮的灰大褂，整天在猪场转来转去，目光阴沉，两道眉毛黑得摘下来都能当飞镖扔出去。这些猪好像是黑傻的亲生儿子。老兵说，连队里曾有个兵，愣头青，闲着没事用石头砸猪玩，给黑傻发觉，迂回包抄，悄无声息地抡起铁勺，朝那颗光秃秃的脑袋敲下。当的一声响，兵连声惨叫都没有，直接晕过去。

黑傻被关禁闭，愣头青关他对门。

愣头青还隔着栅栏用眼神挑衅，意思是说偷袭不算本事，有本事放出来单挑。黑傻眼观鼻，鼻观心。出来后，两人又干上。愣头青尾随堵截。黑傻不耐烦，随手一铁瓢，又把他给拍倒。愣头青脑袋前后凸起两个大包，哪肯善罢甘休，请罢一场酒，找了五六个老乡手执短棍呼啸而来。愣头青妄想证明人多力量大。黑傻不屑一顾，挥舞着沉重的大铁瓢，像打地鼠一样，把他们拍得抱头鼠窜。这只大铁瓢出了名，连营长来我们连视察训话时，也大声吼道："龟孙子们，再敢闹事，老子拿铁瓢拍死你！"

大家很欢乐。让人啼笑皆非的事情出现了，黑傻没有任何预兆转业退伍，据说他胯下的那玩意儿没有了，凶手是一头母猪……这不稀奇，大千世界，无奇不有。连队附近村庄里刚出过一件惨事。几只老鼠吃掉一个婴儿的睾丸。小孩儿倒没一命呜呼。可怜那小孩儿的妈，疯了，学猫逮老鼠，逮到老鼠后直接送嘴里，边吃还边唤“我的儿啊”。

当时我刚进部队不久，满脑子都是好好表现军民鱼水一家亲之类的，听说这事，马上提笔，写了一封让我羞愧半生的信，“从今天起，我就是你儿子”。结果，妇人还真找到连队，指名要见她的儿。我这才发现这个眉清目秀的女人根本不比我大几岁。

生活充满恶意。

这种恶意在把人打入十八层地狱后是不肯善罢甘休的，必定还要接着再踩上几脚。

男人被母猪咬掉那玩意儿是一件多么悲惨的事啊。可年轻的我们，浑身上下都是荷尔蒙与肾上腺素的我们，在听到这件惨事后，无不狂笑出声，还津津有味脑补出无数个龌龊的画面，为的只是让原本乏味无聊的生活增添那么一小撮乐趣——其实不是一小撮，是很多很多，几乎接近于∞。哪怕一个人走在路上，一念及此，也会今宵欢乐多。

黑傻的猛男形象瞬间崩塌，烟消云散。

有人解释，这猪是饿狠了。黑傻不是猪养得好吗？被叫去别的连队传经送宝。连里没人照料他这几头宝贝。黑傻回来后，见猪饿惨，心疼，端着饲料进了猪圈。饿得肚皮贴脊梁的母猪拱他，请他让开位置，他不让开，还踹母猪一脚，拱起屁股要去拌匀饲料。

这是诱惑啊。

这么大的一个屁股，还有屁股中间挂着的那个肉嘟嘟的，像一根油条加两个鸡蛋，看上去就美味可口得紧的物什。

母猪张嘴就是一下。

这个说法合乎逻辑。我们不爱听。我们爱听的是黑傻与母猪之间的不伦之恋，也许不是一头母猪，是所有的猪。

我们一个个指手画脚，唾沫四溅，举例出各种可疑的细节，好像曾在夜黑风高时目睹过那一幕。一个叫余招福的兵总结陈词，伟大领袖教导我们说，世上没有无缘无故的爱，也没有无缘无故的恨。为什么黑傻会对这些猪这样好？这也是有缘故的。

我们笑得满地打滚。臊眉耷眼的余招福，见大家笑得这么欢畅，忘了自己平时的地位，一脸谄媚地提议宰了这头可恶的母猪，要薅其毛、食其肉、啖其血、敲其骨、吸其髓、寝其皮，替黑傻报仇。这个可怕的提议遭到一致反对，我们动手把余招福暴打一顿，威胁他再胆敢胡乱谵言，就把他剥光与那头凶悍的母猪关一个笼子里，他立刻老实了。

其实我很理解那头母猪。

别说动物，就是人，真挨了几天饿，比畜生还不如。我当兵前年，县里公审枪毙了一个老头儿，是什么村的，被他的几个儿子虐待，住在村头牛棚里，经常没得吃，饿惨，把他的一个孙女杀了，煮了吃。还是过路的人闻着肉香发现不对劲，说这老头儿平时连吃的都没有，哪来肉吃，进去一看，惨事才曝光。据审他的警察说，问他行凶动机，就一个字，饿。又问老头儿现在要挨枪子了，是不是会后悔。说不后悔，好歹算吃过一口肉了。

饿，真不是闹着玩的。幸好我没有挨过饿。

我没有再在养猪场见到黑傻。我挺想念他的。他象棋下得好。部队生活枯燥单调，他背包里那包乌黑沉重的棋子带给我们多少欢乐啊！学象棋，得先学残棋，后学开局，再学中局。这个次序不能乱，一乱基础就不行。黑傻养猪行，教人下棋的时候，跟唐僧一样侃侃而谈。就这个残棋，还分实战型的与街头型的，一局野马操田让我大开眼界，算略窥了棋路的曲折深奥，以及什么叫引人入彀的陷阱。

更有意思的是我们下棋时，眼看要棋差一着，这时候只要提及他养的这群畜生，说哪天要宰一只吃了，黑傻的水平马上下滑一截，百试不爽。这真他妈的有趣。

还是说那头母猪吧。

某日，母猪忽然在猪圈里发了疯似的来回跑，尾巴甩动，抽打着臀部。它在凄惨地叫，我注意到它的目光是绝望的，愤怒的，饱含着泪水的。我还是第一次看见猪眼里有泪水。我怀疑它可能是猪八戒转世投胎发现自己是一个女儿身，也怀疑这是因为它对黑傻的爱与想念。它的绝望与愤怒是因为黑傻转业了，它意识到再也没有人像黑傻那样待它了。它的泪水是忏悔。总之，不管它是在闹哪样，我聚精会神地看着。

苍蝇在头顶飞，我伸出九阴白骨爪，捏死一只。它们不加理会，继续载歌载舞。我不得不挥舞手臂练降龙十八掌，它们飞远了，等我把手放下，它们又来了，此起彼伏。《天龙八部》里的乔峰都改名叫萧峰，还把箭头自个儿插入心口。我只能向这种双翅目蝇科动物投降——没缴械。几只苍蝇终于快乐地歇在我脸上，在我脸上嗡嗡爬动，用长满毛的四肢告诉我，我的一切举动都是徒劳无功、自取其辱。

我摸着鼻子接受了这个不愉快的事实，继续看，像我多年后在国家大剧院看演出。

母猪的脚步由轻盈渐至沉重。

我有点失望。视线转至猪圈的角落，在那个可怕的大铁瓢里，装满一堆臭不可闻的粪便。几头公猪在这堆排泄物旁边站着。它们吃了铁瓢里的粪便，猪嘴上满是密密麻麻的苍蝇。它们不怕吃屎，哪怕是吃自己的屎，它们只是在屎里没有找到饱腹之物，所以沮丧，无精打采，目露凶光。饥饿让这些公猪腹沟下的生殖器比我的尾指还要短小。这很有趣。果然是饱暖才能思淫欲。我朝这些猪伸出鄙视的中指。猪没有理我。这难不倒我。我掰断手边啃着的顶花带刺的黄瓜，往猪圈里扔去一截。这些愚蠢的公猪马上挤作一团，有的还举起蹄子，像举着匕首梭镖，准备随时听从我的征召。

笑声快把我呛住了。我突然想起一个与面前现实风马牛不相及的问题：苍蝇能够传播至少五十种疾病，为什么它们自己从不生病？然后我愣住了。眼角余光又瞥见那头骄傲的母猪。它没有加入到抢食的猪群，用一种极为仇恨的目光看着我。

是的，仇恨。

我一眼就能认出这种目光的实质，不管它是属于两条腿的生物，还是四条腿的生物。我相信，假如它有办法，一定会立刻跳出猪圈，用石头砸碎我的脑袋。我打了个寒噤，胆边怒气生出，又捡起一块石头。他妈的，黑傻不在了，我想怎么砸就能怎么砸。我就不信这只该死的畜生还有本事把我的卵子咬去。

公猪们纷纷后退。这头母猪不再举着蹄子绕圈飞奔，站住，目光直勾勾地看着我。这是畜生对人类的挑衅。我继续砸，使劲儿地砸。我收拾不了连长，还会收拾不了一只黑面郎？石头砸在母猪肚腹上。嘭嘭响。它干脆躺下身子，还闭上眼睛。

我百思不得其解。它是不想让我看到它眼里的泪水吗？更奇怪的是，它就一直那么躺着，无论我用多大的石头砸它，它就是一动也不动。我把它砸得伤痕累累，还砸出血。我又砸了一会儿，觉得没有多大意思，就走了。毕竟它又没有把我的那玩意儿给咬掉。

据说猪非常聪明。黑傻说只要训练得当，它们能表演马戏团里的所有把戏，还能做加减法。黑傻是吹牛。我没看见他成功表演过。不过黑傻说使用工具这点是真的。就是这头母猪，我亲眼看见过它拱翻食槽，把食槽拱到猪圈边，再踩在上面，成功地跃出猪圈。好像是马克思说过一句话，说人类和动物区别的关键即在于工具的使用。

没过多少日子,部队杀猪,我又跑去看。这是节日,无比盛大。

猪在屠刀下惨叫，只有这头母猪一声不吭，也不挣扎，任人用绳子缚它，任人把它扛到案板上，它安安静静地躺着。杀猪的兵们本来摩拳擦掌准备大干一场，看到这般情形，也就没有兴趣。一个兵手中握刀，在母猪双腿中间的生殖器上，懒洋洋地拍了拍，嘟囔着顺手把利刃捅入它的脖子里。血冒出来，咕嘟直响。一股潮湿的腥味在空气中弥漫。母猪挺起颈脖，眼神有点儿疑惑。兵吓一跳，赶紧用刀护住自己下半身。母猪似乎这才想明白什么，尖声长嚎，猛然一跃，一腔热血向兵迎头浇来。所幸其他人对它早有提防，几把刀同时捅入它的身体。

“真他妈的过瘾。”一个兵抹了把脸上的血水大声骂道。大家都笑了。我也笑，我也看得很过瘾。这可真是一头慷慨赴死、与众不同的猪。

我吃了这头母猪的肉。大家说这猪肉特别香。我也这样认为。

我吃肉的时候，忘掉了余招福数月前的提议。等到盘里的肉为之一空，我看见坐斜对面，吃得满头冒汗、眼里精光四射的余招福。余招福打了个肉饱嗝，气息极其难闻。接着，其喉咙里发出一声心满意足的叹息，腮帮子继续鼓鼓囊囊地运动。他的样子真让人讨厌。

我对旁边一个新兵耳语数句。

新兵犹豫，被我拿眼一瞪，下意识起身。

被我再拿眼神一逼，他结结巴巴地说道：“余招福刚夹的肉是母猪屄！”

大家诧异。

新兵挺长了脖子，脸庞涨得通红。

我攥紧两只拳头，把它们硬邦邦地搁上桌。桌子一声响。

新兵更结巴了。但意思大家都听清楚了。

“是母猪屄。余招福吃得多带劲啊。”

大家轰然，咧嘴大笑。余招福恼了，打算扇新兵嘴巴。被我赶上前，死死摁住胳膊。几个战友一起过来捏余招福的嘴，逼他吐出嘴里的肉。余招福应该吐出这块肉的，他舍不得，咕噜一声把肉吞了肚。从那天中午开始，他就有了一个将伴随他至死的可怕诨号，“吃母猪屄的”。

我不是一个好人。我得承认。若没有这个诨号，余招福转业后的生涯当是另一回事。我的恶是从哪里来的呢？余招福说得对，世上没有无缘无故的爱，也没有无缘无故的恨。我的恶不会无缘无故。我想了许久，一直到今天也在想，这个问题伴随着我所经历的诸多人事，是那样鲜明，历久弥新，难以释怀。最让我困惑的是，我不为恶感到抱歉，或羞耻。恶不是附骨之疽，不是外来之物，是与生俱来的本能，是狼的“要吃羊”。

这是不是得怨我爸？

我与刘启明讨论这个“困惑”,以及对这个“困惑”的困惑,“既然我对恶不感到抱歉，为什么会困惑？”

刘启明问我是否听说过基因决定论。我略有耳闻。这是另一种形式的宿命论，说人的身高、俊丑等身体特征，智商、情商、性格等精神特征，大部分在出生时已经固定了，后天的可改变空间不大。

“基因是自私的。自私不是恶。今天的社会伦理体系是一个极复杂的湍流系统，汝之蜜糖，彼之砒霜。”刘启明与我说善恶，说它们是属于道德范畴，是人的最小公约数，是连接人际、建构社会秩序的焊接物。道德是一个时间概念与一个地理名词。人们说移风易俗，就是说道德的嬗变。道德有它的“永流传”，如忒修斯之船。如果说道德是实然的集合，美德即是应然，如“标月之指”，是光，打在这实然上，使它弥漫出光晕，具有一种魅惑面貌。它落在人的具体阶层（骑士的美德）与职业结构（比如医生的美德）就有了各自内涵与特定表达……

刘启明的这些话让人蒙圈。

我不得不提醒他闭嘴，让他学了几声“汪汪”狗叫，心里才好过了些。哪怕刘启明说的基因论确实是有一点道理。也许不是一点，是很多点。

九

我有个好爸爸。学好数理化，不如有个好爸爸。

忘了是从具体哪儿开始，我突然发现自己并不需要像其他人那样认真读书。

像哥伦布发现了新大陆。

我可以调皮，可以捣蛋，可以上课睡觉，可以干一切我所能想到的坏事，不必受任何处罚。有一次，我把坐在前排的两个小丫头的长辫子悄悄绑一块。

老师点名提问，其中一个起身，哎哟两声叫。

两个丫头片子同时疼出眼泪，屁股坐倒在地。满堂哄笑。老师嚷“肃静”。没人理会，个个前仰后合，在地上打滚，撕了作业本往空中抛撒，个别蹿到两个可怜的丫头身前，指着两张楚楚可怜、满眼泪水的脸蛋，扮鬼脸，吐舌头。

我没笑，咽了口唾沫。我早就做了准备，撸起袖子大干一场。绑妞辫子这种事只能算是暖场。手掌上早涂满风油精。我一脸严肃，上前，蹲下身，替这两个丫头擦眼睛，“吖吖吖，辫子咋缠一块了？乖，别哭。老师还要上课呢。哥替你解”。

两个丫头片子哭得更歇斯底里，几欲断气。

老师赶来，搡开我。我用很无辜的眼神瞅老师。我在她眼睛里看见了“你这个王八蛋”，她在我眼睛里看见了“你能拿我咋的？”。

我们心知肚明接下来的流程。

老师瞪眼，我冲她一乐。

我倒希望她能有勇气打破这种无言的交流，比如一把揪着我耳朵把我拎到教室外，再大喝一声：“张三，你他妈的给我放老实点。”

她不敢。她的饭碗在校长手里。校长的饭碗就在我爸手里。

我爸来学校视察那次，我躲在校长办公室壁橱里，看我爸捏女校长的奶。女校长直挺挺地在我爸面前站着。我爸左手捏着下巴，右手单手脱掉她的外套，不慌不乱。那模样真是酷呆了。女校长胸前缠着一块花花绿绿的布。女校长胸前跳出一对白白嫩嫩的兔子。太像兔子了。我都想伸手去摸一下。我以为我爸要把头埋进这对兔子中间，他一屁股坐藤椅上。天了个噜，办公桌挡住视线。我看见女校长跪下来。日本女人那种温良恭俭让的标准跪姿。跪得我喉咙发干。跪在我爸腿边动来动去，也不知道在干啥。我想推开壁橱去看看我爸与女校长在干啥，想起我爸一巴掌把我抽到半空的往事与糗事，还是忍住。

忍住——但，必须悄悄开一条缝。

我倒出手中紧扣着的竹筒,那里有条蛇。是条黄黑色的小水蛇。无毒。蛇蜿蜒游去。我希望它能吓他俩一跳。它前进了数米，就在办公桌下盘成一团。我爸喉咙里冒出奇怪的声响，好像一大块痰。终于……把痰吐了出来。

我爸站起身。女校长也站起身。

我爸说了两个字，“要得”。

女校长说了一长串，最后一句是，“谢谢领导关心”。

我爸走了。女校长跟在我爸身后出了门。那条蛇还盘在桌下。它太蠢了。我上前抓住它，把它塞进女校长办公桌的抽屉里。没办法，对于这样蠢的物种，就得这样简单粗暴。我翻窗走了。我知道我爸是了不起的。哪怕女校长发现我是这桩恶作剧的元凶，她也不敢拿我咋的。真要让我恼了，我就在她抽屉里搁上一条竹叶青。

龙生龙，凤生凤，老鼠的儿子生来会打洞。我爸了不起，我当然了不起。全班人都得坐教室考试，我溜出去抓知了照样得九十分——不过，我确实也能考上九十分。我就不明白这么简单的试卷，为什么还有那么多的同学考不及格。只能说人与人的差异性，比人与单细胞生物的差异性还大吧。

那时，我不懂得只要是人，不管他有多么了不起，也都有草包的时候。皇帝是了不起的，中国四百多名皇帝中至少有三分之一死于非命，死法千奇百怪，有的还死得特别滑稽，比如晋景公是掉厕所被粪便淹死的，东晋孝武帝司马曜是被老婆拿枕头给活活闷死的，北宋皇帝宋徽宗，那位书画界里的一代天骄，做了俘虏冻死后，被当蜡烛烧了。《三国演义》里的开篇是怎么说的？“滚滚长江东逝水，浪花淘尽英雄”……所有的英雄与美女都得死。在死面前，再了不起的人，与普通人一样。这是造物最大的公平。不过，这些都是废话，不说也罢。

高二那年，我对我爸说，想去当兵。

我喜欢董存瑞、邱少云、黄继光。我无数次幻想，自己用胸膛把敌人的机枪眼填得结结实实，漫山遍野的敌人在我的浩然正气下屈膝跪倒，双手举过头顶，哆哆嗦嗦直喊爷爷饶命。我被子弹打成一张筛子，嘴巴还能说话。

我向前挥着手说，缴枪不杀。

我向左挥着手说，我们的政策是优待俘虏。

我向右挥着手说，提高警惕，保卫祖国。

我向后挥着手说，同志们，党考验我们的时候到了，坚决消灭这伙顽敌，跟我冲！杀啊！我的战友踏着我开辟的道路迅速赶来，向我致革命的敬礼。

我向他们大声喊道，胜利是属于我们的，缓缓倒下。

我的鲜血染红了天边晚霞。

我的战友饱含热泪深情地问我还有什么遗愿。

我躺在屋里的水泥地上，皱起眉头，想了许久，一方面我刚从爸爸那儿偷了本带插画的《金瓶梅》，我很想看看女人两腿中间到底长了个什么样的东西，另一方面我觉得自己应该像电影里那些英雄一般大无畏地说，请组织考察我的入党申请书。到底应该先说哪种想法？这可真挠头。结果我爸给了我恶狠狠的一脚。

一切当权派都是纸老虎！

我坚决要与爸爸抗争到底！我要当兵！这样我才能生的光荣，死的伟大！

我爸把我绑起来，用绳子把我吊在梁上抽。我报以轻蔑的嘲笑。有哪个英雄会在严刑拷打下低头？

那时，我还不懂得，所有做爹的人最后都会向儿子低头，因为他们会心痛。

我爸最后同意我去当兵，我取得胜利。

那年我十六岁，要当兵起码得十八岁。我威胁我爸，若不给我弄来身绿军装，我就去参加街头的“斧头帮”。我爸乖乖就范，摆了几桌酒，请那些穿绿衣服的人来喝酒划拳。他们玩得很快活。我觉得他们看我的眼神就像猫看老鼠。一个胡子拉碴的叔叔摸摸我的头说：“以后就是文凭吃香的时代了。你应该去念大学。知识才是力量。”

我接道：“好男要当兵，好铁要打钉，要甘当祖国大家庭的一颗螺丝钉。”

叔叔翻白眼，我注意到我爸的手颤抖了下，把酒杯子的酒都泼出些许。这让我有点儿伤感。我爸这是整天喝酒喝成酒精中毒了吗？

托我爸的福，我如愿以偿。沾我的光，我的一个叫余招福的同学也当上了兵。我爸的手不能够伸入兵营里来，这让我与余招福一开始很是吃了些苦头。武松发配沧州道，迎头一顿杀威棒。兵营也有这规矩，不直接拿棒子往脊背或屁股上敲，方法多种多样。比如，一口气得做足五百个俯卧撑，胸脯下放几根铁钉，若谁中途瘫软，那只好尝尝这铁钉扎肉的滋味，这有个学名，叫“尖椒炒肉”；再比如站桩，头上顶个杯子，杯里装满老兵拉的屎尿，站桩时间视老兵心情，可老兵的心情几乎就没有好的时候，站桩一般得站到把屎尿淋满全身，这也有个学名，叫“尝口鲜”……一句话，对于测量出肉体所能忍受极限的各种方法，你所能想到的，老兵都想到了，你没想到的，老兵也想到了。

其中最恶劣的一种叫“蹾人”，若哪个新兵不听话、桀骜不驯，不肯给老兵打洗脚水、叠铺盖，极招老兵们厌恶，好戏正式上演。

四个老兵拽住新兵的四肢，一个老兵抱住头颅，摆出五马分尸的姿势，新兵的脊背垂下，老兵们喝着号子同时用力把这个脊背往水泥地上蔽去，响声沉闷。这个看似戏耍的游戏常会让新兵半个月都爬不起床，身体弱点的还得吐血，这里受的可不是皮外伤，是内伤。“蹾人”的好处在于不怕当官的搞突然袭击，大可说是在玩。

后来老兵们又发现这种方法的不足之处，一是新兵会叫，二是新兵背上会青肿破皮。经大家群智群力出谋献策，“蹾人”又演变成“闷人”。拿条毛巾先堵着新兵的嘴，再多拿几条毛巾浸湿水放在新兵的脊背上，再拿棍子直接往上面敲。

这法子又简单，效果又好。

我就被“闷”过，不能怪这些老兵，我总以为离开了我爸，我照样了不起，所以我与余招福在床上趴足了半个月。余招福像个娘们样整天以泪洗面。我没叫一声痛，更没哭哭啼啼跑去打小报告，倒不是清楚“打小报告也不会有任何结果”后做出的选择。我压根就看不起告密者这种无脊椎的软体生物。我的硬气让老兵竖起大拇指。

年轻就是资本，我复原了，身体好了，找到这些老兵，说单挑。从头到尾，一个个打过去，打到最后，大家凑钱去连队食堂摆上一桌，结为兄弟。于是，我入伍没半年能大模大样欺负其他人，包括个别熊包老兵。也自然包括了余招福。

拳头硬，就能为所欲为。

如果你不能骑在另一些人头上拉屎撒尿，只能说明你的拳头不够硬。

真理是朴素的。

十

我的拳头很硬。

我还练出八块腹肌，一身腱子肉。但部队的生活乏善可陈，比裤裆里放出的屁还要无聊。没打仗，指甲缝里没沾有鲜血与死亡魂灵的泥土，也没有嗅过真正的硝烟，看到过敌人凶残的面目。倒看过不少恶心人的剧目。比如余招福。连里有一个三等功的指标。为了拿到这个名额，余招福跟舔屁狗一样，整天在各级长官屁股后面瞎转悠，打菜排队洗衣服，连长官弯腰系根鞋带，也要上前弯腰侍候。有用吗？有个屁用。

一眨眼，两年时间，我退伍了。本来我有转志愿兵的机会，可不能打仗还当个屁。其间有考军校的机会，还是那句话，不能打仗还考个屁军校。

我十八岁，走在路上，带翻跟斗的。看见一幢楼，嗷一下叫出声，想把自己裤裆里那个硬挺挺的玩意儿插进去，弄出一个“金猴奋起千钧棒”。

我爸此时已退居二线，为我谋了一个县办公室里的职位。与我一起入伍退伍的余招福只能去县里一家印刷厂当工人糊纸盒。“你们都会有光明的前途。”县劳动局搞军人复员退伍工作的大妈，一张大饼脸喜气洋洋，左手拉余招福，右手拽住我，不肯松手。她腋下的狐臭味熏得我都想用拳头在这张大饼脸上砸出一个环形凹坑。余招福苦脸，眼神涣散，反复重复道：“我们都有一个光明的前途。”去糊纸盒固然不好，可苦难才是人生的财富啊。有必要像祥林嫂般嘬牙花子吗？这还是一个男人吗？

我撇嘴表示不屑。

我本来不想去上班。之所以去，两个原因。一个是小阿姨。照顾我爸很多年的。小阿姨坐下与我谈心，穿着一件印着蓝色小花的褂子，双手搁在膝盖上，乖得像个民国女中学生。我都嗅到她身上的兰花香。小阿姨说，当帮你爸一个忙，待得不舒服再说，行不？小阿姨温言细语。我若回绝，她极可能当场泪崩。我没办法。这个面子必须得给。另一个就是余招福。他太招人烦，不肯认命，几次三番跑来问我有没有法子替他逆天改命。还真把我当他爸。我赶他出门，他还阴魂不散，老在我家屋外徘徊。以为自己是孔雀，五里一徘徊？

余招福不是孔雀，他是一个“吃母猪屄”的，他的绰号现已省略成两个字，且如附骨之疽，到哪儿都跟着，一辈子都跟着，“猪屄”——连他老婆都这样叫。

余招福前几年死了。他是懦弱的。不能说是一个懦弱的男人。就不是一个男人。不是所有人都同意我这个观点。居然有人认为余招福最后的举动是“风萧萧兮易水寒，壮士一去兮不复还”。我不觉得荆轲算壮士，更不觉得余招福有荆轲的百分之一。说这种话的这些人都是在放狗屁。是狗放屁，是放屁狗，大脑神经元与细胞壁皆狗屎。

今天的我已说不出“懦弱是一个男人的墓志铭”这种蠢话。如果中国有一个卡夫卡，哪怕是狄更斯与巴尔扎克，抓住懦弱这个关键词，对余招福短暂枯燥的一生进行叙事，笔下或能敷衍铺陈出几卷真正富有中国人魂灵与时代底色的画卷。不过中国的当代作家们，是没有几个有这种才能或勇气的。这看看刘启明的德行，就知道“窥斑见豹”这个成语还基本有效。

我不是余招福，不知道他心里在想些什么。没了心理活动，余招福的故事就简单多了。余招福去糊纸盒后，没几年与同厂女工结婚。我没去喝喜酒。就算收到请帖也不会去。那时我已离开老家，每天都在水里火里汗水里，哪有时间招呼这个。听说后来生了个小孩儿。吃着三鹿奶粉长大。一家人清苦，也算其乐融融。吃糠咽菜起码不会得糖尿病，不用担惊受怕。后来，上面调来一个娃娃脸厂长，据说是县里游书记的远房亲戚。只是据说。不争气，喜欢嫖妓，隔三岔五就上县里的金帝娱乐城。男人嫖，不会糟蹋太多钱。还好赌，在一个民间赌场一夜间输掉二十多万元公款，没脸回来，投了江。

这是老鬼那种赌鬼给娃娃脸下的套，是他活该。其实娃娃脸贪了点，蠢了点，人品不算太坏。县里还有一批厂子。好几家厂子的一把手，在那段时间使劲往死里折腾厂子，故意让厂子倒闭，以便低估贱卖，收购为己有，其间种种狡猾与贪婪，是可以拿到资本主义的华尔街上当教程的。

娃娃脸厂长死了。挥挥手，没带走一片云彩。工人倒大霉，全体失业。几个在印刷厂辛辛苦苦干了一辈子，指望一点退休金过日子的老头儿跑去印刷厂的上级主管局二轻局，说这个厂长是你们派来的，我们的生活费得由你们着落。

二轻局说，是这个道理，局里也没钱，你们去县里问问。县里分管领导很和蔼，接待了这些鼻涕眼泪涂了一脸的老头儿，说这事让民政局看着办吧。县里的钱也是拨到下面的，本身不可能从办公经费里列支吧。县领导还当面写了批条，还特别在批条上加了三个感叹号。老头儿们拿着这张力透纸背的批条来民政局。

民政局的领导说，这是领导的批条，得办。但不能乱办，得与二轻局商量着办。老头儿们回去等商量结果，等了大半年民政局换领导了。说批条在哪儿？老头儿们去找老领导。老领导说我都退二线了，这事我不好说啊。老头儿们又去找新领导。新领导说没有看到过批条，就差赌咒发誓。又推心置腹地说，你们是二轻局的，我们不合适管，亲爹在，还活着，健在。我们认领，这不是打亲爹的嘴巴吗？我这不好做人啊。

老头儿们把白头发都快跑没了，事情还是没有着落。有个性子刚烈的老头儿想不通，腰间绑了雷管炸药，跑到印刷厂大门口，轰然拉响，血肉四溅，害得那些在厂子旁边摆摊卖水果的小贩把这老头儿的祖宗十八代全骂过一遍。当晚县里召开紧急办公会议。

老头儿们每个月终于可以拿到八十元钱生活费。

这事我是听王画虎说的。他本来叫王虎,我在中间加了一个字。得过小儿麻痹症，一条腿长，一条腿短。为人倒是胆大心细。王画虎是我老家人，跟了我几年。他还是一个在路上跑得踉踉跄跄的少年时，我即与他有过一次交集。没读过多少书，高中辍学去南方打工。胆大心细。他与刘启明是两种生物，如果说后者是哈巴犬，王画虎就是一条野性未驯的狼。圆脸细眼，路人面庞，整天一副没睡醒、人畜无害的样子。

王画虎说老头儿死的第二天，县里广播站的一位女同志写了一篇通讯——“县长的恩情比海深”，千真万确。还在悬在电线杆上的高音喇叭里来回播放。播音员读得是声情并茂，声泪俱下，高潮迭起。听得大家个个都想去给县长磕头，感谢他的活命之恩，顺便去干死县长全家。没过多久，省城电视台两个记者，跑下来采访。县长频频点头，在镜头前来回挥手，大声说道，我是俯下身子为人民群众办事的。人民群众就是我的爹，我的妈，我的爷爷，我的奶奶。这话朴素，感人。记者听了后都抹眼泪，说这是焦裕禄式的好干部，要写报道向省刊推荐发表。但不知道为什么当夜两个记者没有去撰写稿子，把这样光荣而又伟大的任务抛一边，精虫上脑，去了县城当时最豪华的金帝娱乐城。

这些年老家的娱乐环境得到极大提升。这个我知道。

硬件上去了，软件出了毛病。这个我也知道。没办法，硬件可以拿钱堆，管理是拿钱堆不出来的。我拍了拍王画虎的后背，示意他要从中吸取教训。让他继续往下说。

王画虎也对金帝娱乐城里的小姐表示不屑。

竖起三根手指头，这是三百块钱，结果等办完事就说三千，这是明目张胆地敲竹杠，红口白牙说谎。还是那种毫无技术含量的简单粗暴。这是欺负人啊。做小姐也是做生意，是要讲诚信的。其中一个居然声称，万水千山总是情，少了一分都不行。这小姐真行，连80年代初的电视剧都知道。两个记者只好拨打县长当天留下的电话。县政府办公室主任火速赶到现场。进门第一句话是，“记者同志们，你们辛苦了，你们受委屈了。”大手一挥，宣布免单。关键是其中一个记者体有阴虱，又不事先告知，传染给一个黄头发的小姐。黄头发要求娱乐城经理算工伤，报销医药费，给予两千元赔偿。经理只答应报销诊费。黄头发不好惹，找来几个青皮后生，大闹娱乐城。县城百姓才有幸得知那天晚上发生的各种故事，以及事故。

王画虎说到这里是哈哈大笑。

说县长那天晚上也在金帝，喝得醉醺醺的。金帝他有干股。当县长踉踉跄跄去厕所撒尿，听到有小姐抱怨免单时，大怒。踹开包厢门，一声断喝。办公室主任当时正搂着记者肩膀说“你们的任务就是玩，玩出水平”，被这破门声吓蒙，吓尿。真尿了，裤裆处透出一块不断扩大的湿渍。县长真是喝多了，没有认出眼前的两个外地人就是今天与他促膝谈心的省城电视台记者，或许认出了办公室主任，可能是打习惯了，上前就是三记巴掌，一人一个。俩记者哪曾受过这种对待，阴下脸，掩面想遁走。县长撸起袖子，“拿下”。办公室主任慌神，捂着脸，直跺脚。还真是一个能办事的主儿。见县长没醒过神来，嘱人拦住记者，赶紧煮醒酒汤，各种侍候。好不容易熬到县长酒醒，小心翼翼上前把情况一说，县长脸色变了，抬手又给了他一记耳光……随后恭身去了关押两个记者的房间。至于里面又发生什么，小姐就不知道了。总之，这件事就这样了了，没有正面报道，也没有负面新闻。两个记者像没来过一样。

王画虎讲得活灵活现，好像他在现场。可能那时他真在金帝做龟公。我没问。老想不起这个县长叫啥名。我在县府待时，好像县长没有这样猖獗啊。难道这些年在哪里又攀上高枝？也可能是另外新提拔的县长。灭门的知府，破家的县令。这年头七品芝麻官的序列里，多的是飞扬跋扈之徒。不过这不是我关心的问题。

上面这些也都是废话。之所以要讲这些废话，是因为余招福的死与那个性子刚烈的老头儿有点儿近似。王画虎说工厂倒了后，余招福也算是当过几年兵，头脑还活络，问亲朋好友借了点，再在银行贷了些款，买了辆崭新的客运中巴，还有一条跑邻县的线路，小两口一个开车，一个卖票，跑起运输。两个月时间不到，交通局有人来了，说这条线路欠了七八万的规费，得补齐才能上路运营。余招福五雷轰顶，去找卖线路给他的上家。找不到人。人去广东了。余招福没办法，说能不能先交一部分，余下的缓着交？

工作人员拒绝了余招福的无理要求，掏出份红头文件，手指在上面一点，眼睛一瞪说，你不会不认得字吧？

余招福说认得。

工作人员说，眼睛没瞎吧？

余招福说，我若瞎了，那哪能拿驾照开车？

工作人员不耐烦地挥挥手说，我没兴趣与你磨嘴皮，我们得按局里的政策办事。车我们先扣下来了，你先把钱准备准备。

几个人呼啦啦涌进驾驶室。车子一溜烟开走了。余招福挠头。

半个月后，等到余招福哭爹喊娘把钱凑齐去领车时，余招福发现自己的中巴车换了模样。前头凹进两大块，水箱漏水，油箱漏油……这些是小事，最糟糕的是客车的发动机不见了。

余招福找到工作人员要求赔偿。

工作人员奇怪了说，怎么，我还有义务替你保管好车子？

余招福说，是你把我的车开走的。

工作人员说，开走你的车，是为了让你早日来交钱，不意味着交通局有义务保管车子。要不，你过来替交通局盖几间车库，再砌上一堵围墙？再说了，是我开走你的车吗？你睁开眼好好看清楚。我就是一个收钱的。工作程序你懂不懂？

余招福说，我不管这么多，我要我原来的车。

工作人员把余招福交来的钱码好，放入抽屉，脸一沉说，车钥匙给你了，你还想怎么的？再不走，我们报警了。

余招福说，我要我原来的车。

话车轱辘地说着。余招福又找到开走他车的那几位工作人员。其中一个说，是我们开走你的车，没错。但我们就负责开车与停车，可不敢弄丢你的发动机。冤有头债有主，你得找对人。又指余招福身后的四层楼建筑说，你得找它。交通局。

余招福去找局长。局长双手一摊，你找我，我也是受害者。丢的可不是你一个发动机。局里丢的东西还多着呢。我们也在报案。要不，你等等，看看公安怎么说？

余招福很恼火，说我的车子是你们交通的人拖走的，又在你们交通局的地盘上丢了发动机的。你们就该赔偿。要把我的车恢复原状。

局长说，那我们也得等公安把情况搞清楚。万一这发动机是你本人偷的，故意诬陷报复呢。别说没有这种可能性，你是当过兵的人，这点逻辑总是有的吧。要相信我们党，相信政府。我们绝对不会冤枉一个好人，也不会漏过一个坏人。

王画虎说话的时候，还是很安静的，不像某些人，又是唾沫，又是各种肢体动作，以为自己是在春晚舞台。我欣赏王画虎这点，但这些话肯定是耳听途闻，说得这般有鼻子有眼，反而让我生了疑。便让刘启明去了一趟县里，打听一下。还真是这样一回事。

余招福打起官司。法院对此类案件还是很感兴趣。收好余招福交来的一千多元的诉讼费，说，我们不会吃完被告吃原告，我们的法院是人民的法院。以事实为依据，以法律为准绳，秉公执法是法院的宗旨。余招福确实打赢了官司，不过等他拿到宣判书时已是一年之后，这期间余招福的老婆跟人跑了。余招福老婆跟的那个男人，还在正屋墙壁上用油漆刷了两个大字，“猪屄”，上面再画了一个大叉。余招福又当爹来又当妈，其中甘苦，不说也罢。判决书很轻,一张纸,上面还有错别字。上面的那些白纸黑字，余招福肯定能倒背如流。交通局要买一个新的发动机赔给余招福。交通局对此宣判甚为不满，依法律程序提出反诉，说余招福天天去交通局，严重干扰了正常办公，得追究其刑事责任。余招福把判决书揉成一团扔进了垃圾堆。买了桶汽油，跑到仍停在交通局大院里自己那辆已经报废，像一堆狗屎的中巴车上，在嘴里叼上一根烟，用打火机点燃。余招福的个子有一米七。大家都说最后火熄灭的时候，余招福黑乎乎蜷成一团，怕还没有一米长。

我不喜欢余招福。如果我是他，我会把汽油浇到交通局长或那些工作人员的家里去。由这里也不难看出，我具有反社会人格倾向，这不大好。为了不成为变态，我还是向余招福学习，学习他如何克制内心的种种魔鬼，把汽油浇到自己身上为好。

是这样吗？我问刘启明。

刘启明不知道该怎样回答我的问题，头发都要被他薅秃。等到我抽完一根烟，刘启明这才谄笑道：“反社会人格的，别人喘气儿都能碍着他。他们是一群高度自恋的情感淡薄者，缺乏一般人所具备的道德良心自我审查机制。三哥，你这还真不是。你胸中这个审查机制的高度都够得上康德的那个。”

“那我这算什么？”

“是愤怒。”刘启明牙缝里挤出两个字，表情像在吃大便，“三哥，余招福的事情咱就不说了吧。听着怪难受的。”

我也有点难受。这样说倒无意在道德上撇清自己。坦率地说，我是有这个能力帮余招福的。只要我打个电话。我没有。为什么？因为我是张三。

不能说我是眼睁睁地看着余招福走向死亡。他的事是他死后我才听说的。如果他死之前我听说了他的事，我会怎么办？这个问题让我心烦意乱，有次喝酒时，把酒呛到气管里了。害得一个婊子掩嘴窃笑，我只好上前给了她嘴巴上重重一拳，看到她当场跪下，心里才略舒坦了一些。可怜之人必有可恨之处。就算我出面帮余招福找回一辆崭新的中巴车，他的中巴车迟早要被人弄掉的。他不该听别人一撺掇就投入全部身家，买下那条营运线路。天上不会掉馅饼。他起码得把这事打听清楚，多问几个行内人，托关系到交通局了解下相关政策。他如此天真而又愚蠢，认为做事吃苦耐劳就能混口饭吃。跑线路要能摆得平各方面关系，起码背后得有人撑着。他高估了自己。具体到交通局缴车这件事，也没有处理好。事发后，走下交通局长的门路，而不是老实凑钱。更不应该打官司。公家单位耗得起，他耗不起。他当设法谋求其他帮助，哪怕是给他的战友们，比如我，打一圈电话，结果肯定不一样。他最不应该是自杀。毫无意义的死。让人们茶余饭后多了几句谈资，也就这样了。

这几句谈资很快无人提及，仿佛世上根本没有出现过余招福这人。这是可以理解的。对人民群众的要求不要太高。要在这个世上活着，活下去，活得还像那么一回事，余招福这种人是必须遗忘的。这是一个深渊，会把凝视它的人也拖到深渊里的。

十一

余招福的事让人厌倦。为什么人可以这样蠢？无知不值得怜悯，它是一种罪，比傲慢还要可恶。曾几何时，我想不明白上帝在精心设计出这个广袤宇宙后，为什么允许里面有这么多的余招福。与刘启明谈过这个话题。刘启明的话基本是社会达尔文主义的那套陈词滥调，说什么社会生态圈，有狼，就得有羊。要不狼就饿死了。

这是不过脑子的说法。

倒是我后来发现一个词：冗余。

大多数人的生活是没有目的，没有丝毫意义可言的，就是混吃等死。这是人的悲剧性。但恰恰是大多数人毫无意义与目的的生活，为整个系统提供了势能，犹如水分子的聚合，使“旋涡”这种群体特性得以涌现，使人类社会得以奔腾流淌犹如河流，使河上的船得以扬帆远航，驶向星辰大海——这三个“使”是一个递进关系。

冗余是有价值的。看似浪费内存，无意义，但保证了人类社会系统的稳定可靠，使之不会因为“某个天才的发现”，或对效率极端的追求，突然崩溃。它还是多样性的来源，是土壤，为天才的涌现提供概率。羊是有可能化身为狼的。而换一个维度来看，狼与羊同时并存于一个人的体内。没有大多数人的无意义，再牛 × 的天才也毫无意义。这个我得承认，没有无数个余招福，没有无数个拍掌叫好的余招福，又哪来的莎士比亚呢？又或者说，没有无数个余招福，地球上只剩下牛顿与爱因斯坦这些人，就真的好吗？当然，冗余虽有价值，构成河流，不舍昼夜，但其边际价值趋于零。这也是一个事实。

这些话我没对刘启明说。我给他的文稿里提了几句。

我倒是很想听听他的回应。不知道他是否会注意到。我想他可能注意到的更多的是关于我对李芳屁股的描写，以及脑子里下意识浮现的肉身性、身体哲学等之类的阐释话语。可能还会扯几句弗洛伊德，与福柯、拉康、齐泽克，以卖弄他的学问。

也就这么一回事吧。不能奢望更多。如果我不是三哥，发钱给他的老板，以他的德行，又怎么可能在我扔给他的文稿上看一眼？大多数人的阅读并不是根源于对世界的好奇，而是学得一门手艺，换几口饭吃。我理解刘启明，理解所谓文人。

还是继续说李芳吧。如果把人的一生比喻成一个系统，李芳虽然没与我有过亲密关系，毫无疑问是这个系统里最重要的一行底层代码。否则我不会反复想起她，在这里书写有关于她的记忆，在已经逝者如斯夫的时光之河里打捞着有关于她的诸种细节。这里有一个逻辑上的自我指涉，有点像埃舍尔的画，哥德尔不完备定理。我意识到这种很深的荒谬。

面对荒谬，唯一的办法就是进去，而非逃避。

那天我坐在李芳面前时有一种犯罪冲动。年轻的我满脑子皆是荷尔蒙。这荷尔蒙是要命的，在腹腔内燃起一阵阵大火。确实是火，没有比“火”这个词更准确的，能把万物化作乌有。我咬住嘴唇，喉咙里喷出热气。我都跟一只喷火兽差不了多少了。

李芳的裙子很薄，素白底色，上面印着浅色小花。看得见里面内裤的形状，三角形，有着隐隐约约的花纹。这是我当兵前难得一见的风景。更让人流鼻血的是，这条三角裤紧绷在她挺翘臀部上的线条。那是上帝才能绘出的美妙线条。

“难得一见”，即偶尔还能一见。

县城有条河，叫尚溪。虽然叫溪，在我念小学的时候，水流量还是很大。暴雨后，那也是一条汹涌澎湃的水流，是恶龙。经常淹死人，包括我少年时的一个朋友。我常与小伙伴们去野泳。尤其是夏日下午。那是盛大的节日，是人生的喜悦时刻。河的上游有一条拦水堤，我们常去。为了争夺领地，少年们之间不惜把对方打得头破血流，这算是雄性动物的本能吧。怎么说呢，有一个下午，我与几个伙伴去了那里，然后……居然就看见一个穿连衣泳装的年轻女人。

一个女人，独自，坐在堤坝上。

我们全傻了眼，傻了吧唧地互相嘀咕，以为看见了七仙女，又或者说狐狸精。反正我个人是第一次见到一个陌生女性的大块的裸露肌肤，真是有被雷劈的感觉。

就她一个人，没有同伴。但我们这些顽劣的少年人啊，不敢接近，好像小白兔看见大灰狼，嘀咕了半天，终于恢复了言语的能力，在傻了吧唧的状态中互相埋汰，还是没有人鼓起勇气。走了一段路，远远的，隔了三四十米后才下了水，把那块我们曾不惜用拳头与眼泪捍卫的领地，拱手相让。现在想一想，那是一个多美的姑娘啊，在80年代初的小县城。她穿的不是比基尼，上下套装的。我一直记得她肚腹边缘露出的那块白。比白云还白。

现在回想，这个姑娘可能就是少女时代的李芳。也可能不是。但我愿意她是，或者说，在我记忆里，她就是。记忆本来就是一种虚构。

总之，当兵回来，两年没见女人的我，在看着那条隐隐约约的三角内裤时，是真有了犯罪冲动，是真瞬时懂了什么是犯罪冲动。脑子嗡的一声响，接着就是嗡嗡嗡嗡嗡。

这条“隐隐约约的三角内裤”是有着神秘力量的符号，这不仅是说它能瞬间点燃男人们的目光，乃至让他们心甘情愿地去死，也不仅仅是说其隐喻所指涉的深层次的文化内涵与审美结构——这样说话真他妈的想死，我真想把刘启明暴打一顿。

简单说，它是至高之美在女体之上的绽放。

美的反义词，不是不美，而是匮乏。

当然，那时我不懂这些，只是模模糊糊地意识到“符号”这两个字。继而想到符号是信仰最直观、最有力的表达。接着想象力迅速在意识海里虚构出一幅画面：

一个勇士（对的，就是我）。形体健美堪比罗丹雕塑的《思想者》，被赤身裸体地送上火刑台，钉上十字架。铁钉被敲入手掌与脚掌。鲜血汩汩流出。我感觉到疼，眼里没有流露出丝毫懦弱与动摇，这痛苦是神赐予的考验。只赐予我一个人。那凶神恶煞的刽子手在我眼里就是一只蝼蚁。我目光坚毅，凝视着远方云层里的那面旗帜。那是我值得用一切去捍卫的。

一个宗教裁判官上前躬身道：可怜的年轻人啊，请放弃你的伪神，我们将赐给你财富与名声，最销魂的女人，你所渴望的一切，包括一位真正的神。

他的样子长得真像我爸。是一张典型中国人的扁平脸庞。我报以轻蔑一笑，吐出痰。感谢头顶的神灵，他们没割去我舌。

四周人群喧哗，犹如寂寞海洋中的沸腾鱼群。我用那种经历了万年沧桑的目光，自这些激动如狂的脸庞一扫而过，再仰起头看了看天边那两块已构成十字架形势的条状云，轻声说道，神会宽恕你们，可怜的孩子。这不是你们的错。

火刑得到执行。一些有着金属质地的句子从我嘴里涌出。“焚我残躯，熊熊圣火，生亦何欢，死亦何苦？为善除恶，唯光明故。喜乐悲愁，皆归尘土。怜我世人，忧患实多！”这些句子并未随风飘散，而是环绕着熊熊火焰，飘浮半空。

这是神迹啊。但只有与我相同魂灵者才能看见。

一个路过的妇人，一个肤白貌美的虔诚者（李芳的模样），在熊熊火光前默祷了数分钟。她的手指柔嫩娇小，像是花的芯。我目不转睛。妇人捡起一根柴火扔入火焰中。没有人笑。包括我。我盯着这个漂亮的妇人。远方那面旗帜的图案，出现在她迷人的脸庞上。我情不自禁地冲着她喊：“我会坚持至死的。”

我热泪盈眶，所有人也热泪盈眶。

我们都为认出风暴而激动如大海。

我很喜欢我想象的这个画面。一个混搭拼盘，同时包括宗教故事、里尔克的诗、金庸的小说，等等。

我把这个画面讲给刘启明听。还在房间里振臂大声呼喊口号。我本来希望他分析下深藏于这个画面后的隐喻与心理逻辑。结果他的大脑神经不知怎么就放飞了自我，与一个有着一对豪乳的小姐一边灌着洋酒，一边大谈“铁屋里的呐喊”，说这些自以为聪明、自以为清醒，要歇斯底里叫喊的人，哪来的权利，在公共场合，打扰那些正在铁屋子里梦周公做春梦的人，还说什么风凉话——你永远叫不醒一个装睡的人？你有喊的权利；别人也有睡的权利，甚至是装睡的权利。不是每个人都渴望你所渴望的自由。

又喊：我们都是自我的囚徒，都在光阴的笼子里，也都在这个宇宙用所谓真实性构造的一口深井里。就算我们暂时摆脱了一个笼子，也无非是来到了另一个笼子。我们所真正能做的，也唯一能做的，是接受笼子，就像接受那个给我们带来生老病死的肉身。

刘启明神经短路。小姐不是这样泡的。我半天没醒过神来。看着他口若悬河，视我若无物，哑然失笑。文化人，尤其是诗人，果然都是间歇性神经病。不过这病好治，不仅要治，首先要彻底打消他的嚣张气焰。我一脚踹在他屁股上，挥手赶走这个胸前波涛汹涌的小姐，招来红磨坊的妈咪，问这里有没有能谈论康德黑格尔罗尔斯霍布斯洛克休谟维特根斯坦斯宾诺莎萨特福柯叔本华尼采胡塞尔海德格尔阿尔都塞的小姐。

妈咪被我问得魔怔。

堂堂红磨坊，好歹也算是对法国地标性建筑的山寨。若没有几位能在精神层面与客户进行心灵交流的姑娘，又怎么能算得上这个行业的头牌，又该如何引领广大人民群众不断升级的精神需求？肉体交流重要，精神交流更重要。我语重心长。

还真有一位。也是红磨坊的头牌。我与之有过肉体交流。不知道她念过研究生，论文写过荣格。杏仁眼，前凸后翘，皮肤绵软白净，红发波浪，豪放程度一点不逊色那位胸前波涛汹涌的。杏仁眼用那位精神分析大师的原型理论与情结概念，结合卡尔·波普尔《开放社会及其敌人》之主旨，再加火热的胴体与甜蜜的唇，刘启明清醒了，各种不堪入目，别说让他“在铁屋子里呐喊”，就算让他拿着刀子去捅人腰眼，也是要干的。

刘启明都快去舔杏仁眼的脚指头了，要跪下求婚。

我哈哈大笑。嘱人弄来一袭婚纱与一套西服，当场为他俩举办婚礼。我当司仪，兼职双方长辈、证婚人，闹洞房的伴郎，把红磨坊的欢笑声不断地推向高潮。杏仁眼演技精湛，顾盼间楚楚动人，娇羞不可方物，还真是新娘的妩媚造型。不晓得将来哪个老实人有幸接盘。我向妈咪提议，必须把这个婚礼搞成红磨坊的一个固定节目，请这位懂哲学的杏仁眼主持新娘一职，夜夜婚纱不重样，至于新郎嘛，算是男嘉宾了，抽奖，红磨坊每天送出的福利。

大家鼓掌叫好，一致表决通过。

刘启明的手举得比谁都高。这个贱人啊，还有什么事是他干不出来的？

我去了洗手间，倒不是向隅独心伤，主要是膀胱憋得难受。

其次是因为这个杏仁眼五官依稀有一点李芳的模样。不多，千真万确，尤其是那个极具有女性魅力的“前凸后翘”，是一个奇异阀门，在拧开以后，冥冥中便有了一个魂魄的呼唤。身体里的血就开始沸腾。这是没办法的事，跟人饿了要吃饭困了要睡觉一样，都是没办法的。

所以，我没办法不想起李芳，想起她的美艳不可方物，想起她的命途多舛，想起她对自身的虐待与对残酷命运的服从。她是开始,是命运交响曲里的第一个音符,是我反复说过的“雷纳多·阿莫鲁索初次见到玛莲娜”。

对了，在洗手间里，我倒想起杏仁眼说过的一番话。我说她锁骨很漂亮，又做这行，说不定是锁骨菩萨转世。她抿嘴笑。我以为她不知道什么是锁骨菩萨，也可能就是卖弄，背诵起李复言撰写的《延州妇人》。结果她撇嘴，说这个不接地气，是酸文人的书房想象，比起冯梦龙在《喻世明言》里讲的那个锁骨菩萨的故事差远了。冯梦龙这本书我也看过，完全没印象。与她打赌，还真在《月明和尚度柳翠》中找到了，说观音大士为度化世人，化为美色之女，投身妓馆。故事是法空长老点化柳翠时说的。这让我很没面子，给了她一巴掌，拎裤子走人。

十二

记忆是什么？是不是像电脑里的文档随存随取（还存在着avi.或jpg.之类的不同格式），还是像蜂群所构建的蜂巢，又或者就是无数个H_2O，一起构成浩荡水流，水流里又有层流与涡流？又为什么有的记忆仅是瞬时，如在熙熙攘攘人流中搜寻某张脸庞，其他的脸，看到了，几乎等于不存在；有的记忆是几分钟以内，比如刚拨打完一个电话，便忘了刚才那串号码；有的记忆能保存数小时乃至数年，比如我与杏仁眼关于锁骨菩萨的对话；还有的记忆能持续一生，比如李芳的姓名？但又为什么女老师的姓名我老想不起来呢？

我清楚记得关于那天所有的一切。我想，这种“记得”是属于持续一生的。

坐在李芳面前的我，脑子嗡嗡响。唇干舌燥。

我就不明白这样一个女人为啥要坐在我面前，还坐得这样道貌岸然，为啥不在床上躺着，再叉开双腿——这太暴殄天物了。我想拥有她，狠狠地亲吻她，一秒钟也不愿耽搁。

李芳的声音是那么嗲。她用手的尾指撩额边细发，嫣然笑道：“你叫张三，哪个 san，山峰的山，还是阑珊的珊，还是杉树的杉？”

这是赤裸裸的调戏。我的左手朝李芳的腰肢搂去——这只手在我胡思乱想之际，自主行动，不听大脑指挥。这要是真搂上了……说不定就芙蓉帐暖春宵苦短。这肯定不妥，再怎么说我也是五讲四美三热爱的有为青年，一见面就这样猴急，我爸都会看不起我的。我用右手及时抓住这只罪恶的左手。左手反击，右手一拍。

“姐，我叫张三，一二三四的三，不是山峰的山。”

我在嘴上涂了一层蜜。

“一二三四，二二三四，换个姿势，再来一次；三二三四，四二三四，专心致志，贵在坚持。”李芳咯咯一笑，“你干吗这么紧张？”

“我打蚊子。”

“还会有蚊子？这都入秋多少天了。你可真逗。”李芳顺手一指紧闭的门窗，“就算有，蚊子能飞进来吗？”

我顺手——再往自己脸上就是一巴掌，重重一巴掌。真他妈的爽。“其实蚊子和我是好朋友，只要逮着机会，它们就会过来找我玩。”我舌绽莲花，脑子比平时转得快多了。李芳乐，我陪着她一起乐。我知道她为什么乐。这种欢乐是有道理的。周幽王为博褒姒一笑烽火戏诸侯，我不是周幽王，戏不了诸侯，给自己一巴掌还是能做的。范仲淹说……不对，不是范仲淹，是孟子忽悠齐宣王时说的，“独乐乐不如众乐乐。”

蚊子会乐吗？关于蚊子，《辞海》里有如下解释：昆虫。种类很多。幼虫生活在水里，雌的吸人畜血液，有的传染疟疾、流行性脑炎等。雄的吸植物汁液……办公室里有一小盆龙爪槐，枝干不粗，叶子也少，稀稀落落几片，难道它的汁液是被吴主任吸食走了？如果说吴主任是公蚊子，李芳就是母蚊子了，否则也就不好一个干办公室主任，另一个干副主任。如果说李芳是一只母蚊子，我是否甘愿让她吸食我的血，还是像刚才那样一掌拍死，或者挂个蚊帐，在里面裸睡，挑逗它，把它急死？

我胡思乱想，眼角余光瞥见吴主任推门进来。脊背一挺，两脚一并，手抬起，摆成梭镖状，放至耳边，我大声喊道：“吴主任早。”这是一个士兵的必备素质，眼观六路，耳听八方，见到领导身影，随时立正敬礼。我在心里微叹，脑子里的一个小人儿又赏了我一个嘴巴。

吴主任大名吴青。腿短，身粗，肚圆。圆的弧度与怀胎八月的孕妇差不多。

他不是一直这样瘦的。很小的时候，我叫他吴叔。每天早上七点十五分，吴叔出现在我家门口，比橱柜上搁着的那个机械座钟还要准时，他的模样像一根被风吹弯了腰的芦苇秆，干细羸弱，让人心生怜悯。我问我爸："为什么吴叔这么瘦？我用一根小指头能摁倒他。"我作势去摁，吴叔作势要倒。

我爸摸我的头，语重心长道："你吴叔，有志气。每个月粮票只有三十斤，还要省出五斤给老少边穷的孩子们寄去。他吃不饱啊。"我爸这是胡扯，志气与这事有啥关系。难道是指吴叔叔打算逐步饿死自己的决心？我爸应该说吴叔叔是一个有爱心的人。但他说志气，那就是志气了。若哪个替我爸准备发言材料的笔杆子，敢把志气改成爱心，我爸一定会像《少林寺》里的秃鹰，怪叫一声，抓碎他的面门。我那时是这样想的。我记得。

吴叔叔眼睛都笑眯了："张书记，您每个月还寄十斤呢。我这是向您学习。"

那时我还年轻，不懂事，还是叫爸的。我说："爸，你寄十斤，肚子还这么大这么圆，吴叔叔只寄五斤，肚子还没有你的五分之一大……"这个超出我学力的分数一下子难倒了我。我被从自己嘴里冒出来的词吓一跳，不知道接下来说啥好了。吴叔叔一脸惊奇，一脸不可思议，手指着我，脸朝着我爸，"书记书记，他居然懂得五分之一。"吴叔搓着双手，蹲下身，神情激动又欣喜，"我再问你。我再考考你，树上有十只鸟，猎人开枪打死了一只鸟。树上还有几只鸟。"

"一只也没有。"

打鸟这种事我干得太多了。

吴叔看样子要跪下朝我顶礼膜拜了，"书记，您儿子是天才。

必须，必须的，要，要……”吴叔结结巴巴，神情震惊。我爸捻须微笑。我被这笑容鼓励，脑子里灵光一闪，想起某本连环画里的一个成语，“爸，你肚子这样大，是不是里面装满民脂民膏？”

屋内顿时死寂。连环画上另一个精彩句子是怎么说的？“连一根针掉到地上也能听见。”我爸眨了眨眼睛。吴叔眨了眨眼睛。我冲他俩眨了眨眼睛。我们不约而同一起眨了眨眼睛。

我爸哼了一声，鼻孔里喷出两道白气。

“越努力工作的人，越容易发胖。”吴叔叔接嘴应道，“书记这是虚胖，是长期伏案，加班熬夜的结果。是一个体内细胞饿得发肿变大的结果。明天我要向办公室提意见去，他们是怎么搞的？张书记那十斤粮票再从我名下扣。我是个通讯员，但绝对不怕打击报复。干革命工作，还会有什么事情比领导身体更为重要？！”

吴叔叔嘴巴一噘一噘。

我晕头转向了。若再扣去十斤，吴叔吃啥呢？难道他是想饿成火柴杆，这样人民群众就能随时把他点燃取暖？又或者说他私下里还能餐风饮露？这可是一种神仙才会的本事。我赶紧说道：“吴叔，你是不是能吃西北风？你教我啊。”小阿姨煮肉汤时，我经常站在下风处，把那些袅袅水雾扇入鼻孔。我深情地凝视着张口结舌的吴叔，脑子一抽继续道，“吴叔，你是不是经常吃不饱？吃不饱饭没关系，可以吃肉啊。我们家就经常吃肉。要不，你来我家吃吧。”

我爸在我屁股上狠击一掌，把我击倒在地，脸色铁青出了门。吴叔紧跟着出了门，看都没看号啕大哭的我一眼。他刚刚明明说我是天才的。他居然能这样对待天才？！

我觉得很委屈，我明明说的是真话，是心里话，可我为什么还要挨打？幼小的我因为说真话，受到了一记巴掌的惩罚。这个惩罚力度不算大，但让我有了一层心理阴影。

读高一时，我才知道中国历史上也有一个皇帝与幼小的我一般，勇气可嘉，天真不可爱。我们都不知道说真话的危险。幸运的是我只是挨了个嘴巴，并及时吸取教训，长大成熟，他却被几支笔钉在所谓历史的耻辱簿上。从这点来说，这个叫司马衷的皇帝也是一个殉道者。他为他的诚实与善良付出代价，沦为笑话。我喜欢他。他是皇帝，就算他说“我死之后，哪管洪水滔天”，别人也拿他没办法，可他还是控制不住自己的恻隐之心作祟。

司马衷不是坏人。他从小生活在深宫大院，每日所食，皆是山珍海味熊掌鹿唇，最差的恐怕就是肉粥了。吃糠咽菜在他的认知世界里，是要比肉粥高级的。他肯定没吃过糠。没吃过的东西，因为稀缺就是好的。他不可能了解那些超出他知识范畴的事物。这个“何不食肉糜”的逻辑没有毛病，他的原话极有可能是：这些傻瓜快饿死了，为什么就不肯去吃那些难吃的肉？他的潜台词不仅是说灾民是傻瓜，侍卫也是。

我这样说是有根据的，当时的吴叔叔在当时的我看来，是一个傻瓜。当时的我在当时的吴叔叔看来，也是一个蠢得不可救药的傻瓜。这样说真拗口。改一下：我看青山如狗屎，料青天看我应如是。这样就有诗意多了。

我不敢想象当时的我在当时的吴叔叔眼里是一个什么形象。依稀记得吴叔叔一直在笑，笑得可开心了。

吴叔叔真蠢。光顾笑了，笑得鼻毛都歪了，都要翘到半空。没办法，他矮。所以我能看见他鼻孔里的每一根毛。当我爸抡起巴掌时，吴叔叔是理应劝阻的。我爸怎么会舍得打我呢？他就是做个样子。吴叔叔不仅没有及时阻止，或者挡在我面前，替我挨上这一掌，居然还笑容可掬地说，张书记你可别把自己的手打痛啊。

这真是找打。

出了门，我爸劈手给了他两记耳光。是打耳光，不是打屁股。打得真响，盖过我的哭声。我是我爸的儿子，这个客观事实不会因为我爸揍我一下就改变。我爸才舍不得真打当时已表现出“天才”潜质的我。他这话是撺掇我爸用棍子揍我吗？这叫拍马屁拍到马蹄上。这叫其心可诛。要我是我爸，非一巴掌把他揍成受精卵。但吴叔叔没有白活，十余年过去，他已经是吴主任了，我得向他致以革命的敬礼啦。

不过，就算那个朝吴主任敬礼的我，也根本不懂得所谓真话，并没有什么了不起的。比如，“我家门前有两棵树，一棵是枣树，另一棵还是枣树”。这是真话。因为是鲁迅写的，它是名篇佳构。

我若这样说，也是真话，就是语义重复，是赘句。老师会在作业本上画红叉的。又比如，真话还是会挖陷阱的。一个男人是英俊的，是有钱的，家世好的。这些都是真话。姑娘嫁给了他，才发现他是阳痿。而且，真话多半会因为这个混乱的现实变得支离破碎，反而是假话会更具有强大的煽动力与说服力。其实别说真话，就算是真理，那如同枪声一样的，那曾经放之四海皆准的，在一个封闭结构里也迟早要耗尽光与热，沦为陈词滥调。这是不可避免的，因为这是熵。

在来县府上班前，我爸爸躺在靠背竹藤椅上，两眼浑浊，面色黯淡，把他那根干瘦的手臂移动了几厘米的距离，一字一句地说道：“小三，记住，公共场合要叫吴主任。别再吴叔叔长，吴叔叔短。”

我说：“叫吴叔？你太高抬我的情商了。叫马屁精，亦不能概括其人所有。叫狗屎，可能更准确。”

我爸剧烈地咳嗽，脖子通红。他要被痰呛死了。他若这样去看马克思，我就是不孝子。我倒不怕做不孝子，隐约觉得他若就这样死了，未免太便宜他老人家——这算得上善终吧？我趋身上前，替他捶背，又倒去一杯水，递上一把药。他吃了，安静下来。

“叫吴主任。”

“叫狗屎。”

我爸不吭声了，盯着我，眼里有可怕的光。是凶光。如果他不曾被疾病打倒，如果他不曾因为疾病与其他我还不知道的原因退居二线，我想他必定会挥舞起手臂，像一只老虎挥舞它可怖的前肢。小时候我怕，现在不怕。部队是锻炼人的地方，是革命的熔炉，是在悄无声息重新排列人体里的基因组织。我爸是一头老虎，这是过去式，现在只是一只病猫。老虎与病猫，是两种动物。我把我爸干瘦冰凉的手塞入被褥，朝他老人家扮了个鬼脸，朝门外大步迈去。

秋高气爽,树影婆娑,是一个好日子。我在院子的拱门前停下，深呼吸，鼓起胸膛，像一条鱼鼓起它的鳔。肠子在蠕动，气体在朝着腹部丹田处汇聚，缓缓下坠。我屏住气息，龇牙咧嘴，用力收缩臀部肌肉——以免这些气体过早排出。我有经验。要有耐心，还有适当的技巧。

此种技巧不可言说，此种技巧与对肛门括约肌的控制有关。数秒钟后，一声轰隆巨响，一个我理想中的屁涌出肛门。气流之大，让我双腿都微微战栗。这种感觉真令人浑身通爽，我都想尖叫起来。人一天大约要放屁十至十五次。不放屁的人是不正常的人，是有问题的人。所谓仰天大笑出门去，我辈皆是放屁人。

我把屁留在这个门里，我希望它能多陪着我爸。

十三

我爸有过很多女人。这不是坏事。就不说“人是基因的奴隶，雄性追求数量、雌性追求质量、雄性必须要多与不同异性做爱，才能保持基因的传承。而雌性必须追求质量，才能保证基因传递的优胜劣汰”之类的废话，一个显而易见的事实是：

一些女人及其家庭，因为我爸，没有挨饿。我爸手中的资源因为这些“有过”得到流通与再分配。但他对这些女人的行径实在令人恶心。

这不是一个有魅力的男人能干出来的事。相对于其他女性，女校长所遭受过的蹂躏简直不值一提。他的“有过”不是根源于爱，或者是雄性与雌性之间的互相慰藉，而是权力的暴虐与变态。要想把这种事记录下来，实在糟糕，像吃屎，还是吃我爸拉的。我就不在这里吃了。只说一个比喻，如果把那些女性比喻成花朵，我爸就是一根涂满粪便的棍子，把这些花朵从枝头逐一敲落下，再用他那双四十三寸的解放鞋踩上几脚。

我不能理解我爸的行径。哪怕是现在。

他在做这种事的时候像一个疯子。

说个疯子的事吧。小时候见过的一个疯子。小时候的疯子特别多，有赤身裸体游街的，有披军大衣在街头发表长篇演说的，有骑猪游街的，有披一身破衣烂絮蹲在桥头望水好几个时辰的，各种型号各种材质。一般情况下，我是敬而远之。但有一天，我在上学路上看见了一个与众不同的疯子。原来没见过他。穿四个兜的中山装，眉清目秀，也就三十岁上下，手里拿着一个粪勺，对着印染厂院外码着的一堆棉花捅来捅去，嘴里还不断地喊着“杀”！那些棉花比天上的月光还要洁白轻柔啊！我都偷过那么多。更主要的是，厂里那么多的工人看着疯子没一个上前喝止。我为他们的行为感到羞耻，我为他们缺乏保卫国家财产的勇气感到愤怒。

我用石头砸疯子。疯子瞪了我一眼。这眼里是有刀的，还是那种生了锈的刀。我只好逃跑，在远处停下来继续观望，为自己没有勇气冲上前制止疯子的肆虐暴行感到万分羞愧。我觉得自己都要成为那些围观败类里的一分子。这时一个女同学来了，穿件过膝的黄军装。她叫朱明霞，我叫住她。她很惶恐，还是低眉细眼地走过来。我压低嗓门对她说，有个疯子在破坏公家财物。她说，我们报告老师去。

我总觉得女性是一种比男性更高级的物种，她们不需要一些混蛋逻辑，甚至连看一眼疯子都不需要，就知道怎么做是对的。我如梦初醒。我们开始跑，像黄继光与邱少云一起奔跑在社会主义的金光大道上，雄赳赳，气昂昂，跨过东门桥。在教室门口我们遇到一位瘦高的老师。我忘掉了他的名字。是我们的数学老师。男的，平时戴副眼镜，一副潜伏特务的样子。因为他是老师，朱明霞拦下他，结结巴巴。我朝朱明霞一连使了几个眼色，还踢她一脚，她浑然不觉。数学老师听完朱明霞气喘吁吁的汇报后，指指教室，问我们黑板上方写着什么。八张贴成菱形的红纸上有八个大字，“好好学习，天天向上”。我不解，纳闷，猜不透数学老师葫芦里卖的什么药。

数学老师说：“那是疯子，你们与疯子较劲，你们岂不也是疯子了？”

我愤怒了，血涌上头说：“难道就因为他是疯子，我们就可以心安理得，眼睁睁地看着他糟蹋国家财产吗？如果疯子要提刀杀你老婆，你也放任不管，坐而视之？”

当时的我肯定是说不出这样有水平的话。大意如此。我忘了我当时说啥了，总之我与数学老师吵了起来。上课铃响，他一把拽着我衣领，说进教室坐。真是笑话，我是张书记的儿子，叫我坐我能坐吗？我反击，像《小兵张嘎》里的嘎子那样刚强不屈。我的胳膊被他拧住。我用力喊，声音起码有一百二十分贝。我的声音里可能真有魔法。梳着齐耳短发的女校长出现了，手指着数学老师的鼻梁，五官扭曲，嘴唇哆嗦，那张原本清秀的脸上出现一丝狰狞。是的，狰狞。电影里日本鬼子的那种狰狞。千真万确。我一下子明白了原来真实生活中也是有这种表情的。我有点蒙。数学老师讪讪放下我。女校长说了一个字，“滚”。数学老师想走。女校长说：“我说的是让你滚。没听懂吗？”数学老师额头青筋跳动，瘦黑的脸上泛上两块极不自然的红，双眼盯着女校长，牙齿打战，喉咙里咝咝有声。女校长同样双眼紧盯着他。如果说数学老师眼里有红孩儿，女校长眼里就有金箍棒。数学老师的身子还是慢慢弯了下去。

真的，他团成一团，像做体操那样团成一团，滚开了。

我有点难过。

我不明白女校长为什么非要这样。她的狰狞让我害怕。我想走。离这个妇人这件事远一点。我都想起了我们这些野泳的少年嘴边的一句顺口溜，“青竹蛇儿口，黄蜂尾上针，最毒莫过妇人心”。女校长在我面前蹲下身，轻声细语地说：“他没扭疼你吧？”我小声说没。我为我的回答感到伤心。我本应该说疼。确实是疼。可我说不出口。我这是怎么了？是什么毒素在戕害我的心灵，让我变得如此可笑？是因为朱明霞那双惊恐的双眼吗？我对自己的懦弱感到愤怒。

女校长说什么事？老师给你出气。

我犹豫了。我清清楚楚看见她的翻脸如翻书。她现在的温柔我适应不了。结果朱明霞又老老实实说了，说保护国家财产什么的,还如实交代了数学老师刚才的言论。唉。我想再踢朱明霞一脚，想想还是算了。朱明霞又不是我肚子里的蛔虫。我不能对她提过高的要求。

女校长瞟了一眼还在滚动中的数学老师，脸部表情有点复杂。又扭回头看看朱明霞额头上滚动的汗珠，看看我咬紧的嘴唇，说走，去抓坏人去。我其实不想去了。曹刿同志说得好，一鼓作气，再而衰，三而竭。可我不好意思说不去。虚荣主宰了我的心灵。我点头。在发现自己点了头后，就干脆拼命点头。很快女校长身边出现了一支队伍，主要是老师，还有我与朱明霞。我们火速行军。在女校长的指挥下，我们成功地捕获了那个嘴里一直喊着杀的疯子。其中一个男老师发了疯似的，从疯子手中夺下那个粪勺，还把那些被弄脏的棉花捅入疯子的嘴巴。

我不明白男老师为什么要这样凶恶。这完全是没有必要的。疯子神情愈见兴奋，嘴里喃喃有声，剧烈反抗，还作势要朝女校长扑来。大家不得不把他五花大绑，是那种倒攒蹄的捆绑，再用一根竹竿挑起，两个精壮男老师一个行前，一个走后，呼儿嗨哟喊着号子走。很滑稽。我大笑出声，忘掉了半个小时前的犹豫。这像一场盛大的节日。我与朱明霞跟在队伍后面，挥舞拳头，喊着打倒“四人帮”的口号，跟随着大家把这个疯子押送政府。印染厂的那些围观群众喜气洋洋地跟了过来。他们说了什么，我也没听见。

第二天，学校的布告栏里就贴出告示，通报嘉奖我。嘉奖词我至今还大致记得。说我“深受老师和同学们的喜爱”，这是扯淡；说我“热爱科学，勇于实践”，这还是扯淡；最后点睛了六个字，“保卫国家财产”，这算得上。虽然那时的我不知道多年以后，这家棉纺厂改制归了私人。没有表扬朱明霞。我有点羞愧，但还是觉得挺光荣的。毕竟是我发现了这一敌情，虽然不曾亲手将其捕捉。这不能怨我没有革命的勇气，实在是他太臭了。

疯子放了出来。很快便放了出来。县政府里坐着的那些人又不傻。几个月后，这个穿中山装的疯子就死于街头，可能是冻毙，饿死，或病死。据说尸身上爬满了一种诡异的蚂蚁。捡尸的人以为那是一件灰色的衣服，拿棍子一拨，灰色流动起来。从来没见过那样怪的蚂蚁。那段时间，我们这些男生经常逃课去抓蚂蚁。上课时，把这些可爱的小精灵小心翼翼地放入前排女同学的脖子里。马上听见几声惊天动地的尖叫，那些女生哆嗦着，愤怒着，羞怯着，把手伸进衣领里，挠来挠去。她们的身子也跟着来回扭动。偶尔能看见一小截柔美而又洁白的纤腰，从原本包裹得严实的衣裳下露出。

疯子得到惩罚。我爸这个疯子却没有人敢把他扭送到政府从快从重。我曾经对此百思不得其解。后来，我上初中。有个夜里，清风明月，夜如翡翠，我在学校的顶楼天台看一本辛苦搞来的手抄本，那里有一盏彻夜不眠的灯。看到亢奋处，肚内雷鸣，去厕所清理肚里存货，刚蹲下，听见隔壁女厕所里传来两个声音。那时的男女厕所中间就隔着一堵墙，隔音效果很差。声音在深夜里尤为清晰。

“张负重那个畜生搞了你？”

张负重是我爸的大名，他成畜生不奇怪，我好奇的是他成一只什么样的畜生。畜生与畜生之间还是大有区别的，哪怕是一头猪，不仅有着切斯特白猪、大白猪、长白猪、伯克夏猪、杜洛克猪等品种区别，还有吃不吃屎、吃不吃细仔的区别。

有嘤嘤哭声。良久，一个女人幽幽说道：“姐，他还揍我。”

“老天有眼，不是不报，时候未到。”

我很想就这么拎起裤子跑到隔壁对她们说，若老天有眼，为何不会在畜生糟蹋你们时睁开，吓畜生一大跳？可见老天爷是没眼的。不仅没眼，还没屁眼。我强忍下这种冲动。男女有别，上课时，若哪个女生越过课桌上那道用小刀画的“三八线”，都会遭到男生铅笔毫不留情的迎头痛击，我这样跑过去，有点儿不大妥当。我静悄悄地放了个屁。

幽幽的声音又响了：“他答应把我从村小调到县小来教书了。姐，你说他说话会算话吗？”

“小妹你放心。这个畜生还是讲点信用的。我表姐，你上次见过说长得特别排场的，从民办转为公办，为了办这件事，被多少臭男人睡过。那些王八蛋，畜生都不如，拉完后，系好裤带，走了。我表姐快要疯了。最后还是求到他头上,才把事情办妥。小妹,你放心,顶多什么时候,姐再去陪陪他,给他提个醒。”

“姐,太委屈你了。”

哭声又响了起来,“姐,我是不是很不要脸?”

“女人要活下去,就不能要脸皮。脸皮能当钱用吗?能当饭吃吗?教育局那个姓李的主任,几年前还不过是一个打字员,之所以能爬得这么快,还不是因为她敢睡,能睡?你知道吗?连罗书记的司机她也睡。不知道她怎么就能下得了嘴。那个臭婊子整天耀武扬威,好像我们不知道她那点破事。子宫怕早烂透了,现在医院都不敢给她做刮胎手术。”

这声音是恶毒的。李主任我不认识。罗书记我见过,一个慈眉善目的老头儿,分管教育口子,被我爸收拾得像孙子。我爸在前面昂首阔步,他在旁边一路小跑。罗书记的司机是我们县里一个很有名的人物,据说他的阳具有一尺长,还流毒液。前后娶了三个老婆都死了。

“姐,我不会怀孕吧?”

“姐帮你算好日子的,哪能怀上?对了,你有没有烧一些草木灰,放在里面?”

“姐,我一时紧张,忘了。”

“糟糕,你赶快站起来,多跳几下。这样,孩子就会跳没了。”

女人在跳。跳得上气不接下气。我蹲着,没敢动,我有点儿想不明白，孩子可以跳没了？院子里的那头母猫整天跳上跳下，为何照样能生小猫？不过，人与猫是不同的。比如人就不能把老鼠逮住，塞入嘴里，生吞活剥。我想趴墙缝里去看看这对姐妹的脸容，腿发软，脚发麻，眼前发黑，腿部血管里有无数个虫子爬动。我差点瘫坐在布满黄白之物的粪坑上。赶紧甩手。对此我有经验。

女人走了，脚步声一前一后。我系好裤带冲了出去。我像踩在一大堆棉花上。借助于薄薄月光，我看清楚了那两张脸庞。她们是那样惊骇，好像遇见了鬼。

我冲她们咧嘴扮了个鬼脸。我没说张负重是我爸。我跑远了。我还是有点伤感。这是多么美的两张脸啊，惊鸿一瞥间，已见螓首蛾眉。

为什么我就不能在这两张脸上各亲上一口？我爸干得，我为什么干不得？

跑着跑着，我停下脚步。腹腔里有肿胀感，脑子里有恶心感。想了半天，才想起肿胀感来自于下半身，恶心感来自手抄本里的那些词与句。我突然觉得自己无比恶心。一念起，手中就有了动作。我在月光下脱掉裤子，双腿中间那物什已昂昂翘起。我为它的凶悍羞愧难当，左手托住，右手握掌成拳狠击下去。真他妈的疼啊。我还是没有勇气拿起兜里的小刀把它割了去。

若割去，我就是太监。太监不好。罗书记的外号就叫罗太监。他休了一个乡下婆娘后，娶了一个三十多岁的女人。他夜里还陪着那个女人一起到我家来。那个眉毛很淡的女人敲门进屋后，他就远远地站着。等女人出来，他们就一前一后走，走到僻静处，罗太监开始打他老婆，拳打脚踢，一点也看不出他的慈眉善目。有意思的是，在这个长达数小时的过程中，他俩始终一句话也没说，就像一出哑剧里的男主与女主。

我不明白他老婆为什么不反抗。

我也不明白我爸为什么就敢这样肆无忌惮。

十四

据说，女人都是从我爸爸这里拿东西的。但也听闻，有两个女人在我爸的一生中没有得到他任何丁点好处。一个女人生了我爸爸，是我奶奶。一个女人生了我，是我的妈妈。

我奶奶很壮实，我爷爷因此死得很早，我爸是遗腹子。很小很小的时候，我听人窃窃私语，说我奶奶是一口没有底的桶。这句话便若一头雾水，让我稀里糊涂。我一直弄不明白它到底是什么意思。我问过我爸，我爸当场给了我一记巴掌。我爸打我的时候从不手软，但那次他的手却有点儿乏力。我知道这句话不是什么好话。我真正弄明白其中的意义也还是在多年以后。

县里有些发廊，常有些涂脂抹粉的女孩儿站在门口向人群挥手。手势很轻柔，眼神就似一把把小钩子，笑容很媚，让人见了，腿先软了三分。一些男人便在女孩儿面前愣愣站住，先挠了挠鼻孔，手在上衣口袋捏捏，又伸出来，朝女孩比画下。女孩就笑，嗲声嗲气地说，大哥先进来坐啊，让妹妹给你捶捶肩，揉揉背。男人挠挠后脑勺，眼珠子不再转动。女孩子声音更嗲了，大哥好帅啊。男人点点头，呼吸加促，脊梁挺直，进了发廊，女孩子的衣裙在门口飘了飘，就不见了。这种感觉应该说不是太糟，但有时也例外。

有一天，一个男人三步并成两步想往外跑，一个女孩追出门，死死拽住他的衣裳，大哥，说好一百五十元，你就给一百元这哪行啊？

那男人眉头一皱，鼻子一哼，你那里简直就是没有底的桶！给你一百元，那还是看你做得辛苦。

女孩脸色一变，那是因为你的家伙小。说好的价钱就别耍赖。告诉你，今儿个你想吃霸王鸡就别想出这个门。

他们后来说了什么，我就没有听见，那天的阳光很热，街道都浮起在一片白茫茫上，我觉得有点儿晕眩。踏破铁鞋无觅处，得来全不费工夫，多年来的心结他妈的就这么解了？我去了趟老家乡下，那个陌生之所，找到一个衣衫褴褛的农民，把一千元钱整整齐齐地码在他面前。他的瞳仁迅速放大，一些血丝蹦了出来，我知道这等同于他在田间劳动一年的全部收入。他的嘴唇很干燥，他不停地伸出舌头，他很像是一条狗，他的牙齿腥黄发臭。他爷爷腥臭的嘴或许就啃过我奶奶的乳头。

我奶奶不是个妓女，但却是脱了裤子把我爸养大的。她被族里的人赶了出来，因为她是扫帚星。其实这并不是真正的理由，而是我爷爷留下的那几十亩良田让族里的叔伯眼红了。

女人的生殖器是可以作为货币来流通的。当我爸饿得皮包骨头，周岁的人还没有五斤重时，我奶奶便乖乖地为男人褪下裤子。许多男人都曾骑在我奶奶身上耀武扬威，他们很快活。我死去的爷爷是一个私塾先生，他们干了我奶奶，就是干了一个私塾先生的老婆。这在心理学范畴是属于能治阳痿的治疗行为。野史有记：某一品大官想爱国，犯龙颜直谏，结果抄家灭族，妻子女儿皆被卖入青楼。一干百姓听了无不痛哭流涕，也纷纷赶赴青楼，拎起裤子排起长队，原因无他，只为想嫖嫖一品大官的诰命夫人与那千金小姐。这也难怪，翻开泱泱五千年文化史，每一个字的背后无不都在说：女人是用来嫖的。

男人干完后，多半会留下半袋干粮，也有可能只是几个窝窝头。天大地大没有能把肚子填饱大。我爸愉快地生长着，一天天，就跟吹气球般。但突如其来的一场大旱彻底粉碎了我奶奶的梦想。大旱，赤地千里，旱魃跋扈，一瓢水浇到地里头都能嗞地冒出白烟，田里的稻子比八九十岁老妪的嘴巴还要干瘪些。男人们失去了往日的兴趣，焦头烂额，黑压压跪倒在龙王爷庙前。猪被宰了，鸡被杀了，整头的牛也被斧头剁成几大块。老天爷仍然无动于衷。

空气就似火焰，舔食着广袤的田地与绵延起伏的山冈，还有人的脸。

人群在恐慌中骚动。我奶奶在半山坡上那间草屋里惊慌失措。我爸则翘着屁股，与地上的蚂蚁兴高采烈搏斗。一个白胡子的老头儿忽然尖声叫道：“得用人祭，老天爷要我们献上诚心啊！”

人群哄地打起了摆子。人们的视线轻轻一触，立即迅速闪开。

献祭是光荣的，祭牲本身却是一道将要被分食的肉。

没有狗与猫，连蚂蚁也很少见到，只有寥寥几只苍蝇赶了过来。

一只被宰杀的鸡，不知从哪里获得某种神奇的力量，从黑木桌上滚了下来，就像一个可怕的梦魇。人们面面相觑，疲倦不堪，眼里有迟疑不定的火。一个秃顶老头儿撑不住，扑通栽倒在地。人群这才恢复生气，围过去，抬手按脚掐人中。汗珠子从一个个惊慌的额头跳出。

“人祭啊！”白胡子老头儿的声音越拖越长，青天白日下，竟有着阴森森的寒意。我奶奶隐隐约约听到这个瘆人的声音，她哆嗦着想把门关上。她轻声叫着我爸的名字，想把他藏好。我爸撒丫子就往山下跑去，在他眼里，这么多人聚在一起无疑是一场盛大的节日。

山下的人群在商量着准备祭品一事。一个个人名被提出又被迅速否决。唾沫鼻涕眼泪树枝石块……人们叫喊着，愤怒着，你指着我，我指着他，他又指着你。诅咒，侮辱，我日你先人，你日他子孙十八代。一些男人撸起袖子准备干架，一些女人号叫倒地撒泼。白胡子老头儿哀哀叫了声：“大家举手表决吧！”

族长的威严在生与死的面前轰然倒塌，民主似乎就要挺身而出。就在这个时候，我爸光着屁股从山上欢快地跑下，他小小的身影一下子就拽紧了人们的视线。几乎是异口同声，人们喊起了我奶奶的名字。男人想起了曾在他们身下那个淫荡的肉体，而女人则想起家里的粮食总是无缘无故地少了许多。

“就是她！”

“就是那只破鞋！”

人群呼啦啦朝山上涌去，几双脚毫不留情地把我爸踢开，踢远，踢得更远一点。我奶奶披头散发冲了下来，抱起我爸，一屁股坐在地上，放声大哭。

血也是一种液体，也能够滋润大地。

我奶奶被光着身子绑上了木柱。我爸则在那个白胡子老头儿手里不安地挣扎。

“他是张家的子孙，我们会照顾他的；你是张家的耻辱，你必须去死。”白胡子老头儿颤巍巍地喊着，这个声音与村里被阉了的公鸡差不多。

没有人再理会我奶奶的眼泪与悲号。用来捆猪的麻绳深深地勒进我奶奶的乳房。木柴一块块扔下，其中几块砸向我奶奶。我奶奶嘴角溢出鲜血，又茫然地看了看四周这些曾经骑在她身上的男人，尖叫了一声：“我的崽啊！”

我奶奶晕了过去。我奶奶的崽是我爸。我爸那时才不到五岁。他努力地从白胡子老头儿手中探头，也许他是觉得我奶奶光着身子的样子实在是好笑至极，竟然咯咯笑出声。

火焰被点燃。我奶奶的皮肤在火焰中不断发出崩裂的声音。所有的男人与女人都在呆呆地看，所有的老人与孩子也都呆呆地看。

奶奶死了，被烧得一点儿也不剩，连骨灰也没有。

没过多久，天真的下起了雨，瓢泼大雨。雨一直下，足足下了半月，把天空都浸黄了。一切都在发霉，包括村里男人与女人的脸。白胡子老头儿在一间阴森森的祠堂里召开了一次全体村民大会。会议的主题是集全村之财力，送我爸去外边读书。没有谁对为何做出这个决定给出解释，据说许多人都在子夜时分听到我奶奶的哭声。那种哭声简直就能把人的心肺一块块揪了去。

我爸的命运便因为我奶奶的死发生了根本转变。

生我的女人不是我爸第一个妻子。小时候，我见过一张我妈的相片，她很漂亮，很美，素衣黑裙刘海短发，风在她后面轻轻吹着，蓝天白云都在微微晃动，但她一点儿也不快活。她的眉宇间有太多悲伤，脸部三角区似一个解不开的死结。

我妈是上吊死的。绳子把她的舌头勒出老长，这让她死后的样子很不好看。据说这种恐怖效果现在可以用来赚钱，但在那个年代，只能让人对我爸敢怒不敢言。很多人都说我妈是死不瞑目。很多人都说我妈是被我爸活活逼死的。

我不信！

我问我爸，我爸理所当然又给了我一记耳光。我只能去别人那儿打听我妈是如何死的。别人说的话有多少真实可信可言？过去了的事哪怕仅仅是过去了一分一秒也会变得模糊不清。但在这里，我还是想记录下我所听到的关于我妈的故事，哪怕它听起来再俗。因为她是我的妈妈。

我妈是县剧团的演员，我爸那时就已经是县革委会的副主任。他还没有成为书记，但这一点儿也不妨碍他在县里呼风唤雨。我爸看上我妈。我妈正与一个县剧团唱采茶剧的白面小生打得火热，爱得昏天黑地。我不知道我妈与那个男人有没有到床上干那回事，概率应该不大。毕竟这属于革命时代的爱情，哪怕是已经谈婚论嫁。

但我妈无疑是不欢迎我爸的。

那时我爸第一个妻子病死不久，作为领导干部的生活，自然也是在组织考虑之中。组织上找到我妈，我妈把头摇得像拨浪鼓儿。先不说郎有情妹有意，单就我爸那长相那德行那年龄，也就不是我妈心上人的形象。

组织生气了，组织征求你的意见，那是给你脸面，给你台阶。我妈这种恶劣行径，就属于典型的给脸不要脸，敬酒不吃吃罚酒。我爸作为领导，对这种个人主义思潮的泛滥，对这种极端无纪律的表现拍案而起。我爸嘱人找到我妈谈话，开诚布公为她设计了几条人生道路，再一一指出其中利弊。

我妈屈服了。我来到这个人世间。我妈显然是一个爱情种子，在嫁给我爸后，竟然还与小白脸偷偷摸摸。虽然据闻这种偷偷摸摸只属于执手相看泪眼竟无语凝噎，也是严重有损于领导干部的形象，当然得坚决制止。小白脸在组织强有力的铁拳出击下溃不成军，整日神思恍惚。某日在街上闲逛，见一老太太摔倒在地，竟然敢大胆伸手去扶。老太太捧着腿哭爹喊娘两眼昏花，等一干革命群众赶到，问是谁把她撞倒的，老太太拉紧小白脸，嘴唇哆嗦，再也说不出话来。

这还了得？！

一个唱戏的，脑后天生就有反骨属于专政对象的坏分子，光天化日下胆敢对革命群众的好母亲下毒手？

打！

往死里打！

七手八拳，乱棍齐下，没一会儿，小白脸两眼翻白，只有出气没有进气了。这可真是大快人心。听说小白脸的尸体是被当成垃圾填了护城河。他是个孤儿。我妈从我爸的嘴里听到这个消息后，没有一滴眼泪，依然静静地过着日子。也许日子的确会过腻吧，一段日子后，她就把自己吊死了。

我一直猜想我爸是喜欢我妈的。这可从我见过的那张泛黄相片推测出来。但在我提出那个愚蠢问题后，相片就再也找不着了。这就让我的推测显得无凭无据，并不可信。

我妈死后，我爸没有再娶。若我爸为我找了个后妈，而她若又对我还不错，那我极有可能把生我的妈忘得一干二净。倒不是说有奶便是娘是中国人的优良传统，而是说我这个人的一贯德行。我爸失策了，他可能以为不再为我娶个后妈是爱我，他不知道我是多么需要一个妈妈。我恨我爸。有一段时间，恨得想把他的那玩意儿剁下来喂狗。等到我有这个本事，做了三哥后，他很快就死了，死在那张竹藤椅上，还是善终。

我爸死的那天，我不在老家有些年头了。小阿姨打来电话，说得委婉，回不回去我自己拿主意。我把屋子里的半箱白葡萄酒喝了一个底朝天。吴情劝我回去。说不管怎样他是你爹。不回去，别人要戳脊梁。有些事情吴情不知道。不过这句话是有道理的，死者为大。三哥也到了一个需要“孝子”形象点缀的时候。我带着王画虎回去奔丧。王画虎腿瘸,办事利索,问我要不要风光大葬。我知道他的意思，搞上千号人，一律黑衣裳，胸口再佩朵小白花，再弄上百辆车。这是不必要的，我又不是黑社会。就请了一个戏班子，在灵棚前唱了三天三夜。县里四套班子的大员来了，也就行了。

披麻戴孝，摔盆，八抬大轿。

我没流一滴眼泪。哭不出来。一种很深的麻木感。人散了后，我在坟边坐着喝酒。寥廓天地，万叠青山。这个世界是一只野兽。毛茸茸的。

爸爸。我恨你，我也爱你。你是狗屎，我是一摊狗屎的儿子。

十五

我不是生来就是一摊狗屎。我也有过“春风拂尽明月脸，从来美好是少年”的时候。这句诗是我写的，刘启明说好，我姑且信了。

少年的我，很喜欢朱明霞。喜欢她的小鼻子、小眼睛、小嘴巴，还有小巧玲珑。朱明霞似乎也喜欢我，但她最多只肯让我拉一下她的手。她的手肉乎乎的，很软，我常用力地捏，直到她眼泪汪汪地叫出声。她会在晚霞中嘟起嘴，会皱鼻子，会用手指把那些并不长的头发绞来绞去。她老爱低头看自己的脚。她穿的是她爸的黄胶鞋，鞋子尺码过大，常有沙子灌进去，这让她走着走着，会情不自禁地皱眉咧嘴，说话带哭音。我便拖着她拐入一条没有人的小巷，在她面前蹲下。她把手扶在我肩上。我帮她脱下鞋，倒掉沙砾。她是光脚穿鞋的，她的小脚丫就像两块香馍馍。

有天晚上，到处都是明晃晃的月光。我和她跑去河边玩，河里的水分外清亮。水潺潺流动，一声声清脆的响。岸边有黑色石头，多为不规则的半圆状，有点儿似一个个沉思着的脑袋。有些石头很大，足可让两人同时在上面坐下，石面也无青藓绿苔。又因为被太阳晒过整天，有着丝丝缕缕的热量。

这样的夜晚是一个巨大的诱惑。多年后，我听到了那首歌，《莫斯科郊外的晚上》，不觉潸然泪下。两个懵懂少年肩并肩坐在石头上，说了些话，便沉默下来，月光把他们的影子叠在一起，河面的涟漪把他们的影子揉碎，揉成一团。远处的山只是一个模糊的轮廓。近处有小虫的鸣叫。这个世界只剩下他们俩。

我第一次听见朱明霞唱歌，到今天我还记得她唱的是什么。

白云深处细雨霏，停车与君饮一杯。

长江多少辛酸泪，奔流到海已疲惫。

这歌是自唐代杜牧的《山行》化出的。来回四句，每句的变化截然不同，是一个波浪追逐着一个波浪，这些细微的波浪，有一些回旋，有一些荡漾。歌声像清晨树梢上面那些跳跃的光线，我入了迷。我不知道朱明霞从哪里听来这么一首动人心魄的歌。无疑，它没有时代气息，与主旋律格格不入，是奢侈之物。恍恍惚惚，我忽觉天地之大，竟无处不是悲伤。

朱明霞唱了一会儿，扭过脸问我，这歌好听吗？

我说，你的声音有毒，听了会上瘾。我发觉朱明霞的脸在月光下竟微微发红。

良久，朱明霞轻声说道，这歌是我姐夫写的，这词是我姐夫填的。我姐夫还写了很多很多歌。他老是趴在房间里不停地写啊写，有时还哼出声。我就躲在窗台下听，我姐夫唱得可好听了。我姐也喜欢听，可她老动不动就哭。我一点儿都不喜欢她。朱明霞说着话，脸上就放出一层好看的光。

我不喜欢朱明霞这样，便一直沉默着。

朱明霞的姐姐是个回城知青。朱明霞的姐夫也是个回城知青。朱明霞的姐姐在县车队开车，是女司机。汽车一响，黄金万两。我见过她开车的样子，英姿飒爽，一点也不像一个“动不动就哭的人”，也许是朱明霞撒谎了。

后来，我与朱明霞回了家。不知怎么搞的，走着走着，一个便走在前，一个跟在后，我们的影子在地上缓缓移动，很像两条平行线，永远也不会交叉。夜越来越深，也越来越冷。

再后来，就听说朱明霞爱上了她的姐夫。接着又听说了许多关于她姐姐与姐夫的故事。朱明霞爸爸是个小官，但在那上山下乡席卷一切的革命年代，同样没有能力决定亲人的命运。朱明霞姐姐的知青生涯据说是在当地基层干部的床上度过的。据说，那些男人把她白皙的身子当成桌子，甩起扑克。朱明霞姐姐的名声比摊狗屎还要臭，但名声越臭的女人身边就越会有更多的苍蝇。

朱明霞姐姐的故事有点儿像我奶奶，但她没有死，她还有个被解放重新回到工作岗位上的爸爸。她回城，进厂，认识了马上要成为她丈夫的男人，迅速结婚。现在谁也无法断定朱明霞的姐夫在结婚之前是否知悉朱明霞姐姐的往事。有可能知道，毕竟这样的事在人们的交头接耳中比风跑得还快；也可能不知道，他们两个没回城前，一个在南，一个在北。不过，等我听到这些事时，已经是多年以后。朱明霞与她姐夫一起失了踪。朱明霞的心真狠，还留了一封信给她姐。朱明霞姐姐慢慢就疯了，偶尔能在街头看到赤身裸体的她。她慢慢走着，像一只通体雪白的鸟，似乎在下一个时刻，就能振翅飞走。

她是好人，不应该有此报应。

但把我们造出来的主，根本就不在意谁是好的谁是坏的。我没再看见朱明霞，没有听到她的任何音信。朱明霞姐姐的事让我很难过，幸好这事与我没有多大关系，我也就把这事忘掉了。若不是提笔想交代下自己的前半生，我还真可能忘掉了朱明霞的姐姐。

人所在意的，从来就是与他自己有关的。这是常识。也不仅仅是自私的基因作祟，而是熵。熵是什么？用刘启明的话来说：建筑物被毁坏是熵。落日下鱼的尸体是熵。叶落归根是熵……要解释这个由热力学第二定律导出的概念，莫过于对人这种两足无羽动物的真实阐释。人是自然之子，又僭言为万物之主，趋利避害。这种基因的载体（不是唯一的，但他们总以为自己是唯一的），必定是自私的。利他，只是某些载体因为 DNA 在复制过程中所积累的“差错性”，表现得更富有一点“远见卓识”。但这种“远见卓识”用不了多久，即要淹没在自私者如兽奔腾的脚步声里。这不难理解。自私者总易比利他者获得生存的机会，从而更广泛地传播自私的基因。换而言之，人即是熵：黄金，白银，青铜，黑铁。一切都无可挽回地趋向极端，趋向对抗，而最终的命运只能是：热寂。或者说审判日。

我不是特别理解刘启明说的这段话，让人找来一些类似书籍。

人可能的确是一个熵，只有形式上的改变，没有本质变化。且，所有的变化都朝向一个方向，像河水往东，从有序到无序，从有效到无用，朝着不可逆转的耗散转化。

我把酒倒入喉咙。

我想，这个“熵”字，可能就是刘启明这个老牌大学生，把头钻到夜巴黎小姐裙下，拱来拱去的根本原因吧。就是那个杏仁眼。刘启明在她面前毫不掩饰自己的龌龊下流。这个杏仁眼挺有意思的。我应该是给过她一巴掌，她看我的眼神里居然没有恐惧，还能端着酒杯与刘启明摇骰子时说得出这种话——“人之所以喜欢把成功归结于自己的努力与才能，把失败推诿给社会的不公与腐败，是因为这种心理机制使人在快乐时更快乐，在痛苦时不那么痛苦。”我叫她坐到身边来，捏开她的嘴，往里面倒酒。她脸上的神情没有丝毫愠恼，呛住了，还继续喝。果然职业，敬业。我本来想再给她一记耳光，把她吹嘘的那个心理机制彻底打崩溃，想了想还是算了。

不要为难女性，尤其是一个出来卖的。她们讨生活不容易。

“两只小蜜蜂啊，飞到花丛中啊……”我哈哈大笑，开始与杏仁眼猜拳。

十六

刘启明念托尔斯泰的台词，说“幸福的人生总是相似的，不幸的人生各有各的不幸”。托尔斯泰错了。所谓相似，即是不幸。那些被说成是幸福的，无非是欺人与自欺。如果说这世界上真有幸福，那它顶多也就是一道闪电，是被雷劈的那几秒钟。这不难证明，比大学生做初中生的代数证明题还要简单。

刘启明大学里有个瓜子脸的白皙女友，当年因为刘启明的诗与他好了，后来因为刘启明只会写诗与他分开了，按刘启明的说法是嫁给了“人生的幸福”，郎才女貌，鹣鲽情深，膝下还有一对龙凤胎，妥妥的人生赢家。

刘启明的书念到猪屁眼里了，一脸“只要你幸福”的童稚。他读过的书是不少，可对于他这种人来说，书本上提供的智慧根本无法转化为行动指南。

我找出他女友的一些基本资料，再叫人从网吧找来一个小眼睛的年轻人。本来以为小眼睛的道行未必能够拿捏得住这种身心久经岁月浸淫的中年妇女，还特意嘱咐手下打听下哪里有那种专骗女人钱的职业骗子。只过了十五天，三百六十个小时，妇人不远千里跑来与小眼睛私会。

我知道时间是把杀猪刀，但我实在没法把视频里那个肥白粗短的妇人与刘启明说过的“仿若轻云之蔽月”联系起来。妇人欲望之凶猛，连拥有六块腹肌的小眼睛也扯起白旗，缴械投降。小眼睛凝视着针孔摄像头的目光，是那样哀伤自怜。

钱是少了。说好一万，我多扔过去两千做滋补营养费。再用了一个海外代理服务器，把这段让我看出心理阴影的视频匿名发到刘启明的邮箱。当天晚上，刘启明的脸部表情快赶得上一部《呼啸山庄》。持续时间不长，很快释然了。他的爱与他的恨，同属虚构，根本没有他想象的那样持久强烈。他不是希斯克利夫，爱与恨是人类的两种最基本的情感，一个是核弹，一个是氢弹，是需要调动生命的全部能量做燃料的。

刘启明是一个平庸的中年人，既不敢热烈生，也不敢放肆死，只能在这个既累又痛的尘世里苟活，面目可憎，言语乏味。如果把这个喧哗与躁动的世界视作上帝设计的一个系统，他只是冗余，是废弃的代码。如果他像希斯克利夫那般，去把“肥白粗短”挫骨扬灰，而不是待在红磨坊钻杏仁眼的裙子，我对他还是会有一点起码的尊敬。

我们喝酒。不断碰杯。刘启明还真有诗才。当场作诗——

饮第一杯酒，冷雨敲窗入，门前人迹疏。

饮第二杯酒，君生我已老，空结同心草。

饮第三杯酒，世间最是相思苦，上穷碧落下黄土。

饮第四杯酒，枯坐席前影犹好，几番疑作为青鸟。

饮第五杯酒，灯下哪堪独剪烛，惘然对镜踢踏舞。

饮第六杯酒，嗟叹平生多煎熬，旦暮祸福实难了。

饮第七杯酒，忍把浮名仔细瞅，此物容颜太丑陋。

饮第八杯酒，寥落满目起离忧，且唤织女伴吾眠。

饮第九杯酒，休说天凉好个秋，饮尽美酒我还要，醉卧寰宇当然笑。

饮第十杯酒，人生应该欢喜点，伤心总是一闪念。

饮第十一杯酒，醒来唏嘘泪难干，谁家少年志气蛮，挺腰不肯弯？

饮第十二杯酒，纵山无棱，江水竭，亦难与君绝。

饮第十三杯酒，我在梦里面，余生为君眠。

诗，不能说不好，也不能说好，但能在某种程度上说明刘启明这个人。比如“且唤织女伴吾眠”这句，典型的“得志便猖狂”的嘴脸。刘启明醉了，卷着舌头对搂在怀里的杏仁眼车轱辘地说话。真是醉了，忘了说“他妈的”三个字，典型的文艺腔，让人想笑。“这些年来，我老是会做一些莫名其妙的事。有时在街头走着，头顶晴空万里，身边熙攘人流，我却像一个娘们那样哭了，无端端的。那么多人从我身边走过，如看怪物。”刘启明边说边摸杏仁眼的乳房。不算尺寸惊人，但，是一对好乳房。我冲着杏仁眼笑。杏仁眼也笑，把刘启明的头按在胸口，说：“乖，吃奶。”刘启明的眼眶里还真的溢出了泪水。

鳄鱼在进食的时候流泪，不是因为虚伪的同情心，也不是因为厌倦自己要吃其他小动物的宿命而流泪，它只是要排出体内多余的盐分。

痛苦也是人体内的盐。

我没有打断刘启明的抒情。我喜欢看他这张被痛苦折磨得皱巴巴的脸，如凝视镜中面容。喝醉了的刘启明还真是才华横溢，结结巴巴讲起了故事。

说一个女程序员，有胸有大脑。喜欢一个男人。男人是运动健将，隔三岔五带着宅性深重的女程序员去户外嗨，攀岩跑酷徒步旅行，还从泰国带回一根小叶紫檀的棒球棍送给女人。女人非常爱他。是非常非常。非常的N次方。

有一天，男人在自驾游时出事了。在悬崖下的激流里找到出事车辆，没找到尸体。当各种搜寻救援都宣告终止后，女人还是不肯放弃，独自背包沿溪寻觅，找了一次又一次，一遍遍呼喊男人的名字，喉咙都喊嘶哑了，还是找不到。

这种痛不欲生的思念，让女程序员几乎崩溃。

为了让自己还能够站在地球的表面，女人决心开发一个软件，投了很多的心力人力物力财力。感谢主，在她快要撑不下去，几番被债主催款差点被暴打的时候，有国际金主收购了她为男人做过的一个测量爱情智商的小程序，付了数千万美金。

女人把有关男人的一切，身高、血型等，还有他改不掉的老家口音，口头禅，与陌生女孩搭讪时的幽默感……一点一滴，全部输入到这个程序里面。上帝对女人真是眷顾。程序获得成功，活了过来。是的，“活了”过来，就像一个真正的人那样会说话会走路会做爱。

这个程序应该得到命名，就叫“他”吧。女人把她对昔日男人的爱全部转移到他身上。他是她的爱人，也是她的孩子。他满足了一个女人对妻性和母性的同时渴望。这样过了几年，失踪男回来。男人回归之途，有各种意外与冒险，更有流血与牺牲，男人像希腊神话里面的英雄赫拉克勒斯——还顺手解救了一个被绑架的科学家，一位“被缚的普罗米修斯”。在临近家门之际，男人看见与自己有着一模一样容颜的他。他在清理花园，连开割草机的姿势都跟男人昔时完全一样。男人还看见妻子和他之间的如胶似漆与比翼双飞。这让男人伤心欲绝。

男人试图提醒女人，自己才是正牌货。

有什么用呢？男人所有的所作所为都是徒劳的。女人在经历“震惊、疑虑、狂喜、不安、焦躁、惊惧”等一番纠结挣扎后，下达驱逐令。男人不得不提出挑战，要在棒球场上击败这个偷窃自己人生的克隆品。克隆品接受挑战。他不是男人的对手。糟糕的是，眼看胜利在望，女人在赶来赛场的路上出了车祸，这让闻讯的男人心神不宁，接连失手，三振出局。男人不服，拔出枪支，试图杀死这个罪魁祸首，并大声指责这个克隆品从未真正爱女人。受了伤的克隆品闭目待死。

隔着几根绿得发黑的灌木枝，赶过来的女人毫不犹豫地举起男人当年送给她的棒球棍，狠狠敲落。她击毙了后者。这是不可避免的。

这是一个迷人的故事，颇有创意，有科技背景、悬疑成分、爱情故事与适量的暴力，以及人性幽深处难以言说的闪光，更重要的是，克隆品在女主的加持下取得了最后胜利，但说到底是女性的胜利。若改编得当，再请上几个有影响力的主演，是有可能叫好又叫座的，毕竟现在进影院的大部分是女性观众。

我笑眯眯地问刘启明想不想把他这个故事改编成电影，这个醉醺醺的龟孙子泪眼滂沱地说不想，说他就是那个被心上人击毙的正牌货，还把鼻涕眼泪糊了杏仁眼一身。可惜了那一件钩花蕾丝外套。我倒是盼着我离开后，杏仁眼能抽他几个耳光。

“男人最大的罪，不是傲慢，而是懦弱。”

我抽出一沓钱扔在几案上，回了家。

这天晚上我做了许多个梦。多半忘掉了，其中一个还记得，比较诡异。梦见自己在悬崖边，一步踏错，粉身碎骨。还有漆黑的没有叶子的树，漫山遍野，丑陋狰狞。悬崖下是雾，白色的，浓得像一杯过期牛奶。我知道雾里面都是瘟疫与病毒。这里是潘多拉打开的盒子吗？没有声音回答我的疑问。

山势更见陡峭险恶。又有绳子，自高处垂落，于悬崖峭壁里来回晃动。我抓紧绳子，以免坠落。有风，在鬼哭狼嚎。绳子那头，有个人在笑。我惊骇。我听见他傲慢的口吻，说，这根绳子是他带来的，为的是拯救。我觉得他很可笑，忍不住开口反驳。他说我更可笑。为什么要拒绝被拯救呢？辩论从来都不会有什么结果。我想过去揍他一拳，让他老实些。他哈哈一笑，说为什么大家都这么喜欢动拳头？我说，人既然长了拳头，为什么不动拳头？他说把拳头打开，就是有五根手指的手掌，手掌可以用来翻书呀。我说，印度人还直接用左手的手掌擦屁股呢。他说我们不是印度人。我说，书即是屎，是大脑的排泄物。为什么非要去啃屎？为什么就不可以绕屎而过？为什么你丫这坨大便要拦在我面前？又或者说，你知道你自己是坨大便吗？一个没有丁点自省意识的东西，有资格扮演人生导师吗？结果这个人在雾中露出脸庞，居然是我常在镜中见到的那张——再眨眨眼，就成了刘启明。这可把我恶心坏了。我没有再理会他，转身往回走。那根绳子就在这一刻断掉了。我掉下悬崖，摔在地上、床上、水泥墩上、垃圾桶上，以及任何一个平面上，并被这些平面固定。

这个梦反复出现。

更可怖的是:有时，我会眼睁睁地看着自己成为“地上、床上、水泥墩上、垃圾桶上，以及任何一个平面上”的一部分，一小块污渍，一道裂缝等。总之：不是人。

我不害怕梦。就算梦是娜玛卡尔女神的神谕与启示，我也不是那个号称是印度之子的拉马努金。我反对梦，它让活在现实生活中的人心神不宁，它让人误以为自己可以从森严的日常秩序中逸出。秩序就是秩序，如同严丝啮合的钟表，每个齿轮必须服从作为齿轮的属性与位置，不服从者的命运只能是被废弃。这是血与眼泪给出的训诫。但这些梦如同塞壬女妖，夜里准时爬进我的脑袋，隐藏在亿万计的神经突触上，曼声歌唱。我听得到她们天籁一般的歌喉，始终看不到她们优雅的身形体态。我无法把她们一只只找出来，一只只杀死，不管她们的姿容有多么娇艳。

我只能是一次次惊醒，一遍遍从那些动人心魄的歌声挣扎而出。

整个人像刚从水里捞起的一块烂鱼肉，还散发出一股略带咸涩的潮湿腥味。为了避免这些骑着梦魇而来的女妖的折磨，我干了许多事，干了许多让人咋舌的疯狂之事，此刻还是不得不坐在电脑前，用手指无意识地敲打着键盘。

“你是傻×。许多人都这样说。本来你还觉得奇怪，你是雄性，又没有那个火焰一样形状的生殖器。但他们说话的口吻是那样严肃。他们说，你有没有那玩意儿不重要，重要的是——你是傻×。他们说这话时眼睛里挤出比刀刃更锋利的光。这让你惶恐，你怀疑他们在下一个时刻极可能要扒掉你的裤子割掉你的睾丸，在你双腿中间用刀子剜出一个洞来。你只好默认了这个称呼。

“你不停地安慰自己，帝王将相将从此门出。这句话是你蹲在地摊上翻一本破烂书时看到的。你记得很清楚，那是黄昏的时候，天空像一个欲仙欲死的脸颊酡红的女子，大朵的云在头顶高声喊叫。在石桥上摆地摊的瘸腿男人用仇恨的目光紧盯着大街上胸脯高高屁股大大的女人，不时吐出一块块痰，一块块，掷地有声。你想，这每一块痰怕都有几两重。你小心地挪动身子避开这个瘸腿男人的愤怒与绝望。你手心里捏着三个硬币。你打算用它们买下这本看起来挺有趣的书。

“然后，你看见一块痰没有按预定的方向抵达地面，被风卷起，甩到一个女人脸上。女人惊疑不定。天空里云与云之间肆无忌惮的放荡的不知羞耻的交媾行为刺激了女人最敏感的神经。女人抹脸，脸皮顿时青紫，女人撸鼻，鼻子立刻通红。女人甩下菜篮，甩开身边女孩儿藕节般的雪白手臂，像坦克驶向麦田，碾到瘸腿男人身上。他们迅速扭成一团，急速交换着对彼此长辈的问候。一起从桥上掉下去，掉进冰凉的水里，把水面上波光粼粼的夕阳也吓了一大跳。你把书揣入裤袋，对着俯在栏杆上悲悲切切喊着妈妈的女孩儿咧嘴微笑。女孩儿约有十一二岁，梳着整齐的闪耀着光泽的刘海，睫毛很长很黑，覆盖在青色的眸子上，脸庞是玉石磨的，比剥了壳的鸡蛋更为嫩滑。女孩儿美得让人伤感——这么美的一个小女孩儿居然是从那么丑的一个女人身体里钻出来的。你挤到女孩儿身边。桥下的水并不深，清清浅浅。女人与瘸腿男人爬上岸，继续在岸边的泥泞里疯狂笨拙地上下滚动。你注意到他们的嘴，女人的嘴，还有瘸腿男人的嘴，它们都像女性的生殖器。

“你转身走了，走到一个逼仄的出租屋里，继续翻阅那本烂书。你看了一会儿睡着了。你梦见了许许多多个女性生殖器官，有的像青草，有的像泥泞，有的像海洋，有的像竹筒，有的像春天里湿湿黏黏的花瓣，有的像夏日里浑浊泛滥的河水，有的像秋日里酸酸甜甜的果实，有的像冬日被白雪覆盖的山坡……你在这么多的‘有的’里跌跌撞撞。路在脚下爬高、爬高、再爬高。你边睡边用力掐自己的脸，掐得伤痕累累，也掐出口涎与眼泪。当你以为自己就要看见那本书里所描述的银子一样的世界时，路向下滑去，飞快地，像被炮弹摧毁。

“你从抛物线上掉下来，一直向下，肉体不见了，只剩下一个黑色巨大的头颅浮在虚空里。是注视着宇宙涨落的玻尔兹曼大脑吗？你意识到这点。发现头颅里面满是白色青色粉红色弯弯曲曲的蛆。根据玻尔兹曼的描述，在宇宙广阔尺度下，产生这种具有自我意识实体的玻尔兹曼大脑的概率，远比产生我们所处的低熵世界并进化出数量巨大的大脑的概率要大得多。这让你恶心，也许是恶心自己。你开始祈祷火，足以焚烧一切的地狱之火。火焰席卷而来，你嗷叫出声。你醒了。你对着墙壁上的被一个相框固定的她说，我承认这世上牛×的人很多。我也承认我确实是一个如假包换的傻×。不过，我还听说，牛×经常被傻×干掉，所以我心里还是比较平衡。

“你冷笑起来。你摸出一支碳素笔在她莹润性感的嘴唇上方添加了两撇胡须。你无法控制这种冲动，就像狗无法控制不去啃骨头。你听见很奇怪的声音，可能是幻觉，它们从浮在窗外半空中墨黑色的树枝丛中掉下来，掉进你的骨头里，这刺痛了你。所以你必须这样做。尽管你深知这种行为有多么幼稚多么糟糕——你只有她这一张相片。但你别无选择。你开始跳舞，跳的是你们相识时的慢四。你跳进时间里。时间，这个虚妄的上帝，是挂在卢浮宫墙壁上的蒙娜丽莎。你喜欢蒙娜丽莎不动声色的颜容，也喜欢一个你已忘掉叫什么名字的艺术家在她嘴边勾勒的两撇胡子。你很认真地对着墙壁上的相片说道，我也是艺术家。”

十七

窗外起风了，呼呼地响。不是警察。我倒盼着有胆大包天的警察翻窗而入。监狱是一座大学，也许我在那里能脱胎换骨，真的成为一个艺术家。不过这需要他们特别矫健的身子，甚至，他们得先成为一群飞鸟。月在中天，万千星辰皆隐匿不见。云，一朵挤着一朵，密密麻麻，如鱼鳞。这天地间的云层若一头须尾生动的凶猛大鱼，让人暗暗心惊。此等壮丽奇景，原本也就是抬头可见的。

又或者说，人本该就是这等壮丽奇景下的艺术品。

“做生意是一门学问，更是一门艺术，是欺骗的艺术，是恐吓的艺术，是暴力的艺术，是以强凌弱、以寡胜多的艺术。是对人性的捕捉与挖掘，人都有他的懦弱，找到他的软肋，便无往而不利；是调动眼耳鼻舌身意，仔细倾听金钱流动的声音，金钱永不眠，它有呼吸有心跳有其好恶，顺着它的毛发来捋，它自然乖乖听话；

是对各种力量的整合与运用，尤其是政治的，这是一个基本国情。这种整合与运用如同蚕织茧，是对未来的预期与想象，没有什么东西比未来更能激动人心，预期与想象是敲在人魂魄上的鼓槌；是对点的专注、线的勾勒、面的敷衍铺陈、体的造型结构。这是做事的节奏，疾如风徐如林侵略如火不动如山；是让所有在场者都知道我的意志，我的决心，我的利益——哪怕只是牙齿缝里的一丝，也不容觊觎染指。”

当我开口说话的时候，屋内鸦雀无声，不管人数多寡。他们害怕的不是我，不是这个声音具体说了什么，那不重要，他们真正害怕的就是这个声音，哪怕它颠三倒四，逻辑混乱，前言不搭后语。这个声音的主人不是我，随便往地球或历史的某个犄角旮旯里看看，就能看见它的样子。是摆在中间的那把椅子。椅子的材料与款式千差万别，可所有人一眼即知，能把它从千千万万把椅子里挑出来。今天的我，亦不过是这把椅子的血肉化身。这种感觉不好，如同附骨之疽。而要摆脱这把椅子的诱惑与束缚，唯一可能的途径就是成为一个真正的艺术家。

我说的是，真正的艺术家。像我的女老师一样的艺术家。

不是那些把灵魂兜售给权力与资本的平庸之辈。

我是多么喜欢割下一只耳朵的梵高啊。在麦地里踉踉跄跄，将所有不属于自己的错误揽到自己身上，把内心炽热的风暴，毫无保留地献给天空与妓女。只有这种“毫无保留”才找出了那个最纯粹的真实，那个旋转的星空。

我是多么热爱临死前叮嘱布罗德将其遗稿全部付之一炬的卡夫卡啊。该死的布罗德背叛了死者的信任，若我能穿越到1924年6月的维也纳街头，我发誓，一定要打断这个戴眼镜的犹太人的双腿。真的艺术在被创作出来的那一刻，就该被销毁。上帝是它唯一的读者。这是对它最高的礼遇。今天我们所谈论的卡夫卡，不过是一个被众生投食的怪物，是“格里高尔·萨姆沙从不安的睡梦中醒来，发现自己躺在床上变成了一只巨大的甲虫”。

我是多么热爱写下《假如生活欺骗了你》的普希金啊。一个伟大的诗人就应该为了一个不守妇道的妻子，死于一场可笑愚蠢的决斗。我要赞美那个叫娜塔丽亚的妖艳贱货，是她的放荡无耻造就了这轮“俄罗斯的太阳”，让所有诗人的肚子上都有了一个流血的伤口。

刘启明不明白我为什么对吴倩那么狠。“也就一百多万，至于搞成这样吗，好歹她是你的……”刘启明没说出口的话被我拿眼神逼了回去。这是读书人的愚蠢。背叛如同瘟疫，若不以雷霆手段给予及时控制，大概率引发多米诺骨牌效应，尤其是至亲者的背叛，动摇的是根基。事实上我施与吴倩的种种羞辱，如果她借力而退，从此隐姓埋名洗白上岸，是有机会与过去的罪孽切割干净的。

人所犯下的罪，高过人的头顶，哪怕不被司法追究，亦是人心所难承受的。我情愿她对我的恨，能让她内心平衡，余生安稳。

不，不仅是这些。这些是真的，但不是全部的真实，顶多只占据了我之所以这样做的百分之十。我真正要说的是，艺术。

这种羞辱能让吴情的脸——噢，上帝知道，它曾经是一个女人本来拥有的，后来就属于一个权力欲与控制狂了……这不是一个女人该有的样子——重新光彩焕发。我得揭开那些跟石头一样、死去的角质层，让她的脸像希腊雕塑那样光滑，有着无与伦比的典雅精致，不再受时间与尘世的戕害，成为一件可以摆进卢浮宫的艺术品。没有比羞辱更好的“揭开”，因为它直接作用于灵魂，如罗丹手中握着的凿刀，把那些没有丝毫想象力的日常生活，一刀刀凿去。

她将因此获得激情，获得来自尾椎骨处的战栗，获得一个被损害的、被侮辱的角色，获得肉体上纵横交错的鞭痕，获得膜拜与祷告——这种彻底交出自己的虔诚仪式与静穆感，会让她喜极而泣，而这些泪水会把她洗得干干净净。

知道罗丹吗？那个创造了一众“思想者”的歇斯底里的天才艺术家。

吴情是我的作品。我对她的羞辱，都是她灵魂的养分；我对她的折磨，都是成全。她熬过去，就必将晶莹剔透。这是属于我与她的隐秘契约，也是一次心照不宣的游戏。不需要任何语言，眼神即可确认。否则，她大可以一封匿名信把我送至监狱。一封匿名信不够，那就再写一封。

我是个艺术家。请原谅我的傲慢。我在这个蓝色星球上活过的这些年，某种意义上，就是一场持续了数十年的行为艺术。“人，应该艺术地活着，也必须艺术地活着。”这句话是我的女老师说的。她是我的女人，第一个女人。我始终想不起她的五官，只是记得有着希腊雕塑的“精致”，但她修长颈脖以下身体的每个细节，我都记得清清楚楚，比如她左腹部的青色胎记，臀上的七颗痣。

她用身体为我打开了一个奇妙仙境。

她告诉我，女人是琴弦，男人是琴师，琴声是否好听，关键还是取决于男人的手指；她说女人的阴阜就是男人的珠穆朗玛峰；她说所谓的贞洁只是那些阳痿男人的阴谋；她说，性不是一种隐私，而是一种社会行为；她说性好像是把盐，哪道菜里少得了盐巴呢；她说对性无知会增加处女魅力之类的话都是放狗屁；她说婚姻对女性来说多也是耻辱的交易……她说了许许多多，还给我摆象棋谱，说什么“你象（想）炮（泡）我士（是）马（吗），只要你相（想）上，就打炮。我们都没兵（病），我相（想）上，你别走马（嘛），我象（想）打炮，我让你双士（爽死）”，说完大笑，露出一口洁白细密的牙齿。

她的象棋水平真是不错。

“你这是野路子，杀气过大。你得打谱，去仔细揣摩名家实战对局。他为什么要下这样一手，他下这一手时的心理活动，对棋局的整体构思，随后的战术手段。知其然，更要知其所以然。”她盘膝坐在案前，指尖在楸木棋盘上划过，声音柔媚清丽，全身赤裸。

棋盘边有一个盒式磁带录音机，里面源源不断地送出邓丽君的歌声。这是真正的天籁之音，让所有躁动狂野的心灵平静。我不明白为什么有人会把歌唱得这么好听。相比较邓丽君的歌喉，朱明霞过于稚嫩。我把耳朵紧紧地贴住女老师的胸脯，生怕错过她的心跳，以及在空中跳动的每个音符——两者有着奇异的共鸣。

我是如此迷恋这种感觉。

像是“熔化”，像铁在数千摄氏度高温下的熔化，身体里的杂质被这种可怕的高温驱逐剔出，我在变成钢，除了硬度外，还开始有了其他东西，比如韧性。我用手指反复触摸女老师的脸，这张无与伦比的脸，意识到黑暗的心里出现了一些从未有过的闪闪发亮的东西。

我不知它们是什么。惊奇与疑惑。她低下身子，用湿润的嘴唇在我前额轻轻一印，“是爱啊，是有生以来最美妙的瞬间之一，是温柔，是你对真切和赤诚的发现”。可能她说的不是这些话，但现在想起来，脑子里只是这一句。

仲夏的阳光穿过窗外斑驳的树影，是一群新生的鸟，用嫩黄的喙，轻轻啄着眼前这具有细致瓷器光泽的胴体。我紧紧地抱着她，不肯撒手。她纵容着我的顽劣与淘气，任我一遍遍地采撷，哪怕我的粗鲁弄疼了她的身体，脸上也没有丝毫愠色，如同母亲抱着她的孩子。她的乳房极大，很软，非常白。乳晕灰褐色，像熟透了的葡萄。我津津有味地吮吸，懂得了什么是甜。有关于她的一切，皆让我心醉神迷。

又或者说，她是我的药，我的青春病只能由她来治愈。

那是一个蝉声格外喧聒的漫长暑假。有多漫长呢？我有时觉得那个暑假是一个二维平面，而我是那只在二维平面爬着的蚂蚁。我记得那个暑假的许多。

一个少年伙伴溺死后的面容是那样平静，像睡着了，阳光在他左手紧抓着的那块绿玻璃片上闪着微光。那是黄昏，光线被这块碎玻璃分解后，在河边堤坝的水泥上形成一个七彩的椭圆。沿着河，往前走，上台阶，青石台阶缝隙里长着苔藓。一个开中医诊所的郎中，用苔藓当药引，治好一个小男孩的怪病，男孩吐出了奇怪的线状虫子。最长的有一根筷子那样长；诊所斜对面是条小巷。鹅卵石路。赤脚踩在上面特别舒服。路上随时会出现一堆药渣，据说谁踩着药渣谁就会把病人的病带走，带到自己身上。小巷里有很多奇怪的老人，早上经过，他们在那里，晚上再经过，他们仍然在那里，连个姿势都没变。走过小巷就是长征路口，那里有一家粮油店。八月最热的一天，店门口排起长龙，足有几百米，人们的身体紧紧贴住，连张刀片也很难插进去。当粮油店开门的刹那，队伍失控了。发生一场可怕的踩踏事故。一个老人被踩死，伏在地上，他瘦骨嶙峋的手臂拗在背上，中指还是竖起的；粮油店对面的如意餐厅门口，有过一场“血腥的斗牛士之舞”。两个人在蓝色的天幕下斗殴，一个挥舞菜刀，一个拿着把锅铲。一个人的肠子流了出来，他还踩着自己的肠子追击。如意餐厅后面是一大片低矮平房。其中有一幢贴着马赛克的二楼楼房，鹤立鸡群。楼房前有一个十几平方米的前院。夜幕来临后，屋主人会把他那台贴着彩色薄膜的电视机搬到家门口。一群人头聚集在屏幕，目不转睛，偶尔欢声雷动。屋主人的老婆与屋主人打起架，用斧头把电视机劈了。大家快快而散。再往前行，就能看到那排苏联建筑风格的筒子楼，是学校的宿舍楼。楼的后面栽有几排高大的梧桐。女老师的家就在二楼最南端。

然后我失忆了。怎么也想不清楚我是怎么走进女老师家的。

好长一段时间，我怀疑自己的大脑海马体已遭阿尔茨海默病毒部分侵蚀，被损坏的记忆不可逆。直到去年冬天，大雪。雪把天地缝成一个白色的茧子。我窝在办公室里喝茶下棋上网瞎逛，无意中看到某个人在网络博客里晒出的一本80年代初的人体画册，心里恍惚一动，等到喝了一杯茶，抽过几根烟，这才“哎呀我的妈”叫出声，一道闪电自窗外阴冥处穿窗而入，劈入脑门。

我想起来了，也明白了我为什么会遗忘如此之久。

那个时候的我是如此无聊，整天无所事事，就热爱上到陌生人家里串门这件事。基本是大白天翻窗而入，在厨房找点吃的，看看五斗橱柜里搁着啥好东西就顺手牵羊。不拿钱。拿了钱就是贼，失窃人家就要到派出所报案。这很麻烦。再说我也不差这几个小钱。我爸公文包里多着呢。我是个胆大妄为之徒，但知道这种到陌生人家串门的恶习不好，所以还算谨慎，一般入室前会在附近观察，确认屋内无人才行潜入。我没干出在他人床铺上拉屎这种事。偶尔把东家妇人的内衣扔进西家的衣柜，幻想着这个房子里可能发生的谩骂与故事，再设好闹钟，在他们床上躺上个把时辰。大多数家庭的墙壁上都悬挂着全家福之类的相框。他们脸上的表情是那么严肃紧张，我搞不清楚他们怀里抱着的孩子是怎么生出来的。我已大致通晓男女之事，街头巷尾，尤其是学校门口的小卖铺，与汽车站前的报刊摊上到处都是各种标题耸人听闻的黄色小报。我的精神已是花场老手，我的肉体还是处男。这种煎熬让我闷闷不乐，对整个世界都充满仇恨。

那天我潜进了女老师的家。二楼。沿梧桐树攀缘而上。蹲在窗台上，撩开印有绿色莲花的窗帘一角，往屋里看。脑子里蒙了，像有雷管炸了。瞥见床铺上一个午睡着的丰腴肉体，像一堆雪。我从未见过这样的美，只有四个字可以形容这种感受：惊心动魄。

我唇干舌燥，想走，又挪不动脚。一股浓郁的，我从未闻过的味道扑鼻而来，是兰麝之馥郁，情欲勃然而发。我咬了一下牙齿，咬出血，准备跳楼远遁，心中握着的窗户栅栏的木棍突然松了。我随身携带着钢锯条。这个“松”让心抖了一下，又抖了一下。我的手就自主行动了，抓着木棍往外撬出一个角度，慢慢把它从孔眼中抽出。这个木栏的确年代久远了些，防护作用徒有其表。我吸气收腹，缩身入屋，大脑还没意识到是怎么一回事，人已站在床前。裸睡的妇人翻了一个身，露出左臂上的几颗黑痣。我的脑子里又被锤子砸了，鬼使神差爬上了床，嘴贴住妇人的唇。

我强奸了她。她顺从了。

不仅没有告发我，还与我一起寻欢作乐，让我陷身于那条女性的河流，第一次真实不虚地感受到即将被溺死的愉悦。我愿意葬身于那一片波光粼粼。我愿意。如果上帝允许，我愿意把这三个字重复三生三世，一直到地球终结时。

我在她枕下翻出那本人体画册。封面上是一个埋首于膝盖的女人。我不知道这即是人体摄影史上最著名的《蒂娜的裸体》，目瞪口呆，完全被它的魅力吓住了。

女老师说：人是艺术品，是尘世最伟大的艺术品。一切真正的艺术，皆根源于对人的顶礼膜拜。而所谓人，首先是人体。人体是多么奇妙啊，由星尘构成。体内的每个原子都源自于一百三十七亿年前的那场大爆炸。人类大脑连接的神经元看起来与宇宙的结构极为相似。人骨像花岗岩一样坚固。火柴盒大小的一块骨头可以支撑九吨的重量……

我不清楚女老师为什么会懂得这么多。

我俯下身把她身体上的每一寸战栗都收入口中。快乐在我的每个毛孔里发出喊声。我的老师，我的女老师，这辈子我都记住了，“人应该艺术地活着”。

十八

我在午夜的街头走着，苦思冥想。

不管我在这条街上走多少遍，也不可能碰到那个每天在木桶里泡着的乞丐，那个犬儒主义的创始人第欧根尼。我还是希望能有机会碰到他，再穿上城管制服，把有碍市容的他暴打一顿，驱逐出境。我很想知道当他的“犬儒”遭遇此种现实时，是否仍然能够继续犬儒下去。朱元璋说得太对了，“率土之滨，莫非王臣。寰中士大夫不为君用，是自外其教者，诛其身而没其家，不为之过”。换句话说，第欧根尼之所以是第欧根尼，只不过他遇到的是亚历山大罢了。

街头是迷人的，尤其是夜幕降临之后。它是一个时代那种“澎湃活力与令人窒息的美”与“苦难深渊与无穷尽的悲伤”最精准、最广袤的呈现。众生的行走卧立皆是一场行为艺术，不逞让那个决心像一条狗一样地生活下去的哲人，反而因为人所造的霓虹之光，有了一种喧嚣的深刻。“世界即是一场荒谬，一声玩笑，我亦唯有以荒谬和玩笑对待之。”这些霓虹即是荒谬与玩笑。它制造的混合着众多科技元素的未来感，与那种让人沉醉的“包罗万象、深邃的感觉”，而非一个人蜷缩在木桶内的孤寂凄苦，也许更能触摸到荒谬与玩笑的G点。

G点，一个有趣的词。人是此宇宙的G点。

我张开双臂。众多面庞在身边流淌，像路边的两球悬铃木的叶子，层层叠叠，流光溢彩。每片树叶不知道树与自身的名字，但在此时此刻，一起构成了这些树全部的形象——我已知道了当年长在女老师窗前的那些法国梧桐的学名。这令我心神恍惚，如置身梦境。

路口转角处最外面的那桌大排档上坐着三个人。二男一女。一个有着刘启明一样的吊梢眉，要更年轻点。因为年轻，两条眉像两把刀子，深深地戳入眉心。另一个长得像出演孙悟空的六小龄童，臊眉耷眼，细脸小口。还有个女孩，可能是吊梢眉的女友，娃娃脸，剪着齐眉刘海，神情紧张羞怯。

他们在谈论女人。吊梢眉说的是80年代的古典美学。猴形男说每个女神身后都有一个肏她肏得想吐的男人。我听见了。他们不是一路人，偏偏就一起聚在夜晚的街头对饮。他们俩的关系令人好奇。尤其是女孩与这两个男人的关系。猴形男借着看手相之名，捏住了她的手。她的脸涨得通红，眼巴巴去看吊梢眉。吊梢眉端起啤酒杯，一饮而尽，当没看见。

街头是一处舞台，人的脸庞在这个奇异的流动空间显现，如一副扑克牌，用一种整体性，把五十四种原型集中一处。我不知道我是扑克牌中的哪张，是梅花2还是红桃K。又或者——部分之和必然大于或小于整体（我还清晰地记得，当我第一次意识到这句话时的狂喜，整个人好像被一团风暴娩出）——我是存在于这副牌之外的某个小概率例外吗？

这里有两个问号。我回答不出。也不想回答。我深深知道，要不了多久，我就会忘掉他们的面容，用博尔赫斯的话来说，这叫水消失在水里。我不喜欢这个比喻，不是因为它对记忆痕迹的消失描述不够准确——它是陈词滥调。我情愿说火消失在火里。世界是一盆大火。

猴形男肆无忌惮地亲吻女孩的手。这个亲吻是下流的，无耻的，毫不掩饰的。女孩惊恐地叫，甩开柔荑，扭过头盯着吊梢眉，眼眶红了。猴形男哈哈大笑。被笑声呛住。掐住脖子拼命咳嗽。吊梢眉去拍他肩膀，“哥，你喝慢点”。

这是一出庸俗的喜剧，让人捧腹。

这是我们的生活，令人震惊。本雅明反复说过的这个词：震惊。

那年夏天，女老师死了。我与她的欢愉持续了数周，戛然而止。一切欢愉，必然伴随着残暴的泪水。按贴满县城大街小巷法院布告上的说法，我的女老师已堕落成一个女流氓。几个穿深绿衣服的人把一块木牌挂在她脖子上，上面画了一个大大的叉。她穿着一条红色连衣裙，漫不经心地打量着四周闹哄哄的人群，扭动双肩，执拗地露出半边乳房。她的努力显然是徒劳的。一个穿深绿衣服的女人眼睛里冒出怒火，更加用力地拧紧她的胳膊，她不得不踮起脚尖，像一个真正的芭蕾舞者那样踮起脚尖。

人群发出嘘声，轻微的。很快鸦雀无声。我在台下望着她，心中异常难受，眼泪几欲夺眶而出。如果那夜我与她一起去了防空洞里的地下舞厅，我会不会与她一起站在台上游街示众？大概率是的。这是一起“重大流氓集团案”。与女老师同时站在台上的还有五男二女。其中一个男孩，眉清目秀，年龄与我相仿，是罗书记的儿子。

很多年后，我才知道这是一场席卷全国的严打风暴。死刑名额下放到县。我爸在县里再一手遮天，也只是这场风暴里的一叶小舟。可我那时不懂这个。我的命是女老师保下来的，她到死都没有说出我的名字。她在笑，冲着我笑，隔着黑压压的人头，隔着不可测的命运。我知道她是在对我笑。她的额头有青紫肿块，她的胸脯剧烈起伏，她的眼睛清澈明亮。她没有像另外两个女人那样低头认罪，她始终扬着头在笑。她被判处死刑，剥夺政治权利终身。立即执行。人群开始追逐着那辆驶向刑场的解放牌军用卡车。

我在广场里站着，抹掉那些不听话的泪水，一步步走上高台，在女老师站过的位置站下，闭上眼，把鼻翼扩张到最大，贪婪地呼吸着她遗下的气息。同时暗暗祈祷，盼望刚发生的一幕不过是梦境，而只要我睁开眼，就能看见她托腮凝眸的模样，就能微笑着向我送来轻轻一吻。她是我的缪斯，她是我的女神，她是一把花纹繁复的钥匙，使我的生命有了一个真正的奇妙开始。这个开始不同于李芳所赐予的。

女神不容亵渎。哪怕是她与人私通，也必定有她的道理，同样不影响她成为女神，并且受到世人最多的赞美与朝拜，比如与众多神祇私通还分别诞下孩子的阿佛洛狄忒。

阿佛洛狄忒，我要高声念诵你的名字。

爱与美的女神，奥林匹斯山公认最美的女神，因为妒忌密耳拉的美貌而促使密耳拉与其父乱伦，并与密耳拉的儿子阿多尼斯相恋的女神，挑起了特洛伊战争真正的幕后者，我将用我的方式赞美你无与伦比的美。这种美，接近上帝的律法。

我抄起大排档的铁炒锅，连锅带汤砸向那个笑容极其猥琐的猴形男。

暴力让我有了片刻平静。

吊梢眉当时认出我，想跑，被我一瞪眼，乖乖站住。

“知道为什么要揍你吗？”我耐着性子，替猴形男抹掉糊在脸上的青菜饭渣，顺手捏他猥琐至极的腮帮子。猴形男脸上全是震惊，接着是愤怒。他想反击，可能认出了我，脸上的愤怒消失了，取而代之的是恐惧。有点像川剧变脸。这个变脸大师的牙齿开始打战，看样子是想跪下了，强自撑着。

这让我厌倦。君主制的统治基础是道德，民主制的统治基础是民意，寡头制的统治基础是钱，僭主制的统治基础是靠恐惧。

我不喜欢恐惧，可不得不使用。因为在单位时间内，它的效力最大。

“作为一个男人，你太猥琐了。”我双手合十，面朝围观的群众（其中多半是女性），“这世上是有很多的好女人。她们值得顶礼膜拜。像我这样。还有，如果你想骂我傻 ×，一定得在心里骂，千万别让我听见，别传到我耳朵里。”

人群中响起掌声。

我继续前行。我在街头苦思冥想。

人都是要死的。在漂漂亮亮的时候死去，未尝不是件好事。如果女老师没死，活到今天，齿摇发脱地走到我面前，告诉我她已经血干涸。我能说什么呢？给她背诵叶芝的诗篇，说“比起你年轻时的脸庞，我更爱你现在苍老的容颜”？是的，这句动人的情话曾无数次在我心中萦绕荡漾，我毫不怀疑它的真挚与炽热，问题是，爱是什么？我不知道，甚至不知道它是一个名词，还是一个动词。

那个漫长的暑假结束了。

我去念高一了，把有关女老师的一切都埋藏在心底。我还去了几趟筒子楼，梧桐树还在，印有绿色莲花的窗帘不见了，取而代之的是一块深红色的帷幕。新住进来一对年轻的夫妇。男人在电影院工作，是售票员，长得很帅，有一米八高，沉默寡言。妇人是学校里的后勤人员，粗手大脚，皮肤黝黑，是个话痨。俩人一点也不般配。不过这又有什么关系呢，他们是那样恩爱，同进同出，还常在那棵梧桐树下晾晒衣服时，一起拧床单。他们把女老师的痕迹清除得一干二净。这让我非常伤感。我找了几罐红油漆，趁着夜色，在他家门上、墙壁上刷了几条口号，“李贵友是强奸犯！”李贵友就是那个男人的名字。

这事我忘掉了。几个月后我在法院布告栏里看到李贵友的名字。他还真是一个强奸犯。或许不是强奸犯。他长得那样帅，一点也不比《大众电影》里的男演员差，他还是一个卖票的，那年头的电影票非常稀罕，有钱未必能买到。据说他睡了十几个女孩子，还有学校里豆蔻年华的女生。我跑去看他的公审大会。我是多么希望他能挺直脖子，扯起嗓子，喊一句让所有男人蠢蠢欲动，也让所有女人脸红心跳的话——强奸是对女人最好的恭维！

结果他就是一个㞞货，啥也没喊，低头认罪，还尿了一裤裆淅淅沥沥的尿。一点也不像个迎风尿三尺的雄性。

没过多久，我当兵去了。

十九

一个女人拎着裙角走在街头。那种露出双肩的镶蕾丝边的鱼尾晚礼服。

她的样子像上岸来找王子的美人鱼，神情是那样羞怯不安。我想迎上前，又怕惊扰了这种“羞怯不安”——这是一种世所罕见的让人窒息的美。

我可能得了司汤达综合征，浑身打摆子那样颤抖。胳膊与腿完全不听从大脑指挥，感觉不会比一个傀儡木偶好多少。我踩着她的脚印，亦步亦趋，时不时还感觉到来自灵魂的抽搐——一种快要被撕裂的痛与一种极疲倦后洗个热水澡时的快乐的糅合。

有人问我，她是谁。我想说是我的女人。喉结滚来滚去，舌头就是吐不出一句完整的话。就有人用同情的目光瞟了我一眼，往我手里塞了几张钱，上前一把拽着她的手，不由分说地把她塞入车内，就好像她真的是我的女人。

我在键盘上敲下这些句子。

我给刘启明的书稿里讲述的也都是这样或那样的故事。我不知道我为什么写下它们。这些句子像是一个放浪形骸的人，一个随时要把自己扔进垃圾场里的人。书写这些句子的人到底想说什么呢？我想了很久，想了很多个昼与夜，也想不明白。诸种痛苦翻转于五脏六腑间。偶尔有一道光线出现，是刀劈下，骨头都疼，就想起身喊叫，那道光线已蓦然收缩，垮塌成一个难以用文字形容的点，类似黑洞，吞噬着我作为人的各种感受。手足无力，我不得不像一条濒死之鱼瘫倒在地板上大声喘息。

我是一个有罪的人。不是生而有罪。

我知道我行过多少恶，如碗中石块，清清楚楚。

我是贪婪的，所以我知道贪婪是什么。

我是龌龊的，所以我知道龌龊是什么。

我是堕落的，所以我知道堕落是什么。

我是冷血的，所以我知道冷血是什么。

绝对不仅仅是《新华字典》或者《康熙字典》里的那些。我痛恨我的贪婪，我的龌龊，我的堕落，可我深知，一旦把这些词汇剔去，这个纯粹的人就与普罗大众没有什么关系了，是要摆在神龛上做牌位的，是一个虚假的，与人的血肉毫无关系的物。可为什么我会如此憎恨自己？以至于一而再，再而三，不断地想把自己从这个世界抹掉清零？我愤怒的根源在哪儿？

人无良知就是灵魂的毁灭。

世无道德就是社会的毁灭。

那天下午，我头昏脑涨走出县政府大楼，脑子里满是李芳的祸国殃民的笑容，还有她的宛若催情药物的怪异体香。我是一个当过两年兵、见过一点世面的人，就想不明白这样一个小县城里居然能藏着这等天生尤物。

那时候我还没看过莫妮卡·贝鲁奇主演的《西西里的美丽传说》，还不明白像李芳这样的美，注定是要被践踏蹂躏——因为美是悲剧；也不懂得，在面对这个践踏蹂躏时，对残酷命运的彻底顺从，乃至取媚，是最具有美学意义的呈现。这是一出不折不扣的人之悲剧。而人，我是说作为普罗大众，是需要这样的悲剧来滋养其心魂。

吴青，我叫他秃头吴，在办公室待了没两分钟，叫我去跑腿办事。我背转身的一刹那，瞥见秃头吴那个蒲扇大的手掌，迫不及待地覆盖在李芳挺翘的臀部上。李芳喉咙里溢出一声短促、嘶哑的喊叫。

我回过头。我的耳朵尖着呢。秃头吴乌黄的脸皮上没有任何不妥的表情，反而示威一般地在李芳的臀上收拢五指。他连眼角都没抬。我羞愧难当，推门而出。

我知道他们的无耻，可真没想到，他们在光天化日下，在县府大楼，在一个墙壁上还贴着“五讲四美三热爱”标语的办公室，也敢如此肆无忌惮。我更没想到的是，李芳的脸上没有丝毫不悦，反而把胸脯挺了挺。

在她眼里，这不是侮辱，是调情，是男女搭配干活不累，甚至是工作内容的一部分。她脸上有了半红半白的花瓣。如果搁在她臀部的那个手掌不是秃头吴的，是我的，她脸蛋上是否也会出现这种半红半白的花瓣？应该是不会的，虽然她不惮于勾引我。

我闷闷不乐。我明白一个手握权势的大人物对一个小人物尤其是女性的恩宠，意味着什么；我也明白当一个小人物或女性习惯了这种恩宠，她或他又会拥有怎么样的一张面庞。我还明白秃头吴只比李芳官高半级，但他是她的主子，官大半级压死人。何况人人皆知，李芳头上那顶乌纱帽是用什么材料做的。

这些我都明白。我还是闷闷不乐。我想秃头吴是故意的。他故意抓李芳的屁股，故意让我看见。他要在我面前找回他多年前丢失的尊严，把他“脱掉的衣服一件件穿回来”。当我喊出那声“吴主任早”，他的笑容是那样猥琐，那样心满意足。我就像一条训练有素的狗，肱二头肌凸起，耳朵支棱成三角状，只待主人一声令下，便奋不顾身向前冲锋，也包括“推门而出”。部队的训练是好样的。军人的天职是服从，军人是最可爱的人。秃头吴曾无数次向我爸鞠躬行礼，如今他终于找到了那种美好的感觉。

我不会让他得逞的。不过，将欲取之，必先予之。

去打字店拿材料。我顺路拐去药店买了盒泻药，研成粉末。在把材料交给秃头吴后，佯作倒水，往他那个满是茶垢的搪瓷杯里撒入这些褐色的粉末。

接下来的几个时辰，就听见秃头吴一趟趟往厕所里跑。

这种感觉真是不要太爽。我当然不会就此打住。爽这个字后面，是可以更爽。过了两天，我趁夜色潜进秃头吴的办公室。堂堂一个县政府办公室主任，保密意识与保密措施太差。把一张二十五万元的存折压在办公桌玻璃台板的报纸下。蠢货。居然还写日记，居然还在日记里无话不说，“我的工作除了喝酒，就是玩女人”。秃头吴啊秃头吴，有些话只能做哪能说的，有的话那是烂在肚子里也不能说的，怎么就敢这样大言不惭，还把睡了哪个同事或下属，也都简明扼要、真名实姓地记录得清清楚楚——真以为没有党纪国法吗？真不知道这个主任是怎么当上的。哦，还有行贿记录，一笔一笔，一清二楚。

蠢货。蠢货。蠢货。蠢货。蠢货。蠢货。

这就是一个九品芝麻官的日常生活,极是详尽真实,糜烂无耻。我把这些材料复印了，再完璧归赵，也不能说是完璧，我在日记里画了一张秃头吴的漫画，再附上一句话 :“猜猜我是谁？”

秃头吴大概率猜出是谁干的，翌日，他看我的眼神大不一样，又有点像当年他侍候我老爸的样子了。这就对了，一天做狗，一辈子就得做狗。

二十

几个月过去了，静水流深。上班的内容不值一提，基本都是废话与谎话。

可能是因为在秃头吴日记里看见的内容，我与李芳的关系没有再进一步，不咸不淡。那时的我还不懂美的悲剧性，总觉得像李芳这样的天生尤物就算是天生丽质难自弃，找秃头吴做入幕之宾，这算哪回事？还有，县长书记，怎么肯与秃头吴这种不入流的货色同分一杯羹呢？我打算什么时候与游书记、县长谈谈，谈话的方式有很多种，比如深夜拜访他们各自的办公室，比如代表党纪国法，写上一封匿名信。不过，现在还不到时候。

一口喝干秃头吴送来的龙井好茶。

我去向李芳汇报工作。她的办公室在隔壁。里面还有一张桌子，桌子的主人长年病休。李芳一颦一笑，勾人魂魄。她死活想不明白，为什么秃头吴对我这样的新兵蛋子如此恭敬，我爸基本是一只死老虎了啊。各种旁敲侧击。这是男人之间才懂的秘密。我与她打哈哈，谈一个中心两个基本点四项基本原则，谈革命工作不分贵贱，谈中国人民注定要取得的辉煌成就。话有一句没一句，渐渐陷入沉默。我有点恼火初见她时的自己的不堪，也终于鼓起无耻的勇气，学着秃头吴，把手掌放在她臀部上。没敢抓，只是放。

真他妈的啊，确实有一股电流，隔着薄薄衣裙直蹿脑门。

我是一个有性经验的男人。

此种滋味拆骨煎肉，直至今日，仍未有丝毫消退。

我想我的头发都可能根根竖起了。我想我就是一头野兽了——凭什么，他们吃得，我吃不得？我搂她入怀。是的，我这样干了。动作果断。部队里有句口号是怎么说的，“战场不怕死，情场不怕累。该出手时就出手”。又或者说，“有花堪折直须折，莫待无花空折枝”。李芳根本没有力量抵抗。她的身体还真是立刻酥掉了。这是一具诚实的胴体，如同火焰忠实于让它粉身碎骨的燃烧，马上涌出惊人的热量。但她的眼神……该怎么说呢，明明白白的恐惧与惊吓。这是一种什么样的惊吓啊，如一盆雪水兜头浇来。我的淫欲、嫉妒与愤怒，瞬间无影无踪。

我的身体僵硬了。

她的身体软如绵。

我想起小时候的那个用粪勺把棉花弄脏了的疯子。我太讨厌这个不合时宜的“想起”。我觉得自己比这个疯子还罪该万死，觉得自己与粪勺没太多差别。几秒钟后，可能是几分钟后，给我的感觉就像是一个世纪那么久，李芳从我怀里挣扎起身，理了理衣襟与鬓发，垂首悄声道：“晚上七点，后山，英雄纪念碑。你走吧。”

我没动。

“那我去向吴主任汇报工作了。”李芳快步走了，走到门口，回眸一笑。

肤如凝脂，领如蝤蛴，齿如瓠犀。螓首蛾眉，巧笑倩兮，美目盼兮。

《诗经》诚不欺我也。

只是我能去吗？

我去了。哪怕打断我双腿，我就是爬，也是要爬去的。

后山离县政府大院不算远。拣了条偏僻山路，未走那条铺有石阶的登山大道。我比约定的时间提前到了，没蹲纪念碑下，躺卧在附近草丛里，默默地看着沐浴在月色里，直入苍穹的花岗岩碑顶。这是一座全县最高的标志性建筑。我爬上过碑顶，俯瞰万物万有，对着碑下的千沟万壑、重峦叠嶂竖起中指。这是无名英雄纪念碑，纪念的是那些在抗日战争中的为国捐躯者。

我听过他们的故事，可歌可泣。我想不通的是，当年日本鬼子来犯，不过一小队，区区数十人，全县数万人，为何不能团结一心，赶跑鬼子？

小时候，我问过我爸。我爸说鬼子有枪。我问，枪里有多少颗子弹？哪怕鬼子的枪是“二战”后才出现的AK-47，能连发，一口气打死一百个中国人，为什么第一百零一个不冲上去，活剥鬼子的皮，生吞鬼子的肉？岳飞不是有一首《满江红》吗？不是说岳飞是咱们中国人的民族魂吗？这魂到哪儿去了？我爸说我的问题太幼稚，说我哪天长大了，面对枪口时就会懂得。现在我长大了，闭着眼睛能在几分钟内把一支步枪拆解，再重新装配妥，五十米内，弹无虚发，可我还是不明白——当年的县城人为什么会这样怕死？为什么不选择轰轰烈烈地死，而甘心选择这种被慢慢蹂躏至死的最屈辱的死法。

我耻与他们为伍。可我是他们的孩子。

七点整，李芳到，裹在一袭黑袍里，露出两只细净白皙的脚踝。是从另一条偏僻小路上来的。我一眼就认出她摇曳的身影与黑袍包裹不了的诱人丰姿。我用舌头舔唇。我听见脑子里有两个声音。一个在说，上吧。她就是一个不折不扣的荡妇。你这个有胆量强奸女老师的杂碎究竟在害怕什么呢？另一个声音在嚷，女老师忠实于她自己。是把自己当成一枝玫瑰，插入枪口。李芳忠实的是权力。是为虎作伥者。她们都是荡妇，但不一样。前者是情欲之源，纯真之源。后者是贪婪之源，罪恶之源。

李芳没有看见我。我也没看见她眼里的失望。她没有停下来四周张望，低着头，加快脚步，走过纪念碑，从小路上，从登山大道下。我钻出草丛，怔怔地看着她下山的背影。

我知道，我这一辈子都不会碰她一根指头。

上班，下班。

睡觉，起床上班。

李芳到我办公室的次数越来越少。场面上碰到，第一时间把头转开，不看我的眼睛。我没有向她解释原因。只是悲从中来。我对她的拒绝，在她看来，是羞辱吗？金庸《天龙八部》里有个马夫人，因为乔峰拒绝了她，情愿死，也要栽赃陷害，害死阿朱，把乔峰逼成萧峰。李芳会这样做吗？她不会的。她不是一个心如蛇蝎的妇人，她也没有马夫人的智商。

我在办公室里看金庸的小说，飞雪连天射白鹿，笑书神侠倚碧鸳。越看越难受。什么时候我才能遇到我的阿朱，我的王语嫣，我的西夏国公主？办公室里还有两个人，我不记得他们叫啥名字，反正是那种脸皮灰暗的人，一个尚还年轻，一个人到中年，对我把腿架在桌上的嚣张行为也没有说啥，各自埋头写材料，笔尖在稿子上唰唰地响。

这是我无法忍受的。人的一生不该是这样唰唰响的。

我请他俩喝酒。他们婉言相拒，说还得通宵改材料。其中那个眼珠子满是血丝的年轻人，见我虚心请教的样子，语重心长地给我讲起人生的道理，说什么办公室是机关的中心枢纽，上承领导鼻息，下接部门科室，是一个非常有前途的、非常锻炼人的地方，叫我脚踏实地好好干，如果我愿意学的话，他愿意手把手教我写材料。还有什么别小看爬格子这事，这能锻炼出缜密的思维方式，一个站在本单位、本系统的高度来把握全局的领导能力，等等。

听得我直流口水哈喇子。一次两次,见稀泥糊不上墙壁,他死了心。我独自跑到墙根去看青苔绿藓，和每一只飞过肩膀的鸟类打招呼。多半是麻雀，基本不睬我。

空气中有温润的甘甜。我的目光渐渐从树叶的绿与阳光的明亮，转移至墙壁。这幢二层楼的办公室有着典型的民国时代风格。斑驳墙壁上，时间凝结。

还真别说，这是一片艺术的天地。苔藓里面有非洲雄狮、肋插双翼的马、绵延不绝的山脉。有一次我居然在里面看见了一张耶稣的面孔，深绿色的，嘴唇上还有两撇灰色的小胡子。这是大自然的杰作啊。我琢磨着该怎样铲下这块彰显了神迹的苔藓，拿去装饰自己的狗窝，一个老头儿悄无声息地在我身边蹲下。

“看啥？”

“看我爸。”

曾几何时，我爸也有两撇灰色的小胡子。

“你爸在墙上？”

“快了，快挂墙上了。你看，这是他的魂灵哦。看，眼球子，多活灵活现。”我指手画脚。老头儿左瞧右瞅，歪过头打量我，眼里就有了光，嘴里还啧啧有声，“真像”。

我纳闷了，敢情眼前这位仙风道骨是精神病，不是微服私访的某退休高官？我又指指那块苔藓，“那是你爸。在我爸旁边的那位，贼眉鼠眼的”。

“果然是我爸。”老头儿把脸都快要贴到墙壁上，半晌退回来，喉咙里嘎嘎有声，一脸惊奇，“咦，他老人家怎么还没投胎转世？我给他烧的纸钱还不够路费吗？”

我不想说话了。我想揍他。强行忍住。这是政府大院，还是微风荡漾的仲春上午，揍一个精神病，实在有伤风雅。我往旁边挪过一寸，他跟来一寸。我瞪眼，撸袖子，作势欲打，“精神病，给老子滚远点”。老头儿不见了，像上帝变的一个戏法。这倒让我好奇了。这老头儿敢情练过凌波微步？我起身四望。肩膀被人重重一拍。是那老头儿，一脸促狭。这幸好是在光天化日之下。大半夜准得被吓死。我怒火上来了，捏起拳头在他眼前晃。

“不认识我了？我是你的田叔啊！”

我没想起这位田叔是谁。

隔着吐出新芽的海桐与女贞木，我看见秃头吴的身影。我都听见他裤裆里的那两个睾丸互相碰撞所发出的声响。

“嘘，看那是你爸，你爸从墙上走下来了，走到他身体里了。”我把食指竖到唇边，再坚定不移地指向秃头吴，“快去向你爸磕头，要不，他会骂你是不肖子孙的。”

老头儿吊梢眉下的眼珠子转得飞快，在眼眶里转，沿着眼眶边缘转。突然，定住，盯住了那个越走越近的身影，脸色唰的一下雪白，嘟哝了声“那不是我爸。我爸在墙上呢”，接着蹿了出去，像一只鹰，从空扑落。

他这两只瘦骨嶙峋的手力气真大。

秃头吴快要被他掐得翻白眼了。

我想击掌为这位老头儿叫好。这一刻，他不是精神病，是正义的化身，代表着最广大人民的利益，是群众的澎湃心声。我朝挣扎在疯老头儿双爪下的秃头吴挤眉弄眼。我不清楚他是否看见了我。我盼着他能看见。我还盼着疯老头儿是练过九阴白骨爪的，能干脆利索地掐死这个秃头吴。倒不是说这个世道少了一个人渣，而是说一个疯子掐死一个人渣，这件事太有戏剧性了。生活过于平庸与无聊，太需要这种戏剧性来拯救我们干涸的心灵。

李芳出来了，匆匆奔出。

因为是春天，她穿着一件高领旗袍，露出一段雪白鹤颈，见疯老头儿揪打秃头吴，脸上又是桃花朵朵，还跺脚，一双黑色高跟鞋，一条肉色丝袜，腿部的曲线美得一塌糊涂。我唇干舌燥，异常烦躁。我俩的视线在空中撞了一下，各自扭开。李芳奔下台阶。我只好赶到她前面把疯老头从秃头吴后背拎开。这疯子，还真顽固，我快要把他的手指掰断，仍不肯撒手。我拿不定是否要继续往下掰。这不难。我去看李芳。李芳咬住嘴唇。真他妈的好看啊。我把手伸入老头儿的腰腹。黑大个当年就是这样照料他的黑面郎。挠几下，那些桀骜不驯的畜生即哼哼唧唧趴下身。疯老头儿咯咯怪笑。我加大力度。这招果然有效。

秃头吴脱身，眼白耳赤，对着被我拎在手中的疯老头儿连续几记猛拳击出，还想来一记佛山无影腿。我手臂转动。秃头吴踢空，一个大劈叉砸地上。韧带可能撕裂了，惨号。

“吴主任，这里是政府大院。”我提醒秃头吴注意个人形象。

秃头吴脸皮青紫，犹骂骂咧咧，骂疯子骂门卫骂这个没天理的世道，唯独不骂他自己。李芳扶起他。他们进了屋。

我松开手，疯老头儿掉地上。他的体重真轻，只有干瘪的血肉。这具肉体已非魂灵所栖之所。口鼻间溢血。秃头吴那两拳可不轻。我在疯老头儿面前蹲下。他脸上有谜之微笑。我聚精会神地看着他。秃头吴被这个疯老头儿揪打时的表情非常怪诞，不是愤怒，而是恐惧。

二十一

我是在另一个人嘴里得知疯老头儿的故事的。不新鲜。是世世代代里的芸芸众生里极普通的一个。几句话可说完，部分情节可以参考《金瓶梅》。

疯老头儿姓田，与《笑傲江湖》里的田伯光同名，据说年轻时就有点癫，神经不大正常。有绝技，下得一手好象棋，拿过省里比赛的第三名。但这个棋篓子不该娶妻，更不应该在年过四十以后还从县龙岗镇的深山里，娶来一个又年轻又漂亮的妻子。匹夫无罪，怀璧其罪。一个风和日丽的下午，我爸在东门桥裁缝铺子里看到他妻子，那个颇有几分姿色的荆钗布裙，怦然心动，派出秃头吴充当王婆，把这个本是风流性子的妇人，当餐前甜点给吃了。吃了几回，我爸腻味了这道甜点，嘱秃头吴去画句号。

秃头吴没画好，把自己画进去了，一来二去，这个深山出来的妇人想嫁他。不知道秃头吴在枕头边说了啥，可能没说，可能就是“黄蜂尾上针，最毒不过妇人心”。妇人对棋篓子动了杀心，农药拌在稀饭里。棋篓子命大，端碗喝粥时，有人来下棋，当即摆开棋盘厮杀。那妇人从里屋出来，收拾碗筷想端走粥。赶来他家的替死鬼命当该绝，说饿，说嫂子做的粥香，不容分说，一碗粥倒入喉咙。妇人傻眼。棋篓子眼睁睁看着棋友倒地，蹬腿，僵硬，要喊医生，被妇人拉住。妇人真是蠢，这个时候还在担心自己投毒杀夫的事被发现,只晓得哭。结果耽搁了治疗时间,人死了,投毒一事曝光，算是有了一个最坏的结果。

棋篓子这时还没疯，还没有隔三岔五在县城大街小巷喊“秋高物燥。防火防盗”。

棋篓子不疯的时候,还是挺可爱的。我听闻他的不少趣事逸闻,讲他的呆，与我很多年后看的《棋王》里的王一生有得一拼。讲他在省里下棋，碰到一个对手，死皮赖脸从棋院跟到家里。人家的妻子火冒三丈，摔锅甩脸。他没钱住旅馆，在对面公园的水泥涵管里栖身，靠当乞丐到饭店讨吃的，接连与人家下了半个月的棋，这才尽兴而返。

呆，还善良，是真善良，真他妈的善良。他妻子想杀他，他还四处奔走，想救妻子一命。跑到被害人家里说是误杀，他妻子本来是想杀他的，愿意赔偿。倾家荡产求人家写下一份谅解书。他是中学老师，能有多少钱？又去找秃头吴，求奸夫帮忙凑钱想办法。还跪下来，涕泪交加。秃头吴哪肯再搅入这趟浑水，纠缠几回，玩消失。妇人还是被枪毙了。棋篓子家破人亡不提，还家徒四壁。脑子里的某根神经也就断了。终于疯了。不是武疯子，不打人。满嘴污言秽语，如鬼魂一样悄无声息地出没，傻笑，动辄下跪，跪天跪地跪菩萨也跪路人。

今天这样也算是大姑娘坐花轿——头一回。

我与棋篓子交上了朋友。

主要是下棋。何以解忧，唯有下棋。

他让我车马炮。下不过，没几下被他的棋路带到沟里。我暗暗祈求女老师的在天之灵保佑，还是不管用。我恼羞成怒，拂袖欲去。他赔下笑脸,教我下棋。教我布局与攻防,各种骗着与飞刀。也教下让子棋，首先得学防守，会兑子。哪怕亏点也得换，最好是屏风马的阵形。下起棋来，他脑子还真清晰，一点不疯。还允许我悔棋。是个好棋友。但就有一点受不了，这家伙隔三岔五就能弄来一些好吃的，鸡腿猪头肉啥的，我开始没注意，一边下棋，一边津津有味地啃着。吃完随口一问，这才得知这些美食基本上是他从泔水桶里捡来的。当场呕吐，想把他暴打一顿。

我的棋艺随后大见长进。再与他人对弈,就有碾压吊打的快感。

饮水不忘挖井人啊。

办公室不知从哪儿搞来一堆风鹅腊肉鱼干，算福利。我名下有几袋。春暖花开，万物生长。在这样一个大口吃肉的季节，若没有几块上等肉食，那是对胃与人生的辜负。棋篓子烤肉的手艺是一绝，一撮盐巴，一堆篝火，能把肉烤出色香味形俱全。

没等下班，我拎着东西出了门。我没去过棋篓子家，知道大概方位,在县中学后面的下马巷。不难打听。一问即知。两间瓦舍，还有个十余平方米的院子。院门半毁，门前多有污秽。水洼遍地，草至没踝。天晓得棋篓子是否还住在这里。我想离开，瞥见泥泞上的几个鞋印，是新鲜履痕。门没锁，应手而开。屋内满是灰尘。堂前毛主席画像下是一张乌木八仙桌……那妇人是把粥搁在这张八仙桌上的吧。桌边有一张长条平底躺椅，躺椅下方扔着一块枫木棋盘。它当是棋篓子与棋友们鏖战的战场。往里屋行去。有人在里面说话。是棋篓子的声音，像一个痴呆儿童那样说着话。是他的声音，错不了。

接下来的一幕不提也罢。

这个疯老头儿居然在猥亵一个幼女。居然懂得用几颗花花绿绿的糖果来做诱惑。

我给了那个扎着羊角辫的幼女一巴掌，让惊恐的懵懂小女孩儿马上滚。以后再胆敢靠近这个老疯子，一巴掌打死她。再把这个光着下半身的疯老头儿踢得满地乱滚。不知道我从哪里来的怒火。可能是发现这个我认定是被侮辱、被损害的人，也有这种肮脏黑暗。人心里真是有一只恶魔。不仅他有，我也有。我打累了。这个疯老头儿的骨头还真是硬，始终一声不吭，像一条皮毛褪去的癞皮老狗，眼泪汪汪地看着我，神情是那样委屈不解。

我还能说什么，做什么？我扔下手中的土特产，不管他是否能听懂，威胁他若再犯，只要是我听说了，就过来打死他，抽出他的肋骨，一点一点打死他。

临出门时，我听到他在身后说了一句话，有点结巴，一点也不像个疯子说的话，“我们，我们还能，还能下棋吗？”

我很难过。我本来当他是朋友。我都吃了他那么多次从泔水桶里捞出来的食物。现在朋友是肯定没得做的。我没回头，朝门上猛踹一脚，扬长而去。

我是个坏人。我知道，我不惮于有人以最大的恶意来揣测我，也不怕有人比我更坏。

可为什么那些好人，那些本该是好人的人，会干下比我这种坏人更坏的龌龊事？我在街头溜达一圈，又当街长号数声，除引得路人纷纷侧目外，胸中气闷并未有半分纾解。我回了办公室，起码李芳是养眼的，让人见而忘忧。

> 行者见罗敷，下担捋髭须。少年见罗敷，脱帽著帩头。
> 耕者忘其犁，锄者忘其锄。来归相怨怒，但坐观罗敷。

这首诗很好，就一点不好，应该把罗敷两字改成李芳。

李芳还真在办公室，见我推门直入，眉头微蹙，下意识地握紧手中的圆珠笔。我啥话没说，在她对面的椅子上坐下，直直地凝视着她，凝视着这个美丽的荡妇。“她的一颦一笑都叫男人心醉”。如果没有她的美，这个世界会变得更好一点，还是更坏一点？她的放荡，真的是她的罪过吗，她是为虎作伥者吗？

我有点怀疑我前不久做出的那个“前者是情欲之源，纯真之源。后者是贪婪之源，罪恶之源”的结论，有点遗憾那天晚上我没有及时出现在她面前。

她美艳的脸庞，丰腴的肉身，此刻，竟然如岩间渗出的清泉，让我躁动的心恢复平静。我都听见了屋子里的静，一种纯粹客观的静，比世间所有的音乐加在一起还要好听。

我想吻她，但没有这样做。不是害怕这样做的后果，而是“想一下”就挺好的。

我对李芳笑了笑，就出去了。

我没告诉她，我原谅了她的放荡。虽然我没有这个资格。我不是玛莲娜那个失去一只胳膊的丈夫。但我希望自己会像那个丈夫一样尽力去保护她（那时的我，就这样不自量力，这样蠢）。她是我的幻想、我的纯洁，是我的恐惧、我的焦虑、我的悲伤，我心头的一盏灯。我希望她能始终葆有这份美——女老师已经死了，她还活着。

我叫张三，我有两个足够硬的拳头。而且，我是张书记的儿子。这样说真可耻，但却是一个所有人都心照不宣的事实。

我去上厕所。肚子疼了起来。

厕所里有很多绿头苍蝇。我来不及挥手驱逐那只在我脸上迅速迫降的苍蝇，颤巍巍咬紧嘴唇，飞快脱下裤子，然后艰难地、慢慢地弯下腰。在跑进厕所前的一刹那，我就知道我已到了忍耐的极限。不，是打破人体的极限。是一厘米一厘米地蹲下。

肚内一阵雷鸣，接着是狂风、暴雨、闪电。

爽。这种一泻千里的感觉真爽。我笑起来。歇在我脸上的那苍蝇吓了一跳，振翅，嗡嗡地叫唤。我在心里迅速计算出它的飞行轨迹，使劲一拍，一摊屎状物赫然出现在手心。手掌腥臭无比。如果厕所里出现一只青蛙，它是否会把我视作一只大号苍蝇捕食？目光斜睨，左右两侧，是两块污秽不堪的隔板，上面横七竖八涂满各种文字与女人下半身的图案。这不奇怪，虽然这是县政府大院的厕所。奇怪的是蹲坑隔板上被人用油漆刷了一遍，上面用工笔小楷写满密密麻麻的小字。

"你在看见这行文字时，你的屁股正以45度角拉屎。这不符合人体力学，请速调整姿态，以免危害你的健康。"这位涂鸦者应该是位幽默的人。我继续往下看。再往下的语言就更为精彩纷呈。这就是中国文字的活力。充满辩证法精神、人道主义信仰，以及对科学孜孜不倦的追求。我兴致勃勃挪了下发麻的脚，往另侧隔板上看去。这边的字迹更小了，是一份完整的WC.com商业计划书。还署了名，作者：田伯光。

此田伯光可是那个棋篓子？

天色渐然昏暗，我的双眼离隔板是越来越近。其间进出过几个人，见我如痴如狂的样子，皆不敢作声，连屁都小心翼翼地放。我没有理会他们，摁着打火机。一个老头儿按捺不住，问我在看吗？我说，看你妈。

老头儿不敢作声，拎裤子出门，吐了一口痰，骂了一声神经病。

我没有理会他。我若理会，我还真是神经病。

我已被这份WC.com商业计划书弄得神魂颠倒。WC是刚需啊，这市场太大了。把这份计划书拿到纳斯达克上市兜售，怎么着也应该是数十亿的市值吧，还是美元。真没想到小县城里竟然隐居着这等高手！市井街巷，果然多有豪杰之士。这个田伯光肯定不是那个猥琐的田伯光，他老人家蹲在这里，以工笔小楷这种最需要耐心的字体，激情澎湃地书写下，他对这个时代经济最深刻的洞察，一个最富有创造力与想象力的产业模式。

我几乎都要号叫出声，只觉得满腔热血都要似一轮红日喷薄而出。田伯光同志在拉屎时也不忘思考国家与民族的命运，也不忘为我县经济之腾飞、人民之富裕做努力。写下这洋洋洒洒千余字，不仅需要心力，还需要让人咋舌的体力。他不会手酸腿麻掉粪坑里吧？我小心翼翼垂头往下面一看，没有人。这说明，上帝今天是我们县里人。

若把这间厕所搬到县长办公室，让他按图索骥，照单抓方，我们县里必将发生翻天覆地的变化。我有幸是县里人民群众的一员，或许也能叨光发财致富，从此走上金光大路。

我伸手抓紧隔板，一遍遍深情地呼唤道：田伯光同志，你在哪里？这里虽然没有蓝天白云大海，但却有一颗对你的景仰犹如滔滔不绝黄河水的心。你是民族的脊梁，你是我们的明灯。大海航行靠舵手，你就是带领我们迎风破浪踏上胜利彼岸的希望！

正当我在心中把田伯光的名字喊过千万遍后，我意识到一个不妙的问题，县长是不来这里上厕所的，据说他蹲坑拉不出屎，只能用马桶出恭。我若把这间厕所搬入他办公室，勇气可嘉，结果肯定不好。现在没有了反革命分子这一说法，穿小鞋是难免的，我大概率是要与目前这种无忧无虑的生活绝缘。这也就罢了。

关键是：我突然发现自己动弹不了了。

“六月丙午，晋侯欲麦，使甸人献麦，馈人为之。召桑田巫，示而杀之。将食，张；如厕，陷而卒。”

我会陷而卒吗？

血在脑袋里直晃悠，像喝到肚子里的水。脚板轻得像一大团棉花，它们好像已不再属于我，一种麻麻痹痹的虫子在双腿里慢慢爬，咀嚼着交叉神经，兴高采烈。

屁股蛋比泰山还重。

我终于痛苦地意识到——我没法举起它。

我哆嗦起来，生还是死？

一个哈姆雷特式的问号在脑海里出现了。如一个巨大的鱼钩，在一片金光灿烂中载浮载沉，而我悬挂其上，以整个宇宙里一种最可笑的方式。这个该死的田伯光，不管他是不是那个棋篓子，他用他的才华诱惑了我，就像棋篓子用他的不幸诱惑了我。所有姓田的人都该下地狱，虽然来这里上厕所的人成千上万，也只有他留下了一份壮怀激烈的计划书。对了，“一千个读者就有一千个哈姆雷特”这句话也是狗屁。

一千个读者顶多有一个哈姆雷特，其他的都是强盗小偷恶棍强奸犯。

我不是哈姆雷特，我还不想死，尤其是掉粪坑溺死。

我嘴角抽搐，用了整整十分钟，终于站起身，又用了十分钟揩净屁股，系好裤带。再把牙齿猛力往舌尖一咬，嘴里咬出咸，身子往前一撞，哆哆嗦嗦，又花了十分钟才走出这间灯光昏暗的厕所。他妈的，这个该死的田伯光到底是谁？

暮色苍茫，絮云乱卷。黄昏如鸦，声声啼来。有月如钩，当空悬挂。这茫茫天地间竟有无数落魄萧瑟。

我高一脚低一脚，只觉得悲从中来，不可断绝。

走夜路要放声歌唱。

我唱。唱“十年生死两茫茫，不思量，自难忘”。唱了半天想起自己又没老婆。还是苏东坡好啊，年方十九就娶了十六岁年轻貌美的老婆。三十岁的时候，老婆就死了。四十岁的时候就可以“有声当彻天，有泪当彻泉”，写下如此有大悲痛的悼亡诗。时代进步了，我也得为我的悲痛赋诗一首。

我吟诗，找了一个树枝，在洒有月色的沙砾上开始写字——

啊，在我痛苦的尽头，有一根树枝

被坚硬的不可融化的冰覆盖

等待那只手的形状。

我将由你开启，在漫长的岁月

你是饱满山丘上黑色的火焰

宇宙中唯一的形式

…………

不对，这种感觉太过愚蠢。假如我是苏大胡子，我会破口大骂蠢材。我扔下树枝，颓然坐下。坐在离厕所不远的一个小沙堆上，我想起了我的女老师。她的乳房就与这个小沙堆一样曾凸起在这个世界的夜色里，是这样迷人、安静、饱满，好像可以一直伴着它坐到这个世界的末日。

女老师说，从前，很久以前，一个画家在画画，画得太入迷了，把自己也画进二维画布了。等他画完最后一笔准备收工回家，突然发现怎么也走不出去了，你猜他这时该怎么办？

我说，他是亚当。他再画一个夏娃，就不会想出去了。我不觉得二维与三维有什么分别，它们都是世界，不同维度上的。

女老师摸摸我的头，抿着唇笑，你真聪明。

我说，很久以后，很久很久以后，一个画家在画画，画得太入迷了，把自己也画进二维画布了。等他画完最后一笔准备收工回家，突然发现怎么也走不出去了，你猜他这时该怎么办？

女老师从身后抱着我。我们一起眺望窗外的夕阳，是那样大，那样圆，那样红。女老师说，他就把身上的衣服脱掉呗。这样我就知道他是亚当了，我就能走进画里与他在一起了。

女老师的身上没有一根线，一块布，是一个完整的滚烫。

我捧起一把犹带来自斜阳热量的沙砾贴着脸庞。我流下眼泪。我的泪腺为什么会如此发达？我不得不重新捡起树枝，不是书写我对女老师的所有思恋，而是用它抽击我的手掌。一下两下三下，换个姿势，再来一下；十下二十下三十下，专心致志，贵在坚持。

手掌肿了，如饱满山丘，上面布满血痕。

我凝视着这些犹如汉字笔画的伤痕，轻声念道：

你是我的吗？唇是那样软，好像蚕丝棉
你是我的吗？乳是那样圆，好像馒头甜
你是我的吗？腰是那样细，好像蕨菜鲜
你是我的吗？腿是那样长，好像象牙尖

在漫长的人世，她扭动的髋部洋溢着异样的柔情
我注视着她妩媚的面庞，既迷惑又兴奋
她的皮肤比天鹅绒还要滑，滑过我的胳膊
带来一阵翡翠凉

世界是一艘逐渐倾斜的船
当船舷靠近海面，我是你的。她说：

而这一切将绝无仅有，在所有妇人的梦境深处
你将成为那台沉没至海底的马达，或者
你是那个鲁莽的孩子——那时。我是你的

她的手指在她艳丽的裙裾上好像一群谜语
唇齿间生出温和的快感，我虽然无法理解
还是一把抱紧她，撕咬着她的脖颈与她的热情
当她痛苦地叫喊出声，我一泻如注

二十二

刘启明打来电话，说这首诗写得真他妈的好。好得他骨头都酥了。好得有电流从涌泉穴直上百合穴。好得他简直想哀号出声，把他桌上的笔全部掰断扔废纸篓里。好得李白与杜甫都想拜我做老大……我打断了他的话，吹捧是挺让人受用的，尤其是无耻的吹捧，但无耻也是有底线的，否则听上去就是反讽与嘲讽。我提醒他掌嘴三下。

刘启明扇过嘴巴，继续肉麻地吹捧。这回他收敛了许多，吹捧的技艺愈见高明，说我的诗犹如阔大河面上的漩涡，犹如崩裂的绵延山峦，犹如逐渐静寂的穹庐，让他的心，那个被生活弄得伤痕累累并有一个坚硬外壳的心脏，重新活了过来，有了年轻时的那种柔软与敏感，能够再次感受到那些细微之物的美。

“你拯救了我。这是一首至情之诗。句子有着水的洁净。不是一般的水。是瑶池水。水面的波纹疏密有致。极精确，又感人至深，持守了诗歌祈祷与祝福的古老职能，又有着现代主义的底色，包含各种极为新鲜的隐喻，动人心魄，能够在最大程度上修复人的性灵。这才是诗的真。”

刘启明的声音里有着难得的真诚。

这种真诚也是表演。表演是中性词，是一个技术层面的事。再真诚动人的情感若缺乏表演层面的唱念做打，不被人感知，那它就等于不存在。又或者说，要认识一个人，一定要去感知他的情感。一个把情感藏起来的家伙，就等于一把风干了的蔬菜，毫无嚼头。对于这种家伙，最好的办法，就是撕碎他的肉体，找到他的灵魂碎片，当下酒菜。

我们讨论了一会儿诗歌。

刘启明小心翼翼地问道，这首诗是写给李芳的，还是女老师的？

是，也不完全是。

至少在键盘上敲出这些句子的时候，我想起的还有另外几个女人。其中一个叫小羽。这不是她的真名。这一点儿也不妨碍别人在叫她小羽时，她兴高采烈跑过去。我到今天也不知道她真名叫啥。她常挂在嘴边的一个词，就是翡翠凉。

她的瞳仁是翡翠色的。

她的身体像翡翠一样凉。

她可能是混血。她的美貌迥异于李芳，带着一种天真无邪，小腿纤细如一只在林间奔走的鹿。她是一个妓女。是的，她真的是一个妓女，在我们初见时。

不过现在还没有时间想念她，兜里另一个诺基亚手机在振动。

只有寥寥数人知道这个手机号码。我挂断刘启明的电话。

市公安局孙平打来的。东北男人，阔嘴，能把拳头吞下。出了名的胆大，什么样的钱都敢收，什么样的女人都敢玩，什么样的事都敢干。在他还是一个副局长的时候，一个过气的女明星来市里搞演唱会，找他办安全许可证。承办方是懂规矩的，该送的提前送了，该请的也提前请了。他各种拍胸脯，拍着对方的肩膀表示没问题，这事就包在哥身上。又眨着眼睛说，这是对我市人民精神生活的一个极大补充。等到承办方投入巨资后，他打哈哈了，以各种理由拖着不办。再给钱也不要。

“这不是钱的事。她是我偶像。还不是一般的偶像，是青春期对着她照片打手枪的偶像。我得对得起我的青春期吧。与她喝一杯，就这样一个小要求。”

承办方只好又砸出一笔钱请女星提前过来热场。非要喝交杯酒。女星见过世面,变了脸色。孙平当没看到,还去搂女星的细腰。一来二去，女星往他脸上泼了一杯酒。他恼了，一脸狰狞，当场拔枪对准女星的脑袋，还摸出几袋毒品拍在桌上，笑眯眯地说，这就是他刚才施展空空妙手，从她身上摸出来的。在场的人蒙圈了，见过栽赃的，没见过这样明目张胆栽赃的。这家伙又现场吹起牛 ×，说自己曾逮着一个老贼，学得一身精湛扒技。

众人面面相觑。

女星吓白了脸，知道这是一条不能招惹的地头蛇。不，不是吓白了脸，是吓得真尿了一裤子。普通人能在真正的枪口下还保持镇定的能有几个？反正我没见过。

后来的事自然是遂了他的意。演唱会如期进行。女星唱完后，连夜离开这个让她倍感耻辱之地。用孙平后来的话说，“老子想玩她，那是给她脸。就那样一副人老色衰的 × 样。活该敬酒不吃吃罚酒。”

从这件事后，我不动声色地拉开了与孙平的距离。男人精虫上脑没关系，得讲规矩。这种玩法迟早得把自己搞进去。要说这家伙还真行，短短数年，就实现了从“副”到“正”的惊险一跃，不晓得往上面送了多少黑钱。胆子越发大了，变着花样要钱，把我当提款机。几番明与暗的敲打。这也就罢了，还索要女人，前两天居然胆敢把主意打到吴情头上。真是子系中山狼，得志便猖狂。是时候教育他这个孙字是怎么写的了。得借力，想铲除他的人不少，起码他手下那个五短身材的侯副局长就想得要命。

我打电话让王画虎按孙平的要求，马上送去二十万现金。又拨通几个电话，没多说什么，与几个老朋友约一场牌局。

我们都在一场牌局中，是红桃 A，是黑桃 2，是梅花 4，是方块 8……我不能例外，也不是其中最大的那张。这点自知之明我还是有的。

我还非常清楚，对于那些玩家来说，我这张牌意味着什么。

这些玩家又何尝不是另外一些高级玩家手中的牌。

没有实质性的区别。

甚至不妨说，所有人既是玩家，又是纸牌。把这点双重属性真正搞清楚了，才可能心平气和，泰山崩于前而色不变。玩牌是个技术活，是个胆气活，也是个运气活。从技术层面来说，孙平是最差的那种，倒不是说他缺乏相关的知识与技巧，而是说他没有任何原则可言。过于贪婪。

这就是愚蠢。我见过狂妄的人。前任市委书记足够狂妄。他的狂妄是一种策略性的运用，是恫吓与威慑，是有边界的。更重要的是，是有清晰目标的，而这个目标是能给大家带来好处的。孙平的狂妄只是一己私利、私欲。他吃肉的时候，想不到让手下人喝点肉汤。简单地说，他就是一条疯狗。当然，我清楚为什么上面的人要用一条疯狗，这不是说收了他多少黑钱的事，而是他还有用，还需要他的獠牙。我目前所要做的，就是通过某些渠道，让上面那些人知道，这条狗并不像他在他们面前表现得那样忠心可嘉，獠牙也不那么管用，甚至可能反咬一口的。比如把一些关于某些权贵的爆料，秘密传到他的电脑里，以他的 IP 地址定时上传网络。这不难，一个黑客软件能搞定，完全可以做到没有任何痕迹。我太清楚他的那些侦查手段。又或者就先找几个访民搞事，试下水流的方向与里面藏着的众多漩涡。

他已站在悬崖边，我轻推一把。

啊，看着傻 × 坠下悬崖是会有快感的。不管是哪种傻 ×。贪婪不是罪，愚蠢才是最大的罪。孙平还没有搞明白哪些人的奶酪是不该动的，甚至想都不该想的。

他也不明白，既然他已选择了做狗，就应该接受被宰杀的命运。也只有这个被宰杀，才会让这个血腥牌局更刺激，富有戏剧性与话题性，其跌宕起伏的剧情能促使所有在场者的肾上腺素的分泌。或许，他的被宰杀，还能算是为这个滞重星球的广袤性，添加浓墨重彩的一笔；为人性这口幽深之井，再注入一桶水。

这就是我们的生活，起于一念，又毁于一念。

这就是我的生活，如此残酷，又极度无聊。

我曾是多么迷恋这个牌局游戏，哪怕身处十八层地狱，也因为这个肾上腺素，斗志顽强。不仅顽强，是曾国藩的“挺住”，我自斜睨向天看，还把春秋战国诸子们的精神，尤其是张秦苏仪的纵横捭阖与兵家的权谋韬略发挥得淋漓尽致，才有了今日的繁花似锦又危机四伏。

我厌倦了。

厌倦了繁花，不管是梨花桃花杏花玫瑰花，它们都是植物的生殖器官。

厌倦了危机，悬崖已经不能再诱惑我。

我好像从噬同类而食的群狼之一，演变成了一头非洲大草原上的犀牛。也许不是进化，是我老了，是退化。以嫩枝、树苗和各种野果为食的犀牛，已经是濒临灭绝的珍稀之兽。我没这样高级。我得承认我老了,见到精神病院里的李芳后,屌都硬不起来了，反而心生恻隐之心。

这是可耻的。我是张三，我目前还算是这个城市隐秘秩序的半个主宰。我必须是狼王。我可不希望我头上长出一只能被人割去当壮阳药服用的犀牛角。江中行舟，不进则退。这道理我懂。所以，我必须长嗥。当我长嗥时，圆月升起。被我爪牙撕碎的孙平，就是奉献给月亮女神最好的祭品。啊，国之大事，在祀与戎。一个人就是一个国。

我又拨打了一个电话。然后挂断。我的眼泪几乎都要下来了。不是因为我将要干的事，而是因为在挂断电话的一刹那，我又想起了那个细雨如针的黄昏，那个第一次看见小羽的黄昏。人生若只如初见。我还真他妈的可能是老了，居然还会在这个时刻保持矫情。

二十三

不知为什么，我对一些女人的记忆是照相机式的，可对另外一些女人的记忆是一种“涌现”，类似音乐从和弦中的涌现。当把那些模糊的、沙砾一样的记忆颗粒堆放在一起的时候，所得到的不再是一个颗粒的总和，而是一个整体性的形象。并且，这个形象会随着每次记忆颗粒的倾泻与聚集，有所变化，可能这次眉毛会粗些，可能下次唇形会薄点，但我知道，那就是她。即使下一刻她化身为一条神态憨懒的波斯猫，我也认得，就像认得自己手掌上的纹路。

我忘了那个黄昏之前发生的事。路边的梧桐树在雨水与光线的浸润下，构建出一个时光隧道的效应。树的枝丫经过园林工人的精心修剪，类似教堂穹顶。没有彩色玻璃。有倚门而笑的艳妆少女，短裙，抹胸，两条长腿。这条路上有十几家发廊，被称为县里的红灯区。当有男人朝店里张望着，这些女孩子就勾动手指，眼里一汪春水。

本雅明写过一本《发达资本主义时代的抒情诗人》。

我忘了在哪里看过，可能是从刘启明那里拿来的。

我不喜欢本雅明在字里行间流露出的感伤与悲观，但还是很喜欢他对拱廊街的描写，“路边的咖啡馆内的闲谈，画廊，吟游艺人，拱廊街内的百货商店，路边卖艺的波希米亚人，橱窗内的貂皮大衣，赌场内的烟尘滚滚”……以及他对“渐次熄灭的煤气灯、把人固定在土地上的住房牌号、日渐堕落成商品生产者的专栏作家”的震惊。

县里的红灯区没有这些东西，但有着拱廊街之所以是拱廊街的两种根本性的景观：妓女与闲汉。

发廊前蹲着一个吸烟闲汉。我不认识他，他不认识我。我问他借了个火，就并排蹲着吸烟。我们没有交谈，雨声在头顶厚厚积叶上唰唰响着，薄薄一层。闲汉走了。我继续蹲着。我觉得自己好像是蹲在世界尽头。发廊的门开了，玻璃门。一只手轻拍了下我肩膀。我侧过头。一双长腿，没穿丝袜，包臀短裙。这是一双完美的腿，没有一丝瑕疵，这么白，那么细。我起身。长腿少女的身高接近我下颏。我有点晕眩。倒不是说这个女孩的姿色有多么倾城倾国，而是她的眼睛，还有她的肤色，前者是绿的，后者是白的。真正的白。比天上的白云还要白。幸好她有一颗龅牙，要不我都想把金帝娱乐城的公关经理暴打一顿——这么漂亮的姑娘怎么允许她流落到街边发廊。我看了眼发廊的招牌，星星发廊。

少女问我要烟抽。我扔给她一根。

少女喊我哥。说哥，你在外面蹲着算咋回事，进屋坐坐吧。

我说好。

屋里有几把椅子，还有个茶几。茶几上有一台卡式录音机，旁边堆放着几盒磁带。是田震的《野花》。还有个狐狸脸，也没穿丝袜，脚白皙赤裸，来回踢动，脚指甲上涂着红色丹蔻。见我跟在少女身后进屋，白了我一眼，从坤包里拽出五十元钱扔给长腿少女。

“我赢了。好开心呀。”

长腿少女眉毛弯下来，露出好看的笑容。又转身对我撇了下嘴。

这是拿我当赌注嘛。

我笑起来，狐狸脸也跳起来。

她像一只狐狸般迅速跳起来。

一只狐狸从外观上看常有如下特征：不管有没有胸，都要想法把胸垫起来；不管头发有多么干燥缺乏营养，也要让它五彩缤纷；不管皮肤多差，增白粉霜那也万万不可少……当然最重要的还是那带了钩的眼神儿。

难怪她能把田震的“野花”演绎成邓丽君的“路边的野花不要采”那种调调。这不是我喜欢的。我盯着长腿少女的脸庞。

我喜欢田震的嗓子。与纯净优美没有关系，也不是百鸟朝凤时的啾然婉转，更不是裂云碎帛飞越激昂的金石之音。沙哑，有力，极富激情，每个汉字经过她的嗓子滋润后，皆是如此这般干净，像石头一样的干净。这石头能砸在心里。

我在椅子上坐下，指指长腿少女，“给哥洗头”。

“我不会。”

“会捶腿吗？”

“我也不会。”

“这可是发廊，连洗头都不会，那姑娘你是不是只会分开双腿啊？”我哑然失笑，把长腿少女拽入怀里。现在她是我的了，像一只温驯的小兽。不，一点也不温驯，瞪着眼，龇牙咧嘴，伸胳膊蹬腿。她在反抗什么？是因为我的话太粗鲁了吗？目露凶光啊，这凶光是绿色的，像只野猫。真是有意思。我就喜欢这种做了婊子还喜欢立牌坊的。手伸入她的衣领，捏着那两颗蓓蕾。

“你满十八岁了吗？”

我不想与未成年人发生关系，我可不是棋篓子那种渣滓。

“十九岁零五天。可以给你看身份证。”

长腿少女可能是看到狐狸脸的眼色，脸上的愤怒唰地换成一脸媚笑，挣扎着从我怀里站起身，手在我面前一摊，噘嘴，“摸了一下，五十块。钱货两讫。”乖乖隆嘀咚，韭菜炒大葱。这姑娘还懂得钱货两讫。我哈哈笑，去摸裤兜。惨了，钱包不见了。肏他妈的，十有八九是刚才那个借我火的闲汉摸走了。这手法，技进乎道。

“钱包丢了。”我思忖了一会儿，如实交代。

然后我掉入了两个姑娘的唾沫之海里，主要是长腿少女的唾沫。

确实，摸一下五十块有点贵，但谁叫我没问清行情就先动了手呢。我撸下腕表，扔在茶几上。一块上海牌的全自动机械男表。参军入伍那年，我爸扔给我的。

嫖妓是要讲规矩的。

刚从部队退伍回来的那个月，闲在家里没事，与一个战友去省城散心。是另外一个县的战友，叫任猴子。到了省城，领略完种种建筑景观后，蹲在马路牙子上，一人拿着一瓶尖庄酒，一边喝，嚼着花生米等下酒菜，一边打望来往姑娘们的长腿。

要说，省城的姑娘还真是漂亮，个个水灵灵的。

任猴子越看心头越是心焦。说要开洋荤打牙祭，再把处男身交出去，看看是否能弄一个红包回来。我不是处男，这不影响我号称自己是处男。更重要的是，我也想去开开眼界，对这种出没于街头的雌性生物充满好奇。坦率地说，我那时的性经验也就是高中女老师所传授的那些。

我们醉醺醺上了路。进了发廊，我撑不住，在按摩椅上躺下了，酒喝得太凶，眼睛睁不开。小姐跟进来，揉捏按敲。我快睡着了，都听见自己鼻腔里细微的鼾声。

神游之际，听见隔壁包厢内敲锣打鼓。这是搞女人，又不是敲锣打鼓啊。就算是第一次搞，也不能猴急成这样啊？没等我弄明白发生了什么事，任猴子兔子般蹦出来，只喊了声“快跑”！撒丫子飞奔。那就跑吧。我一个激灵，一个鲤鱼打挺，追随着他的脚步奔出数里之外。

喘过气，一问，任猴子还不想说实话，被我拿住胳膊一扭，灰溜溜地承认了。原来任猴子太激动了，还没有实质性地插入，被小姐拿手一碰，就很爽快地交出人生第一次。说好三百。任猴子还价，说对折。小姐哪里肯啊，几句话把任猴子说得臊眉耷眼，一身鼓鼓囊囊的肌肉不答应了，一个巴掌把小姐扇晕倒地。大事不妙，马上当机立断，一个字：跑。

腱子肉没能帮助他实现完美的第一次，用来跑路那还是绰绰有余的。

我哭笑不得。

任猴子说太紧张了，歇歇，咱们再换另一家。

正说着话，前后路口出现几个人，脖子上有文身，小半条龙，大半只虎。手里拿着棒球棍，把我俩堵得结结实实。多说无益，打呗。必须说，我们没丢军人的脸，除了两只快如闪电的拳头与两条威猛无比的腿之外，我们还有势大力沉的膝与肘。开始我们还边打边笑，一个打三个。讥笑这群菜鸟。可他妈的，我们就两个人，他们的人是越打越多，打到后面，黑压压的一团蜂拥而上。什么格斗术也不起作用。我们交换了一下悲凉的眼神，不得不用从部队里学到的最后一招，屈膝抱脑，任这些地痞流氓，挥舞着棍棒发泄怒气。

一个警察过来了。问发生了什么事。

也真是他妈的见了鬼。这群地痞流氓见了警察后，没有一哄而散，领头一口还振振有词，说我们吃霸王餐，嫖妓不给钱。他们是“路见不平一声吼，该出手时就出手”。

警察哦了声，说是该打。当没看见，走远了。

我都以为自己要被这些人渣打死了。

还是那个领头的喝止了，蹲下，说我们挺硬气的，虽然说嫖妓不给钱太不道德了，但念在初犯，念在我们都有一副好身手，更重要的是条汉子，这笔账算扯平了。问我俩想不想跟着他干。他动了惜才之心。我当然不干。就算你们他妈的是黑社会，也就是一个收路边发廊店保护费的黑社会，这种近于龟公打手的格局太寒碜了。我一声不吭。任猴子也一声不吭。要说这领头的，还是够意思的，分别甩了我们两记巴掌，说“嫖妓的钱一定要给，她们也是可怜人”，把我们兜里的钱席卷一空后，扬长而去，没再继续为难我们。

“嫖妓的钱一定要给，她们也是可怜人。”

这句话我记住了，起码记住了前半截。

质押腕表半个时辰后，我又回来了。

二十四

长腿少女不在。

“她上哪儿了？”

狐狸脸身后是一面镜子。镜里有一张灰暗死鱼似的面庞，眼神呆滞不动，有点儿像两粒玻璃珠儿，只不过白多黑少。是我的。我为自己的精神面貌暗自伤心。县府那幢办公楼还真不是人待的地方，想我一个浑身是铁的当兵好男儿，几个月下来，已生锈至此。还真佩服李芳,居然能在那个阴暗之所,滋养出一脸粉嫩桃花。只能说我与她是两个物种吧。

狐狸脸没接嘴，瞅瞅我手中的人民币，确认不是假钞后，不情不愿地扔回腕表，脸上挂起职业性的媚笑。“哥，洗个头吧。她不会，我会。保证让你舒服。”她的声音很嗲，但不是我喜欢的那款。我怔怔出神，脑子里是那个长腿少女瞳孔中的绿，像野猫一样的绿。

“她叫啥名字？”

“小羽。她买糖炒板栗去了。哥，要不，我先替你洗个头。等等她就回来了。”

狐狸脸欢快地把我按在按摩椅上。她的手法不像她吹嘘的那样好，按压头颅各处穴位的力道太轻，明显是挑逗，胸部在我后脑勺处蹭来蹭去，还不时弯腰对我的耳朵哈气如兰。她的胸部要比长腿少女多出数倍内容。我有点把持不住。

那时我还没有嫖过妓，根本不清楚该如何应对。又因为性的相对匮乏，对性是一点就着。晕晕乎乎，浑身冒火，被狐狸脸拖起往里屋走。脑子里一根弦还在。边咽口水里的荷尔蒙，边问价。二百。大半个月的薪水。稍贵，能承受。钱不是问题。能用钱解决的问题，从来就不是问题。我刚撬开我爸床头柜拿了一沓，够把这张狐狸脸分别正面背面左侧面右侧面搞上四次。只是……等我在窄小床铺坐定，狐狸脸已宽衣解带之际，外面传来长腿少女的声音，喜鹊一样叽叽喳喳，脑子里这根弦忽地弹起，我的双腿不由自主地往外走了，扔下那个一脸愕然、光着上半身的狐狸脸了。

长腿少女捧着一袋板栗。见我从里屋出来，蹙眉，撇嘴，吐舌。

她的舌头是粉红色的一丁点。

我一把拽着她的胳膊往里屋拖。

她的胳膊是翡翠绿。如一盆油，浇入在我的丹田处熊熊燃烧的欲火上。

狐狸脸还在系胸罩呢。见我急色如此，她整个人都不好了，狠狠地剜来一眼，出去了，用后脚跟踢上门。我去解长腿少女的短裙。她揪住我的手，“二百。”我说：“好。”她说：“半个小时二百。”我说:“好。”她细声尖叫,“我的板栗……”板栗滚落一地，我太粗鲁了。我哑着嗓子说:“赔。”我继续去解她的裙带。见了鬼。活结被我拉成死结。不管了,我去撩她的包臀短裙。短裙弹性太差，我的力气太大，刺啦一下撕出一道口子。我怔了，不知道该怎样继续下去。

她扑哧笑了，脱衣服，窸窸窣窣，不慌不忙。也真怪，那个把我弄得满头大汗的死结，没两下就被她那双纤纤细手解开了。“第一次来？”

我有点难为情，还是老老实实点头。

她的胸前有两点嫣红,是花苞。与女老师的紫葡萄是两种风景。我目眩神迷。

她来解我的皮带。

“哥，那等会儿你慢点，轻点。别急。”

话音未落，我就那个汹涌澎湃了。他妈的，我比那个没尝过女人滋味的任猴子还熊包。我太沮丧了，根本控制不住平滑肌收缩。这个该死的脊髓反射活动。她也愣了。恐怕她还是第一次碰到我这样的客人。我们面面相觑。她想笑，又忍住，脸部肌肉很辛苦，眼里的绿光是那样促狭，还捏了捏我的那个玩意儿。

她说：“哥，我相信你真的是第一次了。”

她接着说：“哥，你不会是第一次做这种事吧？”

这第二个“第一次”是羞辱啊。头颅攒竹、神庭、脑户、风池、翳风等几个穴位处嗡嗡作响。我连话都不敢说了，摸出二百块钱扔在床上，想赶紧逃离这个蒙羞之地。“哥，别急。还有半个小时呢。”她的声音也嗲，与狐狸脸的嗲是两回事，是山间清泉与污浊池塘的区别。她蹲下身，用唇齿侍候了我。这是一种什么样的销魂啊。如果说女老师把我带入过一个仙境，那么这个绿眼睛的少女就把我带入到了仙境之上。

今日回想，我是爱小羽的。

她对我的爱，也同样真挚热烈，不掺一丝杂质。

但我们的爱，是起源于性，一种纯粹的性。

我问刘启明，为什么会这样？

刘启明给我背张爱玲的台词，说阴道通往女人灵魂。我最讨厌这种不负责任的说法了。第一，这句话出自《色·戒》这本小说，是女主角的台词，不等于张爱玲本人持此观点；第二，民国的辜鸿铭说过这句话，18 世纪的德国诗人歌德也说过。

为什么要张冠李戴说是张爱玲本人的看法呢？就因为张爱玲热？

不过这句话是有道理的，甚至不妨说：阴道通往女人灵魂，而性高潮能让女人的灵魂死心塌地。“潘驴邓小闲”五字真言，这个驴字是排第二位的。

还记得那个勾引了刘启明女友的小眼睛年轻人吗？

这小子不简单。拿到我的一万二后，一个猛子，扎入这行。

去年，竟然在玩《魔兽》游戏时钓上一条大鱼。一个女作家。一个国内颇有点名声的知性中年女人。郎有情妾有意，奸情拉动GDP。这事本来也没什么。问题是女作家的丈夫是省府高官。实在咽不下这口气，辗转找到熊哥头上。熊哥制造了一场车祸，这是他的拿手好戏。又派人跟到手术台，阉了这小子。女作家居然还跑到医院来探望，算是佳话一场。

这事到这里没完。熊哥一看，这女作家的丈夫是省府高官啊，虽然是戴着绿帽子的省府高官，手头上攥着多少资源！只要抓着女作家，就有希望分一杯羹。思虑再三，又派出了一个同样有六块腹肌的大眼睛。要说久旷的怨妇还真是来者不拒。没两个月，女作家又给丈夫戴上一顶绿帽子，还把大眼睛带到三亚洗日光浴。熊哥拿着那几个G的性爱视频，兴奋地去找女作家，要盘活她丈夫手中的资源。结果真让他弄成了一个项目。接着，更让我叹为观止的是，女作家与熊哥也有了一腿。

这位省府高官的头上是一片辽阔的呼伦贝尔大草原。

熊哥做事要比孙平讲规矩，该分出去的钱一分也没少；还专门给这位省府高官安排了一个空姐当情人，生了二胎。这事大家都心照不宣。

我把这件事告诉刘启明后，他的心好受多了。接着又难受了。

他年轻时可没少看这位女作家的著作。用他的话来说，是启蒙者，让他懂得关注民主与自由。刘启明一脸哀怨。我讽笑他，只要他什么时候能有六块腹肌，就也有机会做女作家的入幕之宾。这家伙跑健身房买了张年卡，发誓一年后要让女作家做他的胯下之臣。可惜这年头的誓言就是这么一回事，刘启明没毅力，练了没几次，腰酸腿酸死活不肯再去。让我啼笑皆非的是，女作家出新书跑到我们市里搞签售，他还去弄了一本签名本回来。我问他这是干什么。他说打手枪时用。

这是他孩子气的一面。我很喜欢。

这种孩子气若不能控制好，能转化成暴戾与残忍。

刘启明把前女友的性爱视频寄给她丈夫，这个我不反对。树要一张皮，佛争一炷香，男人是要出口恶气。哪怕是把这份性爱视频上传至网络，以丰富广大人民群众的娱乐生活，我也是不反对的。但找人把远在千里之外的前女友暴打一顿，这个就过了。当然，这是私事。只要不惹出大麻烦来，我睁只眼闭只眼。

还是继续说小羽吧。

那个黄昏,我们做了七次。很长一段时间,小羽都叫我七次郎。我带来的八百块钱在第四次时就算花完了。当时，我趴在她身上。眼角余光瞥见床头的闹钟，一个激灵，动作便停了下来。她媚眼半张，问我怎么了。我苦笑，瓮声瓮气说钱不够了。

她一伸手，把闹钟推地上了。说，接下来不收钱。

我想，我就是从这一刻爱上小羽的。

小羽的唇我想尝，小羽的眼我想亲，小羽的汗水我想吃，小羽的颈脖我想舔。

小羽身上就没有一寸是不好的。

然后，我在小羽左腹部发现了一处青色胎记。不太大，形状也与女老师的不大一样，位置完全一样。我如受雷击，呆愣痴傻。我的眼泪不由自主地下来了。这个绿眼睛少女体内是有女老师的魂灵吗？半晌才想到去看小羽的臀部。还好，那上面没有痣，光洁如新剥的鸡子。小羽没有注意到我的异样。她陷入了歇斯底里的激情中，体内似有电流，脚指头绷紧，清秀的脸上一阵红一阵白。

这就是一个女性的高潮，如此真实不虚。

如在空气飘浮的羽毛，托起我不断上升。

二十五

我是爱小羽的。就算是今天，我也心甘情愿为她去死。不会有任何迟疑。

如果我的生命结束在为她死的那一刻，我想这未必不是一件好事。我是一个不折不扣的坏人，恶人，罪人。我若死于恶行尚未彰显之日，这个世界应该会好一点吧。

——这样说是无耻的，是过分夸大了我的重要性。在世界这个混沌体系里，一个人的恶，连“无足轻重”也不是，根本可以忽略不计。某种意义上，恶，是对善的定义。非如此，人，这种两足无羽动物，便不知什么是光明；恶也是世界对自身的要求，它要进化，要摆脱死水一潭，摆脱热力学第二定律所预言的那个“白银一样的热寂”，就需要恶。

——我这样说仍然是无耻的。我知道。我无意为我辩护。

我只是想小羽了。

我不明白小羽为什么要做妓女。为什么要待在这种路边发廊接客。凭她的姿色，随便进哪个娱乐城，都是头牌。

我注意过她的生活细节。她应该是在一个不差钱的环境里长大的。就如我，对钱没有真正的概念，不清楚赚钱的辛苦。当然她是一个骗子，满嘴谎言。我刚开始还真以为她家里有一个瘫痪躺在病床上的老娘，还有一个靠她赚钱交学费的弟弟。

她给我讲故事。

说从前，有个男人，当年在边垦农场是那样优秀，年年模范，奖状贴了一墙壁。娶了当地一位最美的姑娘，生下一个女儿。后来随大潮回到老家小城，所擅长的手艺活一下子全无用武之地，便修自行车。老婆到处找零工做,找来找去,开始与许多男人胡搞，弄一些钱贴补家用，后来生下一个小杂种。他心知肚明，仍把小杂种当亲生儿子养，吃的穿的用的一点不比亲生女儿的差。再后来他老婆瘫痪了。他亲生的女儿不想再餐餐腌白菜，高中辍学出来在外头做事，还是在路边发廊里做，赚了钱往家里寄。他就用女儿的卖身钱供小杂种念书，念当地最好的初中，光补习课一节就要一百块钱的。

过了一些天，她换了一个故事。又换了一个故事。

不变的是：父亲，母亲，弟弟。

我好奇了，问她到底哪个故事是真实的。

她眨着绿眼睛说，都是真的。

这些故事确实是真实的。但要到很久以后我才明白了这个真实。所有的故事，不管它们有多么离奇荒诞，又或者有多么漂亮机智，一旦说出，就必定是真实的。这个世界上所有的虚构，或者谎言，所指皆是对真实的渴望，也都有实现的那一天。

我抱紧小羽。她的眉眼俊，脸庞靓，纤腰细。

睫毛忽闪忽闪。

我还是第一次与一个妓女有了这种亲密关系。有点不知所措，暗自心惊。在我的记忆里，妓女都是被损害与被侮辱的，命运坎坷,受尽人世间的屈辱。这可能与小时候看过的日本电影《望乡》有关。那些与阿崎婆同在异乡当南洋姐的姐妹们死了后，还要叫人把墓碑背向故乡。不是朝向，是背向。因为故乡有更深的屈辱。那一排排冰凉灰暗的墓碑，还有阿崎婆的恸哭，让我泪水涟涟。这部电影的主题与画面、配乐及剪辑，真是催泪弹。因为身边没有人，我哭得比《妈妈再爱我一次》还要悲伤。我死活就不明白为什么这些面容端庄之妇人，为什么要去赚这个皮肉钱呢，不是说饿死不食救济粮吗？

又过了很多年，我才明白：

人是要吃饭的。

生死事小，吃饭事大。

一个快饿死的人，是有权利去吃救济粮的。不仅如此，他还有这个权利去造反，去为那些同样饥寒交迫的人鼓与呼。

这个“饿死不食救济粮”是一个虚构。1948 年的那个仲夏，那个姓朱的男人不至于没钱吃饭，在他病逝前的那段时间的日记里，有这样一些字样，“食欲佳，终因病患而克制”“仍贪食，需当心”，等等。他的死是因为他的病。他只是在《抗议美国扶日政策并拒绝领取美援面粉宣言》上签了一个名字，而这个签字行为，让人想当然了。

所以，我“想当然”地忽略了小羽的盈盈笑眼，相信了她说的一个个悲惨故事。

我的智商在与她相爱的那段时间接近于零。

这是一件多么可笑的，又让人事后想起心生欢喜的幸福之事。

我忘了我从父亲那儿偷了多少钱。不能说是偷，是拿。当着瘫在椅子上的我爸的面大模大样地拿。我爸大多时候是昏昏欲睡，喉咙里呼噜呼噜响。搁我爸抽屉里的钱几天就没了。照顾我爸的小阿姨，朝我瞪圆眼睛，惊道:“钱呢？这么多钱啊，你花哪里了？”

“战友家出事了。碰上车祸，父母同一天双亡。”我脸不红，心不跳，双手一摊，“小阿姨，我还有一个战友家也出事了，不是丧事，是喜事。他要娶老婆，对方开出两万彩礼。他没办法，只好找战友凑。你知道的，一起扛过枪的战友。”

我爸的存折与钱都是小阿姨在管。据说她是我妈的妹妹。我妈死了没多久，她就到了我家。我知道她与我爸的关系，很复杂的感受。小时候没办法，要吃她煮的饭；退伍回来后，能不见，尽量不见。

小阿姨塞给我两千。

想想，又塞来一千块，“小三子，你也该买套好点的行头。你也二十岁的人了。”

有人二十岁的时候，孩子都能满地跑了。小阿姨是提醒考虑婚姻大事吗？我咧嘴笑笑，回到小羽身边，用手去掐她的腰，真细，又嫩，能掐得出水。这样能掐得出水的女孩儿，当然是好女孩儿，当然要娶回家。我嘻嘻笑。幻想我与她的婚礼。我忘了她是妓女。忘了她与我在一起的每一分钟，都是我花钱买的。钱花完了，我不好意思再问小阿姨要，也不好意思问同事或谁借。借钱嫖妓，啊,这太丢脸了。我想克制我去星星发廊的次数,已经管不住腿了。脑子里总是在反复播放我与小羽在一起的每一个细节，每一幅画面。我也在这个时候才真正意识到“嫖妓”这个事实。这让我异常伤感。我坐在发廊的沙发上，怔怔地望着屋檐上滴下来的水。

“小羽，下雨了。”

小羽把长长的细腿揣在我的怀里，用脚指头来回挠我腹部的痒痒肉。

“是啊。下雨了。”小羽眉开眼笑。

“下雨了，客人少了。”我慢慢说，心情被湿答答的雨天弄得无比烦躁，又不能发火，不能喊，不能叫。

“生意总是有的。前天来了个小孩子，手里拿着五十块钱，对我说，姐姐，给你钱，你冒充我妈妈去见老师，好吗。我当即同意。这生意多好做啊。”

小羽没有觉察到我的情绪。毕竟只是一个十几岁的女孩儿。

对了,与我在一起后,她接客的次数少了。对客人是各种挑剔,嫌胖了,嫌瘦了,嫌老了,嫌丑了。有次,狐狸脸受不了,问她,“你到底是来赚钱的,还是来谈恋爱的?”小羽不吭声,示意狐狸脸小点声,不要吵醒在里屋按摩床上打着瞌睡的我。她不知道我已醒了。狐狸脸的声音越发大了,还用脚踢椅子,弄得我不得不借尿遁离开,可现在我又没臊没皮地坐回到发廊的沙发上。

“真的假的,小孩子这么有钱?”

“我管他哪来的钱。只要不是假币就好。”

“然后呢?”

“然后什么?”

“你到了学校以后,发现老师竟然是上次进店讲价的那个人?”

我一边说,一边在脸上挤出苦涩的笑容。

没心没肺的小羽哈哈大笑,绿眼睛里眼波流转。

狐狸脸插话道,还真有可能哦。前天小羽接了一个客人,戴着副眼镜,样子斯斯文文,还与小羽念诗呢,什么娉娉袅袅十三余……体力也真好,一口气搞了小羽四个钟头。小羽最后是扶墙出来的。咦,小羽,你说这样的穷教书匠,哪来这么多钱?

娉娉袅袅十三余,豆蔻梢头二月初。

春风十里扬州路,卷上珠帘总不如。

这诗是杜牧写的。我知道。

我还知道中国古代的大诗人都喜欢给妓女写诗填词。丹田处冒出一股寒气。不清楚是什么气，我下意识地起身，踱到剥着手指甲的狐狸脸身前，抬手给了她一个嘴巴，“你不说话，没人当你是哑巴！”

这件事发生后，我有很长一段时间没来星星发廊。有时路过这条街也会加快脚步。我清楚我不该对一个妓女产生如此强烈的占有欲，我的智商随着狐狸脸那天歇斯底里的叫喊与撕抓又逐渐回到体内。

我怎么会有一个娶个妓女当老婆的蠢念头呢？

要感谢狐狸脸，她的污秽之语让我如梦惊醒，正视了现实。

我学着每天尽可能待在办公室里，看两个同事唰唰地写材料，看他们用满是茶垢的搪瓷杯喝水，大声吐痰，抠鼻屎，被劣质烟呛得一连串咳嗽——这时，我就去他们桌上摸一根烟吸。偶尔看看李芳，看秃头吴用手偷偷地掐一下那个美丽的臀。很奇怪，我对这个臀的欲望消失了。像看一个猪头。我为自己极不妥当的联想深为惭愧，深觉此是亵渎。果不其然，“猪头观”之后没几天，我重新发现了这个臀的美。是一种超越了雄性生物性冲动的美。是臀部的艺术。是雷诺阿与马蒂斯的画，魏尔伦的诗，乔伊斯写给诺拉赤裸裸的情书。啊，“在一个小屁股，一个孩子的小屁股，一个幼稚无能的屁股面前，人们为什么会这样兴高采烈？”对了，“在中世纪的德国，如果半夜里突然打雷下雨，人们通常会把屁股伸出门外，以避雷祛魔。由于魔鬼无臀，所以只要把屁股亮给撒旦看，就可以让他想起自己的弱点，从而迫使他掉转目光。”我去了趟县图书馆，抱来一大堆关于人类身体的书籍，专门找与臀部有关的段落细读。

可不管我读得多么投入，等回了家，躺在床上，性欲焚身，不由自主手淫的时候，我脑子里全是小羽的身体，那具小小的青涩之躯里藏着的“仙境之上”。

小羽，你为什么会是一个妓女呢？

几天后，也是一个雨后的黄昏。我走在湿淋淋的马路上，打量着那一个个被包裹在布料里面或浑圆的或丰满的或柔软的或健硕的或松坠的或干瘪的两瓣半球体，突然就看见了梧桐树下的小羽。像是看见了《聊斋》里的女鬼，我张口结舌。她显然是在等我的。她应该在树下站了好长一会儿，撑着伞，伞下是一个没有被雨水打湿的椭圆。

她的目光是那样痴。

我对她所有的怨恨在这一刻烟消云散。

我像打摆子一样哆嗦起来。

然后，她扔掉伞，奔了过来。我们的嘴唇紧紧贴在一起。

“为什么不来找我？”

“我没钱了。”

“我不要你的钱。”

这是我们第一次约会。我们用饭勺给彼此喂食，还吃了餐后甜点，一种据说是意大利产的冰淇淋。“舌头都要融化在这些甜里面了。”小羽执意由她支付晚餐的钱。我们踩着斑驳的树叶的影，并肩前行。空中隐有兰麝风透，环佩铿锵声。似有仙人在头顶倚歌而和。

“你看这桥像什么？”我指着不远处的桥梁说。东门桥。我爸就在桥头那个已经关门歇业的裁缝铺子里，搞了一个风流妇人。如果我爸没做这事，秃头吴就不会认得她，还与她恋奸情热。而她就不会投毒，还会是棋篓子的贤妻。棋篓子就不会疯，就不会干下那种龌龊事。我就不会揍他，就不会问蹲在发廊前的那个吸烟闲汉借火，也就不会认识小羽。

一饮一啄，皆是因果。

我在小羽脸蛋上吧唧亲了一口。

别说她是一个妓女，就算她上辈子也是妓女，下辈子还是妓女，我也心甘情愿为她付出所有。是的，所有，哪怕是去杀人放火。

“像……屁股。”小羽迟疑片刻，小声说道。

太对了，我怎么没想到呢？我本来还想说它是许仙遇到白娘子的断桥。我太矫情了。这桥的造型就是一个屁股。我哈哈大笑，忽然想起我与小羽的这两句对话也是一部经典电影里的台词，是南斯拉夫的电影《桥》，两个德国军官之间的对话。

真有意思啊。这些偶然性。

我把小羽抱入怀里，笑得乐不可支。小羽不知道我为什么笑，但我的笑，让她非常开心。她开始吻我的脸，吻了一遍又一遍。

我们都看过电影《望乡》，都觉得阿崎婆太傻了。我们都喜欢李连杰与成龙的《醉拳》，还有唱《橄榄树》的齐豫。都在冬天掰过冰溜子，端午节撞过鸡蛋，在被窝里看过书——她看的是琼瑶与岑凯伦，我是什么书都看。

我们走啊走，肩并肩，像水面上的并蒂莲——这个比喻不准确，可我想不到其他更好的比喻。比喻是危险的，它试图把本体与喻体联系起来，但这二者是两回事。

我打了个寒战，说："小羽，你会不会不要我？"

小羽的眼泪一下子出来了。

她从坤包里拿出一沓钱，拼命塞给我，"三哥，我要你。我有钱"。

小羽的逻辑是混乱的。这不是说她笨，而是说这个混乱逻辑的深层，是一种强烈的情感。当时我还不明白，只是觉得她塞钱这事莫名其妙。给我钱，让我好来嫖她？这是对我的羞辱。她是《聊斋》里的小倩，身后还有个收保护费的姥姥？那我得把这个姥姥打死！

"你什么意思？"

"三哥，我有钱。"她的声音一下子小了，不知所措地绞动双手。

二十六

叶芝写过一篇《当你老了》，我很喜欢。多么动人的诗篇，从一个流血不断的伤口分娩而出。叶芝爱慕那个叫茅德·冈的，爱了一辈子，爱得走火入魔。其间，五次求婚，他本人也从一个落魄街头的穷学生成为一个诺贝尔文学奖得主。而她始终拒绝他，斩钉截铁，一直斩钉截铁，斩得火星四溅。哪怕是他快要死了约她出来喝杯咖啡，哪怕他的遗愿之一是希望她能来参加他的葬礼，也遭到这个铁石心肠的女人的拒绝。

这是残酷的拒绝。

这也是动人的璀璨诗篇。

在这首诗面前，一切华丽的辞藻都是多余的，都得低眉敛目。

我想，我的痛苦不比叶芝少。我也给小羽写诗，偶尔夜里想到她的时候。写得不好。我知道，可这又有什么关系呢。我不是叶芝那种天才，小羽也不是那个能在都柏林街头向人群演讲的强悍女子。我们是普通人，但我们的悲伤同样真实不虚。

悲伤通常是有一个不那么坏的开头。

小羽的牙齿洁白细密，又整齐，她喜欢咬住一块巧克力，叫我去咬露在她嘴外的那半截。她的唇是苦的，也是甜的；她的唾液是蜜汁，也是硫酸；她小小的身体是花芯，也是铺天盖地开满了各色花朵的海洋。我们互相亲吻身体的每一寸。

像世上最贪婪的孩子，吮吸着乳汁。

如果说我的女老师给了我性启蒙，那么她则让我真正明白了什么是性的真谛。

我们在县城各地转悠，不是寻找交欢处，而是每一处都让我们情不自禁地紧紧拥抱。她不把做爱称为打炮。我也没告诉她我最早是把做爱称为干革命工作。我们做爱做的事，一起携手跨越了一个个浪峰浪谷。

我最喜欢她的女上位。

她在上面，我在下面，我大声念陶潜的《桃花源记》。

她停下动作，像一匹奔过清晨树林的雌鹿，身上是汗水，眼里是无邪。她问我怎么就能把课文记得那么一清二楚。

我说你是我的桃花源，当然得牢牢记住，以免将来找不到路。

她想起什么，脸却红了，眸子里的绿光一跳。我问她，想到了什么？她不肯说，我挠她的胳肢窝，她抵挡不住，这才把嘴凑到我耳边小声说道，桃花源中人与外人隔绝几百年，怕是已面临近亲繁殖的危机。你想想这句话：“渔人各复延至其家，皆出酒食。

停数日！辞去！”

我一愣，恍然大悟。大笑。小羽没去搞学术研究真是太可惜了。

我爱小羽。但偶尔我也会怀疑自己，不是怀疑我对她的爱，而是怀疑与此事有关的记忆。因为有些记忆碎片是那样突兀，又是那么清晰。它们本不该出现。可我还是会突然想起，像被一把匕首刺中。

我记得——

她把头往我肩膀上搁着的样子，说哥，你说我们两个人现在像不像在拍拖？她的样子好像一只猫，我都想往她嘴里塞鱼干。

我记得——

她托着腮帮子对着脚下的河流说，妓女出售的是真正属于她们自己的，而非是那些以国家的名义集体的名义兜售的土地矿产树木河流，乃至于空气。

很奇怪，过了一些日子再次想起的时候，说这句话的人就成了我，而她只是托着腮帮子痴痴地凝视着我。河水哗啦啦流。太阳的光照在河面上，她在一团光亮中。叶芝回想他二十四岁初见那个茅德·冈时，写道：“她伫立窗畔，身旁盛开着一大团苹果花；她光彩夺目，仿佛自身就是洒满了阳光的花瓣。”就是这种感觉，“洒满了阳光的花瓣”，每一朵花瓣都美若钧瓷。

为什么我的回忆每次都会略有不同呢？为什么我的回忆不是一个拉开抽屉的过程——不管过去了多少年，抽屉里的东西仍然在，仍然完整无缺？不过这不重要，重要的是那花瓣。小羽就是迦叶拈起的那朵花瓣。

我记得——

小羽嘟起嘴说：坏人可不会在额头写字。我可对你明说，我身上什么值钱的东西都没有，别对我下黑手。包里没有金首饰，没有存折，没有人民币，哦，这台 Call 机不值钱。你若想要，不用抢，我送你。几个套子，下午买的，十元钱；口红、手帕纸，小镜子、化妆盒，就这些了。

一个面容模糊的惫懒年轻人说：你干吗？真以为我是坏人？看我这长相，撑死也就是个胆子大点的色鬼。怎么，对我不放心？那怎么刚才又肯跟我出来？

小羽努嘴道：看你还顺眼呗。不过万一你以为我腰缠万贯，忽然青面獠牙要劫起财来，那岂不是冤枉？

惫懒年轻人说：就算你腰缠万贯，那也是你辛苦所得。我又不是土匪。看我的额头，没这两个字吧。对了，你读了高中吧。

小羽眨眼道：没毕业。姑且相信你是个好人。反正家底都给你看了。

惫懒年轻人掰起指头：这就是你的家底？别这样夸张。放心，我不会抢你的钱。但咱们还是要尊重事实。一天就算平均三个客人，单客赚二百。一个月工作三十天，不对，你们会来大姨妈的，就算二十个工作日吧，一月就是一万二千元。你是妥妥的富姐。真的，假如我是女人，我也干这行，来钱太快了。

小羽也掰起指头：大哥，眼睛别冒光，注意点嫖客的形象。你数数这街上有多少家发廊？竞争激烈。三五天接不到一笔生意是常事。吃饭、租房、购化妆品、买衣服这些不提，警察搞突击，抓进去，没有大几千块就出不来。有时还要挨打。有些警察特别坏，对我们好像有阶级仇恨。更重要的是，我们与妈咪的分成是五五开。你说，还能剩下来多少钱。所以你千万别打绑架我严刑拷打逼问存折与密码的主意。我没钱，是真没钱。还有，我是江姐，宁死不屈的。还有，你别打岔，我的妈咪可厉害了……

这些“记得”让人恍惚。我不知道我为什么会有这些“记得”。

也许是我故意遗忘了某些事情，又或者虚构了一些。我不能确认这个看不清楚面容的男人是不是我，或只是小羽的客人。大概率是我本人。耸肩时那种惫懒的样子。灰夹克。也可能不是，我应该没有那双三接头的皮鞋。我不喜欢这种款式。余招福在部队时用津贴买了一双，舍不得穿，每天擦得锃亮，各种精心伺候，被我们笑话了很久，说这鞋子是他爹。

小羽忽闪闪的睫毛上有一滴晶莹剔透的泪珠。

她说话的声音很好听。语速又快，是大珠小珠落玉盘。

我喜欢把头枕在小羽柔软的肚腹上。或者让她摊开四肢，把她的“翡翠凉”覆盖在我身上。她给我的感觉极其矛盾，多数时候是一个不谙世事的孩子，偶尔却一嘴道破真相，说出的话远远超出她的年龄，以及一个辍学高中生所应该知道的。我们玩魔方，弄九连环等小游戏，我所不能的，在她手上总是轻而易举。她对身体也有着极强的控制能力，能做出各种匪夷所思的动作，柔韧性极好。走着，站着，跑着，身体里都充溢着韵律、节奏、声响。

她不该在街边发廊里做一个妓女。

她该待的地方是省城的舞蹈学院，或音乐学院。

她不是本省人，口音是江浙一带的，en与eng，in与ing不分，还带点翘舌音，非常甜。我问她老家在哪儿。她说不准问，问了她就会像《苏州河》里的那个牡丹一般走掉。

（记忆在这里肯定出现错乱。《苏州河》是由娄烨导演，周迅主演，获得第二十九届荷兰鹿特丹国际电影节大奖。这没有问题，问题是这部电影是2000年才拍出来的。小羽已经离世多年了。）

小羽说的肯定不是这句话，是别的某句。我忘掉了。记住了大致意思。有些问题是不能提的，提了，她就会像田螺姑娘一样消失。

我记住了。我也不问她究竟多大，从哪里来到哪里去，为什么要在这个小县城停留，又为什么要来到这间星星发廊……此类问题，一概不提。

我向她请教花儿为什么这样红，天狼星距离地球有多远，圣人贤者留下来汗牛充栋的道德训诫，为何我们还是过不好自己的生活？等等。有些问题，我知道答案，可我还是想问。所有的答案都是某一个层面的真相，不是真理的尽头或全貌。声称放之四海皆准者，又或宣扬历史终结论者，无一不是别有用心者，或者是愚蠢的。这是我现在明白的。而当时，我只是想听小羽的声音，对与错都不要紧，关键是这是小羽的声音，我的生活就有了意义，有了真正的内容。

我还是控制不住自己。

还是借着酒劲儿，忍不住开口。

我又看见了那个面容模糊的惫懒年轻人。他打着酒嗝，眼睛里尽是血丝，像一头得了牛脑海绵状病的公牛一样让人生厌。

他说："小羽，你为什么是只鸡？"

小羽说："做鸡有什么不好？"

他说："你做什么不好，为什么要做鸡？"

小羽说："我不做鸡，你能认识我吗？"

他说："你知不知道我闷得慌？我找你，只敢偷偷摸摸去，进门时还得左右瞧瞧。我他妈的什么时候就成了贼啊？"

小羽说："那是你非要把自己当成贼。没有谁逼你来，脚在你身上。"

他说："我难受啊。"

小羽说："你难受与我有什么关系呢？我本来就是一个婊子，别忘了你也就是一个嫖客。"

他掏出一沓钱，扔在小羽面前。不多。他爹有钱不等于他有钱。可他扔钱的样子就像是扔下了一座金山银山。他说："小羽，我什么都不瞒你，可你为何什么都要瞒着我？这不公平！"

小羽说："这世上会有公平吗？人生下来就不公平，你生下来就有个好爸爸。"

小羽眼里有湿漉漉的东西。

他说："我也真他妈的贱。为什么就会喜欢上一个婊子？"

他踢墙，用头撞墙，用拳头击墙。他的力气真大，墙壁都摇晃起来。他不知道自己哪来的愤怒，甚至要愤怒地给这个眼睛亮晶晶的小婊子一记耳光。她凝视着他。他有什么资格殴打她？爱，不是让他挥舞巴掌的理由。他失去了勇气，蹲下身，抓挠脸颊，号叫着，嘴里涌出污言秽语。

哪句话恶毒，他就说哪句。哪句话能让小羽面色发白，就把哪句塞入小羽那对贝壳一样精致的耳朵里。

小羽唇上的血色一点点褪去。

他还是说个不停，像一台开头坏掉了的机器。他想捂住嘴，可它们是自潘多拉盒子里飞出来的——一旦打开，哪能关得掉？这些恶毒，是野蜂，是蝎子，是毒蛇，在屋子里越来越多。他不明白自己心里怎么会有这么多的脏东西。他怔怔地看着屋子里的野蜂、蝎子、毒蛇，闭上了嘴。

小羽绿眼睛里的泪水是那样多，但没有一颗掉下来。

那种绿，会让时间静止。

他说：小羽，对不起，我不是有意的。

小羽说：我知道，你不是有意的。

他说：小羽，你原谅我这回吧。以后我再也不胡说八道了。

小羽说：我知道。你刚才是在胡说八道。这已经不是你第一次说了。

小羽越冷静，他的心里越害怕。他的嘴唇在颤抖。

他说：小羽，我喜欢你。

小羽说：我知道你喜欢我。不是因为我是免费的，也不是因为我是鸡。

他说：你不做小姐吧。我养你。

小羽说：我不要你养。

他说：你说你是一个高中辍学生，可你懂的东西当个白领绰绰有余。不做这行了，咱们随便做啥都好，哪怕是在东门桥头支起一个做早点的摊位。

小羽说：那我去当白领了，你会娶我吗？

他愣住了。

然后他说：我会的。

他只迟疑了数秒钟。

他不应该迟疑这数秒钟的。那时的他还年轻，不明白在这个世界上，他俩之间的这种爱是多么稀罕，像白犀牛角一样，多存在于博物馆、诗歌与小说中。两个年轻人的身体，在时间的荒涯上，遇上了，像火迎上火，水融化于水，这本身就是一件小概率的事。

是一件比“执子之手，与子偕老”概率还要小的事。

小羽的泪水如洪水溃堤，笑容突如梨花绽放，一树洁白细密。

像一个妻子那样，小羽侍候惫懒年轻人躺下，细心地用厚绒毛巾为他拭去嘴角的污渍，还端来煮好的姜汤水，叫他好好地睡上一觉，她去买点骨头晚上煲汤。他叫她不要走，还手舞足蹈。可不知怎么的，他说着说着就睡着了，模模糊糊看见小羽走进一片黑暗中。

等他醒来，就再也找不到小羽了。

二十七

我总在想一个问题。

如果希特勒打赢“二战”，支配全球秩序至今，我们书架上的文学经典是哪些呢？恐怕今天人们耳熟能详的文学经典多半要湮没无闻，或在熊熊大火中被付之一炬，比如《1984》《动物庄园》等，取而代之的是《我的奋斗》《意志的胜利》、施密特与一些歌颂极权主义的叙事与抒情。

历史是一种实然，不是必然；是诸多可能性中被践行的那种。

更极端点说，历史是一个混沌现象。这不是说“历史是一个任人打扮的小姑娘”，而是指如何从唯物史观、文明史观、社会史观、革命史观等维度之外，借助于混沌理论等当代学科知识体系，重新建构起一个新的历史观，一个如何面对历史、接近历史、阐释历史的新范式。真实的历史无法百分之百还原。这是常识。但用一种什么样的工具去理解它，这中间还是有较大差异的。肉眼、普通光学显微镜，与能看见原子的扫描隧道电子显微镜，所发现的完全是三个世界。

真实的历史仿佛上帝的面庞，我们对它的阐释始终在一个罗生门的语境里。我们谈论的、拥有的，一直以来，就是一个观念的历史。这就离不开虚构与想象。这句话，我愿意反复重复。有太多的，乃至于决定着人类历史进程的事件不再为后人所知。就像网上那个著名的段子《如果当初丘处机没有路过牛家村会怎样》所揭示的，人类史大致是遵循混沌原理的两个基本概念与三个原则，它与未来一样，都无法得到真正确认，只能靠一些相似的型，或者说“一些自我相似的秩序”来辨认。

对历史的阐释，必然会朝着一个阻力最小的通道进行。这个很好理解，比如李自成、洪秀全、黄巢举兵成事时，在主流意识形态里，他们是杀人不眨眼的流寇，是要斩草除根的匪。而随着时间流逝，他们又是可歌可泣的农民领袖，镇压他们的人是封建地主阶级，是刽子手。

这种阐释中“始终存在着某个通常不可见的根本结构，这个结构决定阻力最小的途径”。比如这些年的民国热。而混沌的第三个原则就是说这个结构，不仅可以被发现，还可以被改变。千里之堤，毁于蚁穴。一旦能找到这个深藏于堤坝的蚁穴，就可以在某种程度上书写历史。这点太重要了。因为众生如蚁，你我概莫能外。

“相对论消除了关于绝对空间和时间的幻想，量子力学则消除了关于可控测量过程的牛顿式的梦，而混沌则消除了拉普拉斯关于决定论式可预测的幻想。”

这段话我不知道是谁说的，非常喜欢，还觉得混沌同样打消了人们对历史所抱有的诸种幻想。我们对历史的阐释，一直是骑在一头灰犀牛背上，但灰犀牛总会莫名其妙地变成黑天鹅，把人们摔得鼻青脸肿。

为什么会这样？这不是因为“人类一思考，上帝就发笑”的恶作剧，而是这种混沌机制。混沌的内在随机性，对初始条件有高度的敏感性，所谓差之毫厘，谬以千里。

如果希特勒没有叫停那个英俊勇猛的古德里安将军，四十万英法联军被德国的装甲部队碾碎，“二战”史与今日地球的面貌，完全可能改写。希特勒为什么要叫停？这不重要。我们不是希特勒。但这不是文明对野蛮的必然战胜，蒙元帝国就曾打下了大半个世界。包括中华文明、波斯文明、印度文明和罗马文明的世界诸多古国，在蒙元帝国的铁蹄前都不堪一击。

历史更可能是那只“薛定谔的猫”，是一个量子态叠加，遵循测不准原理，并由概率起支配作用，即所谓概率宇宙。这种观想能在实然与应然间架起桥梁，解决必然性下的很多自相矛盾处。

刘启明听不懂我说的话。

在屋子里哼哼唧唧，发出猪一样的叫声。他把美国产的红提大把大把塞入嘴里，眼神涣散。“三哥，我知道，我们活在一个观念的世界里，我们对事实的认知，要远远大于事实本身。事实是一个罗生门。黑泽明拍的那部同名电影，我很喜欢。我是他狂热的粉丝，愿意舔他脚指头。我们一定是站在各自的立场去接近，去阐释，去虚构那个对自身最为有利的事实。这个我懂。可这个与小羽的死有什么关系？”

刘启明没有说他妈的。

我掐灭烟头。

人都有他的历史，也应该是一个量子态叠加，同时受混沌三原则支配。对于小羽来说，如果她不遇见我，可能她还活在这个世界上，嫁了人，生了娃，周末的时候，一家三口到动物园看猴子，坐过山车。

我是罪人。

这些年，我总是在做一个假设：

如果小羽没有在那个黄昏死去，我还会是我吗？

又或者说，假如我拥有了时空旅行的本领，挎包里有了一瓶人类梦寐以求的后悔药，能回去那个让人心碎的黄昏，我又能收回什么，弥补什么，追回什么，挽救什么？而在这个“收回、弥补、追回、挽救”后，这个因为蝴蝶效应发生了剧变的现实，还会分娩出一个渴望回到过去篡改命运的我吗？这是一个悖论。

周星驰主演的《大话西游》我看了不下三十次。看那个叫至尊宝的男人拿着月光宝盒，穿梭时空，一次次想找回他的女人，最后他还是不得不把手放开——从此，他就叫齐天大圣了，从此他不再是一个人了。

我喜欢的不是那句在网络上疯传的“一万年”的情话。而是影片最后城墙上的男子对着悟空远去的背影，说的那六个字：“他好像条狗啊！”小羽死后，我就是一条落水狗。

小羽死了。

这是一个静止的片段。我在这个片段里待了数月，什么事也干不了。

小羽死于机械性窒息。她被人扼住了咽喉。身体被弄脏了，到处是污秽与伤痕。她一直在反抗。这导致她的下颌、颧骨、鼻子被歹徒用石块打碎。她的肋骨被打断两根。口腔下排的牙齿也被歹徒打掉了，露出一个可怕的洞。这些细节是我后来才知道的。她为什么要反抗，还反抗得如此激烈？她是一个小姐啊。那个歹徒本来求的只是色，让他爽一下就是了。县里的许多人大感不解，包括警察。最早，我也不解。

我去了她死去的地方。一个僻静树林。林边有条小路，是通往集贸市场的小路。隔着一堵沿河修建的高墙，即人流熙攘的观前街。小羽想抄近路为我去买熬汤的筒骨。几只黑鸟从树丫上惊慌跃起。天边有云，是乌云，脏棉絮一样。这个世界糟糕透顶。林子不大，地形相对复杂，有几个当年挖掘防空洞遗留下的丘陵。凶案现场上还拉着警察勘查现场时用的黄色胶带。我钻进去，点燃黄纸与香烛。发誓要找到凶手，要将他碎尸万段。

小羽，对不起。我不应该说我会娶你。

我应该继续用最恶毒的话羞辱你，羞辱你的肉体与灵魂，这样你就会把我赶出去，甚至挥舞着菜刀，把我切碎，而不是去买筒骨——你就不会死。

小羽，对不起，应该早早就娶了你。

把你带到我爸面前，告诉他，这就是他的儿媳妇儿。在收下他的祝福或诅咒后，再一起远走高飞，去他乡。在每一个交叉路口停下，我弹起吉他，你唱歌，就唱齐豫的那首《橄榄树》。

小羽，为什么我就不能是你，替你受这被强奸、被勒死的苦？是谁说的，强奸是对女人最好的恭维——我要打死他啊，把他的骨头从他体内全扒出来。

我摆上香案。没有哭。

路人用怪异的眼神看着我，其中有一张熟悉的面庞，有一对招风耳。我忘了他叫什么名字，可能是工商局的，我们在牌桌上有过数面之缘。我赢过他的钱，还用烟灰缸砸过他那只作弊的左手。他看我的眼神是那样诧异。要不了几天，我跑来此处祭奠一个妓女的事会传遍县城的大街小巷。人们会指着我的脊背，戳我爸的脊梁骨。不过，这又有什么关系呢。没有了小羽，这个世界就是一个零，连笑话都不是。

云层里漏下淅淅沥沥的雨水。我直挺挺地跪着。一些纸钱烧了一半就熄灭了。

小羽死不瞑目，她不肯收下我烧的钱。我闭目，有了想死的心。

肩膀上被人拍了一下，是招风耳。他手中提着一个塑料罐子，嘴唇青白，“汽油”。他掏出黄纸与香烛，是刚在高墙另一侧的杂货店买的。抖抖索索烧着了，在香案前鞠了三个躬，说了声“早点回家去”，就快步走了。

他很惶恐，烧纸的时候一直环伺路口，怕被人看见，像做贼。但我还是想谢谢他。我想他应该是小羽的客人。

我去了星星发廊。门关了。不仅是这一家。这条街上的发廊都大门紧锁，拉下了卷闸门。我在杂货店买了包香烟，蹲在星星发廊的门口，像我第一次初见小羽时那样蹲着。

我是一个罪人，这不是抒情。

如果那个黄昏，我酒醒后，第一时间去找小羽，而不是在接听一个 Call 机后，连夜打车跑去隔壁县里，与几个狐朋狗友打牌，还在凌晨时候被派出所的抓赌，在号子里蹲了几天，小羽就可能不会死。我的罪，高过头顶。

我几乎瘫倒在地。

狐狸脸出现了，在发廊对面小巷里朝我拼命挥手。她脸上的浓妆不见了，像一个还在读书的女孩儿。她带着哭音问我这些天都到哪里去了。我没脸说。

她说凶手是一个疯子，已经被警察逮了起来。这事我听说了。从小到大，我见过太多的疯子。但警察逮的那个疯子，未必是真凶。那是一个文疯子，一个老光棍，原来是县林场的职工，走在路上都怕踩死蚂蚁的那种。莫名其妙疯了。没事撕纸，往嘴里塞，拼命吃。若有人朝他瞪眼，他立刻双手抱头，蜷缩成一团，还嘟囔，说他老婆在家，欢迎领导去搞。他哪来的老婆？大家都喜欢逗他，问他老婆是谁，是不是还在丈母娘的肚子里。他即羞涩笑。这么一个老光棍居然还脸泛红晕。大家笑得喘不过气来，继续变着法子折腾他。可他只是笑。他疯的这些年，从未听过他有发狂之举。单位领导没有在花名簿上划掉他的名字，让他看门。我不大相信这样一个疯子会做出这样残忍之举。他手上有小羽沾血的衣裤。他挥舞着它们，招摇过市。这能说明什么？可能是他捡到的，甚至是别人塞到他手里的。但，棋篓子同样是一个出了名的文疯子，遇到秃头吴时，突然爆炸了。

疯子的世界，我不懂。

我把烟递给狐狸脸。我们并肩坐着抽，默不作声。她在哭泣。我不知道该如何安慰她，也无法对她解释，为什么警察在逮到凶手后，还要查封发廊。好像有罪的是小羽她们。狐狸脸不是小羽，她的智商不算高，除了哭，不会做别的。

这是小羽与狐狸脸，还有几个姐妹共同租住的房子，四室一厅，南北通透。之前我没来过，只晓得大致方位。问过小羽，小羽推说改日。小羽去我家一般不走正门。我爸在那儿，在躺椅上打着呼噜。我们从后门进，撞见过几次小阿姨。小羽很有礼貌。小阿姨喜欢她，还朝我打听是哪家的姑娘，我没吭声。小阿姨脸上有忧虑之色，提醒我若不是想与人结婚，就不要祸害人家小姑娘。小阿姨说得对。我是祸害。

警察查封发廊后，屋子里的其他姐妹做了鸟兽散。

狐狸脸没有第一时间走，主要是想等下我。她对我是有情的。有次我喝醉了酒，她爬到我床上来。我在半醉半醒中把她当作小羽，做了那事。酒醒后，我问她是怎么一回事。

她说咽不下这口气。还有，就是瞧小羽为我神魂颠倒的样子，也好奇我那玩意儿到底有多好。确实是好。她喃喃地说，双眼迷离。如果你不是小羽的，我拼命也要把你抢过来，这是能把魂魄戳散的。

我没让狐狸脸再说下去。我与她的事到此为止。我不是害怕小羽知道后，把我撕成一片片的，再涮火锅吃，而是因为那时我心里面只有小羽，只有她一个。再多一个，也装不下。

狐狸脸告诉我一些小羽的事，是我原来不知道的。

小羽是拎着一只皮箱敲开星星发廊玻璃门的，当时就狐狸脸一个人在。问干吗。说你们这儿还要人吗。怯生生的。狐狸脸一眼就喜欢上了她，说要。转身把她介绍给了发廊老板娘。那个小羽嘴里很厉害的妈咪。我其实知道这个妈咪的事，一点也不厉害，一个可怜人罢了。她的老相好，城关派出所的李东，是我的牌友，绰号老鬼。妈咪是知道我的。否则早就找人把我打破头了。

我认识老鬼时，还是初二的学生，那时余招福与我关系不错。就是与我一起当兵，后来浇汽油自杀的余招福。我们经常逃学，去学校后面的县纪念碑那里玩。

我和余招福坐在草地上。我们都不晓得老鬼的真名。还是一副俊俏青年模样的老鬼走在路上，眉毛像翅膀一样。余招福笑嘻嘻，“老鬼赢钱了”。老鬼的嘴一翘一翘，右手插在裤兜里，左手在空中打节拍。我说：“他干吗不伸展双臂拥抱沸腾的世界？”余招福吐了我一脸唾沫，“呸，你这人难怪作文不好，平时不仔细观察生活。老鬼的右手，嘿嘿，装在口袋里数钱呢。”余招福的样子真让人讨厌。我去拧他的胳膊，准备让他去吃草。余招福咩咩地叫出声。我们都笑了，快乐地厮打成一团。世界真好，上午十一点钟的太阳热烈地照耀着我们的胳膊。连麻雀也懂得过来凑趣，从阳光里啄下嫩叶的鲜味，扔在我们身上。

山下的中学好像山坡排泄出来的一堆粪便。山上的县政府招待所又好像从山里长出来的一丛蘑菇。我们打累了架，就解开裤子。滚烫的尿液奔腾而出，朝着脚下的建筑物飞泻而下。“飞流直下三千尺，疑是银河落九天。要是这样一泡尿能把学校淹掉，那该有多好啊。”余招福喃喃说道，“他们在招待所打牌，有个女的，输惨了，就脱衣服，把裤衩压在牌桌上哩。老鬼赢了，她又不让搞了。真没品。”我抓住余招福的裤裆往上一提。余招福的尿液全洒在裤腿上，恼了，“你干吗？”我说：“老鬼一年到底要赢多少钱啊？”

余招福带来一副塑光扑克。我们把课本铺在草地上，在上面练习洗牌、切牌。一副牌里藏世界，半张花色蕴乾坤。余招福懂得的学问真多。“五十四张牌，千变万化，暗藏天地玄机，讲究的是一个手法。世上无难事，只要肯攀登。把扑克牌练到成为自己身体的一部分，就能像老鬼那样百战百胜。”扑克牌啪啪响，在余招福手中蹿来蹿去。我的手小，指节也太硬了，牌老打指缝里漏掉。我很沮丧。

四周寂静，黄蜂钻出树干上的小洞，绕着枝梢飞。毛茸茸的春天覆盖在我脸上，嗡嗡地响。天蓝得让人在刹那间有失明的感觉。云被阳光摊薄，摊平，摊成一张张扑克牌。大王代表太阳、小王代表月亮，其余五十二张牌代表一年中的五十二个星期……我睡着了。在梦里看见一个胸脯小小的女孩儿。她站在马戏团临时搭起的帐篷中间，袖子里飞出一只只麻雀。她的手真快。麻雀还没飞出一尺远，她就抓住它们，并随手塞给我。当我接过第五十四只麻雀时，所有的麻雀全部变成了扑克牌。这些在我手掌上叽叽喳喳叫的扑克牌啊。

我的耳朵痒了。余招福在对着我的耳朵哈气，一脸得意。“看。”余招福哗的一声，把牌甩出一个漂亮的扇子，“比周润发酷吧！”我没好气，打掉他手中的牌，练这手有啥用？当马仔替老鬼扇风？余招福收起牌，分成两份，一半背朝他卡在右手掌心，弯成半弧，再把这些牌一张张抽出来扔在我面前，骄傲地说：“我不看，也晓得这是什么牌。红桃K、黑桃2、方块Q……”我摸摸头，大惑不解。有本没封皮的闲书说，在西藏有些目不识丁的十几岁小孩儿生病后或一觉醒来，就能说唱几百万字的《格萨尔王》，难道余招福也在我入睡的那一刻获得天启神授？我去摸他的头。他眼里露出狡黠的光。这光的角度不对，我福至心灵，大叫起来，“哈，该死的骗子！老子明白了。”余招福的手法太拙劣了，简直当我白痴。牌因为呈弧形，从他那个角度望过去，是可以偷看到的。

老鬼这人真有意思。赌钱的时候，眉毛还是会跳舞。

我与余招福骑在树上，隐藏在茂密的枝叶后，目不转睛地窥视招待所二楼的一个房间。房间里有五个人。其中有一个是女的，嘴巴很大。天不是很热，两个男人还是光着膀子。没拉窗帘，窗户也是开着的。老鬼坐东首，穿黑衣服，面前搁着厚厚一沓钞票，左手不紧不慢地摁打火机。火焰仿佛是从他嘴里喷出的。他们在玩同花顺。五张牌比大小。老鬼的右手放在口袋里。他搁下打火机，左手翻开底牌。坐西首的一个獐头鼠目的男人，叹着气撕掉手中的牌。牌被攥得太紧，边角翘得老高。

他叫黄志强，是站前帮的。威风得紧，走在街头，若不喜欢别人的模样，就去扇人家的嘴巴。今年开春时，一个凶悍的乡下人被他打恼了，抢了一把甘蔗刀去砍他，砍得他从东门桥头上跳下去，他的气焰被打掉，一时销声匿迹，没想到却在这里看见他。黄志强拿起一副新牌。他洗牌的手法真不错，比余招福强多了。牌面朝下，右手压在牌上，一抹，整副牌便均匀地呈互叠状展开，再收起来，把牌分成两份，牌角相对，拇指贴于牌内侧三分之二处，手一松，牌角内旋，一张咬着一张，瞬间洗好。这叫完美洗牌法。没有世上无难事的决心是练不出来的。除了决心，还需要天赋。我练习过无数次，不曾有一次使展开的牌之间的距离基本相等，更别提后面那种高深莫测的动作。余招福倒偶尔成功过一次，喜得他对天长嗥，直吼我是一匹来自北方的狼。据说，用这种洗牌手法，洗八次，能让牌回到初始状态。黄志强练到了这种境界？

老鬼懒洋洋地伸出左手的两根指头，从桌上烟盒里夹出一根，轻弹几下，搁进嘴里。大嘴巴的女人摸起打火机替他点着。老鬼吐出一串烟圈。烟雾罩住他的脸。牌洗好了。老鬼切了一把。黄志强右手两根指头并成一撮，把牌一张张发出去。他的脸皱巴巴，像在酒精里浸过的枣子。真想不通，这样的人，过去也可以随便在大街上抽人嘴巴。我说："这女的是谁？样子长得好乖。"余招福搡了我一把，"你连她都不认识呀？韩萍。东门的石胖为了她与刘志军争风吃醋，被捅瞎一只眼。当时，黄志强混得好，出头替刘志军摆平了。"余招福掏掏耳朵，"咦，她咋不站在黄志强身后？咋替老鬼点烟？"余招福在自己额头敲了一个栗暴，露出不怀好意的笑容，"你说，是不是黄志强把她输给老鬼了？"我乐了，"你是不是也想赢一个妞来耍耍？”

那些日子，我与余招福赢遍了班上同学，豆浆、油条、烧饼、瓜子、甘蔗、大白兔软糖、玩具枪……基本都有人孝敬。不是说我们的牌运太好，而是我与余招福联手作弊。最早是余招福偷偷用指甲在几张大牌上做记号；接着是洗牌，拿来一副新牌，先按顺序把部分牌插好，洗牌时看起来是洗了几次，其实根本没洗乱。切牌也有技巧，把编好的牌上面那张牌故意搞翘点。这样一副牌放在桌上，肉眼发现不了缝隙，但拿手指去切时，就容易把它们分开；再后来，胆子大了，开始藏牌、换牌。牌多半是在校门口小卖部买的，也都是余招福练手时的那种。余招福口袋里随时藏了两副，一副九成新，一副半旧。他手快。我手慢。我的主要任务就是起哄，在关键时候引开大家的注意力，去捡东西、讲故事，或者破口大骂新来的语文老师。我们当然不会蠢得把把作弊，尤其是玩同花顺，那是一把定输赢，在祖国最需要的时候搞一下就OK。也输过，这种感觉太糟糕了，仿佛被人拿棍子打了后脑勺。还好，我们能及时总结。“输钱不扳本，比猪还要蠢。”余招福咬牙切齿，走路时练，上课时练，上厕所时练。牌掉在尿坑里捡起来用水冲净再练。我还真佩服他，扑克牌在手指肚上拉出那么多细口子，也浑不当一回事。很快，班上同学不再与我们玩了。我用一个在书上刚看到的成语惋惜道：“我们这是竭泽而渔啊！”世上没有后悔药。我与余招福又没胆子走出校门，只能仰天长叹英雄无用武之地。

黄志强的身子软掉了，是一根扔进沸水里的面条，坐也坐不住，像有什么东西在扯着他的膝盖，突然双膝落地。我吓一跳，差点掉下树。

“这个苕货。”余招福抓住枝丫间垂下的一只懒婆娘，挤出它青绿色的内脏，再随手扔掉，鄙夷地撇嘴，“胆子比我的手指头还要小。”我咧嘴笑了。余招福摸出牌，叹道：“要是哪天，我能与老鬼赌一把，就好了。”余招福又说，“你知道吗？红桃、方块、梅花、黑桃四种花色分别象征着春、夏、秋、冬四个季节。这年年岁岁的光阴，其实也就是天地间的一副扑克牌。”余招福讲的后半句话太高深了，我听不懂。我的注意力被韩萍所吸引。她的嘴贴住了老鬼的耳朵。我听不清她说什么，但隐约看到她藏在汗衫里的那小半个梨形乳房。喉咙里跳出一小块燃烧的炭，我想把它吐出来。余招福猛地揪住我的胳膊。我的头撞在树干上。炭掉到肚里了。

老鬼把右手搁到桌面，左手从裤兜里慢慢摸出一把刀子。老鬼的右手上只剩下大拇指与食指。中指、小指、无名指都不见了。老鬼用拇指与食指捏住刀尖，把刀子放在黄志强面前。另两个男人站起身，互相看了一眼，各自低头在烟盒里摸出一根烟，靠着墙壁不紧不慢地吸。韩萍也摸了一根烟。她大口大口地吸，眼睛瞪着黄志强，瞪得又大又圆，就好像是一种味道微咸而性极寒的果实。果实裂开了，流出液体。

越流越多。屋内陷入一种奇异的赤裸裸的寂静。黄志强的脸上冒出绛红色、青色、灰色、白色、黑色……我从来没有在谁脸上看到这样多的颜色。一只蝴蝶飞过来，翅翼贴住我的颧骨滑过去。我摸了一把脸，指肚上多出一些五彩缤纷的粉末。树林发出声音，颇似鸟雀的啼声。

黄志强终于抓住那把刀子，把刀口搁在左手的尾指上。他的手抖得太厉害了。他的脑袋垂在胸口。余招福说："他要割掉自己的手指头。老鬼的手指头也是这样割掉的。"余招福手中的扑克牌一张张往下掉，被刮起的风卷到不远处的刺蓬里。我没说话。

老鬼踱到黄志强身边，把嘴巴贴在黄志强耳朵上。他说了什么？余招福惊呼出声。我们都看见黄志强的身子里跳出一只兽。他的背脊猛然绷直，手中的刀子向上，斜斜地扎入老鬼的胸。老鬼倒下去，像一具沉重的尸体倒了下去。

二十八

刘启明又打来电话，说老鬼这个人有意思。说三哥，你这段写得好啊，尤其是最后那句“像一具沉重的尸体倒了下去”。刘启明又夸错地方，这个比喻根源于博尔赫斯的《恶棍列传》，不是我的发明。事实上，我对所有的比喻都不感兴趣。比喻是危险的，是对“商品到货币的惊险一跃”。跃过去的只是少数，跃不过去的是大多数。我之所以写下这个句子，不过是老鬼没有死，只能说这个“像”字。

我期待着刘启明的问题。比如我与余招福的关系。我与他既然还有着这样一层同学关系，为什么当兵后我还要这般为难他呢。为什么他跑客运的时候，不伸手拉拽一把呢。

又比如我为什么在讲述我与小羽的往事时，要写这样一大段与之无关的人与事。难道老鬼或者那个獐头鼠目的黄志强是杀害小羽的凶手吗？我这是草蛇灰线，伏脉千里？

还有那个韩萍，是不是就是小羽嘴里的很厉害的妈咪？

刘启明这个装 × 范在电话里抽抽搭搭地哭了，说我与小羽的爱情太感人了，是“山无棱，江水为竭。冬雷震震，夏雨雪。天地合，乃敢与君绝”。

刘启明这回终于抓到问题的关键。

我之所以在这里写老鬼，写我与余招福的往事，不是埋雷，等待将来某个时刻的爆破；也没有那么多文本上的阐释，比如害怕读者腻味了这种老男人追忆往事的抒情与自我感动，给读者留下一个更具有时代底色的呼吸空间，纯粹就是自己受不了……再写下去，我会崩溃。我得缓一下，缓口气。我已摔掉了一个笔记本电脑。倒不是说在乎电脑，而是电脑硬盘坏掉后，我还是得重新打开文档，再从头一字一字写下去。这种扒开伤口的过程不好过，若要重复几次，我会把自己逼疯的。我是如此憎恶当时的我。这个懦弱的人，这个无能的人，这个困在牢笼里如同盲兽的人。

我必须说，这个该死的家伙简直猪狗不如。

那天下午，他还与狐狸脸交配了，像两头畜生。

这不是狐狸脸的错。是他的。我是多么想用世上最钝的刀子割开他的喉咙。一点点割，每天杀死他一点，让他真正尝到小羽死去时的痛苦。他流淌在脸庞上的那些矫情之泪，让我恶心坏了。这不是一个男人该干的事。

眼泪，即耻辱。这是他最大的罪。

我告诉刘启明，韩萍就是那个妈咪。杀害小羽的，不是老鬼与赵小刚，不是林场的那个文疯子。文疯子是天阉，阴茎比一个六岁儿童的还要小，小如蚕蛹，根本不可能完成插入。小羽的阴道里是有精液的。如果说这不足为凭，精液可能是我的，或小羽某个客人的，砸死小羽的石块上是有凶手指纹的，指纹不是老光棍的。这是一个显而易见的事实。肉眼就可分辨。而且小羽在反抗时,指甲里抠有凶手的皮肉。县里那时还没有条件做DNA检测，省里是有的。县里的警察有意地忽略了这些疑点，只是揪着老光棍手中拿着的衣裤，叫喊着铁证如山。老光棍有一个瞎掉双眼的老母亲。一双小脚的老母亲没念过书，不能为他做任何事。她可能为儿子说过什么，她的呐喊不会有任何用处。她那口山里的乡音，大多数人根本听不懂。更重要的是，根本没人有耐心听她的喋喋不休。老光棍没有因为其精神疾病得到释放，医生出具了一份证明，说他是间歇式发病，未发病期间是有行为能力的。老光棍被从重从快后，他母亲悬梁自尽了。她是一个好人，不像跑到印刷厂把自己当雷管炸了的老头儿，她没给人添麻烦，是在荒郊野外，在树林里挑了一根结实的枝丫。

我憎恶那时的我。

他当时确实怀疑过一个文疯子起意强奸杀人的事，也在小羽葬身之所发下要找出真凶的誓言，可他的誓言像一个屁。他居然相信了警察的话。他看了那么多的黑帮港片，“警察靠得住，母猪会上树”，这是常识。他偏就信了。

他不知道市局系统里有一个“命案必破”的口号。

他不知道侦查机关为了完成100%的命案侦破率，是会去找“替罪羊”的——对于小羽这件案子来说，没有比主动出现在人们视线里的老光棍更好的替罪羊。

他不知道当时有负责任的警察提出异议，但被公安局当时的一把手许书记压下去了。许书记已经向县政法委书记，还有上级公安机关做了汇报，还拿到书面嘉奖。

他不知道许书记这样的还不算最黑，还有更恶劣的，头顶流脓脚底生疮的。搞刑讯逼供什么的就不说了，隔壁有个县，公安局长搞死财政局的一个副局长，还栽赃副局长的情人，县广播电视局的台花，说她是想小三上位，因爱生恨。事情做得非常专业，当地人，还有副局长夫人都信了。这事最后曝出来，还是因为他们局里的内斗。

“命案必破”是个伪命题。

即便是公认命案侦破率非常高的美国，2005年的命案侦破率也只有63%。

这些都不是当年的我所知道的。

我那时就是一个头脑简单、四肢发达的愤怒青年。还有满脑子的荷尔蒙。连人渣都不是，没这个资格。

我在狐狸脸的肚皮上躺了几个时辰，去了公安局。我想去看下被警察拿走的箱子里都装了什么。狐狸脸说，过去大家闲时，常在一起打牌或是搓麻将，小羽不。三缺一时招呼，也不来。老爱趴在床上写东西。有人问她是在写家信还是情书。她就吐舌笑，绿眼睛里是那种朦胧的光。除了客人，小羽没有任何朋友，也看不到她往家里打电话，她像从石头缝里蹦出来的。

狐狸脸说的是我认识小羽之前的小羽。许多事我是初次听说。

我闭上眼，我又看见了那个慵懒的年轻人。那个穿着灰夹克的年轻人。那个穿着三截头皮鞋的他（我想起来了，这双鞋子是他从余招福那里拿来的）。那个走在阴霾天穹下的他。他走得很慢，一瘸一拐，像古龙小说里的傅红雪。

他在与狐狸脸交配时崴了脚脖子。

一个笑容可掬的胖警察把他带入审讯室。若非制服，这个看上去人畜无害的胖子，很容易让人联想起县中学门口卖包子的师傅。真像，是小一号的包子师傅。屋子有八平方米左右。里面有一桌一椅。胖警察在桌后，他在椅上。桌上扔着一副手铐。他眯起眼，屋内的灯光太亮了。

“你是她什么人？”

“她是我的女人。”

胖警察没再言语，抽烟，似笑非笑。抬起下颏，示意他自个戴上手铐。他没动。他忘了这是审讯室，他眼里也根本没有这个胖警察。他脑子里都是小羽的一颦一笑，一举手一投足。小羽。他低低地呻吟出声。他想抓起一个尖锐的物体刺入心口，眼前的手铐显然是不合适的。胖警察蹿起身，把他双手反铐在椅子上。

椅子的腿是焊在地上的。他动了下，若有所思。

“听说你很能打？”

“打你三个。”

他的下巴挨了一拳。这突如其来的一拳让他有点蒙。他吐出一口带血的痰。在部队，挨揍是基本功。这一拳的力度太娘炮了，比起部队老兵的拳头是在挠痒痒。他眼里有促狭的光。

“她是妓女，你玩腻了，她又缠着你不放，所以你杀了她？”

一记耳光。力度在衰减。这是不可避免的。

他没吭声。

“你当她是自己的女人，她还整天去接客，被各种男人弄得嗷嗷叫，你受不了，所以杀了她？”

又是一记耳光。太轻了。

“当我在街上走，看见了一个穿了衣服的妓女，我眼中看见的就是妓女；但是当她在屋里，在我面前脱去了衣服的时候，我看到的是女神。”

他的脑子里嗡的一下，像被只野蜂蜇了。这句话是哪个画家说的？不是梵高。不会有哪个年轻貌美的妓女会爱上梵高这种天才。噢，克拉辛娜·霍尔尼克·西嫣。他为自己能完整地想起梵高爱上的那个老婊子的名字震惊不已。余招福，曾拿来一本画册。是那个叫梵高的男人的画。他第一眼就被迷住了。当目光从那些旋转的星空与那一片五彩缤纷璀璨炫目移开后，他看见一幅阴郁的《抽烟的西嫣》，那个乳房下垂、骨瘦如柴的老婊子，抽烟，两腿并在胸前，长袍掩饰着被嫖客搞大的肚子。

梵高要娶这个备受生活折磨的老婊子。他给弟弟提奥写信，说等到自己每月能赚到一百五十法郎就结婚。那个对烟和杜松子酒上瘾了的婊子，对此不以为然，一直背着梵高偷偷卖身，最后，跑了。

他对胖警察露出笑容。

他不是梵高，小羽不是西嫣。这真好。

“坦白从宽，抗拒从严。”

又是一记耳光。这回不错，有某种力量的加持。

“老子最恨你这种皮条客、姑爷仔了。是不是那个婊子不肯卖淫，你强迫她。她不从，你杀了她，把她打得稀巴烂，还惨无人道地奸尸？”

还是一记耳光。

他错了。他不该说小羽是婊子的。妓女是妓女，婊子是婊子。“妓女出售的是真正属于她们自己的，而非是那些以国家的名义集体的名义兜售的土地矿产树木河流，乃至于空气。”后者才是婊子。他继续笑。

“真是欠揍的瘪三啊，不打就不老实的瘪三啊。”

连续两记势大力沉的耳光。

胖警察一声长号。

他嘴角流血，他伸出舌头舔了舔，有些咸。脑子里出现一道闪电。他想起这个胖警察是谁了。终于想起。与校门口的包子师傅没关系，他是女校长的弟弟。那个跪在他爸膝盖前的女校长。当时那个白白净净的小家伙，那个憨头憨脑的小男孩。他几乎忘掉了这个小男孩的存在。当年他与余招福最喜欢干的一件事就是调戏他，殴打他，还脱光他的裤子，绑在树上，往他双腿中间那个蚕蛹大小的玩意儿上面涂蜂蜜，看蚂蚁爬满他的睾丸。

不是不报，时辰未到。

他咧着嘴笑，像一个来自地狱的恶魔。

“我爸弄你姐的时候，我都看见了。你姐的样子真骚。我没见过比你姐更骚的婊子了。真的，她奶子又大又白又软，我都亲手鉴定过的。你摸过那对奶子了吗？还没有吧。一定要抓紧时间哦。再过段时间，就要垂地上了。”

胖警察把烟头掐灭在他手臂上。

这只胆小鬼啊，为什么不敢把烟头掐灭在他脸颊上呢，又或者干脆塞入眼眶？

“认出来了？”

胖警察捏捏拳头，骨节一阵噼啪脆响。

“这些年你变化挺大的，过去挺瘦的，现在圆滚滚的。要不是你这声长号，我还真想不起来了。”

“知道我在警校培训时学到什么了吗？就是把当年你爸施加于我姐的残暴，还有你施加于我的残暴，乘以十，再还给你。”胖警察笑眯眯地道，“前天我还琢磨着该怎样动手呢，没想到天堂有路你不走，居然还自投罗网了。”

还是一记耳光。

太没有想象力了。

警校就只教打人耳光的吗？

还有，“自投罗网”这四个字也不对。这里是公安局，这是对人民专政机关的污蔑与攻击！也不知这个审讯室是否有录音设备。他继续保持笑容。嘴角蜿蜒的血，让他的形容仿佛是从地狱里爬出的鬼。

“我爸瘫了。”

“所以我才敢这样嚣张。不再是你爹跺下脚，县里就要抖三抖的时代了。小瘪三，你要认清现实。得学会低头做人，人不好做啊。”胖警察慢条斯理地拉开抽屉，摸出一根细小的铁丝，目光飘忽不定，明明是在看他，给人的感觉像是在看着一个遥远的时空，一段尘封已久的往事。“张三，这些年我一直在想一个问题。如果我逮了你，我将如何折磨你。这些年我学会了很多刑讯逼供的手段。太小儿科了。还容易惹麻烦。一身外伤，你说对不？刚才都把我的手打疼了。还是爱迪生聪明，发明了电。嗯，把一根细铁丝插入男人的尿道，再通上电……”

胖警察的声音变得很遥远。

是水面上的涟漪。

涟漪消失在水面不可知的某一个点。

“在黑格尔那里，恶是历史发展的动力借以表现出来的形式……正是人的恶劣的情欲、贪欲和权势欲成了历史发展的杠杆，”这是恩格斯说的；又或者，“人们如果像他们所畜养的羊群那样脾气好，就不能达到比他们的畜类有更高价值的存在”。这是康德说的。

我与刘启明讨论过黑格尔、卢梭的“缺少理性即是恶”、叔本华的“生存意志”与“积极的恶”，波德莱尔的《恶之花》，尼采的“权力意志”及相应的血腥现实，萨德的“为恶作恶”，以及“将自我保存视为个人最基本的自然权利”的托马斯·霍布斯，等等。刘启明的名牌大学真不是白读的，各种引经据典，口若悬河。除了我所熟悉的，还谈了弗洛姆的《恶的本性》(我读过他那本闻名遐迩的《爱的艺术》)，还有吕迪格尔·萨弗朗斯基写的那本《恶：或者自由的戏剧》。我让刘启明给我找来一本。连夜捧读。真是唾金吐玉，令人击节赞叹。

人是自由的生物，而自由是有风险的。人有了自由的意志，恶也随之变成可能。

不，不是可能，是必然，是不可摆脱的宿命，是无法根除的DNA 烙印。

如果说自由是人类生来就有的权利，是至善，恶即由此孕育而生。

这是自由必须要付出的代价。

一旦消灭了恶，自由就必无容身之所。

事实上，恶是积极的。人类史是由野心与贪婪，欺凌与诈骗，流血与野蛮等，这些所有恶的总和，所推动。

恶不是善的附属品。

今日思来，胖警察与我当属同类。我们都是不折不扣的恶人。

他当年滥用公权施加于我身上的非人折磨，是我应受的。而他随后所承受的残酷命运，也是他应得的。必须承认，我之所以活着，他之所以被时代碾压为蚁，除了概率这个偶然性外，很大程度上是因为我有一个“虎倒余威在”的父亲，而他没有。用我爸的话来说，“我在台上，想让谁上台，就让谁上台；我在台下，想让谁下台，就让谁下台”。我爸手里攥着太多的秘密。这些秘密让他活得很好，得善终，也让我这个不肖子孙蒙受恩泽。

我在局里待了四十八个小时。小阿姨把我接了出来，找了两个搬运站的工人用担架把我直接抬去医院。胖警察被迅速剥夺公职，投入看守所。这是警局丑闻。县里的游书记，政法委书记，带着公安局的许书记，赶到我爸躺椅前表示歉意，表示“严肃查处，绝不姑息。誓要清除警界败类，还天地一个朗朗乾坤”。我爸打着呼噜，一句话都没说。小阿姨的双眼又红又肿，扑到许书记身上，在他那张宽阔威严的脸庞上抓挠哭喊，“他可是张家的独子。亏得你们下得了这等毒手”。直到我爸嘴里嘟囔了几个字，“够了，别给我丢人现眼”，小阿姨才松了手。

女校长来了。

她还带来了一束刺蒺藜。她脱光衣裤，跪在蒺藜条里，跪在我爸的躺椅前，在寒风中跪了整整一宿。跪到晨曦破晓时，我爸才发了话，说："小孩子打打闹闹，下手不知轻重，情有可原。但张家的香火不能断。他的屌没事，你弟就没事。"

我当然没事。狐狸脸证明了这点。女校长给了她一大笔钱。我给了狐狸脸一记耳光。我是一个多么自私自利的人啊。根本没有考虑到这一大笔钱对狐狸脸来说，意味着什么。我所在意的只是自己的感受，只想把那根细铁丝也塞进胖警察的尿道，浑身的血液都在沸腾。当时的我甚至根本没有想到，我之所以能活着从警局出来，完全靠的是我爸，还有狐狸脸的通风报信。胖警察的本意不至于是想弄死我。他失控了。

多年以后，我成了三哥。胖警察成了一个街头小贩。

他做的五香猪蹄香酥软烂，入口就化。我问他是怎么做的。他赔着小生意人的笑容说，一定要用苏泊尔高压锅，其他牌子的高压锅都不行。我哈哈大笑，问他是否还记得我。

他说：记得。

我说：后悔吗？

我指了指尚书巷路口停着的警车，说道：你本来最起码是可以待在那里的。

他的眼神略有黯淡，又迅速燃起一道火苗，说：是有点后悔。后悔当时，没有一刀把你那玩意儿剁掉。

他用手指肚擦拭菜刀的刃口。手背青筋偾张。

我喜欢这样的男人。虽然他的外貌一点也不凶悍，圆滚滚的，极具喜感。但我知道他这些年都干过什么事。我扔出一沓钱，让他在接下来的一年，每晚给公司送去一份外卖。我们的视线在空中撞击。此种男人，若给予机会，就是龙，就是虎，就是吞炭的豫让，刺秦的荆轲。他收下钱，不再看我。我转身上了车。嘱咐手下多关照下他的生意，条件成熟了，带他做点事。他这些年的日子不好过。在看守所，被一群精壮的囚犯当女人用了；出狱后，性取向被扳弯。一直没娶妻生子。他的姐姐死了后，留下两个在大学读书的孩子，一男一女，都是靠他卖五香猪蹄攒的学费。他姐夫倒还活着，一个醉鬼，除了一瓶劣质白酒，生活中再也没有让他感兴趣的事。

手下向我一五一十地汇报着。

我让人再给胖警察送去一笔钱，足够他供养那两个孩子读完研究生。

这笔钱，不好拿。他懂的。

他拿了。

二十九

出院后的第三天，我拿到小羽的皮箱，一个款式老旧的拉杆皮箱。里面的私人物品不多。存折上的钱也不多。密码是她生日。有一沓汇款凭单，是寄给各处希望小学的，主要是云南与贵州两地，还有安徽金寨。总金额近两万元。

还有几摞厚壳日记本。其中一本的扉页上写着四个字："我是小姐"。

字不算太好，嫌潦草，有铁划银钩之意，不像是出自一个女孩儿之手。小羽给我讲过的故事，在里面多半都能找到。但在她所遗下的物品里，找不到能够证明她身份的任何有效证件。她所使用的身份证上那个凌美霞，是她捡来的，也可能是偷来的。失主已登报声明。警察业已确认。这意味着她将是一具无名女尸。她被损坏的容貌将由几行不带感情色彩的文字描述出来，输入电脑系统，等待认领。

送箱子过来的瘦警察告诉我，这种概率与中六合彩差不多。

我问，如果一直没有人认领怎么办？

瘦警察谨慎地选择词语，说：只能烧了。要不……

我说：要不什么？

瘦警察说：要不你认领？把她葬了。

这是好主意。我坐在小羽的坟头读她的日记。清风十里，草木葳蕤。有若干声音在山谷间回响，又于空旷处缓缓消散。一条灰褐色的饭铲头出现在草丛中。我抓着它，抖散它的骨骼，用随身带着的瑞士军刀剥了它的皮，再一段段切碎。这刀是小羽送我的。我点燃烟，一根接一根抽。小羽死了。我希望平行宇宙的理论是真的。这样小羽还能在另一个时空里活着。我把小羽的日记看了一遍又一遍。这些汉字所带来的锥心疼痛，至今没有消散。她的修辞与叙事能力相对于一个辍学高中生来说，算不错了。

19××年××月××日　晴天

他叫张三，是我第107个客人。每个客人我都记得很清楚，也都会用笔把他们仔细描摹下来。我不喜欢做这事，但我发过誓，我一定要记录下这些嫖客最真实的一面。

他似乎与所有的客人都不同。

他老是会哼一些莫名奇妙的歌。一开始我还以为他是从哪儿学来的，后来我才发现这些歌都是他自己填词作曲。真是好听。不过他的嗓音可不怎么样，是破铜烂铁。这些破铜烂铁之声，总让人听着难受，也听得入迷。他不开心，他一点儿也不开心。他常痴痴地盯着某处，有时眼睛里还有泪花，虽然它们从来就没有掉下来。可我感觉到他真的很想哭。我不知道他经历过什么，正如他不知道我经历过什么。我们就像相识了很久很久。有三世轮回那样久的感觉。也许我们真的是同一种人。无须说更多的话，这只需闻一闻彼此的气息与体味就知道了。

我喜欢他。我们是一样的人。都受过很重很重的伤。都想从这伤口里钻进去。

想哭。

下午去邮政局寄钱。大姐用很奇怪的眼神看我。我当没看见。

19××年××月××日　晴　天高云淡

昨天又梦见了爸爸。他哭了，举着火把，喊着我小名，疯了般到处找我，说对不起，说了一千零一遍。我笑得很开心，在他头顶飘呀飘，踮着脚尖，手指绕圈，跳着舞。

他看不见我。我就揪他头发，拧他耳朵，向他脖子后吹气。他真没用，忽然就跪下来，拼命地拿头往地上敲，像和尚敲木鱼。他的脸色比鬼还要青。我一点儿也不怕他，继续踢。可老踢不痛他。他终于生气了，嘴边长出两根獠牙，恶狠狠向我扑来。

我流了好多的血。他哈哈笑，说我是你爸爸，我想怎么样就怎么样。我破口骂他，说他是畜生，他就用力掐我脖子，说我就是他生下来的一块肉，想怎么样就怎么样。他不是我爸爸了，他是恶鬼，他把尖的獠牙刺入我体内。

很疼，我尖叫起来，醒了。月光从窗外飘进，冰凉如水，眼角已全是泪。我真没用，恨死我自己了。

后来就一直睡不着。我就去看张三的脸。他睡得比一头猪还香，还动不动就咬牙切齿。碜人。这种感觉很陌生。也许每个人心里都有解不开的结，而且都不允许他人触摸。我在他额头上亲了亲，继续躺下来看着黑乎乎的天花板。不知道自己什么时候能够在天花板上跳舞，跳我最喜欢的伦巴舞。但我不喜欢这块天花板，尤其是当月光照在上面的时候。那一小块白，就像一只冰凉绝望的眼睛。

张三长得有点像爸年轻的时候，也是那样帅。前天我说肚子痛，他就跑去给我买了包月月舒。他很细心。以后嫁给他的女人或会有福。他家很大，看起来也挺有钱的，他为什么就没有女朋友？我问他，他就嬉皮笑脸说我就是。我知道他并不真当我是他的女朋友，他的眼神好飘，在看我时，飘得就更厉害了。

他在想什么？

他爸爸老蜷在一张木椅上打呼噜。我有点儿怕。张三却一点儿都不怕。有一次竟然当着他爸的面脱下裤子来撒尿。

我都羞死了。他爸也不说他，只是翻了下白眼。我想不通他们父子关系为什么会弄成这样？不过，这不关我的事，他是嫖客，我是小姐。我要时刻记住这点。不过，说老实话，我喜欢与他睡觉，用他的话来讲，叫做爱。他的劲很大，而且一点儿也不粗鲁。他对女人的身体好像有一种深深的迷恋。他常说，以后的社会终将回归于母系。说男人相对于女性，是一种劣等生物。这话我爱听。

我也这样觉得。不过我不想让他了解我更多。我只是向他提供我的身体。他与其他嫖客是一样的。我一定不能忘了。下午去寄钱。

19××年××月××日　小雨

心里闷，极闷。空气黏糊糊，让人喘不过气来。

今天出门时，脑袋在门楣上撞了下，眼冒金星，很痛。我差点儿就晕了过去。可当时也不知哪来的勇气，竟然还能倒吸着凉气，再把脑袋往门楣上撞。也许人都有点儿自虐自毁的倾向。求生趋死，这两种欲望都是本能。只是人们一般只说求生之念，少提趋死之心。

今天是妈妈的忌日。我不会忘掉的。

下午一个人跑到野外帮妈妈烧纸。风很大，老不能划燃火柴。后来终于点燃了，这真是高兴。火焰是微蓝色的，一闪一闪，像蝴蝶的翅膀那样摆动。也许妈妈真的就在我身边。

我有点儿害怕。不是怕妈妈的魂灵，是怕妈妈知道我现在变成这样。

我恨死爸爸了。他不配“爸爸”这个称呼。有时真想回家用菜刀把他剁成几块，再放入锅里煮，就跟电影里那样。

不知道爸爸看见他的千金女儿与这么多男人鬼混时的相片会有何感觉？我就要折磨他！把他一点点折磨到死。我还要继续给他寄相片，让他知道他在嫖女人时，他的女儿也正在被人嫖。

我是不是很变态？

妈妈,我想你。你不会骂你的女儿吧？妈妈,这些日子来，我也很后悔。也许我还是应该回到学校去读书，做大家眼里的淑女与校花。现在看见那些满面阳光、蹦蹦跳跳去上学的孩子,心里就很酸。真想放声大哭一场。可又不知能上哪儿好。

可我得把我这段生涯先记录下来。我发过誓的。誓言是不能违背的，否则永世都得直堕阿鼻地狱。外国有个女作家，为了写妓女的生存状态，特意跑到一个叫“野马牧场”的红灯区待了整整一年。我想，这么多日子我所记录下来的东西一定比她更真实。书上还说，俄罗斯有一个贵族小姐为了筹措革命经费，便跑到妓院里去了，许多人都说她是这世上最为贞洁的女子。当然，这些人都是拿着她的皮肉钱去干革命的人。那些被革命抄了家的人一定会骂她是这世上最淫荡的女子。也许淫荡与贞洁的关系就如同手背手心。

张三说肉体是一件皮囊，不管用不用，总是要旧的。它就是人寄身其中的旅舍。只有人的灵魂，才是真正的存在，是有干净与不洁之分的。

我的灵魂是干净的。

妈妈，你说对吗？我的灵魂从来没有被人弄脏。报复就是报复，越不择手段，越是纯粹。就像张三说的，越具有一种形而上的意味。我知道我在骗自己。

今天，张三就像个真正的嫖客，对我特别凶。我与他吵了起来。

晚上，张三对我说，说他们单位有个女人叫李芳，比婊子还不如。我听了很难过。我知道我在他眼里永远也就是个婊子。也许我真的要再次离开了。我觉得他好像已经把我的灵魂弄脏了一些，我得去洗干净。

上午去寄钱的时候，大姐说话的口气很凶。可能是家里遇到了不开心事。也可能是她发现我是做这行的吧。

19××年××月××日　雨过天晴

张三今天给我煮了一锅莲子汤。很好喝。我给他爸也端了碗。他爸可真奇怪，看我时的眼神特凶。好像是我抢了他的儿子。早知如此就不给他端了。

有位小阿姨在照顾他爸。他爸好像是得了偏瘫。我没问，张三也没说。我们在一起，就整天整天做爱。张三总对我说，想叫就大点声叫。我弄不明白他为什么要这样，我很想不叫出声，可到时又忍不住。我怕他爸听见。

那个小阿姨看我的时候，也就像看见仇人。可谁都没有说我一句。

这个家庭可真古怪。

对了，莲子汤特别鲜，还真看不出他有这手。我越来越舍不得他了。若我忽然不告而辞，他会想我吗？会伤心吗？也许不会，他又会很快地去找个看得还顺眼的小姐，再为她背《桃花源记》。男人都是这样，都贱。

我得下决心了。不能再这样。我不能再这样糟蹋自己。我是我自己。妈妈，你说是吗？

很烦。日记越来越厚了。我不知道自己是否还有勇气把它拿给世人？我现在越来越不相信当初那个许下誓言的“我”就是曾经的自己。我怕。我也不想再报复爸爸了。他还是爱我的。也不知道这大半年，他是瘦了，还是胖了。妈妈，我是真有点后悔了。爸爸是犯了错，可我不应该用这种方式来惩罚他，也惩罚我自己。他是我亲生的爸爸，就算他做错了事，他还是我爸爸，这个是不能改变的。

可我又好像无力摆脱这一切，有些时候，恍恍惚惚还能从中咂出堕落的快乐。而且更倒霉的是，我好像爱上了他。真的。我很难受。因为这种爱。越来越难受了。心脏里面空空荡荡。爱不是让心里多东西吗？怎么会让心里的东西越来越少？

我应该怎么办？妈妈，你能告诉我吗？妈妈，我忽然很渴望，很渴望爱情了。不知道为什么，一些臭男人趴在我身上时，我想起的全是他，有一次，还情不自禁叫出了声，害得我还挨了客人一巴掌。妈妈，那些客人好凶。我现在一点儿都不喜欢。我只想他，想张三，想得要命，想得喘不过气来。妈妈，你救救我吧。

上午到邮局寄钱。

有点腻味这件事了。

…………

厚厚三大本。能说明什么？

玛格丽特·杜拉斯说，“如果我不是作家，我应该会是一个妓女。”但那是杜拉斯。小羽不具有这种文学才华，哪怕她也去傍大款找小白脸吸毒酗酒，她也写不出“与你那时的面貌相比，我更爱你现在备受摧残的面容”。

小羽也不是为了当一个作家。

她只是逃。

这是对她爸的惩罚，也是对自我的憎恨。

从小羽语焉不详的句子里，那时的我也能猜测出她爸都干过什么。小羽说得不错，有一些男人，是不配当父亲的。父亲是一个有毒的词语，从来就不只是朱自清《背影》里的那个。我们都渴望杀死父亲。可我们所谓的“弑”，不过是糟塌自己。我们不是能够飞镝鸣射的冒顿。这是可笑的，可除了这种让自身伤痛累累的可笑伎俩，我们还能干什么呢？

我在小羽的坟头唱起我写给她的歌，一遍遍唱，直到星辰坠下，群山寂静。

夜深终于闻秋雨，
雕阑泪痕沾飞絮，
更有梧桐漏几缕。
凋零哪堪风吹去，
红尘原是难久居，
人生总也太少欢聚。
悲情正苦多犹豫，
伤心难免会蠢愚，
生死爱恨实无趣。
美人通体白如玉，
不知可否能否解语？
应笑心有这多的欲。
我的路早就崎岖，
风雨满路没有一丝碧绿；
黯然走，正是苦旅，

不知世上谁能一路相与。

人生短短谁无虑啊我只斜眼觑，

长江大河水中哪只慕那游鱼。

早把功名弃啊心会如春煦，

浊酒一杯更无所需。

三十

我做了一个梦。梦见了一个寂静的早晨。

像玻璃珠一样滚动，清澈透明。从树梢滚至窗前，低头钻过窗户缝隙，在白色墙壁上弹了两下，慢慢滑落至暗红色的木地板上。有些奇异的声响，与几根不知从何处来的金黄色光线在这个玻璃球内缓慢转动，不知过了多久，接近停止。墙壁上出现几块蝴蝶形状的光斑。蝴蝶的翅翼擦过油画（是陈逸飞《浔阳遗韵》的临摹品），在那个执团扇女子的嘴唇上，微微一颤，停住。像一个吻。

“是的，父亲隔着空气对脸有愁容的女儿的吻。吻她的唇，隐秘，静谧，极其轻柔。只祈愿这个荒谬而又美丽的世界，终为她真实拥有。”

这个句子出现在我的喉咙里。我把它咽下，腹部一阵滚烫。我能感受到这个吻里所饱含的情意，以及犹豫。

风吹进屋子，带着夏末的荷香与初秋的菊气（它们混杂成一种让人微醺的气味)。我换了一个站姿。现在我可以看到油画下方的镜中影像。这张脸已被时间磨损太多。是一个被雨水浸泡过的苦杏仁，饱含不快与痛苦。我摸摸颧骨，目光转移到画的左上角。

那个凝神拨着琵琶弦的女子，容貌就是小羽的模样，与那个执团扇的女子一模一样。

尽管画家没有绘出低首吹箫女子的面容，但我知道她拥有一张什么样的脸庞——也是小羽的模样。她们一般年纪，一般美丽，一模一样。

她们分别是我的妻子，我的母亲，我的女儿。

我知道。我不清楚我为什么知道。

我凝视着这副画。我在这副画前已经站立了若干世纪，其间已数度沧海桑田。

我赤足站着檫木地板上。我在想。

反复想。

这种日复一日的“凝视”，或者说塌陷，让痛苦演变成了一颗密度巨大的中子星，伊始还保持着某个固定频率与脉冲强度，让我备受折磨，在许多个夜深人静的时候，不得不用牙齿咀嚼手指以缓解诸种不适。

随着时间推移，我逐渐发现这个比钢铁还要坚硬百亿倍的球状物的表面，日趋光滑，它所带给我的也不仅仅只是痛苦……比如此刻，它孤悬于脑海深处，犹如匪夷所思的宇宙奇观——迟早某日，它还将成为一颗不发光的黑矮星。这是奇妙的寓言。如果科学家说的没错，整个宇宙都不可避免毁坏崩损的黑暗命运，连原子都不复存在。

原子是会不存在的。黑矮星会不存在的。中子星会不存在的。我的痛苦也会不存在的。

我踱出卧室。我来到餐厅。我把粥喂入嘴里。

餐桌上有本《玻璃球游戏》。黑塞写的。扉页上有句题词："献给东方旅行者。"下方还有一行铅笔字迹，是我女儿写的："东方。地理名词，同时也意味着傲慢与偏见。是来到东方的旅行者在描述自己与一个异国女子邂逅的罗曼史、一些尴尬遭遇、一段新奇经历，以及几处迥异于他出生之地的景色时，所选择的一种极可笑的叙事角度。是一个自许为文明的本体对他者观察后，对其片爪只鳞的印象所进行的浪漫而又贫乏的想象。"

女儿的字有点簪花小楷的意思。可惜现在已经不是一个以字观人的时代。我翻动书页，特别着重浏览女儿折叠起来的那几页。我不大喜欢黑塞，这个瘦削的德国人，满脸苦相。也可能是译文问题，每个句子皆干枯紧涩。

一个、一些、一段、一处、一种……

我用舌尖品咂着这些与"一"有关的量词，它们多如恒河之沙，不可计数。

一只苍蝇飞来了，嗡嗡响着，背甲上有微绿淡金之色。羽翼薄而透明，在空气中高速颤动，这使它能在瞬间疾飞俯冲逃离危险。我看着它，手掌停在书页上。它能够洞察我的内心，翅膀一收停在粥碗边沿。很奇怪，这种生物的味觉器官，不在头上，反而在脚上。它搓动双脚，不慌不乱。玻璃球在它背脊上滚动，让人目眩神迷。我咳嗽一声。它立刻飞起，围着我的头顶绕行一圈后，飞到对面的墙壁上。这种喜欢在粪尿污秽等处爬行觅食的生物，从不被病菌感染。它有一个极独特高效的消化系统，能够快速摄取食物营养，病菌还没来得及繁殖便在几秒钟后被排出体外。人为什么不可以这样？

心脏处有刺疼感。这不好。我挥起手。

苍蝇死了。它终究是靠惊人的繁殖力在这个人类统治的地球上赢得栖息之地。手掌应该是感到了快乐。手指都有点无意识的痉挛。脚底传来一阵麻酥。我想，我脑子里至少分泌了几毫克的多巴胺。我咧嘴微笑。

这个早晨，一个苍蝇死掉了。被我打死了。

这个世界会因为这桩光天化日下发生的暴行发生变化吗？如果会的话，是会变得更好，还是更坏？我扯出餐巾纸裹住苍蝇的尸体，在俯身把它扔入垃圾桶前，先于额头画了一个十字，为它举行了一个零点几秒钟的简短葬礼。葬礼是必须的，不管它有多么矫情恶俗，它是仪式，所有的仪式都能安慰人，都能在身体深处卷起一阵阵神秘的潮水。

我把手掌重新放回书页上，对着扉页题词下方的钢笔字挤出笑容。“地球很大，我很小。”这几个字，是小羽写的。

我为这个梦吃惊不已。但没有从梦中醒过来。几匹马出现在我的身边。极是雄俊。我叫得出它们的名字。是唐王的坐骑，中国历史上的名马。拳毛騧、白蹄乌、飒露紫、什伐赤、特勒骠。马蹄铁踏出一溜溜火星。它们朝五个方向站着，像站在五角星的顶端，马背上的绳子绷得笔直，绳子的尽头是我的左手右手左腿右腿，还有颈脖。

我要被五马分尸。我感到疼痛，几乎要嘶喊出声。我看见了马上骑士。是虎狼之辈，腰间挎刀，嘴里喷出的唾沫能臭得死人。其中一个，依稀是父亲的面容。是我爸。不，这五个骑士都是我爸。他有五张面庞，上面分别是流淌的岩浆、咆哮的暴雨、阴森的巨木、锋利的匕首还有熊熊火焰。我闭上了嘴。

我明明闭上了嘴，可还是听见天地有一个哀伤的声音。“爸，你好。”

“谁是你爹？小畜生。你夺走了我的女人。”马上骑士低沉地吼道，手在腰间挎刀上重重拍了下，“我要赐给你永世的死。”

我的身体被拉长，延伸。奇怪的是，我不感到疼痛，反而有点渴。我心满意足地看着那个被拉长几至于像根线条的肉身，我在想，一根线条怎么可能拉断呢？小羽出现了，在我身边，脸容恐惧，看着那五个戴着青铜头盔的马上骑士，“东边第三个，是我爸。他真的会杀死你的。”

小羽的身子颤抖如糠。

我把她揽入怀里，细声安慰。告诉她，我们已来到了一个高维空间，是灵魂栖居之所，尘世里的任何暴行，都不足以伤害我们的灵魂。小羽平静下来，俯下身，在我额头上轻轻一吻，“你渴。”

我说是。

小羽摸出把瑞士军刀，毫不犹豫割开自己的左腕，“那你喝吧。”

鲜血喷涌。是那样甘甜芬芳。我大口啜饮。小羽突然尖叫出声。那第三个骑士摘下青灰钢盔，露齿一笑，赫然是我的脸容，变幻不定，时有闪电与雷鸣，但确确实实是我。不仅是外貌，我一眼就从灵魂层面，确认了这个事实。

小羽的眼神是那样绝望、哀伤。

她放开我的手，任鲜血滴落在这个奇异空间。每滴鲜血都形成了一块琥珀。每块琥珀里都有一个小羽，她在惨呼，在哀号，在叫救命，在各种挣扎。

我听见一个迟缓冷酷的声音从自己嘴里冒出来，“跟我回去吧。我的女儿。”

“不”。

小羽把刀挥向自己的喉咙，紧接着，她的身体像一件瓷器那样崩裂。

我伸出手，徒劳地想抓住那么一小片。手指尖上只有一点劫灰。

梦醒了，我回到现实中。

今天的我，已经能够用各种精神分析学的理论来阐释这个梦的涵义。它是如此真实不虚，是构成了今日这个在电脑前敲击着键盘的“三哥”的人格基石的一根柱子。

我知道。所以，我不害怕。

小羽是我魂灵的一部分。我们会相亲相爱，哪怕死亡也不能将我们有片刻分开。我只是略有点遗憾，在这个反复出现的梦境里，我无法割开手腕，让她啜饮我的鲜血。而我分明感受到了她的渴。她比我还要渴。

白天我去上班，晚上就在街头东游西逛。

走累了，找个无人处靠墙坐下，双手抱膝，摘下鼻梁上架着的那副蛤蟆镜，把头埋入怀里。像一块石头。已经不知道什么是悲痛了。我想小羽离家出走前，也曾像我此刻一般蜷缩在角落。我不停地幻想，我所坐着的地方，也曾是小羽坐过的。

因为在黑暗处的一动也不动，看上去很像一个垃圾筒，偶尔有人会随手把香蕉皮、苹果核、易拉罐等物抛来。我没动，觉得这样也挺好的。若有人因为受了惊吓，我就说声“对不起”。

一个夜里，十一二点钟的样子，是秋日的夜晚，凉风透骨。我抱膝坐在粮食局的廊柱阴影里。

一对男女争执着，停下脚，声音越来越大。其中有一个声音还算是熟悉。

“你到底想怎么样？”

“这句话应该是我问你。小羽，你真的变了。你原来不是这样的。”

我皱起眉头。这个尖叫的女人也叫小羽？

不是所有的女人都配叫小羽的。

“我是什么样的人关你屁事。不要以为你给过我钱读书，我就得以身相许。也不看看现在是什么年代？钱，我明天就还你，也会加上利息。从现在开始我们一刀两断。”

“小羽，你变了。”

“我不想与你废话。”女人从手上褪下某种东西，扬着下颌，神情倔傲，“拿去。”

“小羽，你变了。”

“这个社会什么都在变，不会变的人是废物。整天只晓得爬格子写材料。还他妈的领导思维。觉得老娘是三岁小孩是不？你的这个领导思维，能给我买件海宁的皮草吗，能让我用上一瓶沙宣洗发水吗，能给我买件婷美的塑形衣吗？好吧，统统不能。那你能不能多抽出一点时间陪我谈谈情说说爱？也不能吧。你说，我嫁给你有那么一丁点好处吗？没有。凭什么要我嫁给你，就凭你妈给我的这个不到两钱重的破戒指？瞅你妈那个得瑟样，好像是塞给了我一套房一辆车。我呸。拿去。这是在打发叫花子啊！我再说一次，这戒指你要不要？不要，我可就扔了。”

“小羽。”男人张口结舌。

我想起来了，他就是与我同一个办公室的，那个眼睛里有血丝的年轻人。

我还是想不起他的名字。

“我叫陈逸雨。不是什么他妈的小羽，请你注意措辞。”女人的手一抖。戒指朝我飞来。落在我怀里。是那样轻。

女人扭臀而去。

她的臀部真丑，两个大磨盘，还是那种年头久了，齿缝不啮合的。

男人去追，追了几步，又赶紧跑回来，掏出个打火机。

我朝他伸出手掌。戒指在我掌心。黄澄澄的一簇光。这果然是一个懦弱的男人，被黑暗中的脸庞吓傻，吓得连叫也不会了。（这也怨我，他回来找戒指的时候，我从兜里摸出一个小手电筒，从下颌往眉心竖着照。这是我与小羽玩的游戏。为的是在深夜里尖叫出声。）那个叫陈逸雨的说得不错，他就是个废物。没敢动。半晌，看口型是想喊，又喊不出声。可能还尿了裤子。我嗅到一股尿臊味。

但他不应该这样被遗弃，尤其不应该被一个势利的女人以这种方式遗弃。

废物男认出了我。眼珠子缓缓转了下，有了些许生气。

结结巴巴道，“张三……”

“她不就是觉得自己还有点姿色，能在婚姻市场上卖出个好价钱吗？你若不能满足她的要求，那就不妨把她变成一个真正的贱货。撬窗进她的屋。去找证据。她肯定是有了其他男人。把她的软肋捏住，把她的要害牢牢抓住。对付这种愚蠢、善变，又凶悍的女人啊，你得有足够的无耻。如果她还不肯驯服，就去设个局，找几个男人轮流上了她。在她被侮辱后跳出来，说几句甜言蜜语。保管她以后比一只狗还要听话。别对我说你不敢。好吧，这些都太难为你了，那就过两天去请她吃饭，说吃过饭后一刀两断，她会来的。在饮料里放点安眠药。别说你搞不到。好歹你也是县府办公室的科员。最好是红酒，醒酒的时候撒进去，给她一个浪漫的夜晚。接下来，不用我教你了吧。拍些照片，贴满大街小巷。让所有人都知道她的放荡与贱。除了你之外，就不会再有男人娶她了。我保证。”

废物男哆嗦起来。

他口口声声的领导思维还真是纸上谈兵。双腿打战。我都听见他牙齿打架的声响。我把戒指抛给他。他撒腿就跑。跑得跟条狗一样。他与我一样，也是垃圾，成分不同，但确确实实是垃圾。

夜色比铁还沉。让人呼吸不到空气里面的氧。

小羽，你还好吗？这个世界没有了你，无足轻重，就是一个零。小羽啊，你一定不会怪我刚才说的这些话吧。也许从那以后，他俩就能相亲相爱，白首到老。

我弯下腰，朝着那铁幕一般的夜色嘶声高喊。

人都在说他的公平、正义，叫喊他的良知与道德；归根结底，他所真正要的是利益。道德的核心，即利益，即欲望。道德的困境多数是因为不能区分欲望，使之混淆。欲望不存在一个“到此为止”的刻度，当接近此刻度，它将变异、分裂、繁殖，产生新的欲望。事实上，任何事物（也包括欲望）皆可被量化，比如一颗树，一个人，一辆车，一道方程式，一对男女。区别只在于计算方式是加减乘除还是矩阵运算。只是许多人的智识，不能看清自己想要什么，被轻率鲁莽的热情诱惑着，以为披上道德外衣的欲望，就是道德了。

又或者说：所谓道德只是一个时间概念，还是一个地理名词（这话是刘启明说的）。

它的底线就是：毫无底线。

这是我今天才懂的，可惜我在遇到小羽时不明白这些。

要不，我早就带着她远走天涯。

三十一

日子是河流。各种河流。有的是激流汹涌，有的是静水流深。有的是“弃我去者昨日之日不可留，乱我心者今日之日多烦忧”，有的是“长风万里送秋雁，对此可以酣高楼”……所有的日子都离不开一个字，一件东西：酒。

我把酒倾入喉咙。古来圣贤皆寂寞，唯有饮者留其名。酒是好东西。千万个小虫子会从酒里爬出来，胃部升起一小团火。那是它们在悄声窃谈，商量作战计划。接着，它们会爬满五脏六腑，钻入骨骼，冲进血管，并占据脊髓。噢，上帝，它们在神经末梢上荡着秋千，彼此还打架，打得鼻青脸肿，也打哈欠，揉着困倦的眼，漫不经心地把手上拽着的血管，再扯松拉大，最后干脆就一根根抽出来打成结。各种结。整个人就成了一只被穿烂了的袜子。

我在办公室里打着呼噜。

整天只想着坐倒，卧倒，睡倒。

我没问同办公室废物男的事情办得怎样了。这与我没关系。有意思的是，从那个夜晚起，他再不敢正眼瞅我一次。我搂住他的肩膀，把腥臭的酒气喷他脸上。一点点喷。我很希望他能揍我一拳。保证绝不还手。他只是笑，一脸谄媚的笑。

我继续喝酒，拎着个酒瓶子晃晃荡荡。背李白的诗，说“天子呼来不上船，自呼臣是酒中仙”，也背王维的“劝君更尽一杯酒，西出阳关无故人”，还有苏轼的“把酒问青天”等等。我那段时间背了多少古诗词啊。它们是这世上最美味的下酒菜。偶尔也在酒意汹涌时，梦见自己一个筋斗翻出十万八千里，可我还是找不到我的小羽。我去了南海观音菩萨那儿，去了西天如来佛祖那儿，去了东海龙宫，阴间十八层地狱，都没找到。

有时，我会觉得我并没有自己想象中那样深爱小羽。

爱是谎言，是欺骗，是人所发明的概念，是为了侵蚀、污染一个人的魂灵，以满足自己的私，自己的欲，自己的贪婪与不餍足。

那个黄昏，我不该答应娶她的。这样她一定还活着，我俩还能在一块说说话。说说风，说说雨，说说小桥流水，也说说世界这么大。偶尔也做爱。小羽啊，真是对不起。我说娶你的时候是这样轻率，以为它是包括某种爱的成分在里面，起码是关于爱的承诺，可你我都知道，如果说爱是谎言，那么婚姻就是十倍百倍的谎言。可我为什么要说？小羽，你为什么又要信？你我明知这是谎言。

是因为孤独吗？（这是那时的我所不愿意正视的现实）

还是因为所有的谎言一旦说出，都迟早有实现的那天？因为概率。（这是我今天所明白的）

“美的反义词，不是不美，而是匮乏。”爱也是这样，爱是美的一部分。它的对立面不是不爱，同样是匮乏。这匮乏不可摆脱，它提供了一处空间，意味着自由。

我与小羽的事已成为单位同事最好的谈资。他们交头接耳，窃窃私语，神情紧张而又严肃，一俟我近身，立即沉默不语。

也许在他们眼里我才该是那个杀人的凶手。我若被逮，他们至少能捞着一个眼不见心不烦。我了解他们的凶恶。这些人，在这个县城不算生活于底层，但他们的脑子是穷的。这种思维上的匮乏，让他们互相倾轧，各种腹黑与无聊，哪怕只是办公室分的那些土特产，也会为谁领的那一份鱼干大点或小点，大打出手。真是没出息的一群渣滓。

万幸的是我在这里没有朋友。

所以也不必去体验雪中送炭或割袍断义的滋味。

棋篓子来找过我几次。他显然忘掉他做过的恶。被我打了几顿，老实了。路上望见，像老鼠见了猫。拳头还真是能让人长记性。我把办公室隔壁的资料室改造成拳击室，吊了一个沙袋，没事在那里打拳。打累了喝酒。酒醒后继续打。喝的是那种五块钱的尖庄酒。喝得秃头吴找上门来。他没敢大声说话，压低嗓门。

"小张，你爸还好吗？"

"好。"

我继续挥汗如雨。

这个鼠辈得知游书记带队专程拜访我爸后，原来的那几寸威风彻底没有了，在桑塔纳的车屁股里搁了两箱茅台酒，去看我爸。我爸不咸不淡地从喉咙里挤出几声，算是打过招呼，又接着呼噜呼噜睡着了。倒不是说秃头吴平时不够殷勤，端午中秋春节，每次都要来的，但送的礼却随着我爸下台，噌噌噌地往下掉，先是茅台，再是五粮液，接着是剑南春。换作是我，早把他的酒扔门外了。我爸让小阿姨收下，好酒好菜招待，临走时还塞个红包。这龟孙子还能觍着脸收，还真把官场上那套"人走茶凉"的厚黑精神发挥得淋漓尽致。

秃头吴算是一个八面玲珑的老油子。这个办公室主任也算是干得风生水起。

但这种家伙有一个毛病，自以为精明，实则愚蠢。

他是我爸手心里的孙猴子。

他又何尝不是我手心里的孙猴子。他日记的复印件我还塞在抽屉里呢。我爸能把他提拔上台，我也能不费吹灰之力把他搞下去。我猜他应该对此心知肚明。如果他忘掉了，我很乐意再提醒他一次。

"今天上午我与市医院的吴医生说了，请他下周专门过来替老爷子检查下身体。听说老爷子现在能吃能睡，就是寒痰有点多。

吴医生是这方面的顶尖专家。”

秃头吴的眼珠子异常灵活地在肥胖的脸上转动几圈，像一包“活力28”，白色的泡沫从他嘴角涌出。我不无厌恶地皱了下眉。我还真佩服李芳，能够忍受这样一张嘴在自己身体上拱来拱去。

“说正事吧。是不是觉得我在这里打拳，影响了大家工作？”

我摘下拳击手套，喝了一口水。

“不不不，没这个意思。你在这里打拳，也是为咱们国家之崛起强身健体。”秃头吴嘿嘿干笑，迅速摆出一个螳螂拳的姿势，比画几下，笑容别提有多尴尬，支吾半天道，“就是能不能拉起一个窗帘。毕竟……”

“对面是领导办公的小楼，有碍观瞻。对不？”

“是是是。”

秃头吴擦额头细汗。

天有这么热吗？

“拉窗帘不是不行。就是太热了。”

“马上装吊扇。”

“还是空调吧。吊扇的风也热。”

“行。”

秃头吴如蒙大赦，从身后摸出两瓶茅台，搁在桌上，那双眼珠子转得快赶上风扇了。

“晚上我去你爸那里。这段时间心里空落落的，做什么都不踏实。我就那个纳闷呀，问自己到底是怎么一回事。在床上辗转反侧，睡不着，使劲想，拼命想，想到天色发白，突然明白了。”秃头吴一拍大腿，“原来是有一段时间没听老人家的教诲。我当时就掐自己的嘴巴。再忙，能有见老爷子的事重要吗？没有老爷子的谆谆教导，我就没有了前行的方向，没了主心骨啊。”

我啼笑皆非，还真是有点不适应这种吹捧。

不过有些人是离不开这种吹捧的，哪怕只离开一分钟，也会死。

我不想再搭理他。提醒他，我是一个晦气的嫖客——嫖客本身不可耻，晦气的嫖客才是可耻的。与我靠得太近了，小心沾染晦气。这招果然有用。他离我的距离拉开有三米。我搬了把椅子坐下。他是我的领导。领导说话都是有水平的，迂回曲折，围点打援，什么三十六计、孙子兵法，各种诡辩术。当然能当领导光有“水平”那还不够，还得有“酒瓶”开路，“文凭”撑腰，尤其是文凭，这是一个可以量化的指标。

我爸就曾扳着手指头在全县三级干部大会上讲这三个“PING”字。同志们听后无不心悦诚服。没多久，凡是乡镇科级以上干部纷纷咬破手指头递上血书，立志追回过去荒废的岁月。一时间，风声雨声读书声，声声入耳。随便打开某位干部的随身公文包，都不难发现里面那几本砖头厚的学习用书。这确实是一桩好事，至少在上厕所时不用担心忘记带卫生纸。

我盯着秃头吴的嘴唇一时出了神。

我这是在发傻。我常发傻，他们见怪不怪。本着“张三是张负重的儿子”的原则，一般视而不见。但秃头吴知道我的傻是另一回事，是有牙齿，还是狼的牙齿。

半晌，他咳嗽了声道：“也别练太狠了。身体要紧，身体是干革命的本钱。”

我嘴里有叽里咕噜的笑。没办法。

李芳的口头禅是干革命。她总是抓紧任何机会声称自己是在干革命。而她当这样声称的时候,基本上都是目含春水,面带桃花。

秃头吴又语重心长地说了声：“小张。”

我“哦”了声，顺手给他倒了杯水，示意他继续。他找我有事，我看得出来。

“今天我就以叔叔的身份多说两句。你别搁心里去。这天底下最不缺的是啥？是女人。这话你现在不信，等哪天你像叔这样万绿丛中过，就会信了。”秃头吴把茶倒入喉咙，吧唧着嘴，继续语重心长道，“你是革命工作的接班人啊。为一个女人把自己弄成这样灰头土脸太不值得了。现在有一些闲言碎语。为个人前途计，可能是要注意点影响，再怎么说，我们这不是外企、私企，每个人走出去，都代表政府形象……”

我给他倒了杯茶，他还蹬鼻子上脸了。我差点把茶杯里的水泼他脸上。

我眼里当有凶光冒出。

他一下就闭上了嘴。

真乖。

他想告辞。我示意他坐下，又为他续上一杯水。到底有什么事？我有点好奇。秃头吴的眼球子停止转动，随着我的手势一上一下地跳。

“吴叔，还活在这个地球上的，与我基本适龄可以婚配的女性，不少于五亿。首尾连贯，可绕地球赤道周长八圈半。这个我懂。我在部队里还看到过一篇报道。是哈佛大学的一些学者们写的。结论很简单，说，我们总认为自己的爱情是独一无二的。其实不然，我们总会爱上一个人，不是这个人，就是那个人。不是说有一个人值得我们爱，而是我们渴望去爱。至于爱上谁是其次的。另外，从性格天赋癖好学识等各方面来说，能与你执子之手白首到老的人，起码有八千万之多。而我们大多数人的悲剧是，在没遇到这八千万分之一的时候，就娶了或嫁了。”

这段话是我捏造的。

是我在想小羽时候得出的。

我突然觉得秃头吴也还算一个不太坏的谈话对象。又觉得自己说的这段话过于突兀，简直是西门吹雪的天外飞仙。太不搭调了。所以又补充了一句，“至于形象问题……我以后会注意的”。我本来很想说，就你丫的动不动把手放在李芳屁股上，也叫堂堂正正？忍住了。动辄打人脸是不好的。

这倒不是我懦弱。

秃头吴的声音大了。两粒眼珠子又飞快地转动了几圈。

“唉。”他深深地叹口气，“我这个做叔叔的没尽到职责，我在你这么大年纪时，我家小飞已经会连滚带爬了。晚上我就与你爸谈下这事。也叫李主任多上点心。你的事就是组织上的事，得放在组织高度上来做，这样才是对你负责。”

我一下子没有听懂，心咯噔一下。

组织高度？这么严肃？什么事？

秃头吴满意地笑了。他在这刹那又找回一个办公室主任的尊严与说话口吻。

“紧张、严肃、团结、活泼，这才生气蓬勃嘛。小张，你放心，这件事我马上交李副主任去办。她有经验。”

我的脑袋终于转过弯来。

这是要安排老子去相亲？是购买还是去推销？就我这德行还不把人家大姑娘吓得屁滚尿流？我哈一声笑，刚想说什么，一阵香风袭来，李芳已敲门入屋。秃头吴的目光顿时就上紧了发条，手一摆，“就说到这儿。我与李副主任谈点工作。”

“吴主任早。”

“早。”

“在干吗呢？”

“与小张做点思想工作。”

李芳向我点点头，以示致意。

他们走了。

我往喉咙里倒水。李芳今天穿了双浅白色镶有水钻的高跟鞋，这摇摆扭胯的猫步，风情万种。忘了是在哪本杂志上看到的一个讯息，可能是《海外文摘》，也据说是哈佛大学科学家们的研究，说爱走猫步的女性更容易获得高潮。因为这种体态能有效提高骨盆肌肉的灵活度。我继续咽下口水。我还是想念小羽的高潮，她从没走过猫步，可她的高潮是如此真实不虚，我能感觉到她灵魂的哆嗦，像一片片羽毛飞散，像大海将我紧紧地包裹。

门没关紧。门缝里可以瞥见李芳的臀部。

腰肢纤纤一握，更显臀部之丰润挺翘。如果有哪位摄影家拍下此刻，想必这张图片也能有资格成为《花花公子》杂志封面，确实性感，确实美，就可惜李芳生在我们这样一个小县城，要不她也可能是一个辛迪·克劳馥。

是仲夏。一只绿头苍蝇穿过门缝，嗡嗡飞着，大摇大摆，带着屎的味道，飞入我张着的嘴里。我啼笑皆非，竟忘了把它吐出来，舌头在口腔中一转，把它咽了下去。

这让我恶心、干呕。

三十二

秃头吴这句话是对的。这天底下最不缺的是啥？是女人。

只要有钱。

可能是刘启明对陈妍说了什么。过了几天，我在办公室喝茶。保安进门说有个包裹让我亲自签收。说那个送快递的自称是我熟人，还是个女的。这些年我确实收到过不少奇怪的包裹，有菜刀、一坨被装在盒子里的狗屎，还有数粒黄澄澄的子弹，等等。我倒一直盼着有人寄来一份包裹炸弹。

美国有个智商高达 167 的天才，泰德·卡辛斯基，对了，就是这个名字。向各个大学的理工教授寄出 16 份包裹炸弹，炸死炸伤多人，为的就是摧毁他认为将把人类拖入黑暗深渊的现代工业体系。为此，他承诺，如果美国主流媒体一字不改地全文刊登他那篇长达 3.5 万字的《论工业社会及其未来》，他就将永久停止炸弹袭击。

这才是真正的男人。为了心中的信念，明知不可为而为之，是谓：虽千万人，吾往矣。

给我寄那些破铜烂铁的鼠辈犬辈，相形之下，太猥琐了。

送快递的，居然是陈妍，一身职业女装，短发短裙，薄施粉黛，颇有几分明艳俏丽。我有点不相信自己的眼睛。我问她干吗？说是给我一份惊喜。指挥工人拖着四轮板车往我办公室里拖入一个足有一米见方的纸盒，还抛了个媚眼，让我好生拆礼物，就关门走了。

我还真是好奇了。

这小娘皮到底耍的什么把戏。

在我打开盒盖的一刹那，箱子里传出音乐，劲爆舞曲。一个长腿女孩，披挂着让男人喷鼻血的少得可怜的衣饰，一脸媚笑，钻出纸盒，浑身上下都在悦耳地响着。她的丰胸、翘臀上装饰着流苏与金属碎片，身体柔软得简直像海中的水母，不断发出炽热的光与亮。我没法不被她肢体所表的那些词语（妖、媚、娇柔、酷、激情、神秘、优雅）所诱惑。她的手臂的旋转以及胯部夸张的摇摆动作像蝴蝶、海浪、流水，也像一头《人与自然》镜头里的梅花鹿。

我没法不激动。

我在《美国派》之类的美国电影中没少看到此类情节，可一旦身临其境，尤其自己还是一个拆礼物的，这种喜悦还真是有了飓风的强度。觉得身体里的某个部位被闪电蓦然击中，被眼前这个身体的变化万千的快速节奏抛入激荡云层。我都察觉到灵魂层面的战栗，如蜻蜓之尾翼点过水面。

长腿少女容貌妩媚，偏还挂着一脸冰霜。对了，她的瞳仁也是绿的。

我觉得她的样子很熟悉，好像在哪里见到过。我一时想不起来。我像喝酒断了片，目瞪口呆地看着少女的舞蹈。

少女跳上红木案几，雪白的赤足犹如冬日河边的雪。身体的某部位就有了变化，就想在这雪上打个滚，撒把野。不过，人之异于禽兽者，在于克制。

一曲舞落，我说“当当啷啷”。长腿少女白过来一眼，“当个屁”。我说：“小妹妹，蛮有个性嘛。”长腿少女说：“个性多少钱一斤？拜托。”

这就好办。我拉开抽屉，取出一沓钱。

半个小时后，舞蹈结束。长腿少女翘翘屁股走了。

临走时，用口红把她的电话号码写在玻璃板上。我拨了。一个艺术学院大四学生。我忘了她叫什么名字，也忘了问她的具体年龄。

我终于想起她像谁了。是小羽。她与小羽的瞳孔一样是绿色的。

她肯定与小羽没有任何关系。这是一个山东青岛的姑娘，说着一口胶辽官话，动辄就是“你这个人怎么这样硌硬”。她赶场跳舞不是用来贴补学费，而是买一支兰蔻口红或一小瓶香奈儿五号。这对我来说真不是事。别说一支、一瓶，就是十箱八箱也是小事。半个月后，她仿佛是一只考拉熊，用双腿盘住我的腰，把我当一棵树挂着，眼里媚笑，“三哥，我今天看见 Biotherm 出了一款眼部保湿排毒霜，它能消除眼部浮肿哩”。

这个不贵，几百元而已，简直对不起她那个柔韧得令人惊异的身子，问题是，在买完这个漂亮的小瓶子后，她的眼神又坚定地望向一个 Hermes 的手袋。我说：“乖乖，你昨天才买了一个迪奥鳄鱼皮的。”

长腿少女说：“人家要拥抱春日的明媚阳光嘛。”

我长叹。不是因为钱的事，而是感慨她对物的这种近于贪婪的渴望，以及毫不掩饰的表达。在她眼里，男人就是一个会走路的提款机。

她噘嘴。我感慨，“问君能有几多愁”。

她不屑地撇嘴说道：“恰似一伙太监上青楼。”

我哈哈大笑，在人流熙攘的百货商场捧腹大笑，笑得眼角泌出泪水。她很诧异，三哥，有这么好笑吗？拜金的少女怎么会清楚我的笑点在哪儿呢。连我自己都有点莫名其妙。我都笑得快喘不过气来，不得不在大庭广众下，装模作样连扇了自己几个耳光，打电话给刘启明，叫他过来一趟。

我问刘启明这是不是他的主意。刘启明本还想推脱，看着我的脸色不豫，知道这不是说假话的时候，点了头。我本来想打个电话给熊哥，让他把这个长腿少女领走，但看着一脸懵懂的长腿少女还是软了心肠。倒不是怕她以后刻我的傀儡像用针扎，而是……怎么说呢，她毕竟与这事无关。我掏空皮夹子，把里面的人民币塞入她领口，挥手示意她滚蛋。

小婊子接了钱转身离去，还低声骂我傻 ×。

我乐不可支，问刘启明，“听到她刚才骂了什么吗”？

刘启明的汗滴了下来。

商场里的空调有这么热吗？刘启明一个箭步跳向长腿少女，抡圆了巴掌。少女跌倒。也终究是一个懦弱的人，只晓得哭，根本不晓得还手。被刘启明打过三个巴掌，牙齿打战，说不出句囫囵话。刘启明脸色铁青，指着长腿少女，对着围观群众一声怒吼，“这是我老婆，偷人”。

我津津有味地欣赏这场闹剧。眼泪涟涟的少女，祈愿有朝一日，你会懂得：刘启明的三个巴掌是在救你。这个世上有太多的不幸，就是因为在不该说话的时候说了话，不该说脏话的时候说了脏话。

陈妍送她过来的时候，也没教教她。这不是陈妍的责任。是这个长腿少女的，是这个时代的病。陈妍还是用了心思的。在这个糟糕透顶的世界上，拥有一双绿眼睛的少女，数量比熊猫还要稀罕。长腿少女是贪了点，蠢了点，是对小羽的拙劣复制，还算是珍稀物种，就看在死去的小羽分上饶了她吧。我叫住刘启明。刘启明一溜烟跑到我跟前，结结巴巴，“三哥，我知道你心里闷，所以让陈妍……”

“说吧。陈妍有什么事需要我办。”

我凝视着眼前这个有着两根吊梢眉的中年男人。

“不是陈妍。是我。”

刘启明的双腿软掉了，扑通在我面前跪下，声音蚊蚋大小，“孙大可给了我三十万。”

为上位者，有几件事要做。

一是要愿景与目标。

愿景是远的，如一团云雾，罩于山巅。只要登上山巅，即可修仙成佛，有绝大的好处。这是画饼，一定要画得足够激动人心，具有一种超越世俗的力量。只有这样，人们才会聚集在上位者的手臂下，忍饥挨饿，万死不辞。在愿景这个层面，谈钱是伤感情的。我们要谈的是秩序与尊严。是对秩序的掌控，是对尊严的表达。目标是近的，是可分解的，由一套数字体系确认的阶段性指标，准确说是钱在各个环节的流动声响。

二是要拉得起队伍，留得下人心。

生产四要素:劳动、资本、土地和组织结构。不是普通的劳动，不是那种在流水线上拧螺丝者（他们是不可缺少的），而是富有创造力与执行力的劳动。劳动者光荣，劳动者伟大，劳动者是21世纪最有价值的资本形态。就像火，能把铁变成钢，能让钢扭曲成任何形态。要找到真正的劳动者，换个说法，人才。要有从芸芸众生中分辨出人才的能力，要把人才放到一个最合适他的位置上。只要是人才，就不怕他德行有亏，就不怕他出错犯事。凡人皆有贪心,凡人皆有软肋。疑人要用,用人要疑。但要留得下人心，必须赏罚公正。这是铁律。

大发公司给明珠楼盘的熟料出了问题，作为负责人的王画虎，切了左手尾指。

刘启明这事我又应该如何处罚？依他所为，给他讲一遍慧能断臂求法的故事，让他砍了自己的一条胳膊不是不可以，但太没有创意了。

何况，现在是在商场，这么多的小孩子来来往往，眼神还那样清澈，我可不想为他们的童年增添一道阴影。

“猜猜我现在的心理阴影面积有多大？”

我打了个响指。

真是太有意思了。那个双肩耸动还在抽泣的长腿少女，不无惊愕地发现，她被围观的群众遗弃了，一个被遗弃在沙滩上的彩色海螺。无人再理睬她的悲伤，她嘴里呜呜地响。人们的眼球都被那个双膝下跪的中年男人吸引住了。这是难得一见的街头喜剧。其中一些人认出了我，压低嗓门：三哥，这就是三哥。

刘启明读了这么多的书，还是这样蠢。

知道拿钱这事是纸包不住了火，给我来当庭下跪这手？

这套路不新鲜，还赶不上国产剧本。无非是知道我现在需要的是众口传诵的佳话，故意这般来成全我，恶心我吗？还有，你明明刚才上演的是一出揍出轨妻子的戏码，这会儿跪我面前，剧情这般紧凑，是不是在指认我是奸夫，还是那种仗着有几分势力与财力霸占美貌民妇的，在求我高抬贵手？你脑子是进了水吧。

我笑容可掬地拍了拍刘启明的肩膀，示意他起身，牵着这个脸色苍白、满头大汗的中年男人的手，来到长腿少女面前，以所有人都能听得到的声音大声说道："打女人的男人不是好男人。是人渣。他打了你三记耳光。你现在还回去。"

少女的嘴唇是哆嗦着的。她唇上的炫光唇膏还是那么明艳动人。她的眼里有惊恐。这就好办。如果我还是二十岁，如果我在老家县城的星星发廊遇上的是她，我也会爱上她的，可能早就为了满足她对物的欲望，杀了人放了火抢劫了金铺被枪决了。

我冲着她笑。我知道我喜怒无常。可我控制不住，也不想去控制。

我举起一只手臂，喊起口号，"反对家暴！"

我的声音像一只黑鸟，在摆满各种琳琅满目货物的柜台上空盘旋。

我很喜欢这一幕。足够荒诞。比塞缪尔·贝克特的《等待戈多》还要荒谬。我把他俩的手按在一起，郑重说道："从今天起，你俩要相亲相爱。执子之手，与子偕老。"

这回，长腿少女没敢说"神经病"。

三十三

我干过许多荒谬的事。二十八岁前的不提。之后的，哪怕再荒谬，后面都有一个深层逻辑，即丰满自己的羽翼。比如为了拉近与一位副市长的关系，去拍一位高僧马屁，买来一堆野生动物放生，放生是好事，但这些野生动物是从高僧指定处买来的，里面有那种环保部门三令五申不得放生，会破坏当地生态链的巴西龟，两大桶臭虫与蟑螂。我就不明白这高僧的脑回沟结构。

这种“羽翼丰满”，不是一朝一夕之事，朱子说得好啊，“一粥一饭，当思来之不易；半丝半缕，恒念物力维艰”。但在羽翼已成的今日，回头再看这来时路，倒也略有惊诧。来时路是登山路，是羊肠小道，多有险峻惊吓，偶遇非人力可逾越的悬崖陡壁时，偏又能见着于那坚硬岩石缝隙里长出的树，能让我攀缘其上，所谓造化天意，绝非人心所能筹划。

甚至多数时候是没有路的，眼里一片遮天蔽日的林木，只能挥舞砍刀于荆棘丛中砍出一条路。这种砍通常是荒谬的，没有具体目标与指向的，我都以为自己是那推着巨石上山的西西弗斯，满怀绝望与愤怒，以为自己是要被人烤着吃的秋后蚂蚱。偏偏最后在这荒谬中砍出一条路。

换句话说，无论我怎样佯狂痴癫，我之所求却是明明白白。是路在引导着我。我没有让内心深处的各种荒谬感，变成自身赢取利益的障碍，反而是我经营自己，打击对手的有效策略。只是阶段性的策略。我是三哥了，不能再像过去那般荒谬行事，我要的是隐忍与霸气，要的是美德与佳话。好歹我目前也是市政协委员中的一员，一名曾经参加过省级两会的人。

我捐助了几所希望小学。不是把钱直接捐到云南贵州之类的老少边穷地区，那是小羽这种不谙世事的女孩儿才会干的事——她是蠢的。如果不是她的蠢，我恐怕既不会在当年那般爱她，也不会在今天如此反复思念。她的蠢就像糖，捧在手上怕化了，含入嘴里怕融掉；她的蠢，就像在生与死之间这条逼仄缝隙里的彩色之光，能让人有片刻的喘息，短暂的目眩神迷，是上帝颁下的奇迹。

我把钱直接捐给市民政局。我清楚这笔钱在经过这些人的脏手后，能落入穷人之手的，若十有其一，就值得去庙里烧香拜佛。我还是这样做。道理很简单。首先，慈善是一门生意，风险极低，利润极大，还能落个好名气。我本人也兼着市民政局下属慈善协会的副会长。其次，你吃肉，也要让别人喝汤。否则锅是怎么被砸掉的，你可能都搞不清状况。

我不是张三，我早就不再是与小羽相爱时的那个张三。

我早就进化（驯化）成一个当年的张三所唾弃的那种王八蛋。

我与刘启明在茶馆里坐下。“有家茶馆”。环境颇为优雅，沏茶的技师是那种古典气质的圆脸美女，旗袍开衩的高度恰到好处。手法也精湛。不多话，安安静静。墙壁上挂着的空调是人体最适宜的 25 摄氏度，刘启明汗流浃背。这个蠢货意识到当众下跪是对我之公众形象的抹黑，在来的路上一个劲儿地解释，“三哥，我刚才真不是有意给你添赌的，真是没管住膝盖，它自己软掉了。”

“不着急。慢慢说。”我呷茶。

事情倒还简单。刘启明在红磨坊里泡上的那个写过荣格论文的杏仁眼，接了孙大可的客，要啪啪啪，醉醺醺的孙大可 ED 了，觉得自己的家伙有点儿不争气，便在美人儿面前炫耀起智商，没点名道姓，说给某人送了三十万，这是一个套。一个连环套。这个套是如何一环扣一环的，何等精密紧凑，堪比瑞士匠人手工打造的顶尖奢侈手表。说等事办完了，他就把套中的螃蟹一咕噜全煮了吃。这才叫快意人生。

杏仁眼在床上又把这事当笑话与刘启明说了。笑得放肆。讥笑男人妄图用脑力替代体力的蠢。体力就是体力，床上的一招一式，那必须是锄禾日当午，汗滴禾下土。这才是风月场上的彼此尊重。

刘启明心中本就忐忑，听到三十万，心里敲响鼓。没有理会杏仁眼的万种风情，一问来客外貌，明白过来，慌了神，连夜去把三十万退给孙大可。孙大可把当时的录音与视频往他面前一摆，阴着脸说这事你办也得办，不办也得办。你有胆子不办，我就能把你女儿卖去做娼。刘启明这是上了贼船下不来。

逼良为娼，太没有想象力。不能激动人心。这是犯罪，公安要抓人的好不好？

假如我要威胁刘启明，不对，假如我要布局一个陷阱，刘启明是必要的棋子，我早着手让刘启明的女儿自甘堕落了——有几个女性能拒绝得了堕落的诱惑，尤其是这种十八九岁的女学生？她们是这个狂飙突进的消费社会的孩子，以为个性是普遍的必为之事，对世道人心根本没有充分认识，所谓青春总是要挥霍的，不挥霍也是要过的。

好吧，就算她是一个没有缝的鸡蛋，是完美的，是上帝创造的奇迹。用汤勺在鸡蛋上敲一下也就有了缝。

孙大可这种人脑子里还是90年代混社会的那一套，不懂得与时俱进，不懂得今天玩法已变，是一种整体性的异变，社会结构，人与人的连接方式，权力运转与发声的方式，都不再是旧时代的那些。他的连环套在80年代，在那个人心蒙昧尚未经过资本与欲望残酷洗礼的时代，还算是新鲜事物。是对舶来的港台黑帮片的致敬。在这个互联网思维的大背景下，那就是陈词滥调。事实上，他说的煮一桌螃蟹宴也还是一个男人在一个异性面前的孔雀开屏，是吹牛，他还没有这个分量，没有这个能量，来做这样一桌螃蟹宴。

他就是一个小角色，区区一个包工头。

我讨厌陈词滥调。它就是笼子，是洞穴，是踩一脚就要掉下去的沼泽地。那些活在陈词滥调里的人就是被笼子圈禁起来的牲畜，是洞穴里脑子还没发育好的原始人。

刘启明这个消息算是来得及时。他这样一说，我就能理得顺了。

原来是这群啮齿动物。

我让刘启明回去。叫来王画虎。上次明珠楼盘的事，他切掉左手尾指，回去后查出是库管的问题，属于渎职，没有贪污受贿偷拿回扣的情节。用鞭子抽了库房主管一顿，降为搬运工。这种处罚是合适的，精准、有效。

有太多的傻 × 喜欢朝手下人发飙，让他们排成一队，不分青红皂白，一个巴掌一个巴掌扇过去。这些年我交给他办的事无有不妥。我嘱他坐下。他没有像刘启明那样驼背弯腰，只落下半边屁股。有大将风度。我把孙大可的连环套说了一遍，问他的主意。

孙大可是一只小爬虫，不值得踩，但有必要踩，还得踩出花样。王画虎接着提议，让他去找几个在孙大可手下干过事的小包工头。他们手中攥着的孙大可签过字的欠条一大把。安排这些小包工头带人去市政府门口，拉起横幅，静坐讨薪。找几个手下在其中热场，搞个割脉秀、跳楼秀，演一出悲情戏与苦情戏。再喊上记者与几个网络达人，同时在网络论坛上现场报道，各种推波助澜。

王画虎的前半句话我认同。杀鸡给猴看，这种事要么不做，要做就得做全套，别剁掉鸡头，鸡还张着翅膀乱跑，就惹人笑话。后半句有危险。易失控，还可能把自身推向政府的对立面。政府最讨厌的，就是静坐游行之类裹胁民意的事。孙平那条狗的嗅觉发达得很，不可能查不出幕后推手。没必要。再说我可是一个写过让省报头版报道的提案，有表决权、选举权和被选举权的市政协委员。站在政府的层面想问题，这是应有之义。

王画虎又琢磨出几个主意，比如请杏仁眼配合，倾情演出，全网直播。杏仁眼是能写荣格的高智商，又见惯风月，极擅撩拨。故意设下话语陷阱，让孙大可掉坑，多骂几声孙平这样的犬类。有效，但是套路里的唱念做打，我也用，不仅是用在那个智商 80 的傻大个身上。是纯粹的路径依赖，是吸毒。越操作，越熟练，让人欲罢不能。

没办法，真正的想象力与原创力是一种极端匮乏的资源。

我眨眨眼。刘启明都连夜跑去退钱。孙大可能不知道杏仁眼嘴巴关不牢的事吗？说不准，那张烈焰红唇已饱受各种惨无人道。孙大可必有折磨，杏仁眼必怀恨在心。把杏仁眼找来，给她一个机会，请这位红磨坊的夜夜新娘上演一幕活色生香的戏剧，若是能大放光彩，这也算是为中国表演事业培养人才。我为王画虎倒了杯茶。灵感来了。

永基广场不是在筹备一场美术画展吗？就请杏仁眼，在那里搞一场行为艺术。

行为艺术，瘸腿的王画虎是不懂的。

刘启明懂。

我哈哈大笑。这算是给这个连环套的布局者一份餐前甜点。这是尊重，是必要的礼仪。当然，毕竟是餐前甜点，要踩死孙大可，真正的发力点还是税务与工商那块。这是王画虎所擅长的。就是没有创意，太让人沮丧，太让人纠结了。我把茶倒入喉咙。人之所以纠结，多半是因为自身的无知。我们的纠结，从根本上说来，就是把判断题做成了选择题，尤其是多项选择题。人生哪有这么多的选择啊，非此即彼。孙大可既然选择了，就得承担后果。

王画虎告辞。我用力拍了拍他的肩膀。

屋子里只剩下我一个人。这个世界真是寂寞。我又想起李芳了。

许多女人眉眼间有李芳的轮廓，但李芳的面容上是有光的。那光让她透亮，如一件迎着晨曦的薄薄丝绸。

三十四

晨曦在天穹中抖搂下众多色彩，抖搂下一匹匹马。

马在树梢上跃过，是那么绿，绿啊绿，宝石一样的绿。穿着一件宝石绿丝绸旗袍的李芳坐我面前，面容是那样精致，曲线是那样生动，浑身上下洋溢着绿的勃勃生机。这绿啊，覆盖了多少雄性的头顶。我知道我不该这么想，可我还是这样想了。

我扭开脸庞，为了这个“想”字颇觉难为情。我们在县城新开的一间茶饮馆。是县里的新鲜事物。店主是个精瘦男人，贼眉鼠眼。雇了两个乡下妹子当店员，穿着暴露。说是茶饮，其实不伦不类，卖咖啡，还卖各种书画赝品。赝品主要是做工程的小生意人买（秃头吴说过一句很精彩的话：读懂了这些小生意人的脸庞就读懂了今天的中国）。两万块钱买了，送到秃头吴那些材料里提到的人手里。这些人把事办妥后，把赝品拿回到茶馆，退两万块钱。有个学术点的词，这叫权力寻租。寻租无处不在。我在部队时，哪怕是食堂里的大师傅，那也是看人下勺。得往他兜里塞几包烟，铁勺里的肉才会多上几块。

我喜欢食堂大师傅，这才是对铁勺的精妙运用。

我都琢磨着哪天把那个精瘦男人的账本偷出复印一份，哪天心情不好就寄匿名信，让那些坐在主席台上煞有介事人模狗样的家伙，吃啥啥不香。

现在回想，我是错过了发财机遇。那时年轻，不懂得“生死事小，赚钱事大”，满脑子都是莫名其妙的愤怒，觉得到处都是人渣，沉溺于女性的身体及其诸种美好，如吸毒——还找了一些非常美好的词语来描述这种吸毒行为。比如，这是爱情，是对美的顶礼膜拜。

相较于我的冥顽无知，后知后觉，我嘲讽过的那个废物男倒表现出让人咋舌的一面。废物男在被女人抛弃后，把时间与精力都用于赌博上。

阴。与他打过牌的人都说这个字。

老家话里“阴”字含义复杂，不是《辞海》或者《说文解字》能概括。打个比方。俩人赌钱，甲赢了，乙输了。乙要赖账，甲砍了乙的手指头，叫“凶”；乙反过来砍了甲的手指头，叫“恶”；乙砍了自己的手指头，叫“狠”；乙不忙着上医院，把手指头摆上桌想再赌一把，叫“蛮”；甲要求乙押老婆房子，叫“毒”；乙弄本假房契,叫“诈”……这些迟早要摆上台面。只有废物男这样的，与人赌十盘要输七八次，每次输千把块钱，可赢的那两三次都要上万，这才叫“阴”。

这让人与废物男赌起来，既渴望，又恐惧，上瘾程度跟鸦片鬼似的。

有线人向公安通风报信。带队的是县城关派出所的王副所长，退伍兵出身，身高体壮，破门而入，一只大头皮鞋把废物男的脸踩在桌底下，托人说情交了几万块钱罚款才放出来。倒霉的是，公安系统为了树王副所长这个典型，宣传他铁面执法的一面，还在市里的日报上发了一篇通讯文章。这文章偏就让一个年近退休的副市长看见。这个副市长的儿子因为赌博，闹得家破人亡。副市长对“赌”这个字恨得牙痒，打来电话说这样的人不适合再留在机关。县里照办，把废物男调到物资局。废物男的仕途梦想彻底烟消云散，也就更专心各种赌局。

废物男这个人有心机，报仇的方式也与众不同。

牌局上难免邂逅各路地痞流氓。

废物男在牌桌上码着麻将，佯作无意，说县一中高二（3）班的王佳慧长得排场，比林青霞还要漂亮。就有一个叫黄志强的流氓还真的跑学校去了。那是一个全民看港片《古惑仔》的时代。上学的女生都崇拜陈浩南、山鸡什么的。数星期后，王佳慧成了黄志强的马子。不久，怀孕。王佳慧的爸就是王副所长，把五四手枪拍在黄志强的姐夫桌上。黄志强的姐夫叫何永明，是当时刑侦支队的队长，起身打着哈哈，“男女相悦是老天爷定的章法。黄志强在社会上打流，人品还是好的。浪子回头金不换”。

黄志强人品好，天底下没坏蛋了。

没几天，黄志强把王佳慧押上牌桌。王佳慧不肯，多说几句，被黄志强一脚踹在肚子上，踹流了产。王副所长声称要毙掉黄志强。黄志强自己送上门，到他家厨房里提出一罐液化气，与王副所长念小学的儿子绑一块，再摸出打火机，等王副所长回来，不慌不忙地拧开气阀。

王副所长下跪道歉。事情并未到此结束。想找废物男赌的人很多，可他说不揪出内鬼不敢耍。别人说是这个理，但大家额头上都没贴着“内鬼”俩字。废物男说：“解铃还须系铃人，派出所的肯定晓得内鬼是谁。”

有人去找黄志强。黄志强去找王副所长。王副所长交代了。工商局法规股的股长，姓陈。很快，因为“聚众赌博”，他的股长的位置被拿掉。大家继续找废物男赌钱，继续赢千把块钱输万把块钱。

90 年代末，废物男宣布戒赌。赌徒发誓不再赌博，这不是什么稀罕事，城南的老鬼还曾拿菜刀依次剁掉了自己左手的无名指、小指与中指，大家几番信以为真，可没过几天就见老鬼举着缠着绷带的手重新战斗在牌桌上。可这回不一样，废物男摸出当晚赢的钱，上万块钱，要物归原主。大家蒙掉了，面面相觑，勉为其难地把钱揣回口袋，拔腿开溜，觉得他多半中了邪。

废物男还真就不赌了。不管怎样说，不赌就是不赌。有一回，他爹被车撞了。交警队的人说，让你儿子与我赌一把，这事好说。

他愣没理会，把他爹气得在病床上大骂不孝之子。

铁打的牌桌流水的赌徒。

不再赌博的废物男一天比一天阔绰起来，连抽的烟都是跟县长一个档次的玉溪。这让人难以理解，他是一个无业游民，虽然物资局花名册上还有他的名字。更令人费解的是，隔年春节，废物男与王佳慧结婚了，在县城最好的红太阳饭店摆出三十六桌。连蹲牢的黄志强也托人送来一个大红包。婚后，王佳慧在工农路开了一家服装店，每天化着精致妆容，在店门口的法国梧桐树下与人摸麻将。废物男还是整天游手好闲，还特别喜欢披件黑夹克，眯着眼蹲在街头，好像是一只水老鸦。

人流滚滚。

这样过了几年，废物男在前坪路口盖起一幢豪宅。据说请省设计院做的规划，连卫生间都有几十个平方米大，把废物男的爹都吓着了，死活不肯来住，说折寿。这幢依山而筑的欧式建筑，用一句流行话来说，“小伙伴们都惊呆了”。有人传言废物男在外面买彩票中了五百万。还有恶毒的人说是王佳慧接客赚的。实情是：废物男手里攥着县里的四套班子、公检法工商财政等实权部门中，几乎所有头面人物的把柄，包括音频、视频、文件材料，等等。有什么发财的生意，他暗中拿下，再通过一个叫阿标的省城人出面运作。他做得很小心,知道是在舔刀口上的血,很懂得拿捏分寸。

这些事情是王画虎告诉我的。

王画虎早年是跟黄志强的，还是王佳慧的同学。黄志强出狱后，光天化日下，带着几个胳膊上有文身的人，要把在树下打麻将的王佳慧往昌河面包车里塞。废物男当时在店里看影碟，听到动静，走出来喊，“黄志强，你要干什么？”

黄志强嬉皮笑脸，“与你谈谈。你拐了我老婆这笔账怎么算。”

黄志强还故意在被人揪住胳膊的王佳慧脸颊上吧唧亲了一口。

废物男说：“你要无赖吗？”

黄志强说：“是。一百万。你们继续做恩爱夫妻。王局长继续升官发财。”

在工农路开店的人都吓呆了，哪见过这样明火执仗敲诈的？

从没见过开口索要一百万的，更没见过这样胆大不怕死的——王佳慧的爹，当年的王副所长，已高升为县公安局副局长。

大家站远了，在树荫里窃窃私语。

太阳底下的黄志强与废物男面对面沉默着，站姿仿佛是陈浩南对决司徒浩南。平心而论，黄志强长得帅，眉眼间的凶悍那是经过监狱生活洗礼的。所以当废物男说好的时候，大家不觉得意外，认为这是他的缓兵之计。

黄志强上前两步，伸出巴掌，“好，一言为定。”

废物男也伸出手。黄志强的袖子里弹出一把利刃。黄志强当街行凶杀人，走时还不忘捏了捏王佳慧的脸，嘿嘿冷笑道：“不好意思，让你当寡妇了。”

黄志强成了逃犯。黄志强为什么要杀废物男？明明都有一百万可拿了。王佳慧长得再怎么祸国殃民，也不至于比这一百万更好看。我问王画虎。王画虎说废物男是脑子抽风了，他这样的人怎么会喜欢上王佳慧呢，怎么能喜欢上王佳慧呢。那就是一个婊子。水多，活好，来者不拒，不给钱也让人肏。也许不是喜欢,是报仇。把王佳慧,当成昔日的王副所长来肏。短短数年，王副所长晋升为县里的副局长。王副局长出席废物男与女儿婚礼时，据说废物男还对岳父夸耀起王佳慧的床上功夫。

这真是士别三日，当刮目相看。

我遥遥举杯，为当年的废物男连喝三杯。

这才像个男人，是个男人。没白来这世上走一遭。不知道那个叫陈逸雨的势利女人，有没有被他收拾过。大概率是有的。恐怕还是他得势后第一个要报复的对象。不过废物男还是蠢，让王佳慧看到了那些不应该让任何人得知的秘密。王佳慧又给了她爹。她爹就张狂起来了，想当公安局的一把手，结果被人搞到检察院，熬不过，交代出材料来源。不知是谁就让黄志强来办这事。可能是黄志强的姐夫，毕竟他是副局长，也想当一把手。当然，还可能是别人。

这些我没兴趣。我感兴趣的是王佳慧这个人。废物男死后翌年，王佳慧改嫁了。嫁得还不错。是市电大的一个失偶老师。我让王画虎把她找来，眉眼间还残留些许昔日的姿色，是个风流人儿，眼神太活了。像一个人，我的女老师。来之前，王画虎应该给她交代过一些事情。进门，主动脱光衣服，像画室里的女模特那样，目光温顺地看着我。这样的目光是鼓励男人对她做任何事的。

我对她没有欲望。就是想看看。

如果我的女老师能活到今天，想来与她一般面容。要更老点。腰间那圈赘肉可能会更多一点。杜拉斯《情人》里的那个开头，“那时你是年轻女人，与你那时的面貌相比，我更爱你现在备受摧残的面容”。我在王佳慧唇上亲了下，让她回去了。她遇到的一点小麻烦，我就帮她顺手解决了。她那个一表人才的丈夫，搞了一个培训机构，发了点小财，在外面包养了一个小三。我让王画虎带话，若再与小三来往，就切掉他的睾丸喂狗。

简单、粗暴，是最好的办法。

这种自以为读了一点圣贤书的知识分子，基本是孬货一个。尤其是男的。所以这世上甫志高很多。

我坐在李芳面前时，觉得自己是甫志高。我辜负了她对我的情意。小羽死后，这种“辜负”感更加深入骨髓。我偶尔觉得男性这种生物就不应该出现在地球上。

“扶桑东千余里有女国，容貌端正……至二三月竟入水则妊娠，六七月产子。”

这是我在图书馆里找来的一堆书里看到的一段话，太迷人了，尤其是“入水则妊娠”这几个字。我想不通为什么要有男人这个物种。上帝完全可以造出一个只有女性的世界。想必那个世界必会少了很多争端与杀戮，少了许多阴谋与诡诈。最起码，小羽不会这样死去。

那个时候，我还不懂得——有性繁殖，而非无性繁殖，之所以会成为生物演化的主流，即其可以令进化加速，增加生物有益突变的可能性，为那些更能适应环境的个体涌现提供一个更大概率（即，假如进化论是对的，那么上帝在意的只是进化本身，而不是作为进化载体的男女。他们的欢喜与悲痛，他们的故事，与他们所发明的道德伦理一样，在上帝眼里无足轻重，根本不值一提）。

那个时候，我还沉溺于失去小羽的痛苦中。

不再是唐山大地震，是余震。

内心深处又有了微弱的火星。比如我注意到李芳嘴唇的口红，不是昔日那种珠光红，是棕色的，还有这个偏烟熏的妆容。这让她有了一种杂志模特的美艳。这是我一个很少看到的李芳。不知道她遇到什么事或什么人。不，与人或事没关系，就是她订购的那几本时尚杂志。她是照着时尚杂志生活的女人。她的脑子里就是这些东西。

组织上派她来关心我，与我谈话，她还这样一身装扮，真不合适，不过我喜欢。

绿色是治愈色，是希望。

这件小立领加上侧高开衩的旗袍真是特别适合她。

三十五

我那天晚上没有出现在纪念碑的事，李芳好像忘记了。我用目光直勾勾地剥光她衣裳的事，她也好像忘记了。这是了不起的。所以她才能这样风轻云淡地坐着，双手捧着白色瓷杯，指尖犹如刚剥笋尖，整个人宛若一颗绿色的宝石。这个世界曾给予她的侮辱与伤害，就像空中浮动的那些微不足道的灰尘。

李芳不是生来就是这样的。

最早她就是一个赤条条的婴儿，乡野长大，农忙时下过田，闲时割过河边青草，眉眼未开，手脚多有皲裂，肠胃里有红薯与稀饭的喂养，也曾被那些粗手大脚的男生欺负得眼泪汪汪。师范毕业前，没引起过注意，是一棵不起眼灰蒙蒙的绿植。进了县城小学，做了一名照料祖国花朵的灵魂工程师。谈了恋爱……就那么几个月的时间，哗啦啦地盛开了，还不是一般的花，是那种用一颗球茎就能换得两幢联排别墅的郁金香，大家都有点蒙圈。

这不是说与她谈恋爱的那个人是外星人。

很普通，细眉小眼，是同事。与大多数年轻人的恋爱一样。邂逅，怦然心动，忐忑，荷尔蒙的分泌与多巴胺的奖赏，突如其来的拥吻与花前月下的深情凝视，许诺，去看流星雨，在街头排档分享一碗馄饨，走十几里就为了去看山顶上的桃花，莫名其妙地焦躁与争吵，一夕缱绻缠绵，捏两个泥人儿再打破重捏，在山路上踩自行车狂奔，原谅与短暂分手，憧憬，等等。

现在，她进化成另一个物种了。他还在原地踏步。

他们是绝无可能了。

学校一个守门老者，颏下有须，怪诞滑稽，号称精研《易经》三十年，会排生辰八字，懂得六爻八卦，还能称骨算命。寻常人家请不动,给钱也不行,说是折寿。端着一大搪瓷缸茶水主动上门，给李芳掐算。几根被烟熏得黄黑的手指，煞有介事。问他看出了什么端倪。不说。

再问那个男老师。一脸鄙夷，吐出三个字：药渣耳。

药渣冲到大冬天给药渣洗内裤的李芳面前，又一句话不说回来了。知道自己是配不上李芳的，心里多了阴暗。各种折腾，各种狂躁。李芳若与哪个男同事说话了，他恼；李芳若对哪个男性笑了一下，他怒。跟审讯犯人一样，要求李芳交代每日行踪，要精确到分钟。各种跟踪,动辄打人,打完后又下跪。这些也就罢了。与人打牌聊天，拼命吹嘘自己，说李芳是倒贴追的，说李芳在床上就是块木头。

像肥皂剧里所描述的那样，这是一个既庸俗又恶心的动物。

李芳还都忍了下来，各种委曲求全。毕竟肥皂剧里都是这样演的，她也是喜欢看的。既然摊上了这样一个男人，自己又不想一死了之，那就好坏由他，所谓嫁鸡随鸡嫁狗随狗。平日里与男性打交道愈加谨慎小心。天天催着早点举行婚礼。药渣说拿不出彩礼钱。李芳就跑去问同事借钱。这边刚打完借条，药渣看上了另一个女孩儿。是县里分管教育的罗书记的乡下婆娘生的，在工商所上班，可能是失恋也可能是别的什么事，精神不大正常。说话特别慢，有强迫症，一天得洗几十次手，还有点花痴。经常在路上，碰到陌生男人，追上去喊哥。药渣当时匆匆甩开手，后来知道是罗书记的女儿，心思就活动起来。没过数月，便与这个可怜的女孩谈婚论嫁。还瞒着李芳，一直到他的婚礼前夕。

李芳泪崩。哭了三天三夜。感觉像孟姜女哭长城。也真是幼稚，哭完后，打扮得漂漂亮亮，出现在男友的婚宴上。以为这是报复。结果罗书记一眼就看上她。若不是花痴女以死相逼，她还差点成了前男友的妈。

罗书记把她调到县里。本来视为禁脔。市里的陈副市长下来检查工作。喝多了酒，进了女厕所，李芳刚好起身系裙带，这一刹那的风情，让陈副市长把持不住了，回到酒桌后，蹙着眉头红着眼睛，把酒瓶子砸地上了。罗书记给李芳做思想工作，本来是想谈几个小时。这口难开。没想到李芳一言道破罗书记心中所想，问是不是要她去陪陈市长。罗书记说是。抻长脖子说，这也是做革命工作。革命工作的目的是什么呢，是让老百姓过上好日子。领导高兴了，身心愉快了，批复时指缝里多漏一点，就够全县人民过上一个好年了。李芳说好，不用废话了。不过有一个小要求，罗书记亲自送她过去，还得全程在门外侍候。

据说那晚李芳的叫床声让县招待所里的公耗子都遗精了。所有的雄性动物彻夜难眠。太响了，简直是美声唱法。抑扬顿挫，婉转抒情,极是销魂。来自关中的罗书记后来与人说,秦腔算什么，李芳那个叫床声啊，八百里可闻。

陈副市长翌日扶墙出来。跟在他身后的李芳是艳若桃李。一夜之间，李芳体内的基因再次重组。过去的李芳死掉了，取而代之的是一个十足的荡妇。在路过罗书记身前时，还故意噘起唇，做了一个极富有挑逗性的动作。李芳来者不拒。没有哪个男人能够拒绝得了这样一个浑身散发着惊人性魅力的雌性生物。用一个女人最好看的样子，闯进一个男人的办公室，坐在办公桌上，漫不经心地打开双腿。不管男人有多么粗鲁，甘之如饴。那个守门老头儿说对一半，不仅她的初恋男是药渣，天底下的男人都该是她的药渣。

为了捍卫交配权，陈副市长在县常委上发了怒。本来他还计划着把李芳调到市里，可惜没多久，他车祸死掉了。还有一个副县长，沾了李芳的身子后，半年之内翘了辫子，说是肾亏。罗书记本人仕途黯淡，一脸颓相，几乎要被我爸踩到泥里去了。这让李芳放荡淫乱之外，又多了祸水之名。这也是好事，对秃头吴这种级别的干部来说，起码有了他们染指的机会。

我不能确认我爸与李芳的关系。有人说没有。这倒不是为我爸这种人渣辩护，他比较迷信，明知是祸水，是无论如何也不会往里面跳的。也可能有。我爸这种德行，会放着这样一块美肉不吃吗？哪怕是祸水，也得等它浇了身再说。我爸可从来不是一个注意维护班子团结的干部。

我很想问问李芳，她与我爸到底有没有一腿？

有还是没有？

我抛起硬币。接住，让它在桌面旋转。它迟早有躺下的一刻。正面国徽朝上，有；背面麦穗朝上，没有。五分硬币在桌面立住了。那两个大胸脯的乡下妹子，连桌子都擦不干净。这上面还有湿黏的糖。我把硬币塞回裤兜，对着李芳咧嘴微笑。这个别人嘴里“屁股被人肏圆了的荡妇”，魂灵有一种异乎寻常的美。我嗅到了。是青柠檬的味道。令人心醉神迷，心旷神怡。啊，这两个该死的成语太简陋了，不足以形容李芳之美的万分之一。

“为什么看我？”

“因为好看。”

“为什么刚才不看？”

“不是怕看了想犯罪，而是……”我顿了下道，“好东西，要慢慢看，一点点看。”

李芳牙齿洁白细密。

她与我爸到底有没有一腿？

我的目光落回到她衣裳里那两个鼓鼓囊囊处。那里藏有两只洁白可爱的小兔子。

我在心底念念有词，兔子蹦吧！兔子蹦吧！快点蹦出来吧！

蹦出来，就是没有。

三十六

李芳穿的不是比基尼，是旗袍。小白兔是蹦不出来的。别说小白兔，就是锁骨也看不到。那真是一对美丽精致的锁骨，放两个鸡蛋上去没有任何问题。问题是，我为什么会如是祷告。

我问跟在身后的刘启明。

刘启明嘀嘀咕咕,说了半天也没说清楚。难怪说理论是灰色的，生命之树常青。这个问题我也想过许多年，一直没搞清楚。难道我就这样盼着张负重与李芳有肉体关系，像某些游牧民族的风俗，自己能有一个父死子继？就算李芳是春秋的夏姬，张负重是楚国的连尹襄老，我也不是黑要。

后来看到一则新闻。说一个妇人抱着孩子过桥，是那种两座山之间拉起来的悬索桥。恰逢雨季，河水泛滥，水流湍急，有大风不时袭来。妇人怕孩子掉河里去，紧紧抱着，艰难移动。行到桥中央，妇人，被恐惧打倒了，把孩子扔入河里。清醒过来，悲恸欲绝，也跳了河。

我想，当时的我，是恐惧父亲与李芳有这种关系的。

因为恐惧，“兔子蹦吧”这几个字就在脑海里訇然作响，犹如咒语。李芳说了什么，我一句也没有听见，那两只小白兔没有跳出来。我很失望。据说念念不忘，必有回响。只要足够虔诚，凡人之祷告，神皆有回应。

我盯着李芳的脸，脑子里开起小差。想起茅山道法、巫仙、虬童之类的小把戏，又想起“时日曷丧，予及汝偕亡”。那时我还不知道这句话出自《尚书》，也不知道传世两千多年的《尚书》不过是一本“伪书”。我就是被这个意象迷住了。当夏桀自比太阳的时候，老百姓在田野里念念有词，情愿“太阳啊，你几时灭亡，我情愿跟你一起灭亡”。为什么大家能心想事成，偏我就不能呢。几种可能。李芳不是夏桀，顶多是妹喜，咒语自然失效；其次我不属于人民群众。又或者说，人民群众根本是不存在的，不过是商汤的虚构。此种虚构，便是谶言，是符命，是天意所在、人心所向，是彼可取而代之，而已。夏桀是奴隶主，商汤也是奴隶主。有哪个奴隶主不是荒淫无度，不曾暴虐无道？奴隶主与奴隶主没有任何区别。另外，奴隶主与奴隶构成硬币两面。

我捏了下兜里的硬币。

我与刘启明在永基广场。这是一个由现代工业体系创造的建筑奇迹。是消费社会的盛大景观，是一个关于消费从物转移到符号的神话图腾，也是苍茫天穹下，一根有七十六米长的对“人的匮乏”伸出的中指——这是人类史上前所未有之事。生活在匮乏中的人与吃得饱肚子的人，是两个有着生殖隔离的物种。我喜欢它富有现代性的建筑语言，众多敞口与无所不在的扶梯，巨大的招贴画与落地玻璃，被精心摆放在灯光下的琳琅物品，那些站在玻璃柜台前绘着精致妆容的女性……这些的总和，宛若奇异梦境。人们步入这个梦境后，才第一次发现他们心里有那么多的渴望，更奇妙的是，只要有钱，无非职业贵贱、俊丑美妍，这些渴望都能够得到有效满足。这是关于平等的幻觉。

我与刘启明用的是同一款三星 T108 手机，但我们是不平等的。

展览馆在九楼，里面的布置与灯光效果，看起来像一本明清艳情小说，让人绮念丛生，只想芙蓉帐暖。几个礼仪小姐，努力往来宾手里塞着小册子。该露出来的地方，一处没落下。嘉宾与媒介来人，被引领至前台，等他们签完名后，会再塞上一个信封，里面是数额不等的车马费。视其重要性而定。办这些事，刘启明向来滴水不漏。

小册子上印着几个字：我对这个时代的反抗。作者：孙大可。

里面的内容都是我过目的。其中第一张是《为永基广场增高 1.72 米》。这是对曾经名声大噪的《为无名山增高一米》的致敬。如果说后者表达了“人与自然的融合”，前者就表现了“人作为造物主，对他所建造之物的恐惧”。画面精彩，光屁股的孙大可侧身站在永基大厦最高层的水塔上，裤管下有一摊积水，那是尿。

刘启明指着四周墙壁，兴高采烈地讲解着他对这些图片命名的灵感来源。

我打起哈欠。我来永基大厦可不是来看这些东西的。

四周灯光暗了下来。一面电视墙亮了，没有声音，屏幕上有字幕滚动。主角都是孙大可，像被打碎了，有几十个。又一起构成了一个我从来没见过的关于孙大可的整体。正中间的显示屏有65 英寸。孙大可坐在桌前，一只手拿着揭发材料念，上半身像新闻主播那样一脸严肃，另一只手在下半身忙忙碌碌。他念的内容都经我过目。这是主菜，要有分寸。

旁边的屏幕上内容就精彩多了。有孙大可在跳太空舞的，每走一步，就有个女人上来替他脱去一件衣裳。待到脱光后，每走一步，就换上一件女性服饰。再替穿着女性内衣的孙大可描眉抹粉涂口红。孙大可从这个门进来时，还是个戴着王冠的须尺男儿，从另一个门出去时，已是一个带袂飘举、环佩锵然的妖娆妇人模样。影像中还有打扮成历史人物的，胸前挂着一张“我控诉”的木牌，一会儿在冰块上坐坐，一会儿在火盆上坐坐，最后还是一屁股坐在女人肚皮上，摘下胸前木牌，在上面加了一个字，“我不控诉”。还有西装革履，四肢落地，在地上爬着的。爬到一张椅子上，像狗一样蹲着，再汪汪地叫出声，看见上方另一张椅子上垂下一只脚，伸长舌头去舔，舔脚指头，一脸谄媚……屏幕里的女人应该是杏仁眼，戴着一副蝴蝶面具，光辉焕烂。她穿上正经衣裳后，我都差点认不出来了。她的腿真是好看，纤细修长。

没有人说话，观众屏声静息，放缓脚步，脸上有明明白白的惊骇莫名。这是迥异于他们日常经验的事件，足以把他们心中固有的牢篱连根拔起。更重要的是，它们本该是密室里的，是人皆心知肚明却难得一见的事实，是见不得阳光的，而今以艺术的名义，终于堂而皇之地出现在公众面前。

没有裸体。很好。在裸与不裸之间，才是艺术。这不是“打着艺术的名义进行淫秽表演”。这就是艺术。

我凝视着在场者的脸庞。犹如翻阅一张张明暗不定的抄写着古老知识的书页。我能感觉到他们胸腔里剧烈的心跳与滚烫的呼吸。他们真正感兴趣的，不是艺术本身，他们的眼睛甚至没有在杏仁眼辛苦弄来的王冠、权杖等隐喻物上多停留一眼，而是反复打量着孙大可手中拿着的材料，他的爬与舔，以及杏仁眼的腿。这是可以理解的。

这些图片与视频只是序章与前奏。

画面不再滚动。

戴蝴蝶面具的杏仁眼，穿着一身职业女装，与孙大可出现在一个房间里。背景音乐是《梁祝》。优美的旋律。声音出现了，杏仁眼的甜媚之声。

她在提问题，在采访孙大可。问他从一个白手起家的建筑承包商投入当代行为艺术，是否有某种天启神授，或契机，比如读了《月亮与六便士》，决意像小说主角的原型高更那样，去追求人生的意义与真正的自由。

说他的这次艺术展，充分表现着他对权力腐败和人性败坏的不满和反讽，这是艺术的权力。这种艺术的权力是不是要大于日常秩序的权力，等等。这些问题被精心设计过。孙大可只需要回答是与不是。他也没有这个能力展开。孙大可声音含混不清。这个可怜的男人，神情拘谨，双眼失焦。我怀疑他根本没有听见杏仁眼在说什么，只是机械地回答着是与不是。杏仁眼果然是一个人才，专业、敬业，最后还不忘煽情，说："人把苦难加于自身。然后，艺术出现了。某种意义上，人类生活，人所建造的所有，其地基都是他们所承受过的苦。孙大可先生心中有太多的苦，而今这苦终于结出累累硕果。让我们一起为他鼓掌，祝愿他在艺术的领域不断前行，走出中国，冲出亚洲，取得更为骄人的成绩。"

掌声响起来。不多。人们还在惊骇的余波中。要不了几个时辰，孙大可的名字就会如雷声敲响这个城市。孙大可会转型成功吗？

我期待。

电视墙熄灭了。四面八方射灯的光线集中在展厅中央。天鹅绒帷幕缓缓拉开。刘启明这个孙子抄袭红磨坊的旋转舞台，弄来一个几米见方的钢化玻璃舞台。舞台上有两把平板凳。西装革履的孙大可与戴着面具的杏仁眼背靠背坐着。

天了个噜。杏仁眼太深谙群众心理了。不再是屏幕上的扮相，近乎全裸，身上只有几根布条。他俩被一根绳子紧缚一处。孙大可面前搁着一个瓷盘。

“这是孙大可先生的最新作品，《一块钱，给我一记耳光，吻她一下》。”

打耳光是对传统父权社会的摧毁；吻，则是表达对女性主义的崇拜。只要一块钱哦。这是资本的力量。礼仪小姐为围上去的人群耐心讲解，说这是对父权话语的解构，是一部关于打破性、权力与资本三者媾和观念的艺术之作。而这个“打破”就有赖于在场者的参与、完成。这些话恐怕都是杏仁眼早拟好的剧本台词，她可真是到处不忘夹带女性主义的私货。但我喜欢。冲着她操盘这场演出所体现的脑力，与台上这具能颠倒众生的性感胴体，就值得救风尘，扮演一个慷慨的恩客。不过恩客这活还得刘启明干。

礼仪小姐话音才落，刘启明便第一个冲了上去，扔出一枚硬币，抡圆了手，一个响亮的耳光，再在杏仁眼唇上亲了一口，退回到我身边，笑声极是欢畅。

高潮来临，耳光声此起彼伏。

“孙大可很乖，很配合嘛。”我嘿嘿干笑，“你给他下了什么药？七氟醚该没有这等效果吧。”

“还真是七氟醚。麻醉师控制好剂量的。”刘启明抹了把额头细汗，“三哥，当初把孙大可弄来后，他还真不听话，各种尖叫。我又不好意思去惊动你，去找王画虎帮忙。王画虎与他谈完后老实了一点。只是一点点。还得靠她出马。她进屋后不久，孙大可叫干啥就干啥。不知她施了什么魔法。她还从市医院找了一个麻醉师过来。”刘启明盯着台上杏仁眼的目光有着不加掩饰的仰慕与痴迷。

几个女性上去动手了。还有位小白脸撸起袖子，哗啦一下往盘里撒了几十枚硬币，被礼仪小姐劝阻住，一个人只能是一枚硬币、一记耳光、一个吻。有意思。玛丽娜·阿布拉莫维奇搞过一场互动，现场观众可以使用桌上七十二种道具之一，对她做任何事情。这些道具里有笔与纸，玫瑰与蜂蜜，也有刀、鞭子、子弹与枪。在这个表演的过程中，观众的行为是渐趋疯狂的，从让她用嘴噙住玫瑰，到把玫瑰的刺刺入她脸颊；从用剪刀绞碎她的衣服，到绞碎头发，划出淌血的伤口；从拿没有子弹的枪对着她额头比画，到真往枪里装子弹，把枪口塞入她嘴里……这种疯狂是可以预见的，必须提前加以控制的。

展厅里有漂亮的礼仪小姐，也有数名膀阔腰圆的保安。措施到位。我问刘启明要了一枚硬币，排队依次上前，给了孙大可一记耳光。他还处于麻醉状态，闭着眼，肿成猪头脸，一声不吭。杏仁眼的眼睛是睁着的，身体一直在微微战栗，我在她唇上轻轻一吻。

“做得不错，有想象力。”

我出了展馆。手里还捏着一枚一元钢镍硬币，不知从哪儿来的。

我把它抛向空中。若正面朝上，就让王画虎把那些尚没有公布的黑材料继续递交公安税务。要么不搞，要搞就得搞到底。不能因为孙大可的服软做小,就半途而废。对敌人仁慈,就是对自己残暴。与人斗,其乐无穷。若反面朝上,就到此为止。敲山震虎,留有余地,也很好。

没有出现当年被糖粘住之类的意外，是反面。很好。我捡起硬币，快步前行。

“这个女的叫啥名字。”

“丽丽。”

“我是说真名。”

刘启明在后面一路小跑，脸上露出难为情的表情，“我马上问。”

“查下她的真实信息，哪里人，家庭成员。具体履历，为什么要做这行，以后想干什么。越详细越好。这个妞，我打算用。你带她。”我吐出胸中一口浊气。阳光灿烂。真他妈的灿烂啊，跟鞭子一样，抽得鬓角出汗。刘启明惊喜道，“三哥，你让我带人了？”

“是。从今天起，你可以去收手下了。”

我拍了拍刘启明的肩膀。刘启明看稿子也恁不仔细。我说过，这个叫丽丽的，脸上依稀有一点李芳的模样。

很多年前的那个茶饮馆的下午，李芳拍了拍萎靡不振的我的肩膀，说这事就这么说定了。我吓着了，本能地跳起身，问是什么事。我都不知道自己在想什么，神思恍惚。

李芳眉微颦，噘唇。

像有朵玫瑰花在她唇上微微噘起。

我舔了舔嘴，道："李主任，你的话就是慈禧老佛爷的懿旨。我这就去办。只是刚才光顾着看你，还真没听清。能否再说一次？"

李芳眼波流转，嫣然一笑，伸出根小指头在我额头轻轻一点，"给你介绍一个女朋友，省得你整天心不在马。"

她的确是说马。她不可能不懂得心不在焉。她是师范的优秀毕业生。她这是与我在调情。我在那堆泛黄老书上，确实看到过一个"心不在马"的典故，赵襄王赛马时心不在马导致失败，出自韩非子《喻老》篇。我要说的不是这个。在我们县，年轻女性又被称为马子。找女朋友又称泡马子。李芳这四个字用得太生动了，特别是配合她在我额头轻轻一戳这个动作。

"心不在马。心不在马。"我嘿嘿笑，拉开与李芳的距离。

"吴主任安排下来，说这也是革命任务。"李芳嘲讽的口气，盯着我，脸上有了幽怨之色。我像闷葫芦一样闭上嘴。有一种不太好的东西在我们中间。

这是危险的。

我知道她的一个不为人知的秘密。

这是一个深夜赤身裸体待在屋内写蝇头小楷消磨时光的女人。

师古钟王，结体严谨，与她白昼的放荡完全是另一种人格显现。我是在废纸篓里找到她的字。真好。比自称是书法家的秃头吴不知好到哪里去了。这种显现如缝隙里的一束光，让我惊惧，也让我潜入她家。她不曾察觉我的偷窥，在暗夜里搁下笔，慢慢踱到衣橱的那面镜子前，一站就是好几个时辰，一动也不动。那时的她真是死掉的。而坐在我面前的她又是如此光彩照人。

我很伤感。人的生活就是这样，充满了他人所不知的种种痛苦、裂缝，欺骗与自我欺骗。欺骗是生活的艺术，尤其是自我欺骗。

良久，李芳道："这工作不好做。高不成，低不就，可把我给累坏了。真是无巧不成事，前天在街上逛，眨眼间看中一家店里挂出来一件双排扣米黄色的风衣，就想买。没想到有个姑娘也看中了。她买我当然就不买了，觉得这件衣服的款式还是显老成持重，就对那姑娘说了。那姑娘还真听了我的话，另挑了一件。我与她聊了起来。我心里奇怪呀，哪来这么俊的妹子。这县里长得有排场的妹子居然还有我不熟悉的。听口音又确实是咱们这地方的人。我就直接问。她也是一个爽快人。我们越聊越开心。回来后，我一打听，这妹子还真配你。眼睛大，皮肤白，腿长，身高，屁股还大，肯定是能生养的，我看生个龙凤胎都可能。我要是个男人，肯定去泡她。我说张三呀，到时生了龙凤胎，怎么感谢我这个月下老婆婆？"

李芳说到"婆婆"两字时，是我见青山多妩媚这种层级。她也看金庸的《笑傲江湖》，是同道之人。可惜我不能学令狐冲。

倒不是怕僭越，怕动了官老爷们的奶酪后，被群起而攻之，穿各种小鞋；也不是怕晦气，我已经够晦气的——小羽就是在认识我之后死掉的；或怕被她榨成渣滓——牡丹花下死，做鬼也风流，若有马上风这种死法，那是三生三世修行的善报……而是不自在。我若把她背肩上，她对我一往情深起来，这固然是佳话，可这起码是对小羽的不敬。小羽不喜欢她。小羽在听过她的事后，说连个婊子也不如。

小羽是个婊子。我找了一个婊子。我爸没有被气死。

我若再找个婊子也不如的，我爸会被气死吗？若是会，我倒愿意试试。不过，有些事还是不试为好，试了就没有回头路。

“李主任，哪位姑娘？”

“公安局许书记的女儿，刚从学校毕业。那模样真是排场。”

李芳夸奖人时，还真是口拙。

三十七

我认识了我的第三个女人，她叫许姜。能被称为“我的女人”的，需要同时满足两个条件，一是和我有极深刻的肉体关系；二是心理上与我一起抵达过某种境界。所以，女老师是，小羽是。朱明霞不是，狐狸脸不是，李芳也不是。

时至今日，我仍然可以随时为“我的女人”去死。女老师与小羽都死了，许姜还活着。虽然我与她只上过一次床。

许姜给予我的满足，不是女老师与小羽的那种反常。我与她站在一起时，就像是一对能把日常生活照亮的金童玉女。人们纷纷送来祝福，感慨着浪子回头金不换。也有嘀咕我品行不端的，可许姜把手往我胳膊上一挽，扬起下巴一副爱谁谁的模样，这些闲言碎语也就没了市场。就像李芳与药渣男的恋爱过程一样，我与许姜的恋爱基本上也就是对套路的学习与模仿。如果说有什么区别的话，即我是一个留级生，对这些伎俩一清二楚，所以运用起来特别得心应手。

要激起她心中急切而又热烈的期待，不管这种期待是什么。

保证悬念。让悬念在每一天都有压迫感。对悬念的去除，是一个逐渐剥去笋壳的过程，剥去之后要及时提供新东西。哪怕这个东西并不新鲜，只要是她没见过的，就是新鲜。手要稳定，要能制造出连绵不断的微小危机。危机意味着高潮。众多小危机的累积，就意味着一个大高潮的来临。要控制高潮的剂量。高潮不重要，重要的是高潮在何时到来、以怎样的方式到来。必要的时候，得设法延宕高潮的到来，使恋爱的套路，有像树一样充分生长的空间，枝叶才能青葱翠绿。

许姜带我去见她爸了。

许国泰，就是那个坚决执行“命案必破”的公安局一把手，许书记。当时我还不知道那么多的内幕，对他能那么快地抓获凶手，心中有疑问，总体说来并无恶感。我不是第一次见许国泰，他来我家的次数不算少。可当我第一次以毛脚女婿的身份来到他面前，我就知道，我与这个国字脸的男人绝难善了。

这是直觉。直觉是超灵的。是“世界将其自身缩小成为一滴露水”，而我用舌尖接住这滴露水。当然，这滴露水也可能是人类祖先对数万万年进化史上无数惨烈教训的总和的提纯，这个提纯以某种目前人所还不能理解的方式嵌入 DNA 片段，发挥神奇之用。

我的直觉一向正确。

我感到愤怒。不知其因。于是，愈加愤怒。丹田处涌出一团莫名火焰，五脏六腑皆要被这火焰烤熟。我必须把这愤怒发泄出来，像狗要啃骨头，蝎子要蜇人，这都是没办法的事。额头虚汗淋漓，但看在笑靥如花的许姜面上，还是强行忍住，在脸上堆出谦卑笑容。

忍是心头上插把刀。哪能忍得住？

那时我并不知道，这个时候的许书记已逮住杀害小羽的真凶。不是县林场的那个文疯子。另有其人。也是一个老光棍，刚从黄色录像厅里出来，在那条小道上撞见小羽，见她孤身一人，又貌美动人,就起了歹念。这个老光棍比猪都蠢。杀了人,见有人顶罪，过了一段时间，竟然在与人赌博时把这事说了出来。有人举报到当地派出所。派出所带回一审，时间地点细节都对得上，层层上报,到了许书记手里。许书记为难了,亲自提审。老光棍改了口供，一口咬定那是吹牛，自己只做过一些小偷小摸的事。以盗窃罪入罪，判了刑。不久，死在监狱里，癌症。是正常死亡。病历完整，没必要作假。老光棍当年在派出所的案卷不翼而飞，此事就不了了之。

等我知道这件事，已是多年之后。许书记已因贪污倒台。这件尘封案子的蹊跷处才被有心人重新提起，作为痛打落水狗的扫帚。我找到曾主办小羽案件的警察，得知了很多细节。我还专门去了这个凶手生活过的村庄，找到那些曾与凶手有过交往的人。

他们异口同声，说老光棍平常就坏得流水，是属于老婆婆靠墙喝稀粥极其无耻下流的那种。但有个孩子显然不服气，拉着我到僻静处。他把老光棍称为叔爷。他告诉我，叔爷除了爱赌点小钱，说话爱吹牛，还真是个好人，经常帮村里的那些孤寡老人挑水砍柴，不管谁家有了红白喜事，都是立刻撸起袖子闷头就干，多的话不说。孩子可能以为他说的是真话，我就能给出更多的钱。我给了他一记耳光，哪怕他说的千真万确。

许书记是诱导老光棍改口供的人。如果当时我清清楚楚知道这点，我会拿斧头砍死他吗？我不确定。

我假装欣赏墙壁上挂着的书法。许书记一眼就看出我脑后长有魏延那种反骨。他没有立刻将我撵出门去。我爸还没死。更重要的是，他是我爸一手提拔起来的。虎老余威在。

许书记咳嗽道 :“你也懂书法？”

我摇头道 :“不懂，不懂。我只是觉得怪可惜的，您看，墨水都浸到纸背后，多浪费。这是小事，您看这落款印章，这个形状不好，近似唇形，不对，就是一个女人的嘴唇。这不大符合这首词的意境。这首词是国破山河在、城春草木深的意境。这个落款是糟蹋，弄出这样一个千娇百媚的妍态，太不和谐了。对了，许书记，在我们为努力实现四个现代化、建设社会主义强国而奋勇拼搏的今天，你为什么要把国破山河在这样一幅书法悬挂于中堂，其中是有什么深意吗？”

许书记立马翻了个白眼。

紧接着脸色白了一些。他的脸皮确实厚，很快恢复常态。令我瞠目结舌。

许姜扑哧一声笑出声。

我嘿嘿一笑，脸上堆起真诚的笑容。真诚的笑容是可以训练出来的。这是我在部队里学的，要不怎么说部队出人才啊。我一边笑，一边腹谤。

死老头儿，许姜与我不过是在街上手牵了下手，你远远看见，当自己是瞎子不就可以了？要真是个男人，放马过来与我大战三百回合，那也行。可你妈的，当时不说，底下来阴的，回家逮着你女儿骂，骂得她更年期提早，一溜烟跑我那儿，把我从被窝里拎起来就把眼泪鼻涕往我脸上抹。你丫的还有人性吗？老子才不怕你。死老头儿，老子昨天夜里把你女儿给办了，办得她嗷嗷直叫，高潮迭起，所以今儿个带我来登门拜访，以便能够光明正大在您家里操练老汉推车、倒浇蜡烛等。死老头儿，还有脾气不？我就是看你这种王八蛋不顺眼，所以一听说你女儿名就打算勾引她，一见你女儿面就下定主意要上她，你能拿我怎么的？老子就有本事嫖你女儿，你有本事嫖吗？老子再告诉你，你女儿还是处女，床上的潜质好着呢。咱们要不要一起来交流这方面的心得？

“许伯伯，是有深意，对吧？”

我继续问，虚心请教。

许书记，县“八大金刚”位居榜眼（我爸是状元）。据说，局里面的女干警在他面前没有一个没脱下过裤子。当然，这些道听途说捕风捉影之事并不可信。

有件事，我是知道的。女老师的死与他脱不开关系。我的女老师只是与人跳了几回舞，按照个人意愿与几个男人做了爱做的事，就算有罪，也不应该是死罪，还是那种极残酷的死法。他是公安局的一把手，他完全可以，也有这个能力，把枪口抬高一寸。

还有小羽的死，虽说抓住了文疯子这个凶手，可他也是有责任的。如果他采取措施把这些疯子都管起来，而非放任，小羽就不会死。还有那个殴打过我的胖警察，这个账也得记在他头上，没有他的纵容，胖警察敢这样无法无天吗？

当时的我就是这样想的。

我接过许姜手中的水壶，为许国泰恭恭敬敬地斟上一杯茶，继续说道：“许伯伯，我是不是哪里说错了？请您多多指教。”

许国泰不吭声，双手下意识地抱在胸口，双目平视。

许姜在我头上重重一敲：“笨蛋，那叫力透纸背。这幅字是我爸写的。你懂不懂？红色是什么嘴唇？那是革命的激情。不懂，别瞎说。”

“我没瞎说。前天你不还对我说，现在搞同性恋的都喜欢把一朵红玫瑰别于胸口。对了，红色在咱们中国自然是好的。我昨天还看到一本书。说在古代埃及，如果庄稼歉收，人们会认为是红发女郎惹的祸而杀死她们。因为他们觉得红色是魔鬼用的来自地狱的颜色，红色女郎是魔鬼的情妇。事实上……”

我挠挠头，硬生生把下面半截话给咽回肚子里。若当着许姜的面，与她爸大谈红色还可能意味着她女儿昨夜在床上留下的那摊处子血，只怕许姜以后再也不肯与我做床上运动了。

因小失大的事万万不可干。

许国泰的脸上又见了一层白。是灰白。这种感觉真他妈的爽。

许姜有点蒙。

许国泰打了个哈哈:“年轻人看的书就是多。思维就是多元化。很好很好。囡囡,你们慢慢聊,我早就与老林他们约好去下棋。唉，跟不上时代了。”

“爸，姜是老的辣，今儿个，你一定不用三回合，就能把林伯伯斩于马下。”

许姜小声道，脸上的肌肉抽搐着。

许国泰走了。

我与许姜一前一后进了她的屋。

以下是我与许姜的对话。时至今日，我还能记得清清楚楚。也许冥冥中真有一种力量始终在我们头顶飘浮，它不动声色地记载着我们曾有的一言一行，并在你试图忘却时，毫不留情地将它们一一唤醒，你只好一次又一次从梦魇中惊醒，汗流浃背，满脸是泪。

今天我坐在电脑前，想起许姜。我对不起她。我听过一个鬼故事，说一个父亲把自己的妻子杀死了。他很奇怪为什么自己的孩子不问妈妈去哪里了。孩子说,妈妈在啊,整天就在你背上趴着，还冲我笑。父亲听后彻底崩溃了。

许姜魂灵的一部分是一直趴在我肩膀上的。

我之所以没有崩溃，是因为这么久以来，我一直认为许姜是自甘堕落,不关我事。隐隐约约还觉得她是活该。她是她爸的女儿，我是我爸的儿子，我爸与她爸都属于差不多的货色，既然我是一摊狗屎，她也就应该是一摊狗屎。狗屎不分性别，不分年龄，更不会因为它曾经在寒夜温暖过一只冻僵的鸟，或者为一群快要饿死的蚂蚁提供过食物而有所改变。狗屎就是狗屎，这是原罪。这种逻辑是成立的。

许姜进了屋，一屁股坐在床上。

“你这是什么意思，为什么这样与我爸说话？”

“我是在向你爸请教学习。”

“你当人家都是白痴？墨水浸到纸背后这种话，你也好意思说出来？”

“我为什么不好意思？”

“你也太不把我爸放在眼里了。”

“我为什么要把你爸放在眼里？”

“他是我爸爸。”

“他是你爸爸关我屁事？世上只有两种事，一种是关我屁事，另一种是关你屁事。就是我爸爸，我照样这样对待。这些当官的都是狗娘养的，别告诉我你不知道，你爸玩过多少女人？玩女人也不是大事。可他妈的也得多少有点儿人性啊。你跟着你爸长大，你可知道你妈是怎么死的吗？”

许国泰本来是公安局的一个普通警察，是我爸一手提携。能干。确实能干。两个乡因为水源问题发生械斗，我爸去喊话，乘坐的吉普车半路抛锚。当时还是乡派出所民警的许国泰，途经此地，骑自行车，火速把我爸带到现场。我爸说了没两句，架不住有人在下面煽风点火，局势几乎失控，是许国泰跳到高地，对空鸣枪，这才镇住场子。

办过许多大案、要案。有一点不好，暴戾。发明了数种令人闻风丧胆的酷刑。其中之一，是把冰块塞进嫌疑犯的肛门。施刑后看不出半点痕迹，真是让受刑者痛不欲生。对嫌疑犯下得了手，对妻子也不例外，经常把他那个在供电局上班的妻子打得身上青一块紫一块。妻子提出离婚。法院都知道这个许阎王，哪敢接案子。

就在一个大雪天，把许姜的母亲打得吐出内脏。是活活打死的。最后说是暴病身亡。

许姜不言语了。许国泰打老婆的时候，从不避讳女儿在场。

许姜对此有深刻记忆，是有心理阴影的。如果那时我就坡下驴，说几声“许姜我爱你就像老鼠爱大米”，再揽她入怀，啥事也没有了。偏偏邪火炽盛，脱口而出：

“你爸就是一只衣冠禽兽，我就喜欢拿禽兽寻开心。”

“你找我也是寻开心？”

许姜慢吞吞地说，眼里有了泪水。

“请注意，不是我找你，是李芳拉皮条。坦率说，若你不是许书记的女儿，我也没有兴趣与你滚床单。啊，肏许书记的千金，感觉很爽。只是没想到你还是个处女，这可真不好意思。”

“你是畜生。”

“我没资格当畜生。当畜生是要手中掌权的，拿枪的，口袋里有钞票的。我离这三者还差得远。我最多只是摊狗屎。我与你上床没有采取胁迫手段，更没在水里下迷药，完全是你情我愿。这种下三烂的活计倒是听说你爸干过不少。我只是稍微有点儿后悔，刚才我怎么就那么脸皮厚，伯伯伯伯地叫，怎么不叫畜生畜生？哈，这会有多好听。”

“张三，你他妈的发神经了。”

“我没发神经，我很清醒。走进你家，我就想吐。你看看这装修多豪华，多有格调。”

“你家不也是？”

“所以我说我是狗屎。”

“你可耻。”

“我承认。”

“你给我滚出去。”

“我不滚，我还没肏够你。”

“你跟我好，就是想肏我？”

“是啊。这不好吗？你爸干得，我爸干得，全世界都干得，我为何不能这么干？”

“你会有报应的。”

“你又没有淋病、梅毒、艾滋病，我怕个鸟？就算有，也没有什么大不了。”

“我瞎了眼啊。”

“准确说是你投错胎。”

“为什么早不与我说这些，到今天才说？”

“男人嘛，屌硬了，心就软了；屌软了，心就硬了。”

“我肏你全家。”许姜一把拽紧我头发。

我伸手给她一个大嘴巴，不屑道：“你拿什么肏啊？你有屌吗？在这个世道上，女人生来就是挨肏的。”

许姜疯了般扑了上来，咬住我的手臂。真狠，真的咬下了一口肉。这是头母狼。我不该招惹的。既然招惹了，就不该怕。许姜忽地抬头，眼睛里已是火焰，是那种要把铁熔化的火，咬唇，抡起巴掌，就朝我脸上左右开弓。我没还手。不是害怕。

刘启明说，人有两种本能，求生、趋死。

人到了楼顶为什么容易掉下去？根源可能不是恐惧与害怕，而是人对死亡的渴望。死亡意识在那么一刹那主宰了中枢神经。若想死，又不敢死，理性还在大脑里喋喋不休，人的行为逻辑就会扭曲，呈现出两种倾向：

一曰受虐，二曰施虐。

我激怒许姜时，是施虐心作祟；许姜把我脑袋打得像个猪头时，是受虐心作祟。我的头很快肿得比孙大可的还要大，我没用麻醉剂，可肉体上也丝毫感受不到疼痛。

这是咄咄怪事。

那时的我甚至还有闲心想那位用鲜血在牢房墙壁上涂写着色情作品的法国萨德侯爵；想起还有那个居住在奥地利，每天不被人用鞭子抽一顿就不过瘾的小说家马索克；想起喜欢要求女演员在他面前脱光衣服后，用奶油涂抹她们身体的喜剧大师卓别林；想起了在大街上四处乞求女人打自己屁股的法国哲学家卢梭；想起了喜欢在大庭广众下公开小便的美国第 36 届总统林登·贝恩斯·约翰逊；想起了爱好收集自己每一个恋人私密处体毛的伟大诗人拜伦；想起私生活混乱，沉迷于换妻游戏的，获得过诺贝尔文学奖的伯特兰·罗素；想起了那个认为自己是一头由玻璃制成的狼，决不让任何人碰他，怕自己会碎的法国国王“疯狂的查尔斯”……我不知道脑子里哪来这么多乱七八糟的玩意儿。

但我知道：

我身体里是有怪兽的。

我与体内的这只怪兽彼此豢养。

“我是自然界的一个错误，是一头疯狂的野兽。”我意识到这点。那时我还没读过法国哲学家巴塔耶，要不我准会尖叫出声。就是那个味。我不仅是一个错误，一头野兽；而且这错误与野兽，是我通往“至高瞬间”必经的道路。

在那一个神奇的时刻，人经验里的时间中断了，万物化为虚无，包括狂喜，那种能让人泪流满脸的宗教体验。“存在的真正性质从虚无中涌出”，而这种虚无，是绝对的。

我还说了许多话，当时。现在想想基本就是废话了。可我偏偏记得，清清楚楚。是一种照相机式的记忆。哪怕是屋内的一针一线一椅腿，方位、色泽、大小、材质等，无不历历在目。左边墙壁的书架上放着几排书籍，有一套外国文学名著丛书，还有琼瑶、席绢、于晴与岑凯伦的言情小说，分别占据两排。其中一排是打开的，上面写着“许姜购于潺夏，8 月 17 日”。三本警校的专业课教材，封底印着“公安机关内部发行”的字样。右边是床，一米五宽。床前贴着张学友的画像。床上是粉色薄被。靠窗处是一张桌子。桌上甚是整洁。桌斜上方的墙壁上还装有一个普通人家极少见到的松下空调。墙壁下是一个单人沙发。我坐在沙发上。许姜骑在我身上。噢，我们没再干那事，她在扇我耳光，一边抽，牙缝里一边倒吸着凉气，好像是我的脸把她的手弄疼了。

我呆呆的样子真蠢。对了，沙发上有一小块肉，月牙状，有两厘米长，血流得真多，到处都是。终于，她打累了。瘫在我身上，哭了，哭得歇斯底里。

我的心突突一动。

我好像有点爱她了。

许姜挣扎起身，替我包扎好伤口。她在警校待的那几年没有白混。我看着她的脸，又看看地上的那小块肉。人肉是很滋补的，封建社会常有做媳妇的，动不动就把胳膊上的肉割下来给婆婆煮汤吃。我舔舔嘴唇，很想伸手把这小块肉拈起放入嘴里，生咽下去。看看许姜凶狠的目光，我脱口而出："好吃吗？要不要再来一块？"

我把胳膊举到她的嘴边。我是真心诚意邀请她品尝。《三国演义》里有位少年叫刘安，为了请刘皇叔吃肉，还把老婆当猪给宰了。我请许姜吃我身上的肉，再怎么说，也比刘安强吧。

"要是想换换口味，不想生吃，拿去红烧涮片，也许味道更不错。"我说。

许姜闭目。

她的手指在颤抖。

桌上还有把张小泉剪刀。我把它递到许姜手里，"要是嫌牙疼，就用剪刀吧。"

许姜整个人都在哆嗦，像打摆子那样哆嗦。还有她额头上的汗珠子，也在跳，跳得奇怪，一粒粒，从额头跳到地上。

"对不起。我不知道我为什么会这样。"

“你对不起你妈。你妈怎么就生下你这么个畜生来？你给我滚，我再也不要见到你，你滚不滚？”许姜猛地抄起剪子，嘴里咬着发辫，“畜生，你滚！”

“我不是畜生。我刚才说了，我还没有资格做畜生。”我耐心解释。

许姜的牙齿咯咯直响。在跳舞。

“我讨厌我自己。你若能帮我从这个世界解脱，我非常感谢。若有必要，我现在可以写下一份遗书，我是自杀的，与你没有任何关系。”

整个世界都在扭曲与倾斜中。这个世界是一艘要倾覆的船吗？我不得不扶住墙。

“你以为我不敢？畜生。”

“我知道你敢。你爸与我爸都是畜生。我们都是畜生的孩子。”

许姜又倒吸了一口凉气。

“我爸没有打死我妈。”

“你妈确实是你爸打死的。你随便在街上问问吧。你爸不仅打死了你妈，还害死了几个犯人。其中有一个漂亮的女犯，是粮站的会计。她妈中风瘫痪，没钱买药，她贪污了五百多块钱。她真的只是贪污了五百多块，可你爸要她认两万块。粮站亏空了两万块钱，得全算到她头上。她不肯，你爸就像踢沙包一样踢她的肚子。她是怀了孕的。你爸几脚踹上去，她就血崩了，没抢救过来。死了。”

“你胡说。”

许姜扬起剪刀。

真的，当剪刀穿透衣衫时，我对许姜的爱多了一分；当剪刀刺破皮肤时，我的爱又多了三分；当剪刀抵过肋骨时，我的爱多了十分。我几乎要快活地呻吟出声。我甚至能感受这把钢制剪刀的快活。它割开细胞壁，宛若蛇的舌头，贪婪地吮吸着血，那些还没有流出体外，尚还鲜红滚烫的血。

也许这世上所有的物都有感觉，一把剪刀也有着不被我们理解的生命形式。

喜悦如潮水又迅速退去。但我还是没觉得痛。

我又想起了我的女老师、小羽，还有昨天晚上与我在床上颠龙倒凤的许姜。

我爱她们，是她们重新阐述了我的生命。现在她们要将我的生命拿去，也理所当然。我下意识地抓住许姜的手，那只冰凉的曾带给我无限欢乐的手。

我努力挤出笑容，“深一点，再深一点。”

我不明白许姜的手为什么要拒绝我的请求。她在拔剪刀。她在怕什么？真是可笑。“夫天地者，万物之逆旅也；光阴者，百代之过客也。”这肉身，不过是草尖露。她是受过警校教育的人，难怪还怕手毙凶顽？

李白的诗写得真他妈的好。浮生若梦，为欢几何。不过几千年来，中国就出了一个李白。不可学，一学就蠢。而如我是者，唯一可留恋的，或就是那一撮男女之事。国学大师季羡林在日记里说的，“今生只愿多日几个女人”，这才是平凡生命的真谛。蚕缠、龙宛转、鱼比目、燕同心、翡翠交……这些我都尝试过，很有趣，仅仅是有趣罢了。我已经很倦，就让这些记忆成为句号吧。

我又舔了舔自己的嘴唇。

若生无所欢，死即解脱。

三十八

写字的时候，双眼紧盯屏幕，但我从来就不能在这个奇异的平面上看见一个所谓的真正自己——无非是一些像燕子般一闪而逝的片段、在水面晃动的霞光与云影（让人同时感受到美好与沮丧）。起身到卫生间洗把脸的时候，镜子里面的那个面目阴沉的中年男人，偶尔让我深感疑惑——那是我吗？我会与他对视，甚至有种把拳头揍到他脸上的冲动。冲动是魔鬼。纠结腹谤了好一阵子后，我乖乖回到椅子上坐下，继续敲击键盘。

比如此刻，屏幕上就渐渐浮现出一段话：

我尝过她们嘴唇上所有的蜂蜜与砒霜，我真真切切地感受过，她们是怎样索走我的灵魂与生命，又是如何给予了我甘甜与意义。我曾如朽木，如顽石，如这世上最懂得取悦女子的情郎，如抱柱的尾生、杀妻求将的吴起、戈壁上快要渴死的旅人、割肉饲鹰的菩萨……这些都在我脑海里无数次发生过，在深夜灰暗的墙壁上，化作一个个摇晃的细碎光影。

这些光影是被神打出的一个个手势。

凝视它们——不，不不不，光有凝视远远不够，还得嗅，去听，去调动生而为人的全部，调动舌头、手指、肺里涌动的气流、脑子里彼此冲突的信仰等，我们才有可能真正理解这些光影深处所隐藏着的灵魂。

然后，我们会获得奖赏。

这些人的灵魂，会进入口腔，在牙齿缝里咯嘣响着。吮吸它们，像在炎热的夏天吮吸一根带着巧克力味的冰棒，我们会觉得……爽。对的，就是这个字，爽。大脑会急速分泌出几毫克的多巴胺，这种神奇的物质将把我们带到天堂，一个地面喷涌着泉水、四处开满鲜花、到处流淌蜂蜜与牛奶的天堂。而我们在那时将摆脱所谓的意义（或许可把它称为真理与道路）的束缚，以及所谓的由荒谬与虚无构成的无意义的泥沼，获得真正的姓名，我将成为我，成为一个独立于这个宇宙之外的玻尔兹曼大脑，我将注视着所有的因果，自身却在因果之外……

对了，就是这个玻尔兹曼大脑，一个基于热力学第二定律的假说。一个我目前认为的书写者的理想姿势，或者说状态。

门铃响了，是刘启明带着那个叫丽丽的杏仁眼来了。比约定的时间提前了五分钟。我合上笔记本电脑，拿起抽屉里刘启明早先交来的一沓材料，盯着监视屏里的两张面容。刘启明一脸兴奋。丽丽脸有踌躇，身体有犹豫。不再是红磨坊时的红发波浪，做了离子烫，一副清汤寡水的样子，有点儿职业女性的范儿。丽丽，真名朱璇，云南昭通人。研二的时候，辍学。专业是发展与教育心理学，导师叫朱旋，与她几乎同名。

两个同姓几乎同名的人。

按照上帝的律法，他们是一男一女。

他们中的一个正不惑有余，另一个恰花信之年。

一个是教授，谈不上名满天下，也算见惯世间繁华与琐屑无聊；一个是学子，才开始人生路，眼里有对未来的诸多憧憬。

一个在富庶的江南长大，出身于知识分子家庭，纸墨气息幼时已熏入骨头，一双手温润如玉；一个来自边疆苦寒处，在困窘与缺衣少食中长大，手脚犹有体力劳动留下的众多皲裂。

一个是谦谦君子，号称男神；一个是眉眼未开，羞涩孤僻。

一个刚遭遇一场车祸，不良于行；一个刚敲响校勤工俭学办公室的门，怯生生地站在一片金色阳光里，希望能谋得一份兼职——那是她最美的时候。

在此之前，他们曾见过，像山上的树见过疲惫的旅人。

杏仁眼念本科时，在大教室里听过男教授的几堂公共课。几百人教室座无虚席。大部分是女生，很难区分她们是来听男教授的课，还是看男教授的脸。有女生在知乎匿名吐槽求助，说自己看老师讲课的样子看入迷了，根本听不见老师说了什么，脑子里都是“陌上人如玉，老师世无双”之类的。

男教授有好听的男中音，浑厚圆润。当他开口说话，最平淡无奇的句子也若旭日破晓。他认真讲，学生们认真看，也有认真听的。可真正能听懂他的，从来没有一个。

“我只是在认真地敷衍。”

“我讲的东西只是一些杨柳飞絮。看上去很美，吸入口鼻是要引发呼吸道疾病的。可我只能给你们讲这些。我没有权利讲种子的生长史、苦难史……不是没有权利，是我的懦弱。”

当他口若悬河的时候，这些句子偶尔会在他脑子里砰的一声响，让他的血液停止流动——也让他“在这个神秘停顿的瞬间有了一种异乎寻常的严肃”（女生这般描述他那时刻发生的肢体僵硬）。

所以，当这个奇异的时刻再次降临，当那个与他同名同姓的女学生，突然用一个响亮的喷嚏，打断这段静默，他下意识地说道：“这是深入鼻腔的痒感不由自主地喷发释放。”

课堂里出现笑声，气泡一样。

女学生把头深深地埋下桌椅间。她的脸烫得能煮熟一颗鸡蛋。她知道自己的脸烫得能煮熟一颗鸡蛋。更令她羞愧的是，痒感还在持续。她情不自禁地又打出第二个喷嚏。因为拼命压抑，声音更显得古怪。大家哄笑起来。这是一个富有喜剧色彩的短暂而又混乱的时刻。

幸好，下课铃声及时响起。

背着书包的同学从她的座位两侧涌过，有如潮水。这让她晕眩。她抓住桌沿的指节发了白。她觉得身下的椅子随时可能被水流冲垮。她对自己的鼻子说:“你有本事再打第三个，我就把你割下来。”她还是打出第三个喷嚏。她眼泪汪汪地抬起头。

男教授踱到她身边，递过来一张手帕纸，是心心相印手帕纸，松软白净。他对她报以温和的笑容，什么也没说，就离开了。

他还不知道她的名字。不过这没关系。

世界静止下来。

女学生用手帕纸一点一点擦掉腮边泪水，又把手帕纸折叠好，折成一只鸟，放在桌子上静静地看了半晌。她感觉到有某种东西在“心灵深处”生长。她还是第一次感受到藏在身体里面的“心灵深处”。好像很小,比针尖还小;又似乎很大，能把整个肉身罩住。这个史无前例的事件让她有点儿不知所措。痒，不再困扰她了。

她满脑子都是“我是怎么了”？

她忽然发力，推开桌椅。她对自己说：“我是哪吒，妖魔鬼怪我不怕。”她没来由地想起小时候看过的一本连环画。神听见她对自己说的话，从云层深处投下一束光线，给她穿上一层淡金色的盔甲，还给她脚下装上两个风火轮。“我是哪吒”，女学生匆匆往食堂奔去，嘴里继续哼着“鬼怪妖魔我不怕，呼呼呼呼唰唰唰唰”。女学生不知道的是，当她端着食物坐下来的时候，一辆倒霉的渣土车撞倒男教授，不早一秒不晚一秒——如果她不打那几个喷嚏，男教授一般还要在下课铃响后再讲上十分钟，又或者说他当时不走到她的课桌前递上这张手帕纸，他也不会被车撞倒。

这没有什么可遗憾的。

现在男教授能允许自己一个人待在那个堆满书与笔记本的房间里，坐在轮椅上心满意足地待着，谁也不见——事实上随着时间流逝，也没有多少人来见他，包括他前妻与在海外负笈求学的儿子。那些花枝般的女学生，短暂的惋惜后，很快就把昔日的男神抛于脑后。

生命的火焰本该如此慢慢熄灭，最后不留下一丝痕迹。

这才是一个人把自身尽数归还世界的正确方式。

一个秋风沉醉的夜晚，男教授拉开幽闭多日的窗帘，让月光泼亮房间。

这让他热泪盈眶。

他开始整理多年积攒下的文章。其数量之多让他也为之咂舌不已。小部分是发表过的。大部分则匆匆写完即被束之高阁。还有更多的断简残章就直接写在书的字里行间。男教授不断地想起撰写它们的诸多片刻，有些是美好的花瓣，有些是痛苦的如被宰杀的鸡鸭，有些是一块内有食肉动物利齿的琥珀。

“我这一生没有虚度。”坐在轮椅上的男教授，费力地在纸张间搬动自己，意识到一个问题：他需要一个助手。只有一个足够心灵手巧的助手，才能短时间内整理好它们，让他得以完整地浏览自己的过往所有。这样他在销毁它们之前，就不会留下任何遗憾。

他拨打了校勤工俭学办公室的电话，提出申请。

一个清瘦男生冒雨送来相关资料。

他的手指在她的资料页停留下来。他们有一个几乎一样的名字。

“就她吧。”

女学生来到男教授家里。

为便于称呼，他叫她小朱，她叫他朱老师。她希望他能一眼就认出她就是当日那个连打三个喷嚏的女生。他显然是忘掉了。他希望她叫他老朱。所谓师者，传道授业解惑也。他觉得自己是不配这个称呼的，不配待在这样一个居高临下的位置。况且老与少是一种极富有生命美学的奇妙对称。他说过几次，她总是改不了。他佯作生气发怒，她的眼里一下子就溢满泪水。

“女性果然都是泪水做的。”他只好由她去了。

朱老师也无非是一个人称代词。

他安慰自己。看着埋首于书案前奋笔抄写的小朱，心神恍惚。小朱与前妻的容貌并无相似处，一个是丹凤眼，一个是杏仁眼，一个是瓜子脸，一个是圆脸，一个是希腊鼻，一个是罗马鼻……她们显然是不一样的，尽管前妻与她一般大的时候，也是这样纯洁无瑕，通体发光。

“女孩儿未出嫁，是颗无价之宝珠；出了嫁，不知怎么就变出许多不好的毛病来，虽是颗珠子，却没有光彩宝色，是颗死珠了；再老了，更变得不是珠子，竟是鱼眼睛了。分明是一个人，怎么变出三样来？”

他望着她光洁的额头，差点脱口而出。

不管她有什么样的回答，他都不会诧异。他与前妻就这个问题有过从深夜持续至黎明的辩论，最后他不得不用自己的嘴堵住前妻的唇。

他还记得那唇上曾有怎样的甜。甜是会让人上瘾的。太多的甜也是会让人心力衰竭的。他叹口气，他想喝一口不加糖的咖啡，想了想，还是把这句话重新咽了下去。

埋头抄写的小朱没理他。她的心神全部沉浸于他的文字里。这是一个多么广袤动人的奇异世界啊。极北处，有高耸入云连绵不绝壮阔辽丽的雪山。不是所有的雪都有着一个同样的发音。刚飘落的雪，最是松软，叫 ATN；苔藓上积的雪，叫 AWE；挂在树梢上的雪叫 AYI；最神奇的是山之巅的雪，叫 APYU，据说把它煮水喝下，就可看得到灵魂在体内的样子。

极东处，是海。海尽头是一扇门。不知道这门是由什么材料构成的。原本墨绿色的海水在涌入门后化成了一道道五彩光线。把门推开的旅人，能踩着这些光线编织而成的桥，抵达宇宙中的任何一颗星辰。

极西处有沙漠。只有对统治这片沙漠的神（它没有名字与任何形象可言，又确实存在）有着最坚定信仰的幸运儿，才有可能在某个月圆之时成为这片沙漠中的一粒沙，并随着沙丘的流动，来到世界的中央。

“极南处呢……”

小朱搁下笔，怔怔地望向老朱。这个声音把她吓了一跳。她意识到自己在提问。她有点慌，害臊，又想赶紧低下头，却发现这一下已扭伤脖颈。

疼。

他凝视着小朱白天鹅似的修长脖颈。这是她与前妻的第二个共同点。他叫她别再乱扭动，以免造成二次伤害，又从枕头下方找出一贴膏药。

膏药是前妻遗下的，是他买给前妻治腰肌拉伤的。这么多年，已失去药效。小朱还是疼，坐也不是，站也不是，眉蹙着，嘴半张着，唇湿漉漉的，声音带出一点哭腔，“我怎么这么倒霉啊”。

“还是去医务室吧。”他提议。不无歉意地拍动身下的轮椅。

他瞥了一眼窗外。外面，大风大雨。

“衣橱抽屉里有瓶红花油，你拿过来，我替你揉揉。”

他也这样替前妻揉过。不同的是，前妻的肩似削成，滑若凝脂，像一首宋词；小朱的双肩略有高低，右肩上还有老茧，顶多能让人想起“锄禾日当午，汗滴禾下土”。也不对，还有“锄禾日当午，清明上河图”。一个污段子在他脑子里咕噜响了一下。他苦笑起来，苦笑也是笑，久违的笑。他的手指在小朱脖子上找到痛点。

她跳了起来。

基本上是她说，他听。

她说肩膀上的老茧是挑担子磨出来的。

“要挑谷去镇上卖，才有学费。要走十里路，沟沟坎坎，磕磕绊绊。

“十里路上尽是桃花。现在想想，真是太美了。美得妖孽。当时不觉得，就觉得那些桃子不好吃。

“我家住在桃花深处。我爸就在桃花林里打我妈，像打一条狗。用碗砸，扁担抽，烧火钎子捅。我妈的门牙被打掉，我爸还抓着我妈的头发往石头上撞。桃花沾满我妈血糊糊的脸。我躲在柴堆后，不敢哭出声，眼睁睁地看着我妈挨打，身上没有一点力气，心里祈祷能有一个桃花神出来一巴掌把我爸打死。

“我好想念好书，以后找份好工作，让我妈再不挨我爸打了。

“我妈说她迟早会被我爸打死的。

“我知道这是家暴。我知道咱们国家有一部《妇女权益保障法》。我去镇里找过妇女主任。我爸回来后就直接跳到床上踩我妈的脸，床塌了，还接着踩，还用力踢。我妈被他踢得嘭嘭响。我从镇里喊来警察。警察把我爸捉去了，关了三天，再放回来，我爸就躺床上不能做事了。这是为民除害，我都想给派出所送一面锦旗，可我妈说是我害死了我爸。我不服气，与她吵。我妈拿笤帚打我，就像我爸当初打她一样。

“我明白我妈心里苦，站着一动不动让她打。我妈不打了，拼命哭。我都不明白这有什么好哭的。我知道我妈在担心什么。我对躺床上不能动弹的我爸吐了一口唾沫，就回县中了。那时我在念高二。我对班主任说，我不再寄宿，去住亲戚家。我问同学借了点钱，买了口红，还有一条超短裙，沿街去问街面上的服装店要不要兼职卖衣服的。

“白天我努力学习，晚上我努力赚钱。我挣出了生活费，挣出了学费，还挣出了考上大学后的路费。老师，我是不是很厉害？

“老师，我骗了你。我没这个本事赚这么多的钱。钱是班主任给的。他很喜欢我，说我一定能考上985。他是对的。我考上了，可我现在都有点想不起他的样子。老师，我不明白我为什么要对你说这些。我心里很难过。这种难过又让我有点欢喜。

“老师，我刚才还骗了你。其实我爸不是从派出所回来后瘫床上的，是我在他喝的粥里下了杀虫剂。我觉得我爸是知道粥里有农药的，味道那么大，可他还是端着碗呼噜一下喝掉了。我爸鼻子里流出血，我妈慌得去找医生。可我爸不让，说这样死掉了也挺好的。我爸如果真这样死掉了确实也蛮好的。可他偏不死，偏要瘫床上，把我妈累惨了。”

屋内有少女嘤嘤的哭泣声。

现在她的脖子已经不那么疼痛。

男人为自己的推拿手法不无自豪。他在一片红花油的气味中依稀嗅到少女头上发丝的清香。他大致明白少女为什么要说这些。他挠挠鼻子，想起少女打过的那几个喷嚏，想起“痒”，想起他多年前对前妻说过的一段话——

“我说的话，甚至让我吃惊。不是因为对话术娴熟至极的本能运用，也不是因为这些话里面包含多少知识与诚意，而是这些话在飞出口腔（这个奇妙又湿润的空间），碰触嘴唇时所带来的那种瘙痒感——越痒越想去蹭，口腔生产的句子就越多。很多时候，我都不知道自己在说些什么，纯粹就是蹭痒而已。

“偶尔，这种类似于动物发情的行为，也能帮助自己发现另外一个过去全然未曾意识到的自己。飞出口腔的词语越多（尽管它们毫无意义，犹如一团团蚊蠓——哪怕有人声称自己确确实实在这群蚊蠓中看见上帝的面孔），身体深处的某种毒素好像也就随之排泄出去了，内心开始稳定，变得清澈。那些原本模糊不清的，摇晃不定的，就在‘内心深处’慢慢地显示出它们本该有的面貌。

“当然，也许这与内心毫无关系。蹭痒就是为了某种生理性的满足，既单纯，又美好。类似情人纤细的手指在嘴唇上滑动时所带来的欢愉。”

世界一片寂静，潮水反复响起。

天空的蓝，在远方，轻轻拍打了一下地球。

光影不再晃动，

在这山冈上。我是这世上所有的山冈。

鸟的羽毛掠过脸颊，

我想起曾经的，与即将逝去的遗忘，

一种微微的痒。

几个句子像一连串的气泡，从他喉咙里涌出。他有点晕眩，突然意识到，他的手与少女的手不知何时已抓在一起。少女纤细而又粗糙的手指。

他俩不约而同地静默下来。

少女的身子是僵硬的。

他的身子在一点点地变僵硬。

窗外的月亮又大又圆，不是泪滴，倒像是通往另一个时空的洞。风闯进屋，把桌上一本书翻开几页，又把书中夹着的一页便笺扔到被褥上。

月光照着这页便笺。便笺上的字迹像要在月光中浮起。这令他有点恼火。他想用脚尖踢开这些字。等大脑下达命令后，他才想起自己的双脚已经不听大脑指挥。他笑起来。不是苦笑，如释重负的笑。便笺上的字是他在前妻离开中国的那个夜晚写的。

他能背得出：

妻子喜欢通过沉默来表达自己内心的情感。丈夫不懂得察言观色。准确地说，这个性格鲁莽的男人没有这种审美能力。他对此心知肚明。为了掩饰自己的无能，他就挥动拳头，把妻子打得开口求饶为止。

有一天，妻子下定决心，发誓：哪怕丈夫把自己打死，也不开口求饶。

当丈夫再一次挥舞拳头的时候，妻子突然发现一个事实——她完全没有必要，把内心的情感浪费在眼前这个咆哮着的愚蠢生物上，哪怕是一微克。这是对自身的轻蔑，是对自己的犯罪。

妻子想明白了这点，转身就离开了家，丢下了那个可怜又可笑的，正在徒劳地与自己的无能进行搏斗的男人。

“我是这个无能的男人啊，既鲁莽，又懦弱。”

当女孩柔嫩的脸颊朝男人慢慢倾斜，他松开握着女孩的手，咳嗽一声，挺直胸膛，“想不想听老师给你专门讲一个故事？”

他的男中音真好听。女孩睁圆了杏仁眼，如在旭日破晓时看见万千云霞。

他说的故事里也有两个人。

一个是精神濒于崩溃的男教授，另一个是从边地考入这所著名大学的女学生。教授遭遇车祸后卧床不起。勤工俭学的女学生兼职去照顾教授。手脚麻利的她一边收拾着房子，一边给教授讲述自己老家的风土人情、奇闻逸事。

她讲了许多个天真而又烂漫的故事。男教授始终沉默地听着，一言不发。偶尔用一些最简单的肢体动作，来表达一下自己的需要。

女学生对男教授各种照顾，渐渐发现不对了。她觉得自己在男教授眼里面看见了傲慢与冷漠，看见了嘲讽与不屑。她被这种眼神激怒，感觉到自己被羞辱。她开始折磨男教授，期待他对自己的言行给点反应，轮椅上的男教授依然一言不发。

就有一天，失去理智的女学生，把男教授从阳台上愤怒地推下去了——在推下阳台的一刻，女学生恍恍惚惚听到男教授说的三个字，“谢谢你”。

我睁开眼，笑了起来。“谢谢你”这三个字的用法还真是多。上帝对待他的子民也真是充满恶意。朱旋跳楼死后，朱璇辍学了，消失在茫茫人海。茫茫尘世少了一个搞心理学研究的叫朱璇的女学者，多了一个叫丽丽的卖笑风尘女。刘启明准备的这份尽职调查还真是别出心裁。刘启明的恩客怕是当不成的。能救她的，只有她自己。很有意思，她的脸庞依稀有李芳的模样；她也姓朱，与我小时候的同学朱明霞同姓；她沦落风尘的动机，与小羽有异曲同工处；她的疯狂与歇斯底里近似许姜；噢，她的肉身与我的女老师一样，都能把人带入“仙境”。她的体内是否还有鹿野的天真与执拗，以及吴情的那种美人蛇的妖娆诱惑？

我的目光在对面墙壁上那幅曹操的《短歌行》上稍作停留，顺手把材料搁回抽屉，提高声量，“进来”。

三十九

“你是怎样说服孙大可的？”

这是我的第一个问题。朱璇的回答就两个字：催眠。

这个太有意思了。我看过太多关于催眠题材的电影与小说，在各种光怪陆离的场景里，催眠师打着响指拨弄着钟摆，就能随意操纵人的心智，让被催眠者做出种种匪夷所思，有悖常识常理常情的事，像魔法、仙法、妖法。在我的一贯认知里，这与捏着桃木剑的道士嘴里呼喊的“太上老君急急如律令”没区别。

看过一本书，忘了是什么名字，一个勇士被派去敌方阵营刺杀一名敌寇，不幸失手，被俘，成功越狱，杀掉敌寇，回归后成为英雄，获得擢升。随着情节的层层推进，读者才发现，这名英雄在被俘时已被深度催眠，只要敌人来人打出一个特别手势，他即无条件地接受其指令，成为一个可怕的特洛伊木马。死掉的敌寇，是抛出的饵，是苦肉计。男主至死也没有清醒，为了完成敌方交代的任务，不惜杀掉了他最心爱的妻儿。这是一部令人不寒而栗的小说。我一直是把所谓催眠当成洗脑的隐喻来看的。没想到现实生活中，还真的有人声称自己不仅懂得，还能运用。

我咧嘴微笑，纯粹脸部肌肉动作。

刘启明知道我的脾性，赶紧打岔，让朱璇别胡说八道。朱璇接下来说的话做的事，还真让我大开了一回眼界，个别时刻倒吸一口凉气。她让刘启明脱去外套，摘掉眼镜、手链等杂物，现场给我表演了一回“人桥术”。用很淡漠的口气表示，有些东西在外行看起来很高深，本专业领域的人看起来却很普通。比如催眠。这个“人桥术”是催眠中最简单的，路人掌握流程后，反复练习一段时间，也能表演。但电影与小说中那种神奇的催眠是不存在的，催眠不是魔法棒，不是仙人手指。

朱璇催眠刘启明的样子与她在红磨坊的烟视媚行是两回事。人是一个社会性的动物，变色龙，在一个什么样的环境就呈现一个什么样的人格。不过，我喜欢。

我拍了几张照片，供清醒过来的刘启明看。刘启明目瞪口呆，抓耳挠腮。若非我在场，这个狗东西恐怕会一把掀起朱璇的裙子，探究真相。

催眠有这么大的效果吗？

朱璇的回答是，真正的催眠肯定不能在短短数分钟内就控制人心智，甚至起到驱使被催眠者去杀人或做出危害自己的神奇作用。一言以蔽之,“暗示与诱导”,放大被催眠者内心的渴望与恐惧。如果配合麻醉剂使用，效果更佳。更重要的是，孙大可不是一个意志坚定的人。她是抱着姑且一试的心态，没想到效果出奇的好。说到底，孙大可是吓破了胆。一个胆气已泄的男人，让他学狗爬，不难。

说到“不难”两字时，朱璇嘴角上撇，眼里有不屑。

难怪丽丽姑娘是红磨坊的红牌。我是捡到宝了。她的眸子里似乎有一层绿，不，不是一层，不是小羽那种，而是针一样的，一闪即逝。

我的第二个问题是，“你想要什么？”

肯定不是打死她爸，或者给她妈买个大房子。她辍学后，她爸吐血死了，她妈不久也病死了。她一个人孤零零地活着，活在这个孤独的星球上。这种原生家庭在这块土地上的数量，比海边的沙子还要多。但懂心理学的丽丽只有一个。不，从今天开始，不再有丽丽，只有朱璇。我笑眯眯地看着她。如果只要钱就好办了，我甚至愿意买下红磨坊，给她一定股份。21 世纪，人才最贵。她需要钱，不贪婪，来红磨坊上钟的次数，是三天打鱼两天晒网。不上班的时候，有两个爱好，一是家里蹲，看书，睡觉；二是在街头闲逛，拍照，主要是拍人像，陌生人的面庞。尽职调查里有一摞她拍的照片，基本是黑白两色，对普通百姓的生活有很精准的捕捉，具备富有艺术性的感染力与表现力。如果她不离开学校，沿着那个学术体系走下去，是有较大概率成为一名好学者。但她不想要那样的生活。她迷失了。她在寻找自我与存在的意义。她所面临的并非生存上的困惑，也不是现代意义上那些知识性技术性的难题，而是作为“人的生命”所必然要面对的那些终极性的问题。这些问题，无解。

伟大如佛陀，亦有十四不答。

“看过《老妇还乡》吗？”

“看过。”

“说说。”

“从爱的角度来看，算是对激情的自我惩罚吧。”朱璇舔了下唇，选择着词语。显然这是她曾熟悉的，又被她刻意遗忘的说话方式。

“她杀死了他，杀死了那个曾辜负她的人。这不是解脱。复仇所带来的狂喜之情很快消失，世界在她面前越显狰狞可怖。激情之爱犹如飓风，这是一个我们都知道的比喻。飓风来临，把根植于日常的人连根拔起，世界再也不是他所熟悉的那个了。他飞在空中，飘飘荡荡，万物颠倒。他成了一个诗人。洞悉了这个世界的另一面。但,这个‘但’字总是要出现的……很快,他摔落地面，泯然众人。”

她越说越流畅。我哈哈大笑。真正欢畅的笑。这可真是酒逢知己。难怪钱谦益要娶柳如是，陈寅恪还要写本《柳如是传》。

朱璇是聪明人，没有几个人能够在这本书中看到“诗人”，更毋论随之而来的“泯然众人”。这就是生命的轨迹，如抛物线，在空中划出一条优美的弧，紧接着，下坠。没有任何力量可以改变。哪怕万有引力也不行。因为这才是生命最动人的地方。

这个地球上99%的人不具备她的智商。大多数两足无羽生物，只是按照一小撮人提供的观念，不假思索地活着。他们是旅客，在一辆于悬崖峭壁间，不断加速奔驰的高速列车上。当大多数旅客坐在沙发上，舒适又愉快地谈论养生美食房产股票黑幕公案奇闻逸事，也悄声诅咒密室权谋、黄宗羲定律、彼此的脚臭时，不超过他们总体数量1%的旅客起身拉开车窗窗帘——他们震惊了，本雅明说的那个“震惊”。

显然，这个1%中的大多数人会被这个“随时可能掉下悬崖”的现实击溃，接着视而不见，说外面那些壮丽又危险的风景，不过是一幅悬在客厅里的油画。只有一小撮，他们中的一小撮会想去搞明白这个“随时可能掉下悬崖”的现实到底是怎么回事，从哪里来，往哪里去——“往哪里去”，是不确定的；从哪里来，是可以知道的。

面对着这样一个颇富有危险意味的未知景深，这一小撮人中的极少一部分，会沿着人类几千万年进化所形成的深层心理结构（经典铺出的路），走出那个六角形的图书馆，披荆斩棘一路前溯至“人”起初动身的地方去，寻找篝火边的童话、岩壁上的古老神话、山洞里的民间传说、树荫下的原始风俗与寓言，以及一些尚未被文明与道德观侵蚀的人物原型等，即秘索思，一个科学与理性的对立面。一个迥异于逻各斯的认知方式，来重新理解世界与我们自身的奥秘，用心灵而非理性，去重新感受那些曾被我们称之为原始的、神秘的、本能的、感性的东西。

所以她来到了红磨坊。她的出走与小羽不同。

我突然深深地理解了眼前这个女性，理解了她肉身里藏着的那个痛苦灵魂，理解了她的放荡不羁，乃至纵身为妓。这种痛苦远比我认识的任何一个女人，也包括教我从艺术层面认识人之一生的女老师所拥有的，更具有一种让人心醉神迷的深刻性。

“这些年，我总在想一个问题，即什么才是真实的生活？”我起身给朱璇沏了一杯茶，是祁红，三千元一两。她值得。刘启明的眼睛顿时放了光，涎着脸也想过来讨一杯喝，被我一瞪眼，乖乖旁边落座。

“我们都清楚，大部分人，包括众多著作等身的作家与一幅画拍上千万美元的艺术家在内，他们都活在一个伪现实，一种虚假里。伪现实是一种选择后的偏见。在视觉效果上会更精致，不管是贩卖幸福，还是贩卖苦难。这个我们都懂。但什么是真？

“看见了这只茶杯吗？一个简单粗暴的标准。真的，它必定包含自身的对立面。这只茶杯与茶杯的阴影加在一起，才是一个相对完整的真实。只是相对完整。若有可能，还得要有能力看见把这只茶杯放在你面前的这只手。

“这些年，我一直好奇的是人、事、物三者，痴迷于情、理两字。这有两个方向，一个是朝外打开，去阅读这世间，梳理人的行为逻辑，猜想他的意识，以及那不为他所知的潜意识；另一个是向内的，不仅是一个不断发现与认识自我的奇异旅程，也是一个自我的旁观者与审视者，所以我说我是我的敌人。

“基于此，我越来越意识到，人世这条河流，不，是湍流，一个极复杂的生态链，必定有着常人所以为的势利冷漠与残酷无情，这套生态链才能吐故纳新，有效运转。它是不惮于碾平磨碎任何人的。我是说任何人。越是天才的血肉越是必须。这是祭品。

“什么是真？被我看见的，随之与我的生命发生了某种深刻关系的。生命，对的，我要说的就是这个词。这种真的生命必定具有某种原创性的表达形式，是一个正在发生时，是对太阳底下无新事等陈词滥调的讥嘲。它可以被工具理性所建模、丈量，甚至结构，但它的核心却是一团非如此不可的本能冲动。如坚硬的刀子，撬开了这个四维时空。”

我说口渴了。我喝水。我喝不出三千元一两的祁红与三十元一两的祁红有什么区别。这是一个关于身份的游戏规则。我在游戏里，不能例外。我瞥了眼端着茶杯若有所思的朱璇，把茶叶罐推至一副馋相的刘启明眼前。

我明白这馋从哪里来。有一定的表演成分，更多是心瘾，对所谓美好事物的贪婪与占有欲。刘启明如获至宝，一把捧起罐子往怀里塞，“谢三哥打赏”。

我指指朱璇道：“她是人才。你发现的。该赏。”随手拉开抽屉取了一根百克金条扔在他面前，“拿去喝茶”。刘启明眉开眼笑，起身鞠躬，再鞠躬。我赶紧制止，“他妈的，三哥还没挂墙壁上呢，别给我来这套。”

“我这是替三哥高兴呢。三哥又找到一匹千里马。”刘启明去搂朱璇的腰，“丽丽，快说，三哥问你想要啥子。”

刘启明就是这点好，识眼色。不过搂这个动作不好，也不该叫丽丽。

朱璇拍开他的手。

她起身，目光有点迷茫。好像是在看我，又好像是在凝视着我体内的魂灵，又或者说是在看着某个不可名状处的高维生物。

“三哥，我想要你。”

刘启明的脸色瞬间白了，在扭曲变形，像个小丑。我皱皱眉，把腿架在办公桌上。摸出一根烟，点着吸了。闭上眼。屋内一时死寂。我都听见他俩心脏在腔子里的跳动声。朱璇的心脏要小些，轻些，正以每分钟 190 次的频率高速跳动。她知道自己在说什么吗？

一个红磨坊的婊子。

“三哥，刘启明把你写的书给我看了。这是我今天来这里的理由。”朱璇舔舔嘴。她未被脂粉覆盖的脸庞颇见清丽，鼻翼边出现细小汗珠。她高潮时鼻翼边会出现这些汗珠。我看见过。我想起来了。很迷人。是清晨草叶上的露水。她在交欢时会努力与客人一起追求高潮。她不是一个真正的婊子。婊子不会这样做的。

“三哥，我能帮你真正完成这本书。它还没有写完。你知道的。我会是你最好的女人，没有之一。你知道的。”

朱璇说了两个“你知道的”。我确实知道。

不，她要的不是我，是三哥。

还是不对，她要的也不是三哥。脑子里有贝多芬《命运交响曲》轰然响起。她会是其中的第几个音符？

四十

我睁开眼。

天花板是白的，荧光灯是白的，墙壁是白的，床单是白的，枕头是白的，走来走去的护士是白的，我胸口上的绷带是白的，坐在床头的小阿姨脸色也是白的，连从窗户外飘进的阳光都是白的。

不是一样的白，各种各样的白。雪白、米白、灰白、苍白等等。

白是一种包含光谱中所有颜色光的颜色，宛若上帝。在它前面加了一个字，就是在上帝嘴唇上加了两撇胡须。这很滑稽，令人忍俊不禁，想捧腹大笑。白的东西，特别容易脏。我都能嗅到这些白枕头与白床单下的沤酸味与死者魂灵的腐烂味。

上帝死了。这是尼采说的。老鬼被黄志强刺中胸脯的那天，我嘴里鬼使神差地冒出过这四个字。余招福很诧异地问我说什么。我说没什么。那时的我根本不知道这四个字意味着什么，根本不清楚地球上曾有过一个在都灵街头抱着一匹老马号啕痛哭的德国人。我是在部队里看到那本《悲剧的诞生》，那个被誉为西方现代哲学奠基者对着世界挥舞的拳头。疯癫与死亡对他来说是最恰如其分的结局。我是多么迷恋那本淡绿色小开本读物啊，这是两记凶猛的下勾拳，结结实实击中下巴。

我歪着下颌，在剧烈的疼痛感中，无比诧异地发现脑子里的两个小人儿。他们在打架。一个能够提笔给陌生女人写信，厚颜无耻地说“从今天起，我就是你儿子”；另一个是逼着新兵去骂余招福是吃母猪屄的。两个小人儿额头上还有名字，金光闪闪的字。

一个叫阿波罗，另一个叫狄俄尼索斯。

一个脸若重枣，胯下黄骠马，拿一对重二十余斤的瓦面金锏；另一个面如黑炭，骑乌骓马，执水磨竹节钢鞭。

这分明是小时候百听不厌的《说唐》里秦琼大战尉迟恭的章节。我目瞪口呆。眼睁睁地看着秦琼身形趔趄，且战且退。秦琼这是要被尉迟恭干倒了？这还有天理吗？

酒神狄俄尼索斯驾着五彩祥云从空而降，一个跟斗从秦琼头顶的百合穴扎了进去。秦琼哎呀一声叫,双腿夹紧马腹,人马直立，回头望月，就是一记撒手锏……我狂笑出声，捏住余招福的两只耳朵大声吼道：

百万军中取敌寇之首，如探囊取物；要论勇猛彪悍，在秦琼面前，关云长算个毛啊。咱们要尊重历史好不好？还有，锏是鞭的升级版。这是科学，懂不懂啊。

余招福是一个王八蛋，原来动辄摆出一个戴绿帽子的关羽的造型。那个死了儿子的女人到军营来过一趟后，王八蛋换姿势了，没事就学她说话的腔调，捻兰花指，“我的儿呀，我的儿呀。”看在他是我多年同学一同入伍的分上，我先没动手。他还以为我是可以被他肆意调戏的,在各种场合也捻兰花指。是可忍,孰不可忍，我一个背摔，骑他胸口上，几记耳光过后，他才老实下来。

还真贱。再不敢说我闲话。平时见我眼神都是躲着的。

我盯着小阿姨苍白的嘴唇。这张唇上也曾有渴望被人含住的娇嫩欲滴。

“醒了？”小阿姨问我。

我没作声。这是明知故问。

“我要尿尿。”我说。

我想动，胸口一阵剧痛，眼前一黑。“别动。就尿盆里。”小阿姨扶住我靠稳床头，从床头柜底下拿来一个搪瓷茶杯塞进被褥，脱下我的短裤。滚烫的液体从体内喷涌而出。一些尿液溅到小阿姨手掌上。她脸上没有丝毫不悦，目不转睛。小阿姨也曾此般侍候过我爸尿尿吗？是否存在着一个尚未被人类所发现的隐秘方程式，能够回答这个世界那些注定不会再有人提起的问题？小阿姨薄唇上的苍白布满细小的裂痕。

我在许姜唇上见过这种让人心碎的裂痕。

“饿吗？”小阿姨温言问道。

“不饿。”

“不饿也吃一点吧。”

是皮蛋瘦肉粥，还搁了我最喜欢吃的酸豆角。放在保温桶里，温热的。小阿姨的手又冷又硬，又干又细。如果我没有记错的话，小时候，她刚到我家里，这双手光滑如玉。那时候的我，多么喜欢把脸蛋贴紧她的手掌啊。尤其是生病的时候，她把手轻轻覆盖在我额头上。那是最好的药物，最大的恩典。为此，我不惜赤脚，在雪地里来回奔跑。

小阿姨，你为什么要这样不明不白地待在我爸身边呢？

他是一只畜生，配不上你的。

眼角有一点湿润。得忍住。别说忍字是心头上插一把刀，就是插十把，一百把，那也得忍住。我无法理解小阿姨与我爸之间的关系，就像小阿姨无法理解我与许姜的关系一样。她脸上有掩饰不住的疲惫，还有费解。她认为小羽死后，我浪子回头了，没想到我竟然弄这样一出，还差点去见了马克思。噢，我是没有这个资格的，我爸有，秃头吴有，许国泰有。也许我该向他们学习，这样就能早点去见马克思。

对了，许姜与李芳也是党员。这可真让人头疼。

“许姜呢？”

“她挺好的。你别多想。好好休息，早点出院。”

小阿姨的话一向简洁明了，她鬓角有着两根白发。刺眼。我皱眉。

“又疼了？”小阿姨俯过身，眼里是明明白白的关切。

“不疼。”

我是想说疼的，不是胸疼，是心脏被刀劈火烧。我其实很想一头扎入小阿姨怀里，像一个做错了事的孩子，一头扎进母亲的怀抱。可我不能。这个“想”字已经令我万分羞愧。我重新蜷缩到被子里，身体下意识地摆成一个婴儿的姿势。

这些白，是不是我在母亲子宫里的羊水？

“她为什么要拿剪子捅你？你给阿姨说，阿姨替你做主。我就不信那个许国泰敢骑在咱家头上来。”

阿姨没看我，看窗外的淋漓秋色。

“你们是怎么搞的，我不明白。你们之间到底有什么深仇大恨，把一场好端端的恋爱谈成这样。

“许姜是一个好丫头啊。她小的时候我还抱过的，多乖的一个囡儿。当时我就给老许说，长大后给你当媳妇。听到你们谈恋爱了，我可高兴了，还喝了一杯酒。

“三儿，你心里苦，我知道。你有什么委屈，别老憋着，对阿姨说。阿姨也许做不了什么，可你说出来，心里会好过一点的。

“你爸气坏了。说要拿刀劈死你。”

小阿姨轻言细语，慢条斯理，像在与我说话，又像在与一个看不见的亡灵对话。我想哭。她的面容与语气皆是波澜不惊的样子，但她这些话语的内容却能扎心。我是多么希望她能在这个时刻保持缄默啊，这样我还能像个木乃伊般继续躺下去。她每说一字，我心中烦躁便增加一分。我知道我的罪，我知道我的罪高过头顶。我若把我的恶与疯狂，如实全盘托出，小阿姨看我，应该是看一只怪兽吧。

我抬起头。

像一头濒死的怪兽抬起它流血过多的头颅：

“我爹有没有一时激动，从躺椅上站起，从此可以直立行走？”

小阿姨的眼泪掉下来，“作孽啊。”

我沉默下来。作孽？佛也被人手捏。作孽，怕也只是诬蔑。

爸爸，为什么我会这样？我恨你。

小阿姨走了。

一只秋蚊子飞了进来，悄无声息地盘旋一圈，落在我脸颊上。我没动，连根手指头也没有动。脸颊上有微微的痒，有一个伤口在不断扩大，像是水面的漩涡。我希望这只蚊子能把疟疾、乙脑、登革热、黄热病这些疾病传播到我体内。

我闭上眼。

当我死时，我听见一只蚊子嗡嗡叫

房屋内悄然无声

如同自然界中没有雷雨交加

万物寂静无声

泪已干涸

呼吸渐渐有力

只为这最后一次开始有上帝佐证

就在这间屋里

我愿将我的赠品转让

我所能分配的

部分，就是一只贸然闯入的蚊子

它的翅膀呈蓝色，飞起来嗡嗡作响，摇曳不定

在光明与我之间

接着窗户消失，再接着

我一无所见

这诗不是我写的，之所以会想起，是因为我在未醒来时，确实听到一只蚊子在耳边嗡嗡作响。写下这首诗的艾米莉就是这只蚊子，她一次又一次行走到死亡边缘，再折回，在文字中记录下的，乃是死的真相，即一无所见。

唯有“一无所见”，才可能接近那个超脱了世间万象万有后的客观存在，是自那块“用人生的诸多碎片连缀成的织锦”上的一跃而起。那一片凝聚，同时包括最深刻的洞察，各种让人捧腹的死亡方式，日落时树木投下的长阴影，等等。

唯有“一无所见”，人才能得所见。

我喜欢这个逻辑。我在黑暗中噼里啪啦地敲打着屏幕，近乎疯狂。一束微光自不可名状处射来，照耀我脸庞。我是多么热爱

敲打这个动作，像僧敲木鱼，无家可归者敲击着那一扇扇紧闭的大门。这个敲击之声会把我带入到一片纯粹的黑暗中。

这黑暗是寂静的，是无法再往其中填充任何一个事物的，哪怕一个词语，也不行。

我在这黑暗中沉睡已久，而今醒来，在这黑暗中行走，如行走在绵延逶迤的山脉。我不是那救世的圣者，也不是那要灭世的狂徒。眼前诸般奇景不再使心魂有丝毫摇动，从那些被拉下神坛的原来高不可攀之物上踩过，从那些原先为人不齿的如今被奉若神明之物上踩过，从被废弃一地的上面写满仁义道德的面具上踩过，从一个沐猴而冠者的头顶踩过——我喜欢这个踩字，不紧不慢，是身体该有的节奏感。

“大夫，你跟我老婆上床完事儿后，告诉我一声！”

巴塔耶。啊，就是这个名字。

巴塔耶的父亲疯了，当巴塔耶从镇子里请来医生，这个疯子用不带任何感情色彩的腔调很平静地讲述了一个即将来临的事实。“这句莫名其妙、令人作呕的话打开了一个无限自由的世界。”我忘了是在哪里看到这句话的。我理解它。我在屏幕上敲下它。

每个字，敲击在这黑暗中。

咣啷咣啷。

是一辆绿皮火车的轮子碾过铁轨的声音。

我又看见那个脸颊上还趴着一只蚊子的我。噢，这是我与“自己”的凝视。他下了火车，挤出闹哄哄的人群，没有理会几个与他打招呼的人，拎着一个简陋的行囊，独步往前走，脚步踉跄，像喝醉了酒。路在他脚下摇摇晃晃，不断升高。

他面前渐渐没有了路。不过，这是没有关系的，月光升起来了。月光下的那些枯萎的草、鸟翼上飘落的绒羽、苦楝树干上刻着的几何图案、河滩上排着某种晦涩原理排列的卵石堆，都是他的路。

他走进了月光。

一种虚无感浸透他的身体。所带来的刺痛感胜过在冬天掉入冰窟。对月光中的虚无，他是有心理准备的。他本来以为是静水流深，没想到却是一场肉眼无从发现的狂野飓风。他的血肉很快被这种虚无感剔净剜去，只剩下几根白骨随着气流上下浮沉。很快，这几根白骨也化而为灰。

这是要彻底抹去关于他的一切?

噢，不是这样的。

那灰烬中弹出一点火星。是一个小小的他，寸许长。

他体内的每一个细胞开始按着某种我所还不能理解的宇宙秩序排列着，在经历最初的狂暴与混乱后，几个细胞里长出树，长出河流与山川，长出辽阔大地。他的身体因为这种生长，发生变化，不是一种物理属性上的改变，从某种肉眼可见的质量转化为一种令人惊惧的能量。须臾，也可能是须臾的亿万分之一的时间，他不再有肉身，不再有苦与喜悦。“作为一个纯粹意志存在的他”，只是一动念，肩膀上就长出翅膀。

我凝视着他。

他在飞翔，按他想要的方式飞翔，像雁，像鹰，像蜂鸟，也像云层与闪电那样飞。有时飞得快，有时飞得慢，快与慢皆是必须。气流从他翼下滑过，他很清楚自己要去什么地方。灰雾散去，一层层，如竹笋剥壳。他看到了那块鲜嫩。

紧接着，金黄灿烂的光芒铺天盖地，花瓣如雨。真的，只有目睹了眼前的景，才能真正感受到这个成语里面所蕴藏着的那种要把肉体都洗成琉璃的力量。此种感觉难以言说。

此种感觉不可言说。

像有情人的手指抚过嘴唇。他不可抑制地开始颤动。

他看见了他的女老师，还有他的小羽，还有许姜，她是半透明的。女老师与小羽是透明的（还有几个女人。吴情、鹿野、朱璇。此时的他还不认识来自未来的她们，从她们身边一掠而过，像坐滑梯。翼尖上的一根羽绒飘落到朱璇鼻尖。这个与李芳五官依稀相仿的女人打了声喷嚏。他在喷嚏掀起的气流上连翻几个跟头，没有停留，对着身后竖起中指）。女老师与小羽发着光，在五彩缤纷的花瓣间，上下飞旋。他眼里放出亮光，想飞过去，他也飞了过去。她们不认识他了。只是飞，像水面上倏忽来去的燕子，从他身体里反复穿过。他怎么也抱不住她们。

他一次次伸出双手，一次次张开双臂。

他脸上渐渐涌出哀伤与绝望。

然后，他看见了另一个他，真的，是另一个他，不是他在镜中常看到的那个影像。面容和善许多，脸上的棱角消磨了许多，有一种像待宰献祭羔羊一样听天由命的神情。不，这个影像只是表象，在这张人畜无害的表情底下，是一个阴冷的魂灵，目光如同蛇吐出的芯子。这个魂灵冷冷地看着他，像看一条死狗，看一位不受欢迎的客人,看一个败军之将。等到他精疲力竭快要被“哀伤与绝望”掐得翻白眼的时候，这个阴冷的魂灵嘴里吐出一个字，“滚”。他真的开始滚了，团成360度，飞快地后退，像一个球，还被某种力量拍打着，上下直蹦。

然后是疼痛，是雪白。

我又回到了他的体内。昔日之我。

四十一

苏格拉底说：认识你自己。

这是僭越，是人最大的傲慢，是妄图取上帝而代之。

苏格拉底之死，是渎神者的罪有应得！

让他饮鸩自尽，是主的恩典，该把他五马分尸的。

房间里有一个窗户。人在房间里待了太久，眼睛就会往窗户外望去。窗户有一些年头，还坏掉一扇玻璃。用塑料薄膜封着，薄膜上有一个不规则的洞。窗台木框上，几块已剥落下来的油漆，被从缝隙里钻进来的细小的风缓缓吹着，缓缓地动，像几只色彩斑斓的甲壳虫。

这四行话写在甲壳虫的斜下方，我病床对面的床头墙壁上。圆珠笔迹。字迹还算新鲜。有落款，田伯光。是另一种颜色的笔迹。不知道是不是我在厕所里看到的那位田伯光。笔画勾连处，颇有相似。若是，得把这个田伯光吊死。噢，不管是不是田伯光，写下这四行字的人都应该被吊死，被五马分尸。

下午两三点钟的阳光是一团令人作呕的糨糊，令人昏昏沉沉，反胃想吐。“秋高物燥，防火防盗。”医院围墙外面有一个男人嘶哑的声音，渐行渐近，渐行渐远。

脑子里出现棋篓子痛打秃头吴的画面，我没法不嘿嘿笑出声。笑声扯痛伤口。这种神经末梢上有把钢锉子的感觉真是令人沉溺。人哪，都是他自身伤口的产物。只是不知我这伤口里会长出一棵树，还是孕育出一只世人皆未见过的怪兽。

我还是有点想念和棋篓子捉对厮杀的美好时间。棋篓子的真名也叫田伯光。这几行字莫非是出于他的手笔？玻璃有点毛，窗外的树枝丫扭曲，是一张蹩脚的抽象画。画里面有一个蒙着个口罩的妇人一闪而过。是那个形容古怪的老妇人，脸上尽是皱巴巴的橘子皮，下午四点左右会到我这间病房打扫。所有人，我说的是所有人，包括看惯生死的医生、护士，患有狂躁症的歇斯底里的病人，还有小阿姨，在遇上她之后，皆侧身避过，像是条件反射。

这是女巫。只有中世纪的女巫才有这种强悍气场。

啊，我多想像18世纪宗教裁判所的法官一样，宣布她死刑，指控她窃取了这个县城里大多数男人的睾丸，使之奴颜婢膝，十足的猥琐下流，与粪坑蛆虫几无相异。啊，我要判决她受魔女之楔。唯有这种残酷，才是对她所必然具有的“傲慢自大、固执己见、控制欲强、嫉妒、饶舌、虚荣、贪婪、放纵、不贞、肉体和精神的低劣、反复无常”的合适惩罚，也才能使她坦承，她是世间一切邪恶的根源，她的法力是与撒旦缔约淫乱后的可怕结果。

“行邪术的女人，不可容她存活。”

忘了在哪本书上看到这句话的，可能是出自于《圣经·出埃及记》。书页里有关于这句告诫的详细注解谈到猎杀女巫。一场由罗马教皇英诺森八世发起，颁布敕令，号召全体神职人员参与，席卷欧罗巴大陆，并在那块土地上笼罩了三百年。二十余万名女性因为这句话被处死。各种酷刑，各种极其阴暗的，充分说明了男性这个物种有多么无耻下流的酷刑。魔女之楔即其中之一。任何一个女性都可能被指控为女巫。身为女性，就是戴罪之身；而一旦被指控，她就只能死去。“她若举为贞洁，说明她是在伪装；她若放荡，这是与魔鬼来往的铁证。她若在审讯时害怕，说明她畏罪;她若辩解,说明女巫惯于恬不知耻地撒谎。她若挺得住酷刑，这意味着魔鬼使她支撑得住，因此必须更严厉地折磨她；如果她忍受不住，在刑罚下断了气，则意味着魔鬼让她死去，以示使她不招认，不泄露秘密。”在这个逻辑下,《二十二条军规》算什么，连个屁都算不上。

对了，为什么《圣经》中没有女神的形象？

今天构建我们这个现实秩序的，也就是所谓的《新教伦理与资本主义精神》。我读过马克思·韦伯的这本书，也知道在1620年搭乘“五月花号”船的102名清教徒的故事。

我嗷的一声叫起来，差点从床上蹦起来。隐隐约约，瞥见某种真相。只可惜这真相一闪而逝。泥上偶然留指爪，鸿飞那复计东西。我皱眉吐痰。门外有那个老妇人的脚步声，是那样笃定，不疾不缓。

有好几次，老妇人走进房间后，我感觉屋内的温度都下降了几个摄氏度。我都想运足眼力瞪了过去，喝一声：我是孙行者，火眼金睛，妖怪快快现形！老妇人看都没看我一眼。我一拳打到空处，脱力，浑身难受。老妇人打扫房间的效率与专业性没说的，抹桌叠床擦洗玻璃，且总是从这四个句子斜上方的那块玻璃擦起。她擦得掉玻璃上的浮尘,却怎么也擦不掉玻璃上的“毛”。这些“毛”会通过人的眼球跑到人的心里。

驼背。脸庞看上去是那种备受生活煎熬过的劳动妇女，左手中指有一截乌黑，迥异于其他手指的肉色。等我想看得更清楚一点儿时，她已藏好左手。这可能是由于局部皮肤色素缺乏或真菌感染所导致的一种疾病。看上去，就像是在竖起中指，是用余生所有时光，对这个世界比画出的手势。

她是一个有故事的人。肯定。偶尔能看到她站在窗外的树篱下抽烟，有种老先生的派头。不是女性特有的温良恭俭让，带着一股子洞悉世情的苍茫感。这种派头在骨子里，与生俱来，是无论经历过多少磨难也是遮盖不了的。她还可能是一个酗酒者。身体始终处于一根微微颤抖的弦上。没有哪个酒精中毒者会像她这样对待自己的衣着，朴素简陋，也整洁干净。纯黑的大襟褂子，灰裤子，布鞋。没见过她穿别的衣裳。她脸上始终只有一种表情，那就是面无表情。如果给她戴上副墨镜，配一支 AK-47 无托来复枪，再削短头发，换上一身黑夹克，想来是可以与出演《终结者》的阿诺德·施瓦辛格演对手了。

失去了女性性别特征的老妇人，还能告诉我“为什么《圣经》中没有女神”这个问题吗？

一束光线穿过塑料薄膜上的洞，在对面墙壁上构成一个椭圆。尘埃在这束阳光里面做布朗运动，像被大风摇动的树的细枝，但光是静的，并且透明。

舍利子，是诸法空相，不生不灭，不垢不净，不增不减。是故空中无色，无受想行识。我凝视着这块明亮的光斑，默诵。它在燃烧，布满纤细的阴影纹路，先是边缘，再是中间，逐渐沸腾，并吐出一个个更明亮的泡泡。

这些日子，只有小阿姨定时来看过我，其他人没有来过。这是我应得的。我对此并无怨恨，是我抛弃了这个世界。但心里也还是有点懊恼。如果那天我少说几句，现在大概率是温香软玉抱满怀，与许姜在铺着鸭绒被的床上做伸展运动，而不是孤零零躺在医院里。咎由自取，说的就是我这种人。

许姜是许姜。

许国泰是许国泰。

这是一个简单的事实。我没勇气当面唾骂许国泰是畜生，还恬不知耻称呼许伯伯。我就是一个不折不扣的浑蛋。是懦弱的。是龌龊的。是无耻的。是恶毒的。假如我活在中世纪，我就是那个天主教修士兼宗教裁判官的克拉马，撰写了那本有史以来最险恶的书籍《女巫之锤》，让二十余万无辜女性蒙难。我所真正愤怒的，是对“自己不是奴隶主”的愤怒。假如我是夏桀，恐怕要十倍于他的暴虐与淫乱（假如他的暴虐与淫乱是事实），更别提许国泰之流。我口口声声的良知与道德，无非是一己之欲，一己之私。

甚至，我现在对自己的诅咒，根源上也可能是渴望能够得到再与许姜性交的机会。啊，那是一具多么美好的身体，是我从未见过的女体之美，犹如一匹雌鹿在夏日的林间奔跑。我抓着鹿角，心魂被林间特有的阴凉与洒落在脸上的斑斓阳光托起。

一个很简单的问题。我会去寻求许姜的宽恕与原谅吗？

答案肯定是：不会的。

我是张三，我是我爸的儿子。男人是骑在女人身上的，不是跪在女人脚下的。

不管我读了多少书，这个答案是写在骨头里的。想要给出另外一个答案，除非是把这些骨头全拆了去。

老妇人悄无声息地走入屋内。

窗外，一只黑猫跃上树篱。沾满灰尘的树叶轻轻摇晃。树叶之间有一张鬼的脸。我打了个寒噤，手下意识地往回缩，被输液管牵扯着的盐水瓶笔直掉下，砸在脑袋上。我闷哼。老妇人的动作比那些粉蝶般的小护士要干净利索多了。盐水瓶又挂在支架上。

我说谢谢。

窗外的鬼脸不见了。也许不是窗外的鬼脸，是我心中的。

“大姐，你的手指头怎么是乌黑的？”

我脱口而出。这是一个极不礼貌的问题。幸好，我叫的是“大姐”。这算是对这种不礼貌行为的一种补偿。

“病。”老妇人简洁扼要，脸上有一种诡异表情。她去擦她的玻璃了。她肯定看见了窗棂下方的这四行字。

“这几行字是谁写的？”

“死了。”

“怎么死的？”

“本来是个小手术。人都快好了，跑到医院外面的小饭馆打牙祭。吃饭时吃下一只蟑螂，为了把蟑螂杀死，就往嘴里倒了一罐杀虫剂。”

“没抢救回来？”

“没交钱。上不了手术台。”

老妇人回头咧嘴一笑。我打了一个寒战。闭嘴。老妇人完成了她的清扫工作，像一道幽灵消失了。我这才纵声大笑。喝一罐杀虫剂，妄想杀死不小心吃到肚子里的蟑螂。啊哈，这人有多么蠢。还是有点不对劲，我的疯狂所为与这个喝杀虫剂的人没有太大区别，若非要说有的话，那就是我更愚蠢，起码他的逻辑是有效的。这让我惆怅，也为不能亲眼看到这个疯癫之人的真容颇感遗憾。肯定不是那个棋篓子田伯光。不知道是不是在厕所隔板上写 WC.com 商业计划书的田伯光。这个县里到底有几个叫田伯光的疯子？这九百六十万平方公里上到底有几个田伯光？古往今来，这个地球上又有几个田伯光？如果说真的存在外星生命又或平行宇宙的话，田伯光的数量是不是如恒河沙数？什么时候是要去公安局户政科走一趟。我被那个阴险狡诈的胖警察带去审讯室前，经过户政科，惊鸿一瞥，看见办公室里有一朵警花，托腮凝眸，剪影如含苞之花。噢，上帝，那是许姜。

我想起来了。为这个事实震惊不已。

我在被胖警察折磨得几乎不成人形之际，许姜正眼若春水，唇似点朱。

我躺在床上觉得滑稽至极。

世界以荒谬待我，我当报以拳头。

病房门口传来阵急促的脚步声。一个小护士飞奔进屋，拧身坐下，坐在那死去之人遗下的病床上，捂胸直喘，嘴里直呸："妈呀，晦气，真倒霉，怎么就与她撞了个满怀？"

小护士帮我换过几次药，叫鹿野，胸口铭牌上写着。

我嘿嘿干笑道："怎么晦气了？"

我嘿嘿干笑的时候，无比清晰地看见体内那只怪兽的模样。

是恶魔，是西方的撒旦与东方蚩尤的混合体，面如牛首，八只脚，胁下长有蝙蝠的膜翼。

“撞在那个老怪物的身上还不叫晦气？原来是在太平间搬死尸的，不知院长怎么想的，竟然安排她来做清洁工？一时找不到人手，宁可去大街上喊个民工，也比让她在这里逛来逛去强。大家不都得白日里活见鬼？喂，我说你，眼珠子怎么老滴溜溜乱转，一点儿也不老实？难怪会被别人捅了一刀。被子怎么掉地上去了？天哪，盐水瓶也空了？这把空气打进去，会死人的啊。乖乖，你死了不要紧，我下个月的奖金就完了。”鹿野恶狠狠地瞪了我一眼，跑出去，又跑进来，换好盐水瓶，又继续说道，“喂，414 房，以后瓶子空了，要记得喊人。要有点儿公德心，不要祸害别人。”

“鹿野姑娘，假如我睡着了，怎么喊啊？”

“白痴，你就不晓得一只眼睛睡觉，一只眼睛睁开？咦，你怎么知道我叫鹿野？”

“我都能一只眼睛睡觉，一只眼睛睁开，还会有什么不晓得？”

“医生说话，不准顶嘴。”

护士可不是医生。这是典型的虚荣心作祟。鹿野还真是话痨，是刚从学校出来的雏儿吧，太喜欢张牙舞爪。情商也低。胸牌上这么大的字，我就是眼圈上再被许姜揍上几拳，也看得清楚。不过这不是嘴贱的时候。

“你怎么知道我被人捅了？”

我还是很想与这个唇红齿白的话痨说话，随便说点什么都好。

“猪不被人捅，什么东西让人捅？”鹿野翻了个白眼，“帮你翻身打针，把我累死了。我说你家里怎么没人来啊？还不如早点拿根绳子上吊得了。算了，看在你长得还不算难看的分上，要不要我借你一根绳子？”

“喂，白衣天使就这么说话？就不怕南丁格尔从坟墓里跳出来掐你脖子？”

鹿野冷冷地哼了声：“南丁格尔？那是外国人。你是外国人吗？你太崇洋媚外了。朱自清还饿死不吃救济粮呢。你就不是一个中国人。把裤子脱了！”

“干吗要脱裤子？”

“打针！少废话。”

“前几天是谁帮我脱的？”

“所以说你是猪。”鹿野微窘，“脱裤子，撅屁股！”

“喂，你怎么这么凶？老师在学校是怎么教你的？小心我投诉。”

“欢迎投诉，我早干腻了这侍候人的活，正愁没借口呢。”鹿野柳眉倒竖，撸袖子，“磨磨蹭蹭干吗？要我亲自动手吗？”

这不是林间小鹿，是传说中的小辣椒。

我选择屈服。

当兵退伍回来，还没进过医院，但记忆还在。小时候因伤风感冒，青霉素没少打。打针的阿姨个个是天使的化身，脸上的笑容，能捏成糖，喂入嘴里的。

世风日下，人心不古。

我像跳太空舞一样，用僵硬的动作，把裤子小心褪下，在床上趴好，屁股撅起，噢，上帝，嫌我撅得太高，不雅。好汉不吃眼前亏，行，就照你说的猪啃食的角度趴着吧。靠，姓鹿的，你他妈的下手也太狠了吧？真当我是头猪？几乎是条件反射，浑身肌肉瞬时绷紧，我把脊梁骨向上一挺，屁股往下一沉，耳边听见一声脆响。

鹿野尖叫："天哪，针断了。"

针断了？

我一时没明白过来。身子侧滚。部队那两年真是没有白过，多么好的肌肉记忆，多么标准的一个侧滚动作。盐水瓶再次倒下，眼看要砸中鹿野脑袋，说时迟那时快，我的手擦过鹿野光滑的脸颊，穿过其飘扬的黑发，一把牢牢抓住瓶子。

"穿过你的秀发，我的手。"

我金鸡独立。我都没感觉到屁股蛋上有毒蜂在蜇。

我被我这个姿势惊吓住了。

裤子自膝盖处滑落，下半身赤裸裸暴露在光天化日之下。我朝鹿野眨眨眼。我想她该捂住脸尖叫"流氓"的。他妈的，我还真他妈的不是人类，在这个悲惨一刻，在凝视着鹿野这张鸡蛋清一样的脸庞时，我勃起了。又直，又硬，又烫。我能感觉到身体里汹涌澎湃的高压电流。这是什么情况？额头冒出冷汗。我继续眨眼，艰难无比地稳定着身体平衡，嘴里小心翼翼地吐出两个字，“瓶子”。

跌坐倒地的鹿野在眨眼。她的表情似是极为困惑。我也重度困惑。我在她这张困惑的脸上好像看见了一些说不清道不明的东西。我忘了去拎裤子，我都想俯下身，把这张脸上的战栗一一收入嘴中，就像当年我对女老师干过的一样。

紧接着——

她踹出凶猛一脚。是的，侧踹。军中格斗术里的侧踹。黄飞鸿的佛山无影脚那叫电影。黄飞鸿碰到这种侧踹会被横空踢飞。不知道是哪个王八蛋教她的。他妈的，这个死丫头上班还穿高跟鞋，真是该死。坚硬的鞋底尖踢中睾丸。我听到睾丸的惨叫。身体里的每个细胞都听到了这一声撕心裂肺的惨叫。身体里的高压电流瞬间飙升至万伏以上。和这种剧烈的疼痛感相比，被许姜用剪刀扎一下算什么，被老兵蹴算什么。我跌倒在地，闷哼。

只是闷哼。

牙齿还是咬住了那声惨叫的头部，没让它溜出喉咙。否则，这将是我一辈子的耻辱。好歹我是个在部队重组过体内基因的退伍军人，我不能说自己是一个意志力多么顽强的人，但这声惨叫若让人听闻，我就是在丢一个军人的脸，在丢部队这个革命大熔炉的脸。

噢，估计是这根断针挑断了屁股蛋上的某根神经末梢，我的嘴唇在哆嗦，脸上一阵青一阵白。屁股蛋上的神经末梢本就不多，断了一根没啥事。屁股不是问题，还是睾丸处，像是有一团旋涡在形成，拼命拉拽着体内的神经；有一团火焰在燃烧，炙烤着五脏。不，不是旋涡与火焰，不是这些俗世得见之事，是宇宙深处的黑洞，能吞噬光线，连人的意识也不能从它的视界逃脱。

蛋蛋碎了吗？

耳膜里这声尖厉的惨叫是谁的？

我只是闷哼。

她还惨叫起来。她还有脸惨叫？这是一个什么样的世道？

我活了二十多岁，遇到过很多倒霉事，去许姜家的那天，也不知哪个品种的狗，在我的自行车链条锁上面拉了一堆屎。可我还是第一次碰到这种震级的糗事，这种匪夷所思的事。难道我刚才强奸了她纯洁的双眼？

天花板是白的，荧光灯是白的，墙壁是白的，床单是白的，枕头是白的，鹿野是白色的，晃来晃去的东西都是白色的。在这一片白色中，我的脑海里跳出一句莫名其妙的文字：

死囚爱刽子手，女贼爱衙役，我们爱你们。

这是哪个王八蛋说的话？

四十二

接下来的事情如同一场噩梦。

我没有晕过去。我很清醒。我光着屁股趴在床上。不是躺，是趴。鹿野与另外两个匆匆跑来的护士一起动的手。三个娇滴滴的小娘皮手头有劲得很。这是在破坏作案现场！我无力反抗，连话都说不出来。脖子还差点被一个锥脸小护士不小心拧歪。笨手粗脚也就罢了，主啊，万能的主，你也听听这个叫鹿野的都在说啥。说我不配合打针，边打针还边扭屁股，结果把针弄断了。语气还特别无辜。噢，她压根没提踹我睾丸的那一脚。就好像我是一个心理极度扭曲阴暗的猥琐男，扭臀跳迪斯科把针弄断后，暴露癖又发作。若不是南丁格尔附身，她要拨打110喊非礼。

我想掐住鹿野的脖子，掐个半死，一直到她吐出那根说谎不打草稿的舌头，再松开手，让她回过气来后，再掐，掐至她大小便失禁后，再松再掐，一直反复操作一百遍，方能出我心头恶气。

可想有什么用呢，“心想事成”这四个字从来就是骗人的，无论古今，不分中外。

我连根手指头都抬不起来。这个小娘皮绝对是练过的。她看我的眼神，是大灰狼看小白兔。是母的大灰狼看公的小白兔。我努力地回过头。这张清秀的脸庞，没有一丁点肇事者该有的恐惧，左手捏把镊子，右手捏把剪子，嘴里还在深情呼唤：“放松，深呼吸，马上就出来了。”

我龇牙咧嘴，牙缝里终于哆嗦出几个字：“别动，叫医生来。”

这个小护士的业务水平太差了，哪是替我拔针，分明是要在我屁股上绣花。又或者说我是一头脖子上淌着鲜血的公牛，她是西班牙斗牛士。

医生来了。来了更糟糕。

这个说：“得赶紧送手术室，这断针要进了血管，麻烦就大了。”

那个说：“老兄，这是屁股。没事的，不就是疼一会儿吗？说不定等会儿拉屎时，一用力就能出来。”

这个说：“万一扎入股动脉损害了坐骨神经……”

那个说：“你的解剖学是体育老师教的啊。股动脉在哪个位置？”

然后这个与那个吵了起来。另外几个赶紧拉架。

作为主角，我没人搭理了。

一团光照耀着我。是从窗户上那个破洞里投来的阳光。我有了想死的心。

我拼尽体内残余的最后一点力量，嘶声叫道：“救死扶伤，人人有责！”

我的脑子乱掉了，口不择言。我得说，救生扶伤，医生之责，责无旁贷。可我就这样喊了。还真别说，效果挺好。闹哄哄的病房瞬间安静下来，大家都是张飞穿针，大眼瞪小眼。然后，这个叫鹿野的小护士第一个极不厚道地笑了，笑得还特别猖狂，边笑还边掩口说道：“这个口号好，咱们院搞团建活动的主标语有了，必须横幅拉起。”

他们笑成了欢乐的一家人，这个是牵牛花，那个是月季花。

其中一个带头的咳嗽了声，拿过镊子与剪刀。大家肃静下来。显然，这位大哥还是素有威严。可惜他的手艺活也不咋的，锥子脸的小护士旁边嘀咕了一声：“这针怎么比蚂蟥还懂得往里面钻？”

我连想死的心都没有了。我想我突然就明白了什么叫人为刀俎，我为鱼肉。我想就是他们把我切成碎片，几块钱一斤卖了，也不再吭一声。

更糟心的是，一个在旁边观察的男医生像哥伦布发现新大陆，忽然插嘴道：“咦，你们看，他的竟然是翘着的。”

是的，早他妈的就硬挺在那儿呢。鹿野那一脚反而让那玩意儿青筋偾张、独目圆睁。我不知道是怎么一回事。

接着，有样东西在我的那玩意儿上轻轻一敲，“怪不得那些 SM 爱好者喜欢被别人打屁股，原来这样也能刺激性中枢神经。难道屁股上也有一个 G 点？”

这群穿白衣服的王八蛋，真是渣滓。我小心翼翼地拱起半个身躯，不理会带头大哥让我别动弹的吩咐，朝着那个男医生，轻声细语说道：“你妈屁股上也有G点。我摸过的。你若不信，晚上回家去摸摸。”

男医生是屄货，见我如此恶毒，嘴巴里蹦不出一个屁，直接傻掉。额头上还有几粒青春痘的男医生，这个世界的恶毒不是你这个脑子所能想象的。我冲着他咧嘴一笑，盯着他胸前铭牌，一字一顿，“刘希，拉稀的稀吧。医生要有医德，你爸没教你吗？”

没人再说话，不约而同地闭上嘴巴。

我重新趴下身。

带头大哥可能是故意的，屁股蛋上的疼痛又加剧几分。我双手紧紧撕扯床单，额头涌出阵阵虚汗。可能是真的损伤了坐骨神经。这算得上医疗事故吧。我该找这所医院索赔多少？起码得一百万起价。鹿野斜眼觑我。我报以苍白笑容。几分钟后，带头大哥闷声说道：“这样不行，肌肉绷得太紧，还是上手术台吧，通知家属。”

我冷笑。

从手术台上下来后，我得把这间医院给拆了。

我的如意算盘没有打成。老妇人进屋了，手里还拿着一块磁铁。一个蠢货还在叫嚣说针头都是消过磁的。老妇人啥话没说，上前一试，没几秒钟就吸出断针。事情原来也可以这样简单。我在老妇人搀扶下，慢慢坐起身，系好裤带。没伤到坐骨神经。睾丸处也有了知觉，子孙根还能用。

我说了声“谢谢”。

老妇人还是一句话没说，低头悄无声息地退出。她肯定不是聋哑人。她的五官错杂移位，仿佛是毕加索笔下的人物画。她是一个有故事的人。但我对她并无好奇。我不无鄙夷地扫视了下屋内诸人。带头大哥的脸皮堪比城墙，拍拍手，昂首而出。男医生等人慌乱跟出。鹿野没走，用看异星生物的目光瞧我。我瞪了回去，还朝她做了一个竖起中指的手势。鹿野撇嘴，抬腿走人。走到门口，扔下三个字，“死流氓”。

我没发怒。只是有点疑惑。

我都打算把这间医院拆了，为什么老妇人一来，腹内邪火顿时被浇灭？也许她真是一位会施展妖术的女巫。还真是卤水点豆腐，一物降一物。我叹气。我意识到我的懦弱。我有了一点悲伤。我都想去找一树梅花，把我的悲伤铺在花底下。这医院是不能住下去了。说走就走。我拖着腿，往门口挪去。身体黏糊糊的，肩胛处有白色结晶体，是盐屑吧。我用舌头舔了舔，摇摇晃晃，走过近三十米长的过道（这条过道的长度似乎能够偷偷增长），再捏住木制扶梯，从三楼下到二楼，在楼梯口停下脚步。

我听到许姜在恸哭。是的，是许姜的哭腔，千真万确。哭得专心致志，只可惜原本甜润的嗓音出现了许多生涩与疙瘩。我皱起眉头。从我所站立的这个角度望去，可以看到窗外的聚散云团，它们穿过一城一地，遍览世间的悲苦与欢悦，此刻悬浮在树梢之上，是一个斑斓魔方，被一只看不见的大手扭动。有时扭得快，有时扭得慢，有时就扭出了一种不动如山的寂静感。似有神灵在四周兀自低语。

我几乎要朝着这种寂静跪下了。

我说：唵（ōng）嘛（mɑ）呢（nī）叭（bēi）咪（mēi）吽（hōng）。

四十三

我本来打算为我与许姜的初识找出一个《百年孤独》式的开头，那是时间之箭，箭头箭杆箭尾清晰可见。只要找到这根箭，我就能飞到云端之上。或者找一个《变形记》式的开头，“一觉醒来，我发现自己变成了一头蠢驴，而许姜是另一头。”我几乎找遍了图书馆里所有的文学典籍，都未能找到一个恰如其分的。这里，我还是老老实实地讲一下李芳把许姜介绍给我的那个晚上。

没有隐喻、转喻、代喻、借喻，也没有茫茫黑夜里的两个飘飘幻影，就是两个适婚青年的相亲套路。地点是兴建不久的街心广场。为了争夺这个广场的施工权，县长与县委书记干了一架，这是我知道的；两位包工头各带着手下数十人干了一架，这是大家知道的。这一架打得血腥，让黄志强之类的地痞流氓也为之惊心咋舌，行事收敛许多。铁锹与钢钎是往脑袋上劈的，劈出脑浆。还有刀，不是匕首，真正的砍刀，不知道这两个包工头从哪儿弄来的。死了三个人，重伤十余个。因为这事，许国泰还背了一个党纪处分，差点被撸职。不过随后他就掀起一场轰轰烈烈的扫黑运动，铁拳重击，让那些平素横行霸道鱼肉乡里的地痞流氓，在哀叹城门失火殃及池鱼的同时，终于懂得了什么叫作国家机器。

当然，等到广场建成之日，这地上已没了血迹。往事已如烟散尽。

高架灯下，中年大妈排成方阵，披红戴绿，载歌载舞。

我瞅着她们，如瞅着水中泡沫。小羽若老了，会是这些中年大妈中间的一位吗？

我在长椅上坐着。提前半个时辰。没有梳洗打扮，没有换上西装革履尖头皮鞋。我就是我，我知道她叫许姜，知道她是许国泰的女儿，知道她在公安局户政科上班，知道她警校毕业还不到两年。知道这些东西已经够多的。

夜晚是迷人的。灯如流水，人影如鱼，种种建筑是水中岛屿。有树，是梧桐，又名两球悬铃木，沿广场四周而植。树影婆娑，树叶青翠，被灯光一洗，越发显得晶莹剔透，如一片片玉器。有孩子在草地上打滚嬉戏。这让人心情愉快。孩子果然是神奇的。有几对男女坐在长椅上，眉目传情，窃窃私语。这也是美好的。我与小羽也这般在其中一张长椅子上坐过，相偎相依。我痴痴地看。

高架灯下的另一侧，有几个老人在拉着二胡，声音喑哑。一个衣衫褴褛、留着山羊胡子的小老头儿迈着方步，打着手势咿咿呀呀地唱。

妹在河下洗黄瓜，哥在岸上撒泥沙。
哥想吃瓜拿两只，你要谈话到屋下。
花开引蝶蝶恋花，哥哥快步到妹家。
妹见哥来笑哈哈，问哥要说什么话？
妹子今年正十八，好比初开牡丹花。
哥哥好似蝶恋花，想妹想得快痴傻。

老头儿的嗓子还真是难听，不知道他哪来的勇气在大庭广众下放声歌唱。这歌声却入了许多人的心，不时有人拍掌叫好，叫他再来一个。我也鼓掌。为他的勇气，还有他自编的舞蹈。老头儿手里拿着一个旧式军用水壶，边唱边嘴对嘴喝，喝一小口，迈一脚台步，缩脖耸颈，扭胯送臀，端端是一个活灵活现的“痴傻哥”。壶里灌的是米酒，嗅得出来。老家米酒香甜醇美，色若炼乳，小羽极是爱喝，边喝还边抒情，说哪天神仙显灵，把她变成一碗米酒，把我也变成一碗米酒，再倒在一起，谁也甭想把我们分开了。不过看老头儿如此怡然，真让人怀疑这扁水壶里灌的不是米酒，是琼浆玉露。

有人招呼老头儿：“老张头儿，大把年纪还发骚，还骚成这样啊？赶明儿我也去李阿婆那买几壶水酒来。”

“我这是人家白送，你懂不懂？”老头儿嘿嘿直乐。

“李阿婆什么时候这么大方过？是不是把这些天蹬三轮的钱全孝敬给李阿婆了？”

“你管得着吗？”老头儿嘟囔。

哄笑声。

有人又说：“老张头儿，听说你前天骑三轮被人打了？还满地找牙，对不对啊？”

“去！”老头儿不乐意了，“那两个小兔崽子，坐车想不给钱。拉着他们从陶瓷厂跑到县苗圃，竟然说身上没钱，要打欠条。也不打听下我张老头儿是做什么的。”

哄笑声大了。

“你是做什么的？拉车的大爷？哈哈。”

“瞧你熊样，老张头儿，最后人家给了车钱吗？”

“小兔崽子有爹生没娘教！”老头儿双手叉腰，挑眉扬目，又握掌成拳，猛击胸口，“要不是小兔崽子跑得快，我一拳一个……”

老头儿的话音未落，一个人影蹿上前，一个巴掌结结实实扇在他脸上。

“死老头儿，前天还没打够，皮还痒着啊？”

还没等大家弄明白是怎么一回事，旁边又蹿过来一个红发少女，又是一记清脆巴掌，“你敢咒志强哥？”

老头儿摔倒在地。二胡的声音戛然而止。围观众人屏住气息。

人群倏然散开，让出一块空地。起初是不规则的圆，随着围观人群的纷纷加入，迅速扭曲成一个三角。这个三角形时时刻刻都在膨胀与缩小,宛若活物。我是这个活物的一块组织,可能是毛,是颈毛或屌毛。我知道我不该这么想。我就是忍不住。我在这个锐三角的底线位置。整个广场一下子静极了。很俗的比喻，但是真的，是整个广场，是一下子。很神奇，有一种匪夷所思感，像被施了魔法。

女的，我不认识。鼻翼打环，穿网眼袜，还真是性感漂亮。不良少女那种特有的性感漂亮。我感觉到阴囊处一阵痉挛。男的，认识，小时候见过的黄志强。这些年过去了，还是一副獐头鼠目的样子。穿着一件酒红色的 T 恤衫，打着酒嗝，用脚猛力踢着老头儿。

鼻环少女拍掌道 :“一、二、三、四、五、六、七……马兰开花二十一。强哥，九十九是我的幸运数字，就踢足九十九下，好不？”

“好咧，依你。”黄志强闷声应道。

天地间只剩下老头儿呼痛求饶的声音。

噢，还有天上的彩云明月。

“志强哥，我是喝多了酒，说浑话。啊。求你了。别打了，我给你磕头了。”

老头儿翻身，努力地爬，想爬成一个下跪的姿势。强哥对他的下跪不感兴趣。踢得专心，踢得非常有节奏感。我嘿嘿冷笑。我对黄志强打人不感兴趣。黄志强哪天不打人了，才是逸闻。我所感兴趣的是围观群众（这些卑微的脸庞与那些在各种剧院沉溺于剧情与演出的脸庞一样，没有任何区别。这是我很多年后才搞明白的）。

他们不都是美好的吗？

怎么一个个都不说话了？

他们不都是追求真善美的吗？

只要他们一人喊一声打，黄志强就是一只过街老鼠。而他们在喊打的这一刻，无疑就是对真的实践，对善的奉行，对美的承诺。多么简单，只要动动嘴皮子。为什么他们就不敢喊这一嗓子呢。也难怪，他们的爹，他们的爷爷，就是这种德行，所以当年区区数十人的日本鬼子就能控制这个数万人的县城，主宰他们的生死荣辱。事实上，他们中的大部分人是很享受观看这场突如其来的暴力殴打。

我往地上吐唾沫。

这唾沫是吐给所有在场者的，包括我在内。我们都是嗅到腐尸的秃鹫豺狗。不对。这样说是对秃鹫豺狗的侮辱。秃鹫这种猛禽，不会因为其爪牙能轻而易举地啄破和撕开坚韧的牛皮，就去攻击活物。它是有信仰的，只吃死物；豺狗亦然，善合作，性凶猛而又警觉，哪怕遇到的是老虎与熊，也从未有过任何畏惧——在它们眼里，众生平等，皆是肉。

我们就是粪坑里的一堆蛆啊。

或者，是蛆上面的绿头苍蝇。

（有人说围观即力量，沉默即对抗。这叫放他娘的屁。）

我到底是一只蛆，还是一只苍蝇。我还真有点进退两难了。

眼里是如此残酷现实，耳里是老头儿声声惨呼。我准备撤出人圈。这世上的黄志强太多了，孔夫子曰，君子远庖厨。身后有人推搡。不知是谁在我腰间用力一下前推。我踉跄，猛冲几步，撞在黄志强身上。

“你他妈瞎了眼！”黄志强反手欲给我一巴掌。

肏他妈的！

我侧身躲过，蹲马步，一拳平平击出，欺身上前，左手肘部狠力前击，提膝，对准他的裆部猛撞。

这套动作还有一个过肩摔，我没有机会做完，黄志强已躺在地上蜷缩成虾米。我回头，恶狠狠地回头，想看看是谁把我推出人群。我想把他或者她，也变成一只虾米。相对于黄志强，我更厌恶这种懦夫。

鼻环少女真是凶悍，可能是为了爱不顾一切，完全没有意识到她与我之间的差距，尖叫，挥舞手指，扑来。她还真以为自己是梅超风？她若是梅超风，我就是练了降龙十八掌的郭靖。

我劈手抓住她细长的胳膊，抓紧，反拧，卸，脚下横扫。

鼻环少女跌了个标准的狗吃屎。

多么漂亮的少女，狗吃屎时，我都看到了她那条印有卡通动物图案的内裤。

鼻环少女还想起身，被黄志强按住。黄志强是识货人。瞧瞧我，点头致意，狠话都不说，拖着少女远去。老头儿哼哼唧唧爬起，没敢说话，没敢看我，挤入人群，消失。人群散开，再次散开。该打滚的继续打滚，该眉目传情的继续眉目传情，该窃窃私语的继续窃窃私语。

我目送他们远去，一时间啼笑皆非。按电视剧的套路，他们该冲上来抬着伸张正义的英雄骑马游街，至少，他们可以献上一枝玫瑰。

一块钱可以买三枝。不贵。

我摸出一块硬币，从黑面小贩手里买下三枝。

一枝玫瑰给我，一枝玫瑰给天上庞大而又稀薄的云层，一枝玫瑰给过往的神灵。

我坐下。重新坐回那张长椅，捏着拳头，心里恍惚。

广场上没有了二胡的声音，没有老者的歌声。那些中年妇人还在跳着舞。高音喇叭播放的舞曲是那样节奏分明，是叶倩文的《潇洒走一回》。刚才黄志强打老头儿时，我没有听到这个舞曲，是有谁怕影响黄志强出腿时的感觉，悄悄关掉了吧。

又或者说，根本没有什么唱下流山歌的老头儿，也没有戴鼻环的漂亮少女，黄志强这个渣滓还在跑路中，在南方的某个城市昼伏夜出，一日三餐方便面……所有一切皆是幻觉，是我的脑子有问题，不，也不是我有问题。佛陀曰，凡所有相，皆是虚妄。

我想学迦叶拈花一笑。

发现腕表不见了。

那块上海表的全自动机械男表。不贵，可就是因为它，我才认识了小羽。

我起身要去寻找，然后我看见了李芳，还有许姜。

李芳手上有样东西在微微闪光。

“小张啊，没想到你这么能打架。”李芳笑意吟吟，“你的表，许姜刚才帮你捡起来了，你这小子打起人来，怎么这么狠？以后对老婆可不能这样。”

许姜一袭白裙，齐耳短发。如果说她的美有十分，鼻环少女的美有五十分，李芳的美就有一百分。我哦了一声。我嗅到许姜身上海飞丝洗发水的香味。“头屑去无踪，秀发更出众。”潘婷、飘柔、海飞丝，是宝洁公司旗下的三个子品牌。去屑就用海飞丝。发质柔顺就选飘柔。护发养发当数潘婷。小羽同时买了三瓶洗发水，轮着用。我特别喜欢海飞丝的香味。它让小羽的美从一个形而下的层面上升至形而上。我差点把小羽的名字脱口而出。

我说，许姜，你好。

我递上手中玫瑰。

李芳走了，我与许姜的故事开始了。

她双手捧着玫瑰，垂首轻嗅。我想上前告诉她花是植物的生殖器。一切被子植物的繁殖实赖于此系统。噢，这些花瓣，是女性隐秘处的褶皱。是微微开启的书页。

这句话是我的女老师说的。她还告诉我：

在西方文化里，含苞的玫瑰还隐喻着男性阳具。

我没说。眼角余光瞥见黄志强，他出现在广场东边的平家巷口。像录像片里的古惑仔，提着把刀快步疾行，身后还跟着七八个拿着棍棒的人。那个鼻环少女的红发在队伍后面特别显眼。我说：“跑。”我深吸一口气。黄志强，我就知道你不会善罢甘休，是好同志。你的到来非常及时。泡妞这种事是离不开你这种角色来捧哏的。许姜不解，“干吗？”顺着我的目光看去，一惊，嘴张出一个O形。我一把拽住她手腕。啊，要的就是这一刻。我们下意识地交换了下目光，瞬间读懂彼此目光的含意。不是恐惧，而是兴奋。我穿的是一双普通跑鞋。许姜穿的是露趾凉鞋。我们脸上不约而同地浮起一层笑意。

“你百米跑多少？”我问。

“12秒5。”她答。

好姑娘，其实你是不必被我拽着跑的。不过你既然愿意被我牵起手奔跑，我就带着你跑出社会主义建设的新高潮。我想我都快要赶上在东京世锦赛中跑出9秒86的刘易斯了。许姜跟上了，跑步的样子还真好看，口鼻呼吸的频率、脚掌落地的位置、手臂摆动的幅度、膝盖抬起的高度，都是教科书级别的。

前面有堵围墙。

这不是我慌不择路。人生在世，总有各种意外。我说：“踩着我的肩头上。”这娘皮没有白念警校，我还没蹲好，她噌噌两下，踩着我的肩膀，猱身翻上墙头，身手极是敏捷。墙有两米多高，多有青苔灰藓，无可着力处。许姜好整以暇趴在墙头，眼睛里尽是促狭笑意，嘴里大呼小叫，“梯云纵，梯云纵。”

姑娘，梯云纵那种武当绝技是违背力学常识的。现实生活中也没有降龙十八掌。哪怕是一个训练有素的军人，也难以正面击倒手里拿着棍棒的九个凶徒。如果我刚才没有数错的话——这还不包括那个性感的鼻环少女。身后的喊打喊杀声越来越近。

我冲着许姜笑。

许姜瞥了眼巷口拥来的人影，从墙头伸下一只手，“叫我姐姐。”

“叫我哥。”我转过身。是我拽着她逃跑的，使之置身险境的；是我甘为人梯，把她送上墙头的。更重要的是：我想打架了。打不过，也得打。

我要打给这操蛋的世界看，我，张三，是一个男人。

脱下上衣，缠住左手臂，不再理会身后的叫喊，大步迎上前，就像一条恶狼那样疯狂，那样冷静。我打不倒九个凶徒，但一定能干倒这个徒有虚表的黄志强。我嗷的一声，一拳击出。真他妈的爽啊。肾上激素急速分泌。一个人打群架，我还是有点经验的。出手要快，出脚要足够狠。一脚要把人踢飞。要避免被包围，快速移动。尤其是巷战，更要有三个“以”字，以快打慢，以主动打被动，以不要命打要命的。这些都是当年在部队里打出来的。

那是我平生最快意的一晚。

不过我没输，还得感谢许姜。这个好姑娘在我眼看要被打成猪头时，跳下墙头，大喊自己是公安局的。古惑仔里还真有人认出她，又有人认出我，马上作鸟兽散。可怜的黄志强躺在地上，成了我与许姜的背景板。我没再为难他。我感谢他。这不是戏，但效果比一出精心导演的戏，要强出千百倍。我牵着许姜的手从他身边走过。觉得自己是杨过，许姜是小龙女。那个鼻环姑娘真不错，扑在黄志强身前鼻涕眼泪一大把。我拉起黄志强。我说，不打不相识。我说，我知道你是黄志强，你坐车不给钱是不对的，你打老头儿更加是不对的。我掏出二百块钱塞在他手里说，这钱你拿去，是道上混的兄弟，咱们就得讲一个义字。关二爷的义。

我讨厌关二爷，但这个时候我还是说关二爷。

黄志强与他的女朋友走了。

许姜恢复了镇定，顿足，原地转圈。我顺势抱住她的小蛮腰。她转过身，吧唧在我脸上亲了一口。

我与许姜就这样好上了。真快。我不知道这算不算爱情。

我不知道我与她的故事是否属于花前月下的卿卿我我。

我总是在不停地说话。我太需要那些没有任何意义的话来填实内心的洞。说遥远的非洲有一座山，山顶终年积雪，人迹罕至，却有一个登山者在山顶看见了一只豹子的尸骸。不是雪豹，是那种在热带雨林里出没的豹子。没有谁知道这只豹子是怎么上去的，也许是神迹；说火星人入侵地球，30年代美国一家广播公司在宣布了这条耸人听闻的消息后，引起全国性的骚乱，信以为真的人们以为末世降临，到处打砸抢，还有不少人服毒自杀；说南极的企鹅看上去呆萌可爱，却极端暴力邪恶，会强迫受伤的雌性杀死幼小，为争夺食物大打出手；说在印度神话里，这个世界是由一只巨大的乌龟驮着的；说东晋大画家顾恺之，就是那个绘《洛神图》的，喜欢上一个女孩，就去表白。表白这是天赋人权，没问题。当女孩拒绝了顾恺之之后，这个王八蛋就行巫术，把这个少女的画像贴在墙上，用棘针扎……从书本与杂志上得知的奇闻逸事说完了，就自己瞎编。

许姜津津有味地听着，兴致勃勃地听着，哪怕我前后矛盾，不能自圆其说，她也托着腮帮子，用一种崇拜的眼神看着我，鼓励着我。我把故事说漏了，前后矛盾了，不得不承认我是在胡说八道的。她说，我爱听。你胡说九道我也爱听。

说故事的人常有，而听故事的人少有。我在这个世上再也没找到比许姜更好的听众。

这是为什么？是因为爱，还是因为匮乏——在她面前，从来没有人像我这般不正经，所以她觉得新鲜有趣？

我带她去飙车。嘉陵摩托车125。在当时的老家县城，这算是一架非常酷炫的钢铁野兽。车是借的。借余招福的。余招福从哪儿弄来的我就不知道了。反正肯定不是他买的。他也没钱买。我借了后也不打算还，这个余招福知道，但心存侥幸。

夜色被犁开，如掀开的黑土。

我把车速开到150公里每小时，整个机车车身都在颤动，仿佛随时要散架，仿佛下一刻我俩就要腾云驾雾告别人间。许姜尖叫，手紧紧环绕着我的腰部，她温软的胸贴在我的脊背上，这让我重新理解了女人的乳房意味着什么。

这两个半球体不仅是生命初来尘世的食物来源，是美的象征，原来也是号角吹响。我一遍遍来到死的边缘处，能清晰看见死神的脸，各种奇形怪状的脸，在转弯处蹑足弓背，在车轮碾过的每寸沥青路面……但不管它们是怎样的模样，我碾过它们，毫不留情，没有半刻迟疑。

月光照了下来。它们发出老鼠那样的吱吱叫声。

我是张三，上苍既然造了我，就必定要给我道路。如果说车毁人亡是我的路，那我也当沿着这条路一直冲向终点。我不恐惧。

许姜，你知道吗？人总是因为未知而心生恐惧。所以人生来就迷恋那些确定的,比如牢笼。要想挣脱牢笼,俯瞰关于人的一切，就得在随时可能蹈死的路上狂奔到底。我大吼，自己好像摆脱了时间的束缚来到一个更高维度——在这个维度上，所谓世界就剩下了这样一个意志，没有机车，没有许姜，甚至也没有我，只有这个意志在朝天咆哮，咆哮如虎。

我是我啊。他妈的。我是我啊。我是百兽之王。我是此世界唯一的神灵。

那些谨小慎微活着的人，你们永远也不会知道摩托车飙到280迈的感觉！

坐在后座的许姜吓坏了，掐我，紧贴于腹部的那双小手滑入我之衣衫，犹犹豫豫地掐，小心翼翼地掐，使劲掐，狠命掐。我根本没有注意到她的恐惧。

如果说人生而自由，又无往不在枷锁中，那我就要用我这一生打碎这枷锁，让“人的自由”腾云驾雾，这才是我辈应有之义，当行之事！

我的嘴里不断发出怪啸，如圆月下的狼人。

许姜说不出话，风灌满了她的嗓子，像沙砾。她不敢用拳头敲我的脑袋，不敢从车上跳下，更不敢用肢体语言警告我这样飙车实在是太过危险。她紧紧地贴着我的脊背。而当摩托车从一个坡道上高高跃起的时候，我终于听到她的尖叫。紧接着，我撒开双手，闭上双眼。

眼前大放光明，有朵朵莲花涌出。

在那零点几毫秒间，我感受到一个无与伦比的美好世界，宛若置身神允诺的天堂，四野流淌着蜂蜜与牛奶，那双人合抱的黄金树接天连地（这种感觉极类似神秘的宗教体验）。

我以为我就要登上天堂。很奇怪，就在那一刹那，我的脊背感觉到了许姜的心跳。极轻，如鸟羽滑过；又极重，似象蹄踏落。

我的双手下意识地回到摩托车的车把上。

车速缓下。我发现：

她之生，取决于我一念；她之死，取决于我一念。

这种感觉真是迷人，如炎炎夏日里的那碗冰水。

许姜啊许姜，她不知道我恨她。她不知道我在驱车狂奔时，是有着扭转龙头直奔悬崖与巨石的冲动。她不知道的事情太多了。她不知道人是恶的，不知道人是会吃人的，还会把被吃掉的人命名为“两脚羊”；不知道我奶奶的事，被火焰化为乌有的痛苦是怎么跨越了数十年的时空，让我的魂灵在深夜里惊悸挣扎。我从来没见过我奶奶的相片，可我在梦里无数次看见过她的那悲伤的面容；她也不知道我妈是怎么被我爸逼死的，多么操蛋的恶行，在光天化日下发生着，所有人还以为这是正常的，甚至是必须的，是组织对一个人最妥帖的安排；她不知道我的女老师可以说是死于她爹手上，如果许阎王的枪口能朝上抬高一寸，今天的我或许就是一个有理想有道德有文化有纪律的“四有”新人；她也不知道小羽的事……她可能听说过其中一两件，但没有与她的心灵发生化学反应。她甚至不知道一个人的不幸即是整个社会的耻辱，当雪崩时没有一片雪花是无辜的。

她不知道的东西太多了。无知即是恶，是愚蠢。

她是许姜，她是许国泰的女儿，她得为她这个出身赎罪，这与她是不是豆蔻少女无关。

停车，手是硬的，脚是僵的。夜已深，听得见道路两侧田野上的各种声音，是柴可夫斯基的《悲怆交响曲》。流水虫鸣。心里有万千林木澎湃之声。我抬起头。头顶是璀璨的星辰。啊，还有那狗屁道德律令。我朝着天空呸了一声。

星辰与明月之间的云层是如此缥缈虚幻，依稀可以看到那个叫康德的德国佬的脸庞。

“美不美？”

我对着康德的双眸竖起中指。

半晌，许姜才说出一句话：“美你个大头鬼。张三，你不要命了？”

“先把眼睛闭上，深呼吸，按我所说的做，注意节奏。让氧气随血液平缓流入身体各部位，想象身体各部位是花苞，因为这些流动的氧气而绽放，是玫瑰花瓣，一朵接着一朵开放，就形成一片花海……你在花海中。对的,你在花海中,你是这花海的一部分。现在，再慢慢睁开。你看，眼前这个世界又成了怎样？”

我松开蒙住许姜双眼的手，仔细观看这张少女的脸庞。

许姜惊呼。

“咦，好像真与刚才那个不大一样。为什么会这样？”

“你一直是生活在一个平庸的世界里。一个循规蹈矩的世界里。”

我顿了下，继续说道：“我是什么？它不是一个埋藏在内心某个极深处，只待挖掘的结果。不，它不是深藏于地壳某处的钻石。但许多人仍然一厢情愿地相信自己的灵魂是花果山，上面还有一块女娲补天剩下的石头。只要吸收了足够的日月精华，就能在某时孕育出一个石猴，唤作孙悟空。不是这样的。我们内心没有这样一块神奇的石头。尽管我们以为是有的，还把它命名为理想（梦）。并大言不惭：是梦每天早上把我从床上叫醒。所有的梦都是谎言。真正把你从床上叫醒的是日常本身，以及它的惯性。你必须起床，因为你不是床。”

我说的话把我吓着了。

是康德附体吗？

云层里已不见那张形容枯槁的脸。云层是一座动物园，里面有诸多奇妙生物。我盯着其间那只梅花鹿，它的眸子是绿色的，好像小羽在天上看着我。

“身是菩提树，心如明镜台，时时勤拂拭，勿使染尘埃。”

耳边是许姜不无犹豫的声音。她的胸在犹犹豫豫间靠在我肩头。我嗅到了一股由少女特有的体香、荷尔蒙的味道，以及肉体的热量所混杂而成的气息。她发情了，想交配了。我知道。我感觉到了。都不用手，光从我嘴里说的这几句废话，就能让她情难自禁。雌性的愚蠢真是令人发指。我回转身，一把拽着她的双手，凝视着她的双眼，还有在月光下渐渐泛出红晕的脸颊。

了不起，这个小骚货，居然知道神秀的这个偈子，这比那些光会说慧能的傻 × 强多了。可她还是错了，答非所问。神秀的这几句话仍然是对这块石头的天真而又急躁的想象。希望石块能分娩出石猴，石猴能早早踏上修行之路成为斗战胜佛。但自我不是。它是一个逐日逐时的建构过程，也是一个被欺骗、被诱导、被反复洗脑的结果。

“小时候，你爸，或者你的长辈有没有问你长大后想成为什么人？”

我压低声音。

“有。我说我想做医生，救死扶伤。”

“你现在做了警察。还是管户口的内勤。”

“你想说什么呢，张三？”

“我是说，那些长辈的声音，那些极富诱导与煽情的声音，即是规训之声，尽管它听上去是那么美好温柔。成人世界被裹在一张巧克力糖里塞入尚还幼小的我们嘴里。我们也就愿意相信这块巧克力糖是值得用毕生追求的。我们在糖纸上郑重其事地写下自己的名字，相信这张糖纸就是自己的人生设计图，是自我的逐渐呈现。无一例外，糖纸都不可避免被揉皱的命运。蚂蚁爬了过来。人所经历的种种，不断修改着对这张设计图的各项原始参数。糖纸不见了。只剩下一张皱巴巴的纸，还有纸上那些乱七八糟的线条。这个时候，我们害怕了。以为自我失去了。并对导致这个结果的我充满厌憎。于是，有的人拼命读书，有的人拼命旅行，有的人拼命谈情说爱，觉得这些事是显影水，能把那个丢掉的自我找回来，让它有一个相对清晰的容貌。”

“你说得有道理，好像是这样一回事。你继续说。”

“恰恰是纸上那些含混不清、粗细不一，甚至经常彼此矛盾冲突的线条，绘出了一个真实不虚的自我，虽然它是不确定的，不断变化着的。今天行的善，明天做的恶，都是这个自我的一部分。这种自我建构异常缓慢，同时又有损毁与遗忘。像一座不断在旧址上重建的城。只要在某处深挖下去就不难找到那些被尘土湮没了的塑像——或者说心理碎片。我们常常把这些心理碎片误以为是一个真实不虚的自我。它们不过是一个阶段的遗物罢了。它们并不必然地决定着什么，只是一份记忆，一种人格。这种自我构建过程的周期，与人体各种器官细胞更新周期有着奇异的呼应。有的更新快，有的更新很慢，几千年来都不曾有丝毫改变。”

我的手滑入许姜的衣衫里，我终于抓住了那对半球体，它们在夜色里光芒四射。我的眼泪几乎都要下来了。我在上面亲了一口，又亲了一口。许姜在哆嗦，如同赤条条地站在冰天雪地里。我都能感觉到她身体里来自尾椎骨的战栗，那一阵阵冒着火花的电流，与即将溢满全身的狂喜。

我说：“想肏你的人是我。”

我说：“许姜，想不要被我肏？请大声告诉我。”

远方是黑的山，是山的轮廓，是上帝沉默不语的脸庞，是一个洞。

我褪下了许姜身上最后一片织物，那件薄薄的小小内裤，随手扔在机车尾座上。现在她是我的了，是她从娘胎出来时的模样。是如此羞怯、惊恐，紧绷如弦，又满怀期待。她闭上眼。她在等待。我知道她在等待什么。不着急。弦才刚刚拉开，我的指尖在弦上轻轻擦过，反复擦过。一个声音在脑子中响起，在这个茫茫寥廓中响起。是歌与旋律，瞬间涌出，不可抑止。我用眼角余光瞥了眼云层里的那头梅花鹿。

小羽。我的小羽。这个世界夺走了你，我也会把这个世界踩烂如泥。

一朵花开不为春，姹紫嫣红才是真。

柔情让你香喷喷，我对青天喊一声。

清风不会再寒冷，流云拂来眼波横。

整个苍穹没伤痕，万物醒来细雨生。

请你快快把手伸，丢了孤独笑红尘。

女儿本来是佳人，洗尽铅华要倾城。

啊……啊……

一朵花开不为春，姹紫嫣红才是真。

柔情让我香喷喷，你对青天笑一声。

清风不会再寒冷，流云拂来眼波横。

九天神仙开中门，玉驾鸾车花飞纷。

请你快快把手伸，丢了孤独醉红尘。

女儿本来是佳人，洗尽铅华要倾城。

四十四

骑在我身上的朱璇高潮了。真实不虚的高潮，我知道。这高潮拳头一样抓住我，使我几乎要丢盔卸甲。但这只是几乎。她鼻翼两侧细小汗珠如趵突泉。比泉水还要甜，甜里带着一丝咸，实在令我欲罢不能，我把她的鼻翼舔得干干净净。

“你是个魔鬼，你祸害了一个好姑娘。”朱璇双眼迷离，“这世上再也不会有一个姑娘像她一样爱你了。”

朱璇嘴里的她是许姜。朱璇错了，这世上真的有过一个姑娘爱我胜过爱自己的生命，但不是许姜。朱璇不愧是做学问出身，她对女老师的心理分析可谓鞭辟入里。如果那天下午翻窗入室的人不是我，是另外一个少年人，女老师同样会接纳他，把自己所懂的东西毫无保留悉心传授。还有小羽，她的死确实是日常生活中的一次意外，并非一场关于爱的献祭。

献祭是顺从的第一步，是靠近神的圣洁法典。

在遥远的南美洲丛林里，至今还生活着一个保留着古老风俗的部落。如果部落中的青年男女，有谁爱而不得，就可以在沐浴戒斋三十日后提出献祭的请求。他的请求必得到允许。这是神赐予的权力。随后，他将与他所爱之人共度七昼夜，做他想做的任何事。众人侍奉他如侍奉活着的神。七日毕，他就会被拖上部落中间一座用木头临时搭建的金字塔，当东方第一缕阳光出现时，他将被砍头剖心。而他的心脏即是他所爱之人的食物。

朱璇的人类学知识真是丰富。我都想起了已经消失在历史长河深处的阿兹特克帝国，还有他们所崇拜的那帮子凶残嗜血的诸神。从原始血腥的阿兹特克诸神，到无情冷酷的北欧诸神，再到极富浪漫气息的希腊诸神……这里好像有一个进化的箭头。是一个什么样的意志射出了这一箭，又或者说这一箭并不存在，所谓进化，不过是朝着各个方面的不同演化。

朱璇嫣然道："是的，你说得对，是演化。所谓进化，只是一个假说罢了。也必须是一个假说。"

上午九点钟的阳光是寂静的。朱璇下了床，赤着身子在地板上旋转了一圈，她的脚尖是踮起的，有点跳小天鹅芭蕾舞的样子。这个女人是出乎意料地好。我不是第一次与她上床，却在最近才真真切切感受到这种如被丝绵紧握着的"好"。

"你也没有你想象的那样爱着小羽。"

朱璇的脚滑过暗红色的檫木地板。她的身体像一个玻璃球，近乎透明。身体里还有些奇异的声响。她的头发不再是五个月前刘启明领她进我办公室时的那副清汤寡水。两侧及脑后盘起发髻，上面再插了一根镶着宝石的簪子；刘海蓬松略显凌乱，却极有造型感。这让她的气质介于西方贵妇与东方少女间。

她在看对面墙壁上那幅《浔阳遗韵》的临摹品。肩胛骨上有两处文身，像两株缠绕的藤本植物，又像两个意义晦涩的几何图案，填充着红与青的染料，近似，又不完全相同。对了，是“朱璇”与“朱旋”这四个汉字的变形。原来汉字的笔画还可以这样生长。我哈哈大笑，起身，从后面抱着她温热腴润的小腹。小腹深处是她的子宫。

“我知道。如果她还活着，我早已弃她如敝屣。这是不可避免的。像日落。人体每分钟有三亿个细胞死去，我早不再是十几年前的我了。”

我停顿了一下，感觉到朱璇腹内子宫的阵阵抽搐。我在这里面播撒过人类繁衍的种子，刘启明也曾在这里面播撒过种子，还有成百上千个男子在这里面播撒过种子。现在它于我的手掌下，以一种奇异的韵律缓慢搏动着。“无上甚深微妙法，百千万劫难遭遇。”我轻叹，在她肩胛骨的两处文身上轻轻一吻。

“人之所爱，越是具象，越易消失遁去。人之所爱，越是抽象，越能坚定恒久。”

朱璇喉咙里传出一声喟叹。

这话是我在心里说过的，而今由她双唇间吐出。我再次进入她的“前凸后翘”。这个身体不仅有着紧致与曲线，还有着知识与力量，是此四者的完美融合。

我用了三个月的时间让她脱胎换骨，她用了七个月的时间证明她是值得的。

这不是《风月俏佳人》，不是麻雀变凤凰的戏码，是生意，是投入与产出。这个道理，朱璇懂。（电影很蠢。女演员的美貌让我惊诧。我把它推荐给了朱璇，给她带去了一盒录像带。如我所想，她果然在观影过程中泪水涟涟。我没问她为什么哭。坐在黑暗中凝视着她闪闪发光的脸庞。女演员叫茱丽娅·罗伯茨。这是朱璇告诉我的。我对女演员是谁不感兴趣。我之所以记住这个名字，不是因为这个好莱坞女性的演技有多么出色，纯粹是因为她那张格外大的嘴，像一个有牙齿的洞）

朱璇有天赋，有大块才华，有戏剧性的表演人格，有一颗不怕死，甚至是渴望死的心脏。这很好。值得给她目标，给她野心与欲望，给她资源与机会，给她一个足够大的舞台，足够她在这个台上唱念做打，以至于发出母狼一样的吼叫。我看得见她内心的狂躁，这狂躁是最纯正不过的生命能量。我懂。她知道我懂。所以当我把计划和盘托出时，她没有拒绝，尽管这是一个罪恶的计划。

简单地说，就是要做一个庞氏骗局。

我的水泥生意太重了，我想做一个轻的。轻如鸟羽。

这世上最赚钱的生意，就是空手套白狼，就是做钱的生意。不是做利差，而是用现代金融手段将古老骗术加以包装，让它合法化，甚至以金融创新之名义取得政府的背书，再紧紧扼住人性的弱点，比如贪婪。这是嵌入 DNA 的基因密码——贪婪者生存。

又或者说，那些不够贪婪的基因，早已在基因战争中被淘汰出局了。

我们常把此贪婪之心称为梦想，就像把对金钱与美女的追求，美其名曰说成是对事业与爱情的追求。这种涂脂抹粉是必需的，因为这种涂抹，能让贪婪有一张千娇百媚的脸，是谓美。

贪婪之辈，必受神的眷顾。

但今天的主神，不再是狩猎与农耕之神，也不是手握铁锤的工业之神，而是智慧女神。不是古希腊神话里有着一张鹅蛋脸的雅典娜。是今天的，这个时代的（我不知道该如何命名这个时代，犹如悬崖处往虚空的一跃，犹如瀑布从天而降，犹如一辆在悬崖陡壁间不断加速前进的高速列车）——她在同一刻也有千百张脸庞，“有的美貌异常，有的宛若处女，有的像麦瑟琳娜在世，有的端庄明艳……”噢，我在俯瞰这个城市的白昼与深夜时，所窥见的，即是她的容颜的一部分。

这是一个人类文明史上从未有过的女神，光彩照人——照的是今天的地球人。不是三十年前的地球人，也不是三百年前的地球人。此三种地球人，是三个完全不同的生物。

这个体态婀娜的女神，她热爱的，不再是一个人的体魄，而是一个人的脑容量，所以她极为慷慨地赠予了后者一项神圣不可侵犯的权利，即对前者征收智商税。

这种残酷的征收，有助于前者脑力的进化，起码是让他们体内的基因片段牢牢记住这个惨痛教训。

准确地说：聪明人生存。

人性是贪婪的，人性也是好逸恶劳，渴望不劳而获的。

基于此两个基本点所设计出来的庞氏骗局永远不会消失，人类在，它必定在，区别只在于包装手法营销噱头，以及那些与时俱进的概念与名词罢了。关键处倒不在于这个体系的建立与运营，而在于善后，在于大厦将倾时能否以一个最优雅的姿势抽身而退。

“而你，朱璇，将会在暴雨来临前的那一刻，去了海外，待在一个四季如春、绿荫遍地的小城，你的身后是一座属于你的古老城堡。我们俩之间也许还会有一个智商高达160的孩子。你将培养他上牛津哈佛，与那些人类最杰出的大脑在一起，探索关于自我与这个宇宙的谜。”

我说的是一个概率。

我无意在朱璇面前掩饰这个计划里面所蕴藏的凶险。

“能赚多少钱？很多很多的钱。一摞一摞码起来，起码有三百层楼高。这还是最保守的测算。在这幢高楼面前，我今天手里的，不过是墙角下的一块碎砾。

“人有多大胆，地有多大产。《人民日报》1958年8月27日头版社论。我爸生前在全县三级干部会议上常说的一句话。《人民日报》是对的，我爸也是对的。人若没有胆，不过是群畜，而已。”

我说了三句话。

朱璇接受了。

三个月的时间，那个在红磨坊里卖身的红发姑娘消失了，那个在永基广场戴着蝴蝶面具的杏仁眼消失了，取而代之的是一个高贵端庄的女子，深圳远大投资公司的朱董事长。

这不难。韩国的整容手术可以给一个人换上另一张脸。

这场手术是成功的，起码刘启明两天时间里没有认出来。

我没有隐瞒刘启明，同样和“盘”托出，盘子比我托给朱璇看的那张要小不少。刘启明还不够资格坐到牌桌上来玩这场金钱游戏，在一边递递茶水做个吹鼓手，发挥下文学才能也是可以的。

项目说起来复杂，其实也简单。

最近国务院出台了《关于加快林业发展的决定》的9号文件，鼓励各种社会主体跨所有制、跨行业、跨地区投资发展林业。政府意志所在，即是商机所在。这是常识，是东风吹来满眼春。《新闻联播》的收视率高达30.31%。十个中国人，有三个半会看。我们要在西北搞一个林场。没有哪个地方政府会拒绝这样一颗奶糖。如今招商引资已是各级政府工作的重中之重，甚至是衡量一方父母官政绩的KPI。只要这个糖包装妥帖，去签下几十平方公里荒地的承包权根本没有问题。“几十平方公里”是一个比喻。我们要的就是一个概念，一个当地政府的背书，一摞子盖有鲜红公章的合同。

“我再重复一次，只是一摞子盖有鲜红公章的合同，而已。其中有那么几份是真的就够了。这叫杠杆。阿基米德说，给我一个杠杆，我就能撬动地球。对不起，我说错了，阿基米德说的是，给我一个支点，我就能撬动地球。但没有杠杆，光有这个支点，他撬个毛啊。哪怕这些合同你都是给我拿萝卜刻的印盖的，也成。这不是问题。”

我点燃一根烟，扔给刘启明，提醒他，一个文学爱好者，若没有想象力，不仅可怜，还可耻、可恶。这是给想象力插上翅膀的时候。

有没有真合同没关系。只是说真合同，有利于从当地政府财政里套取出各种补贴与资金。这种事是双刃剑，没有强人脉以及一个能得到信赖的利益输送链条，就是在刀尖上舔血，稍不留神，就得身陷囹圄。政府的钱从来就不好拿。我们也不是去给某些人当白手套的，我们要站着把钱赚了，在市场里赚，赚那些一边缴着智商税，一边以为自己能在这个击鼓传花的博傻游戏中分一杯羹的聪明人的钱。

朱璇明白我的意思。

她甚至举一反三，马上搞明白我为什么没有去选一个把水变成油之类的项目，或者是某种具有神奇功能的食品。按我的个性，我都想去兜售月球上的土地，或者天上诸星辰的命名权，我是多么喜爱嫦娥奔月这个故事啊。可人得务实，毕竟人民群众还是喜欢眼见为实。尤其是我打算做一个虚的东西时，更需要往实里做，让人看得见摸得着。还有一个关键点：政府背书与公益性质。

许多庞氏骗局之所以其兴也勃，其亡也忽，就是根源于他们对这个关键点的漠视。所有庞氏骗局的操盘手都知道，要在尽可能短的时间内做大，大到一个什么样的程度呢？大到“大而不倒”，大到能捆绑住当地政府官员的荣辱升迁，大到能让受骗的投资者明知这里是深渊，仍不惮于把自己的亲朋好友推下去。但他们做大的手法过于急激，一味停留在高额利息这种手法上，脑子还囿于钱的里面。不识庐山真面目，只缘身在此山中。要想赚大钱，就得跳出钱这个字眼。造势，借势，用势，顺势，才能得势。

势从来就是一个合力的结果，是天时、地利与人和。

如今政府对西北林业投入甚巨，我们就贡献一个“建中国的绿色长城”。做一个“纸上林场”，以亩为单位拆分，五年为一个收益周期。许多庞氏骗局失败，就是把时间绷得太紧，钱若没有了一个相对充裕的腾挪空间，当然会憋死。林业周期长，又是功在当代利在千秋之事。老百姓对此是有容忍度的，是权当自己存了一个五年定期。

然后就是最为浓墨重彩的华丽篇章，即完成“从概念到货币的惊险一跃”。

所有的一二线城市与计划单列市设办事处，把我们这个“绿色长城”的概念卖出去，拆分卖，一万块钱即可买上一份，总计一千万股份。走群众路线，而非为高端客户定制的思路。“投入一万,五年后收益二十万”，这种回报率是诱人的，是有说服力的。承诺零风险，本钱随时可退。不，不是推销，是传销，这两者有着根本区别。推销卖的是产品与服务，传销卖的是人头。这个计划是否能如燎原之火，这是关键处，即奖金分配体系的层级化。

我从抽屉里拿出香港卓越亚洲、台湾桂园等几家传销公司的资料，扔在朱璇与刘启明面前。刘启明的动手能力不错，很快依葫芦画瓢，在纸上拟出一个五星制的分钱方案。朱璇以女性特有的细腻补充了几点细节，使之更具有欺骗性与诱惑性。

现在，它就是一个潘多拉盒子的雏形了，只待开启。

开启的方式极其重要。这个在我脑子里盘桓数载，都有了时间的包浆，若只是对港台传销公司的简单抄袭，那是对我智商的侮辱，是对革命事业的不负责任。干革命工作光有激情是不够的，还要有组织力与执行力，做一个内心坚定具有狂热精神的操盘人。我本心仪吴情，可惜我还没有把潘多拉盒子的木料盘熟，吴情就翻脸做了一个反骨仔。疯癫有余，沉静不足，不足以谋大事。天可怜见，石头缝里蹦出一个朱璇。

她的优点与缺点同样突出。不过对于天才来说，经验这种东西从来不是问题。在决定让朱璇操盘此案前夕，我问了她一连串问题，“为什么巨人集团的史玉柱能够东山再起？为什么史玉柱要卖保健品来打这场翻身仗，而不是选择他熟悉的计算机领域？为什么史玉柱要在区区一个县级市江阴开始脑白金的事业，而不是人头更为熟悉的珠海？为什么史玉柱能打赢这一仗，他到底做了什么？”

当天晚上，朱璇去了江阴。一周后她给了我一份极为翔实的报告。三万字。体例清晰，逻辑缜密，推论严谨，且有大量生动案例。刘启明说得不错，我是捡到宝了。

要让这个潘多拉盒子绽放出迷人光彩，就得“集中优势兵力，各个击破”。脑白金先从江阴起步，再打无锡，接着启动南京、常熟、常州……我们要沿着史玉柱走过的脚印重新走一遍，这叫重走长征革命路！

“还得有新的营销思路，能匹配这个时代节奏的。我们要以最正确的方式击中今天的投资客的G点。他们是谁，长啥样，多大年龄，爱吃什么，爱看什么，爱玩什么，怎么吃，怎么看，怎么玩……我希望我能尽早看到这样一份调研报告。”

我几乎是声嘶力竭地咆哮起来。

朱璇一声不吭，眼睛渐渐发了亮。

刘启明这个傻 × 接腔说了一些废话。比如动员电视、广播、网络、报纸与新兴的互联网来造势营销，搞立体轰炸来洗脑；公益性要讲在明处，这是面子。面子就是生产力。高额利息要给在暗处，给得及时，口碑传播才是最有效果的传播；要请出电影明星、演艺界人士加入到这个宣传队伍中，要择机制造出几个“造林模范”等光辉形象，还要学会适当的饥饿营销；要招退伍兵来搞组织管理，招最有口才的煽动家来做讲师；办公室场所要是当地最高大上的写字楼，等等。

这些都是对的。但不是关键。

“朱璇我放心。关键就是你！”我把手指戳到刘启明的鼻梁上，“机会我给了你，你他妈的给我好好露一手，别再整天说你怀才不遇。还有，听朱璇的。要是你敢放肆玩什么阴的，我就把你双腿中间的睾丸切碎了喂狗。”

朱璇我能彻底放心吗？不能。古代的皇帝怕大臣造反，派监军，还不敢派普通人，派被视为家犬的太监。我没太监可用，而太监也是会被收买的，还是要搞对食的。我也无意让做水泥的这批人接触到这一块，包括王画虎在内。我通过上海一家中介公司，花了一点钱，在开曼群岛正式注册了一堆公司，彼此交叉执股，又通过其中一家公司控制了另一家在英属维尔京群岛注册的皮包公司，再让这家皮包公司控股深圳远大投资公司。深圳远大所收的款项会在第一时间瞬间转移至皮包公司，再由皮包公司返还其日常运用所需。

如此复杂的股权结构自然是为他日抽身及早做出准备。

深圳远大投资公司，朱璇占股10%，刘启明占股5%。

我还给他俩画了一个阶梯，业绩越好，股份越高。

带队伍有四件事。一是给得出激动人心的愿景与可执行的目标体系。二是找得到人。三是舍得分钱。四是掌握核心资源。这四件事，我在每一个地方讲，对朱璇讲，对刘启明讲，对王画虎讲，也对手下其他人讲。我不是武大郎开店，只招个子比我矮的。真有本事，我张三不仅不打压，还扶你上马，送你一程。

这是漂亮话，得讲。

不会讲漂亮话的人，是当不了带头大哥的。肥头只晓得耍狠，别说讲漂亮话了，连分钱这种事都干不好，能当上老大，也只能说是社会给他开的一个恶毒玩笑。

人是要弄清楚自己的斤两。可惜大多数人一辈子也弄不清楚。

朱璇有自知之明，她有才华，有想象力，有极高情商，又甘为白手套，还有这样好的身材与性技巧，真是难得。

七个月时间，她证明了自己，也充分证明了我有一双慧眼。

远大账上的钱从四面八方而来，从岩壁上的点滴泉水，到幽暗林间的潺潺小溪，进而是路边汹涌奔腾的河流，如今汪洋之势渐成……我确信，不需要太久时间，这条河流还会进化，进化成一条吞云吐雾的龙——说兽也行。我爸说得太对了。“人有多大胆，地有多大产。”我不清楚来玩这个“绿色长城”的“城粉”们（刘启明发明了“城粉”这个动人的称呼），到底有多少个是聪明的，多少个是愚蠢的，多少个是假装聪明的，多少个是假装愚蠢的，我只知道，他们是一群乌压压的飞蛾，朝着“绿色长城”的火焰扑来。

如果我不能控制好这个火焰，还真有可能被它们扑灭。

不过，我已为这天准备了太长时间。控制不是问题。现在，我所得的，皆是我应得的。感谢主，让我终得偿所愿。也必须感谢朱璇。她就是一个让人热泪盈眶的奇迹。

我给朱璇准备了一粒七克拉的钻石。

我要谢谢她。数月时间，我原来立身的水泥产业，不过是指甲上的一片灰尘而已。这个时代的变化真快，效率真高。我九个月前还忧虑的、恐惧的，此刻再看，蝇头蜗角耳。

是到了我该洗白上岸的时候。

这是困难的。金盆洗手这件事没弄好，要掉人头。

四十五

刘启明还真是一个如假包换的傻 ×，真正拿到手的钱还没有多少，就急着摆出一副暴发户的嘴脸。隔三岔五，给我打电话说锦衣夜行之苦，依他的禀性，恨不得包架飞机回市里，在空中撒用钞票折成的纸玫瑰。我能理解这种穷凶极恶的炫富心理。原来我扔给他几十万，他就不知道自己的名字是怎么写的了，现在账上每天都是上百万的钱在流动。且，每天都在以一个级数快速增长。这是世上最动听的声音。没有多少人能够在这种钱的洪流中还能把持得住。包括我。

所以我说：革命工作现在到了最危险的时候。

坦率地说,面对数额如此庞大的资金流,我的大脑也有了眩晕。最初的惊喜过后，就是麻木感。钱还真他妈的就是一个数字。我设想过最好的结果。没想到现实比我所设想的还要好上十倍、百倍。我就不明白这个世界上为什么就有这么多的蠢货。

有句话叫傻子太多，骗子都不够用。

现在，我信了。

为什么这个神奇的国度会出产如此之多的傻子？

我破口大骂完刘启明，提醒他还想不想要裤裆里的那个玩意儿，再向他提出了这样一个问题。这个问题，我也问过朱璇。我有我的答案，我想听听他们俩的。刘启明这个人渣，口口声声“不是敌人傻，而是三爷太聪明”。他原来叫我三哥，如今已改称三爷。这点要表扬。不要因为有了一点钱，就忘了挖井人是谁，还能继续保持着谄媚舔腚的本能。

刘启明引用马克思的理论，说“物质生活的生产方式制约着整个社会生活、政治生活和精神生活的过程”，而现阶段我们的生产力与生产关系，决定了大多数人的智商。刘启明说得粗鲁，说十四亿人，起码有百分之九十存在着不同程度的认知障碍。如果刘启明是对的，那他自己也肯定是他咒骂的“认知障碍症患者”中的一员。

可能以为自己曾是朱璇的恩客，我让他俩去启动江苏市场时，这个王八蛋不敢搞霸王硬上弓，私底下各种骚扰让朱璇不堪其扰。朱璇又不好意思对我说，还是我在他们那里伏下的暗子向我做出密报。我去了他们在江苏南京的分部。分部办公地点已从云南路一间公寓搬入新街口的一幢高端写字楼。我没进写字楼，入住了附近一家五星级酒店。叫他俩放下手中工作，半个小时内赶到。就他俩。

前后脚进的屋。

朱璇黑色套裙，知性干练。她已脱胎换骨。这个命运多舛的女子在这七个月内的成长速度，让我瞠目结舌。就感觉她是妖怪生的。我给了她五百万做启动资金。噢，当然不是我从自己荷包里掏出来的。远大公司签下的那摞合同就是向银行贷款的抵押品。

我本来是做好了刻萝卜章的打算，没想到朱璇跑了一趟西北，还真签下一摞。我不过是动用了一些隐秘人脉，帮着她介绍了几个我都不认识的地方官僚。没想到朱璇像是开了外挂的氪星人，神挡杀神，佛挡杀佛，连省里一个秘书长也迅速拜为她的裙下之臣。她把女性的性别优势发挥到了极致，把在学校里积累的心理学知识与在红磨坊的实践经验发挥得淋漓尽致，不过是一个月的时间，就带回三份盖着当地政府鲜红大印的批文。

不辱使命。她说。

我很好奇她是怎么办成的。

就算朱璇是莫妮卡·贝鲁奇这种级别的倾城尤物，那些谨小慎微的地方官僚也不至于如此轻率，就把自己的乌纱帽押注在一个不知来历的陌生女性身上。

“你教我的。”朱璇的回答异常简洁。她眼角有疲倦之色，身子仍然站得挺直，咬着唇，脑后松松绾了个髻，用一根青色绸带系着。看上去像个刚登上讲台不久的年轻女教师，面容纯净，又通体散发出一股极为诱人的甘美气息，让人的目光忍不住在她的长腿、翘臀、柳腰、丰胸处停留，哪怕多停留一秒钟也是好的。

她解开衣裳。她解衣裳的动作像一位演奏大师的指尖在黑白琴键上滑过。

她的身体像轻轻一掐便要迸出甜浆。

我深呼吸，默诵《心经》，把过往的旖旎逐出脑海，把心中诸般杂念一并逐出，凝神望着她那张巴掌大的小脸，线条柔和的下颌，被精心修饰过的五官，还有她那双眸子——就是这双眸子，让我最终选了她。这种绿，不是小羽眼中的绿，也不是那个念艺校的长腿女生眼中那种假翡翠，我想起来了，那种针一样会闪烁的绿，像猫的眼。

“肏我。”朱璇胸脯起伏，眼里有迷蒙的光。

我没动。

我的眼里没有任何欲望。如果她再把这两个字重复一次，我不介意扇她一记耳光。不，打耳光太粗暴了，这是对投资品的毁坏，还是用上等羊羔皮鞣制的皮鞭好了。尼采说过四个字，带上鞭子！我露出古怪的笑容。半晌。她垂下眼睑。我没再理她，回到办公桌前点燃一根烟，顺便还看了几页阿尔弗雷德·阿德勒的《自卑与超越》，这是朱璇推荐给我的。墙壁上的时针在嘀嗒嘀嗒响着。朱璇站在原地，犹如雕塑。她是一个真正的聪明人。她在等我吩咐。这是我们此阶段的相处模式。她无意逾越。她体内那只小兽悄悄敛起爪牙。我搁下书，把腿架在桌上，“说吧，你是怎么做的？”

“我在网上搜索当地论坛，发现了有人在匿名举报这位秘书长。你说过，官当到了一定级别，某种意义上，都是戴罪之身。他们是活在恐惧中的。我想我可以利用这种恐惧。我说我是某中央领导人的亲戚。这个不难，各种P图软件能制作出我所需要的材料。当然，要取得他的信任，这很难。不过，办法是人想出来的。”

午后的阳光照着朱璇，照着那一抹窈窕修长的曲线。

我朝她勾了勾手。她缓步行前。我使用了她，像四个月前一样粗暴地使用了她。这是对她的奖励。她鼻翼两侧布满晶莹水珠。几缕发丝从额际垂至唇边，被她用手轻轻勾回耳边。这种魅惑，能摄人心魄。可惜我已经不再是初见李芳时的那个浑小子了。

朱璇用的是笨办法。这是对付聪明人与老油子最好的办法。她根据那封匿名举报信里的内容检索有关事件，理出了一份数十页的材料。拿着这份材料登堂入室，找到该秘书长索要当地某商业街项目——这是烟幕弹，叫漫天开价；又用某中央领导人亲戚的假招牌，给其人许愿了一道平安符;再在床笫之间精心侍候……如是几番曲折，做足铺垫后，才提出这个开发荒地植树造林的项目。用朱璇的话来说，他知道朱璇是个骗子，可这又有什么关系呢？万一朱璇真的是某中央领导人亲戚？就算这个“万一”不是真的，起码朱璇手上的材料是有一定说服力的。虽然他能解决，乃至于从肉体上解决这个潜在的威胁。可朱璇既然敢孤身来犯，想必有后手。这个后手得搞清楚。更重要的是，对他这种人来说，朱璇想要的东西根本不是事，就是打两个电话的问题。朱璇的床上功夫也值这个价。更何况这是利国利民利当地政府与百姓的大好事啊。

这些确实是我教她的。要有木棍敲打，要有蜜糖侍候，还要有让人看不透的地方。

我眯眼含笑。

在朱璇面前，我原来那些女人，包括吴情，还真是幼稚园儿童与小学生。

我把她纤细的手指含入嘴里。她鼻翼处有了汗，唇上，乳房上，还有两处锁骨间的凹处皆有了细密的汗。她又轻轻地叫了起来，“三哥，肏我。”这回，我满足了她。

朱璇在接到我通知短信的第 17 分钟敲响我下榻酒店的房门，应该是一路疾行，鬓边见微汗。刘启明在第 29 分钟敲门。如果他再晚来两分钟，我很愿意让他想起什么叫作三哥。刘启明穿了一件对襟扣的唐装、棉裤、布鞋，与在市里的穷酸模样大相径庭。他的学习能力不错，他的表演能力更强。忽悠这种事，都被他搞成了艺术。营销上还真有一套。再加上朱璇找来的一位负责日常管理与组织架构的退伍兵（我没找昔日战友，这是愚蠢的），这辆三驾马车目前运转良好。

刘启明进屋合掌作十。

如果他嘴里吐出一句“施主别来无恙”，我发誓，我一定会亲手给他换一口假牙。

我瞧着刘启明笑。刘启明是太熟悉我这个笑容了。宛若一个鼓胀的皮球被针扎了一下，额头出汗，清醒过来，马上恢复了原来那种哈巴狗的形象，摇晃着臀部那条看不见的尾巴，三步并成两步，嘴里急急道："三爷，你可来了。可把我想死了。"

我没有理会他伸过来的手。

他的手僵在半空中。他这只肥大白嫩的手掌。

"你还想要你那5% 吗？"我接过朱璇沏好的茶，呷了一口。茶是朱璇从坤包里拿出来的。我让她喝过的祁红。我不讲究这些东西，她却有心至此，这是好习惯。

刘启明膝盖软掉了。

这只没骨头的老东西，真是丢尽了一个男人的脸，一个知识分子的脸，一个文化人的脸。跪下也就罢了，眼泪鼻涕也出来了。若不是我拿眼神逼住，他怕是要抱着我的小腿无声地抽泣。他有才华，不仅仅是文字上的才华。我承认。但他身上真是集中了文化人这种软体生物的各种毛病。首先是懦弱。这是最大的罪。在策划该项目时，他还好意思觍着脸说，自己能不能干一个参谋。想不担事，又想拿钱，天底下有这样的美事吗？我与他推心置腹，这世上有一种船，能上，不能下，叫贼船。知道熊哥后来是怎么对待那个女作家的吗？丫真是太恶毒了。怕女作家及她的丈夫那位省府高官，脱离控制，给女作家平时的茶水里下了毒，一段时间下来，女作家上了瘾。毒品这种东西是沾不得的。哪怕你是孙悟空，有七十二变的神通，这毒品也是头上的紧箍圈。熊哥拿着女作家丰腴的身子在圈子里很是炫耀了一把，作践了一回，又逼着女作家给她丈夫在日常饮食里下毒。

“你女儿十八岁零三个月。恰桃李年华。这要是有哪个王八蛋给你女儿来这一手，你这个做爹的就是死上了十遍八遍的，恐怕也难赎其罪。对吧？”我把刘启明女儿的照片扔在他面前，“真漂亮的小姑娘。”

照片上的那个女孩儿眉眼间有一抹混杂了娇羞与满足的笑容。这是一位刚品咂了恋爱滋味的少女。刘启明的身子顿时僵硬。

“好好做事。别胡思乱想。赚了钱，把女儿送出国。”

我安慰道。

我不担心刘启明懦弱，他是一个吹鼓手。坏不了大事。好色也不是问题，哪怕他在江苏这边搞出一个后宫，那也是他的本事。但他不该以下犯上，好色至此，是可忍，孰不可忍！这倒不是说朱璇是我的女人——在把“绿色长城”这件事彻底了结前，她还不是。而是说他的行为已经对朱璇要做的事构成了障碍。

“还记得你们动身前，我对你说过的一句话吗？”我和颜悦色。

“三爷，哪句？”刘启明牙齿有了颤抖。

刘启明还真是一个可怜人。我查过了，他的心肝宝贝，那个读大三的漂亮女生，刚在一家破旧的小旅馆把初夜献给一个穷小子。这是好事。穷小子们都该得到阿佛洛狄忒的垂青。那些宁愿坐在宝马车内哭，也不愿意坐在自行车后座上笑的物质女、拜金女，都应该送到集中营，接受思想教育。噢，我要说的不是这个。我是说，刘启明的女儿，我想想，对了，她的名字，叫刘雨晴，她的亲生父亲另有其人。刘启明的前妻给他戴了一顶结结实实的绿帽子，这也就罢了，还让刘启明把她与老情人生的女儿抚养成人。这真是太恶毒了，太变态了。

刘启明知道这个事实吗？如果我把那份亲子鉴定书摆在他面前，他会崩溃吗？

真期待有一天看到他崩溃的样子。

或许刘启明对这个事实早已心知肚明。没办法。这世上有很多事都是没办法。

“你想想。”我说。

刘启明是聪明人。几秒钟后，他便想明白了是怎么一回事，承认错误，保证下次再也不犯。

光承认错误，那是不行的。是远远不够的。做错了事，就得站着挨打。跪着也行。

“把鞋子脱了。”我对朱璇扬了扬下巴。

朱璇略有迟疑。我嘿嘿一笑。朱璇不再犹豫，脱掉鞋，摘掉袜子。她脱鞋摘袜的姿态亦是此般优雅动人。朱璇在椅上坐下，把腿跷起。刘启明没动。我俯身从他上衣内口袋里摸出钱夹，取出他女儿的照片，摆在他面前。我没说话。我太喜欢刘启明此刻这张天人交战的脸庞，上面有一个人的自我尊严，也有一个人的自我崩溃。几分钟后，刘启明膝行至朱璇身前，把朱璇的脚指头含入嘴里。我取出早已准备好的尼康数码相机开始拍摄。这些年，我的拍摄水平有了长足进步。刘启明现在的样子，很有了一点行为艺术家的样子。很奇怪。我心中没有一丝情绪波动。这是我该做的。这也是我们该受的。

这就是生活。

刘启明走了。他的嘴唇在哆嗦中。他是恨我的。他一直是恨我的。他的恨是在呈指数增长的。没关系。他会习惯这种恨，就像我习惯了恨一样。恨是一种极其纯粹的生命能量。如果说贪婪能够让人学会伪装，真正的恨则能够重组人体基因。这世上有太多虚假的爱，也有太多虚假的恨。我希望他的恨真实不虚，如太上老君炼丹炉里的六丁神火。我期待这种重组的结果，也许刘启明会因为这种恨成为一个真正的文学家。我取出相机的存储卡，插入笔记本反复观看这些照片。

“有一个行为艺术家，我忘了他的名字。他去了全球很多城市，在那些地标性建筑前，趴下，用舌头去舔地面。据说长城是古老的感觉，悉尼歌剧院是咸的，伦敦大本钟是工业文明的金属味道。”我亲了亲朱璇的嘴唇。她身体微颤，短暂失神。

这还是我第一次亲吻她的嘴唇。没有任何味道。

至于这个神奇的国度为什么会出产如此之多的傻子？朱璇的回答还是那样简洁。

这世上是没有傻子的。

假如说这个世上是有傻子的，那么相对于爱因斯坦，地球表面 99.99% 的人都是傻子。

朱璇的话是对的，所谓傻子，大抵是一个维度、高度，与角度的问题。这世上多有存在着某种认知障碍的白痴天才。我很喜欢美国电影《雨人》。某种意义上，我第一个女人，我的女老师也是“雨人”。她有一种奇怪的能力，用一支普通中华铅笔对所见人物的精确复制。当时有两个女人与她同站在县广场的公审台上，其中一个是供销社的女职员。女职员没有在那夜去防空洞里的地下舞厅。她之所以被捕，是警察在女老师抽屉里搜出的素描本上找到她，她像《蒂娜的裸体》里那样打开着身体，各种各样的打开。用警察的话来说，比照片上的她，还要更接近她本人。

女老师的素描本上没有我的形象。

我的身体有了颤抖，有了异样痉挛。

朱璇脸有诧异，指尖微凉，姿容妍丽。

我笑了笑，凝视着她的双眼缓缓说道：在你之前，世上岂有“风情”二字？

四十六

我出了院。许姜的哭声在耳朵里萦绕。我想去看一眼她，又怕这个“看”字再生事端。我倒不是怕了事，而是突然想哭，觉得自己就是一个十恶不赦的人渣。这个“觉得”真是不好受，心里面满是生锈的水与腐烂的小动物的尸体。我拖着沉重的肉体，在路上走着,暗暗期待有一辆飞驶的车,能把我碾碎。不要碾成“人样”，最好是一堆牛屎，晒干后，还能被哪家的孩子挑去扔灶里烧。

我上了桥。东门桥。桥头有水泥浇筑的电线杆。上面贴有几张老军医的小广告，俗称牛皮癣。我用舌头舔了舔“淋病梅毒”四个黑体粗字。再用脑袋轻轻撞击着这张纸，撞击着这张纸下面的坚硬，并逐渐加大力量。我想象自己脑浆迸裂的样子。这种想象让人激动，我都想这样干了。

我不爱许姜，但我无法昧着良心说自己不喜欢她。

我喜欢她，我还要毁了她。这能说明什么？说明我是王八蛋，是狗屎。我是邪恶的。我知道。我早在娘胎里就知道了。我妈为了不生下我都受了多少的苦啊。

黄昏的光线降临尘世，若有神灵于广袤天穹处行走。

履痕所及处，皆有光辉灿烂。

我顺着他的足印望去，不远处，在东门桥的另一侧，在那片黑檐灰瓦中间，是许姜的家，红漆大门，屋脊上有雕龙画凤，是独幢建筑，有一个百余平方米的院子。院子外立着一对石狮。院里叠石造山，还挖出一小方池塘，养了数十条锦鲤。据说鱼的记忆只有七秒钟。据我看过的一本《海外文摘》所录，在北欧某国，有议员提案禁止用鱼缸喂养观赏鱼——因为鱼缸是弯曲的。鱼所看到的缸外世界就是不真实的。这对鱼来说太过残忍。又据许姜说,有一种锦鲤,特别贵,上千元一条……我想起了许多个“据说”，这一瞬间，为了避免大脑过载，我继续用头撞电线杆。

李芳说的，一二三四，换个姿势再来一次。

我拿脑袋撞电线杆的样子很蠢吗？我难道就不可能是第二个陈景润吗？

一个穿着件脏兮兮海魂衫的少年，把手伸入我裤兜要把钱包摸走。我只好从对脑浆迸裂的想象中退回来，揪住他细瘦的胳膊，问他要干什么。我本来想赐他一顿暴打，可他说饿。眼神还特别无辜。他的饿与我有关系吗？有的。我可是给许姜背过约翰·多恩的《没有人是一座孤岛》。我还与许姜说过“雪崩时，没有一片雪花是无辜的”。我掏出兜里的钱。一沓“大团结”。在他手上塞了一张，再把其他的撕成两半，一半塞在少年手里。嘱咐他去替我办一件事，办妥后，把剩下的另一半给他。办得好，再加钱。少年不解，嘴里有吱吱的叫声，问我要这么多耗子做甚。我嘿嘿干笑。有些话是不必解释的。少年若有所悟，乌黑的眼珠亮了，还朝我敬了一个革命的敬礼。他跑走了，拖着那条得过小儿麻痹症的瘸腿跑得飞快。他不会让我失望的。我相信。他的背影让我想起少年时的我，想起我朝我爸同僚致的革命敬礼。若是他让我失望了，也没有关系，这只能说明那些在寂静中喃喃低语的神灵，还不希望看到那一幕。

少年走了。我坐在残破的桥墩子上。桥有一些年头。石栏上有一行残字。“光绪三年”这几个我认得。“刘”，我也认得，当是姓氏。其他的字都没有了。桥头还有几家店铺，卖水泥的，卖农药种子的，其间挤着一家新开的裁缝铺。店主人是个腰肢婀娜的年轻妇人，倚门站着，跷兰花指，剥葵花子。长得还算标致，姿色离棋篓子的妻子差了十万八千里。我冲着她吹了一声口哨。她没搭理我。我有点想念棋篓子。我很想就在这桥上与他再对弈一局。耳边是哗哗流水，眼前是寂寞人生，这种感觉应该不错。

余招福过来了，晃着薄薄的双肩，脑袋都要缩到脖子里了。手缩在衣袖里，离我五六米处站住，“我的车呢？”余招福的声音像在哭，他说话时不看我，看桥面上的裂缝。我说：“丢了。”余招福哦了声，慢慢抬起头。他被人打了，眉骨上有肿块与血包。

我知道他为什么会挨打。余招福是买不起那辆嘉陵125的，假如我是车的原主人，我会把他打得生活不能自理。我希望他冲过来，一脚把我踹下桥，踹到那浑浊的流水里，最好水里能有一块石头，而我掉下去的时候，头朝下，正好会摔在那上面。我盯着他。眼里都露出了央求。这个婊子养的，耸了耸肩膀，又继续往前走去。他跟在我身后绕了这么一大圈路，不就是为了找回他的摩托车吗？我这样不负责任的一句回答后，他就放弃了。他的睾丸呢？

我说：“站住。”余招福回过头，眼神是木的。他已习惯于逆来顺受。这里有我的一份功劳。“过来。”我叉开腿，拍了拍身边的桥墩。桥墩上盘着一只石雕的蚣蝮。是避水兽，犄角断了。龙生九子，皆不成龙。我坐龙首，他坐龙尾。

我们默然相坐。河风浩荡，从我俩中间穿过。

余招福说：“赵静姝死了。”我没想起赵静姝是谁，托腮凝视着天边云霞，我听见云霞深处有仙乐阵阵。余招福说：“喝百草枯死的。”余招福的眉头蹙着。我还是没想起这个赵静姝是谁。我说，“你的车是从哪儿搞来的？”

余招福说：“上周五晚上，肠子都烧断了。”

我说：“你他妈的，到底有没有在听我说话。你的嘉陵车……”

我没再说下去。余招福的眼泪下来了。像有尖锐之物在他眼窝处剜了一下，他歪头咧嘴，似有某种可怕的生物要从这眼窝中钻出。他的脸变了形。他的身体在抖。这不再是我熟悉的余招福。我闭嘴，努力地想这个赵静姝到底是何方神圣。

“我们的小学校长。她弟弟就是公安局那个警察，把你打得送医院的那个。”

余招福牙缝里倒吸凉气，“我一直想不明白，为什么好人不长命。我想啊想，想得都快精神分裂了。今天我才终于想明白，就是因为有你这样的坏人，这个世界才会如此龌龊肮脏”。余招福手里跳出一把刀子。裁纸刀，百货商场里卖的那种廉价裁纸刀，这种刀别说捅人，稍不留意就得割伤自己的手。夕阳尚在云层之上，光线在刀尖跳动。我有点失望。把头歪了一下，尽可能露出颈动脉，“往这里割”。余招福作势欲捅，手抖得太厉害了，刀子掉在地上。我捡起来，把它重新递回到他手里，尽可能平心静气道：“猪屄。你这个绰号都是我喊出来的。你还有什么不敢干的？像个男人吧，捅人不会，杀鸡总会吧。闭上眼。握紧，再用力往前……”这个屃货，我递回去的刀子对他来说，简直是一块烧红的烙铁。他扔掉刀子，慌乱起身，脚被蚣蝮的尾巴绊住，扑通跪下，“你这样的人渣，为什么不早死早超生啊？”余招福放声大哭，他脸上有着明明白白的痛苦。我一时看入了迷，顺手给了他一记耳光，再反手给了一记。

余招福把哭声一点点咽回喉咙。可能想起什么，眼神里有了恐惧。这恐惧几乎要抽走他的脊椎骨，身子瘫倒一侧。我拍了拍桥墩，请他重新坐下。他像只软体虫子拼命蠕动，可怎么就挪不动双腿。我闭上眼。心头微觉苦涩。与我同桌数载的余招福不应该是这样的。我与他有过多么快乐的时光啊，我都想起他那手漂亮的扑克牌技，我们曾精诚团结，战无不胜。是什么东西改变了他，又是什么东西改变了我？

我又隐隐约约觉察到这个“东西”在体内的咆哮声。

原来给我爸下跪的女校长叫赵静姝。

“静女其姝，俟我于城隅。爱而不见，搔首踟蹰。”

余招福家很穷，父母过世得早，是跟着在县搬运站的叔叔长大的，没钱读书，本来要早早辍学，是赵静姝家访后，动了怜悯之心，替他交了学杂费，还在生活上多给予津贴。包括他入伍参军，也是赵静姝背后出力。这个女人有菩萨心肠，这个女人也曾让人团成圈滚，这个女人身上肯定有许多我好奇之事，可惜她死掉了，还是这种惨烈的死法。我见过喝百草枯的死人。

噢，我想起了。想起来了。

与余招福有关，与赵静姝有关，还与朱明霞的姐姐有关。那时朱明霞还没有转学过来，我也是很久之后才知道那个开车的女司机就是朱明霞的姐姐。

● 我们在车上。路左边是石头山。右边是幽深的山涧。鸟从涧里飞上来，贴着车窗玻璃，像有根看不见的绳索在拽动翅膀。这是一种土话叫布哥的鸟，不大，一个巴掌能抓三只，性子很怪。晚上歇在树林里，特别乖，头朝下，脚朝上，用电筒去照，握在手里，毛茸茸一坨，逮回家，用绳子缚住它青褐色的脚爪，到天亮，就乱飞乱撞，拿尖喙到处啄，啄出血，也要啄。我们从莴苣田里捉来又肥又嫩的大青虫，它们也不肯瞅上一眼。没两天，死去了，身体变得很轻，但非常硬，比石头还硬。这是为什么呢？

余招福说，它们的灵魂飞走了。余招福目不转睛地盯着女司机的后脑勺，用小手指头的指甲剔齿缝里的韭菜叶，把嘴巴贴在我的耳朵上说，看，她后脑勺上有一张人脸。

那里确实像有一张人脸。灰头发里有几根白发。

这个是嘴巴，那两个是眼睛。这是一张鬼的脸。人死了就是鬼。

余招福在空中比画，瞥了眼四周昏昏欲睡的同学，低笑，摸出一粒小石子。我知道他要干什么，去抓他的手，来不及了。石子砸在女司机后脑勺上。车子轰的一声撞在路边耸出的巉岩上，熄火了。

● 我们在去县龙岗镇的路上。薄薄的阳光从枝丫间飞落，形若蝉蜕。我和余招福嘎着嗓子往坡坎下的窟窿吐痰。我坐在坡坎上。余招福跪在地上，与他一起跪在地上的，还有另外五个男生。这没有办法，谁让我有一条红领巾，而他们六个没有呢。

这条红领巾区分了我们。

窟窿、我与余招福之间的关系是一个等边三角形。距离约有一米五，要把痰准确吐进去，这很困难。嗓子眼里冒起火，但我们坚持不懈。他吐完，我再吐。间隔三百次心跳。吐出节奏，吐出气概，吐出赵子龙长坂坡七进七出的枪法。

赵静姝没有察觉我们这场隐秘的竞赛，声色俱厉地叫，今天，你们中的那个谁不出来承认错误，就在这里跪到天黑。

赵静姝的眉毛在跳舞，跳的还是电视剧《卡门》里的探戈，两条柳叶眉，一会儿是节奏欢快的四二拍，过一会儿又是适于表达忧伤情感的四四拍。我用手捶背，打着哈欠。看着赵静姝踢腿、旋转、折腰、扭胯，车轱辘着那几句没放盐的话。她太让人讨厌了。每个星期五的下午都布置作文题目，字数从五百逐渐加到“必须在千字以上”。忍无可忍，无须再忍。

有天，作文题目是《我的狗》。余招福写道：我的狗叫小赵。我喜欢喊它，小赵、小赵、小赵……全文整好一千字。

赵静姝暴跳如雷，把余招福拖到教务室关禁闭。我理解余招福。我们都理解余招福。余招福把痰吐进窟窿，得意地朝我翻起眼白，以示庆贺。我不动声色地笑。如果这时有一辆手扶拖拉机开过来，车上面的人一定会诧异无比。

这是初春的上午。山路上几十个学生蜿蜒列队。有六个男生跪在路边。一个三十余岁的女性对着他们手舞足蹈，好像是女祭司，在跳一种滑稽舞蹈。坡坎边还停有一辆破破烂烂的大巴，车头瘪进一个凹。

女司机坐在车门的踏板处。在往深涧扔石子，动作缓慢，表情阴郁僵硬。涧里有水的声响。女司机穿着工作服。可这件灰色的工作服也不能掩去她胸前那对豪乳的尺寸。我都想象得出里面盛着的食物有多么香甜。

● 我们要去龙岗镇植树造林，学习雷锋好榜样。现在有人顶风作案，不老实，间接造成了国家财产重大损失。这是要送去坐牢，吃三两米。

赵静姝把唾沫均匀地喷到六个男生脸上。她真厉害，快赶得上神探亨特，通过分析那块圆石的大小、硬度，认定这块石头不是从天上掉下来的，不是从车轱辘底下弹进窗的，更不是其他学生扔的，必须是这六个尚未戴上红领巾的男生其中之一扔的。这个逻辑有点诡异。其中一个男生还想嘀咕，被赵静姝当头敲了一个栗暴，老实下来。赵静姝的工作作风太粗暴了。她若温柔一点，耐心一点，更富有技巧一点，恐怕早有人密报，赵静姝这个时刻大可以双手叉腰，对着余招福喝道：

你有权保持沉默，但你所说的每句话都将可能作为呈堂证供。

我打着哈欠，把早上吃的稀饭从胃里反刍至嘴里咀嚼，猛地睁圆眼。

窟窿里钻出一条漂亮的小蜥蜴，体侧有鲜绿色纵纹，头部鳞片上覆盖鲜艳的红。这是一种奇妙的生物，比那种呆鸟有趣多了。它会自截尾巴，断掉的尾巴还会在地上跳个不停。余招福向我扔来一个眼神。我们情不自禁屏住呼吸，心脏一下子擂疼肋骨。我们恨不得把还在喋喋不休的赵静姝一脚踢落到涧水里。她的屁股这样大，踢上去的感觉一定不错。

小蜥蜴在草丛中停停走走，做好随时逃跑的准备。要逮住它，需要神探亨特那种“透过层层表象，穿过层层迷雾，揭露出藏在黑暗深处的事实”的智慧。

● 赵静姝去了另一边，给了六个男生三分钟，让他们商量出结果。结果也能商量得出？这又不是做数学题。她竟然妄图用这种愚蠢的方式来找答案。这是她蠢，还是我们愚蠢？我敢保证，在余招福扔出石子的那一刹那，只有我一个人看清楚了他手上的动作。但我不是甫志高。老实说，就算其他同学看见是余招福作的案，他们也不敢说，除非他们已准备被余招福的叔叔打断双腿。余招福的叔叔有一双蒲扇大的手。胸毛真多，比电视里的猩猩还多。

我在裤兜里摸出一支火柴杆，折断，撑住眼睑，用眼角余光观察着他们六个人的表情，视线主要集中在蜥蜴身上。它比国民党还要狡猾。关键时刻，不容有失。抓蜥蜴，要防止它咬人，得按住它尾部以上的位置。我对着余招福眨眼睛。余招福弹出手指头。蜥蜴在余招福指缝里一扭，弹回窟窿里。我们七个人不约而同地发出惋惜之声。余招福恼怒了。他一向夸耀他那两根手指头比海灯法师还厉害。现在，神话破灭了。

我们七个人脸庞上分别泛起了红橙黄绿蓝靛紫。余招福的脸是猪肝红，眉毛立起。若他有一对卧蚕眉，就可以搬到关老爷庙里享受香火。

赵静姝大步过来喝道，你们在干什么？赵静姝的手指戳向一个男生的眉心。男生的眼珠子转过几圈，指指余招福，小声说道，他好像中暑了。

我们扑哧一下笑出声。

哪有春天中暑的啊？春天是猫叫春的季节。

赵静姝不笑，目光转到余招福身上，你说，到底是谁扔的石子？赵静姝痛心疾首地说道，你知不知道，刚才的情形有多么危险？若师傅的方向盘打向右边，一车人全报销了。你负得起这个责任吗？余招福的眼神定定地看着赵静姝。赵静姝呼的一下扬起巴掌，巴掌在离余招福的脸蛋几厘米处停住了。赵静姝的脸抽搐着，道，告诉我，到底是谁干的？承认错误了，就还是好孩子。

● 赵静姝的脑袋里装了还没有洗干净的猪下水。也不想想，刚才是谁在提国家财产重大损失。这种错误，不是在女生书包里放一只死鸟，不是在讲台上拉一泡屎。有谁胆敢承认，或者说指认他人？坦白从严，牢底坐穿；抗拒从宽，回家过年。

我在肚子里小声哼哼。

旁边几个戴红领巾的女生闲极无聊，唱起歌，“再过二十年，我们来相会”。

赵静姝把眼睛瞪过去。她们闭上嘴。

我接着唱，在肚子里唱。唱的是被人篡改过的歌词，也不知是谁篡改过的。反正我记住了，只听过一遍就牢牢记住了。

“再过二十年，我们来相会，送到火葬场，全部烧成灰，你一堆，我一堆，谁也不认识谁，全部送到农村做化肥。啊亲爱的朋友们，到底谁先被烧成灰？先烧你，先烧我？反正都是不齿人类的狗屎堆！”

歌词与旋律在嘴里打转，舌头弹起落下，我的口型一下扁一下圆。

余招福忍俊不禁。

赵静姝回头看了一眼坐坡坎上的我，目光略有疑惑。指指那群戴红领巾的同学，声音和缓，让我去那里坐。我说好。没动。我说腿坐麻了，等气血贯通。其实我就是想近距离看着余招福跪着的样子，这种感觉太爽了。噢，我都看见他裤兜里那把火药枪。那是他叔叔用自行车链条做的，枪身用八号铁丝撅制，枪头是一枚黄澄澄的子弹壳。把火柴头的粉末刮进去，扣响扳机，威力大得吓人。我太想把这把枪搞到手了。可我又没有个膀阔腰圆的叔叔。这真是太遗憾了。

● 赵静姝的神情异端烦躁，不时去看山顶上的云。她倒把自己弄得下不了台阶。她不该这样凶巴巴的。她更不应该让六个没戴红领巾的男生都下跪的。

她最好是能与那个倔强的女司机商量一下，看看能否在回校后再交出罪魁祸首。

我笑嘻嘻。冲着余招福挤眉弄眼。

余招福突然撇嘴说道，老师，我知道是谁干的。

我吓一跳，这家伙想干什么？我太了解他了。他嘴角只要往下一撇，就准得有人倒霉。余招福说，赵静姝，我的钢笔滚到窟窿里了，你帮我捡回来，我就告诉你。

余招福边说，边瞟了我一眼。难道他想赵静姝赶小蜥蜴出窝？或者让蜥蜴咬她一口？不好，他不会是打算诬陷我吧？他肚子里的肠子到底想要什么花招？

赵静姝狐疑，半晌，撸起袖子蹲下身，手伸进窟窿，马上尖叫，以迅雷不及掩耳的速度一屁股坐倒。一条灰褐色土公蛇粘在她细指头上。蛇，大拇指头粗，背鳞起棱，腹面灰白。我认得这种蛇。有户人家养老母猪，杀猪熬油后，引来一群土公蛇，被咬。都说是没救了。后来有老人赶来用了一个偏方，把活的布哥鸟脑浆臼碎外敷才算救回来。据说，老母猪最爱在田野上找土公蛇吃，只要闻到气味，便拱土不止，定要食之而后快。所以老母猪死后，土公蛇会回来报仇。

我变了脸色，难道余招福认出那是蛇洞，故意报复赵静姝？这不可能。余招福的嘴大张着，大得可以塞进一个拳头。

呆坐在石头上的女司机飞跑过来，揪住蛇尾，一把抖散蛇的骨架，抛下深涧，恶狠狠地飞起一脚，踢在余招福腿上，骂道，小畜生，你想让你老师死啊！

女司机奔回驾驶室，摸出折叠刀、一团浸过油的纱布，用刀剔开赵静姝的伤口，嘴巴凑过去。赵静姝疼得直叫。女司机破口大骂，叫什么叫，又不是被男人肏。

女司机说话真粗鲁，与她颇有几分清丽的脸庞真是不和谐。

血吸过几口。女司机点着纱布，刀尖烧得通红，朝伤口处剜去。空气中冒出皮肉烧焦的臭味。赵静姝的额头上滚下汗珠子。余招福蒙掉了，比泥雕木胎还要傻。同学们呼啦围过来。老师你怎么了？余招福不知道被哪只手搡倒在地上，等他站起身，已经是鼻青脸肿。我也偷偷地揍了他一拳，但没有指着他的鼻子揭发他。我还拿不定主意。

● 我们回到县城。女司机把车开得比兔子蹿得还快。

学生们把县医院的走廊围得水泄不通。尖脸护士皱着眉喊道，出去出去，要哭去外面哭。几个女生哭得可伤心。她们动不动就哭。余招福被他婶婶拿棒子敲得满头是血，她们也嘤嘤哭。余招福说，这叫如丧考妣。我查了成语词典，才知道考是爹，妣是妈。

做人哪可以这样缺德？现在好了。恶有恶报，善有善报，不是不报，时辰未到。

我的手指藏在口袋里快活地抖动。兜里有余招福的那把火药枪。在一片混乱中，我捡到它。现在它是属于我的一只会唱歌的小鸟。我看着余招福被几个男生反绑双手，摁住后脑勺，押进病房，几乎要笑出声。余招福不想跪。几个男生用脚踩他的膝盖弯处。真搞不懂，他们从哪里获得了这些勇气，难道他们不怕余招福叔叔的拳头？余招福肯定要倒霉，严重处分不可避免；十有八九要被学校开除；搞不好，还要去吃三两米。

赵静姝脸色灰暗，斜靠在病床上，手臂上还吊着盐水。她示意大家放开余招福，说，你们都出去吧，我有话问他。赵静姝还想问是谁扔的石子？我避开人群，绕过几丛修剪整齐的女贞灌木，来到病房后面。玻璃窗很高，我若爬上去，必定要暴露身形。我竖起耳朵。有人在哭。是余招福，像猫叫，又尖又细，很快，声音大了，像猫的爪子在抓挠墙壁，也抓挠我的心。我这还是第一次听到余招福哭。他婶婶那样打他，他也一声不吭。那些女生的眼泪与余招福此刻的号哭声相较，简直是一阵微不足道的毛毛细雨。余招福会被自己的眼泪淹死吗？赵静姝会死吗？惊蛰过后的土公蛇毒得死一头牛。人若死了，灵魂会飞到哪里去？几只鸟在身边跳来跳去，跳得欢欣鼓舞。是布哥鸟。我的心脏被某种不知名的力量重重一捏，下意识地掏出火药枪，拉开枪头，刮入火柴头的粉末，还捡了几粒玻璃碎碴子搁进去，再急忙对准目标扣下扳机。枪在手掌里炸开。

● 在被送去急诊包扎的路上，我看到了一个喝百草枯的死人。在一张担架上躺着。嘴角淌着血，面容极度扭曲，仿佛是一块被硫酸侵蚀过的铁，是能让人晚上做噩梦的。我感到了恐惧。而且我的手掌上正滴着血，可我偏偏就挪不开脚了。我被这张死人的脸魇住了。我第一次发现，原来人的脸上是真的可以有明明白白的痛苦。

担架上胡乱堆着几床被褥。说是担架，即临时卸下的门板。旁边蹲着几个人，看衣着，是附近乡镇的农人，面容与身体上都有着高强度劳作留下的痕迹。其中一个男子可能是这个死人的丈夫，年龄不大，也就三十出头。紧紧地抓着死人的手，一言不发。可那么多的泪水，从他眼窝里流出来。更令我觉得不可思议的，是旁边蹲着的一个老妇人说的话。大意是，喝什么百草枯啊，想死直接跳崖好了，还得送到医院抢救，现在好了，人财两空。

老妇人反复说着。我都想上前踹她一脚。可我什么也做不了，就呆呆地站着，一直到领我去急诊室的护士回身把我拖走。

四十七

当年那个聪明活泼的余招福都到哪里去了呢。这可能与余招福叔叔的死有关。那厮是我们县的一个传说，有一把好力气，若上梁山，能坐得上一把交椅。

八月溽暑盛夏。尚溪常发大水。

混汤腥黄的水面时有猪牛、圆木、木箱滚滚而过。这是狂欢的节日。住河两岸的人用带钩的竹竿去截木头。更有穿犊鼻短裤的悍然不畏死者，腰间缠紧拇指头粗的绳子，悬于东门桥的石拱上，看准了那半浮半沉的樟木箱，撒下手中渔网。刚从桥洞里湍出的水特别急，有力气小的抓不紧手中渔网，被木箱带得身子急坠而下。余招福的叔叔在旁边站着，于电光石火间抓着下滑的绳尾，口中咤喝，手中运力，竟然把那人与渔网中罩住的大樟木箱悬空提起。众人鼓掌，齐声喝彩。

可这样一个人居然会被人活活打死！

搬运站的人被县供销社叫去卸货。一来二去，就少了两辆自行车，怎么也对不上。供销社的人就报了警。警察过来问话，当然是一问三不知。他们只是出卖苦力赚血汗钱的。问话的警察恼了，抽下腰间的皮带，劈头盖脸把这些搬运站的苦力分别抽了几下。不是抽余招福叔叔一个，大家均摊。当时也没见谁哭爹喊娘，大家脸上都赔着笑。等晚上回了家，余招福的叔叔不行了。可能被皮带扣抽到穴位。穴位这种东西说不清。医生说这叫急性心肌梗死。大家说这是命，叫余招福的婶婶节哀。还凑了一些钱，为余招福的叔叔买了一口薄木棺材。

这件事发生在我与余招福在部队的第二年。

余招福的婶婶随后做了暗门子，主要在东门桥人民旅社活动，打一炮，只要一张大团结，顾客包括她丈夫昔日的同僚，还打对折。这些是余招福告诉我的，他的口吻鄙夷不屑，说："亏得我叔对她那样好。这真是把我们老余家的脸丢尽了。"又说，"她那样丑，那些狗男人怎么就硬得起来？"我回答不了余招福的问题。余招福的婶婶是长得丑，黄发阔口，脸上挤满疙瘩，就是一头母猪也比她长得好看。我没去过人民旅社，但知道那里是站前帮的一个据点，是黄志强的地盘，出了名的脏乱差。我不知道黄志强为什么允许这样一个丑女人在他的地盘上招徕生意。

我没有再为难余招福。

那时的我也不知道，东门桥上的这次相见，即是我们最后一次相见。命运给了他残酷的折磨，还将继续折磨下去，再过一些年，他将死无全尸，如尘灰，被这个人间悄无声息地掸去。我告诉余招福，那辆嘉陵摩托，停在许国泰家前那棵梧桐树下。没人敢从许书记家门口偷走它。车应该还在。不过车钥匙我弄丢了。得他自己想办法。

余招福走了，佝偻着身子。

“你知道吗？人的灵魂有 21 克。这是科学家的最新发现。”

这是余招福小时候对我嚷过的一句话，那时的他是多么意气风发啊。把书包不断抛往空中，脚下是带着风声的；那个曾几何时，敢与我单挑，被我一遍遍摔倒在地，摔成狗吃屎，摔成吃屎狗，还能爬起来的余招福；还有在部队时的余招福，说这辈子一定要去趟巴黎，去拱廊街的余招福。他说“一定”的时候，咬牙切齿，还朝着逶迤山脉咆哮，双拳捶打胸脯，当人猿泰山，发誓一定得嫖一个法国妓女的余招福……他们都到哪里去了？

我望着余招福的背影，坐在蚣蝮头上苦思冥想。想了半天，想不出一个所以然，抓起一块碎石往蚣蝮头砸，砸出火星。砸得手掌虎口阵阵发麻。这才吐气发声，起身前行。

桥意味着什么？它连接此处与彼岸，使彼岸不再是一个海市蜃楼的飘飘幻影。又或者说，因为桥，彼岸是此处的一部分。这让活在此处的人，终于抛掉了最后一丝幻想，懂得了什么叫作绝望，学会妥协，学会逆来顺受。

但这不是我想要的生活。

我低低地吼叫。

夜色来了。像鞭子，像刀子，像一丛丛火。一条土狗把腿搭在墙角尿。学名,中华田园犬。我学着它的样子也把脚搭在墙角上，开始尿尿。滚烫的液体自腹内出，这种感觉真是惬意无比，就好像我的尿液滋润了整个地球。

我哆嗦着,对这条还尿个不停的中华田园犬怒吼一声:狗东西。

夜色里狗的眼睛漆黑发亮。狗汪地叫了一声。挪远两米，又把狗腿搭墙壁上继续尿。这手功夫真是超凡入圣。我很仰慕。为了表示这种仰慕之情，我汪汪叫了两声。

有几个穿制服的人过来了。像螃蟹一样走着。手中拿着易拉罐装的啤酒。他们说着话，说游书记，杨局长，还有刘主任。还有我爸的名字，张负重。说游书记正在用手术刀替我爸做睾丸切除术与肛门扩张术。他们中的一个口才真不错，没让他去央视春晚说相声太委屈人才了。

我说："站住。"

他们站住了。还真听话。比中华田园犬听话，与余招福一样听话。

我说："过来。"

他们中的一个突然暴怒，"过来你妈。"一脚飞踹。又是一个练过的。功底当在那个鹿野之上。我的大脑反应过来了，尚未康愈的身体跟不上神经系统发出的信号。眼睁睁地看着这一脚侧踹踢到胸口,人飞了出去,砸在那条蠢萌中华田园犬身上。犬嚎一声，自我脚下蹿出，没跑远，在电线杆边停下继续看热闹。这几个穿制服的真狠，真他妈的狠，拳打，脚踢，肘撞。我都快被他们打成一个沙袋了，嘴里咳出几口血。是血，不是别的，腥甜味。我手撑地，屈半条膝，扬眉，咧嘴笑。我的样子不会比一条地狱三头犬好多少。他们对视一眼，其中一个对另外几个耳语数声。他们中间那个目光阴冷的，歪过头打量我，脸上表情甚是复杂。我起身，脱下外套，胸脯上缠着的绷带正往外渗着血。我沾了一滴血，用舌头舔了舔。我说："单挑。"领头的阴鸷男冷哼了声，"胜之不武。改日。"

我说："不必，今天我就要日你。"

他干笑，不再说话，在石阶上搁下手中的易拉罐，脱外套。是条汉子，说动手就动手。我深吸一口气。捏拳，略蹲，一个标准的军中格斗起手势。阴鸷男身后的夜穹，宛若一面古老的巨鼓，而我之拳头，当在这鼓面上擂出声响。

大脑一阵眩晕，眼前跳出数颗金星。我向前再踏出一步。一张女人的脸庞出现在面前，跟变戏法一样，手指头还戳着我眉心，"你丫是傻 × 啊，那一刀要是再深上半寸，你现在都躺太平间了。你丫要自寻死路，那与我也没有关系。能不能拜托你办一下出院手续。我要被扣奖金的，你懂不懂？"

是鹿野，那张唇红齿白的脸，那个嚣张的话痨。我的睾丸处疼起来。我的嘴唇哆嗦起来。阴鸷男的表情也堪称画作。不多话，转身就走。另外几个迅速跟上。鹿野冷笑，对着他们的仓皇背影，戳指叫道："鹿望，你也就这点能耐啊，欺负起我的病人来了啊？真有本事……"阴鸷男加快脚步，几乎是落荒而逃。

我说："你哥？"

鹿野眉毛一竖，脸上绷着一种大刀阔斧式的线条美。"关你屁事。跟我回医院去。护士长把我数落了一通，这都得怨你。"

是得怨我。

我没吭声。

几个易拉罐躺在街头，几只脚踩过，再被几只脚踢着。当啷几声响。鼻子有点酸胀。对面小巷里奔出几个孩子，七八岁大。其中一个小女孩，扎着羊角辫。她在跑，一边跑一边捡易拉罐。她的动作太快了，以至于根本没有办法避开拐角处那辆疾驶的吉普车。还好开车的是老司机。吉普车戛然而止。车前杠与小女孩间的距离不到一寸。司机探出头破口大骂，短命鬼！

小女孩咧嘴一笑，抓起空罐，从轮胎下翻身而起，还说了句"谢谢叔叔"，像一只翩翩的蝴蝶。又想往我这边奔，可能是看见了石阶上那只易拉罐。停住，如看见一只恐怖的怪兽，车灯前看得清楚，是惊骇。折身回跑，隐没于黑暗小巷深处。她跑远了。孩子们跑远了。那条蠢萌狗汪汪两声叫，循着这伙孩子的身影尾随而去。我抽抽鼻子。我想起了这个扎羊角辫的女孩是谁。我在棋篓子那间破屋里见过。

一只铝制空罐能卖二角钱。一个孩子一天捡一百个，半年收入比一个青皮后生在田头种庄稼全年收入还要多。街头有不少捡空罐的孩子，偶尔能看到他们为了地盘而大打出手。某种意义上说，这种大打出手，和站前帮与沙龙帮的大打出手，县委书记与县长的大打出手，没有区别。

我的一位战友，姓任，真名，我忘掉了，叫任猴子。就是与我同去省城嫖娼不遂的那个。退伍后分到某县某乡搞计划生育工作。任猴子不解。他在部队阅览室没少借阅马克思政治经济学之类的读物。按照劳动价值理论，捡易拉罐的技术含量及人力物力方面的投入，肯定没有种庄稼高，何以如此？任猴子在信中附了几根鸡毛，以示焦灼之情。任猴子在信中说，乡里乡亲都因此纷纷拼命生孩子，再用拖拉机把孩子们一车一车拉到城里面。他的工作越来越难做了。最令他寝食难安的是乡里有几个青皮后生整日缠着他，向他打听有没有喝了后就能变成小孩儿的药水。这看上去，简直像一个魔幻小说的素材，可任猴子说得是那样一本正经，再结合上下文的语境，我想，他是认真的。

为什么青皮后生就不能来捡易拉罐呢？我问。

任猴子见我如此愚蠢，在信中连续问候了几十次我爸，愤怒地用笔尖把信纸戳出几个大洞。说——

粮食安天下安。保障国家粮食安全是实现经济发展、社会稳定、国家安全的重要基础。粮食既是人民群众最基本的生活资料，也是关系国计民生和国家经济安全的重要战略物资。一旦大家都去捡易拉罐，谁来种粮食，谁来保证国家粮食安全？小张同志，历史经验充分证明，一旦粮食出了问题，那就是大问题。我们务必要居安思危、警钟长鸣，增强忧患意识，保持战略定力，始终绷紧粮食安全这根弦。

在这张被划破的信笺背面，任猴子潦草写了几句。说——

易拉罐是这么好捡的吗？若真像新闻里说的那样能捡起百万富翁，那我早就去了，用得着在这里与你废话吗？十个易拉罐有七个半是在餐厅或娱乐城。这种地方是有女人在场的。一个青皮后生能像一个孩子那样溜到桌子底下捡易拉罐吗？就算他不要脸，在座的男士会不会掀掉桌子打断他的狗腿？如果你保证不会，那我就去捡。

我没再回信，任猴子极可能是因为全心全意扑在工作上导致心智受损。

捡易拉罐一定要自个儿赤膊上阵吗？比如，仗着力气大抢。暴力是会有酬劳的，最大的酬劳就是当皇帝；再要么当个头儿，把孩子们组织起来，向管理要效益，吃相儒雅点，组织模式不妨比照下在金庸小说里不断出现的丐帮……任猴子是个傻×，如果我回了这封信，我也就是傻×。任猴子为什么会变成傻×？他在部队时还是蛮聪明伶俐的，起码晓得给老兵端洗脚水，是什么东西在短短数年时间，把他的脑细胞熬出一团糨糊？

这是一个诺贝尔级别的科研问题。

我叹口气，捡起脚边的一个易拉罐，没理会鹿野在身后的叫声，慢慢过了街，把它放在巷口那根下马桩上。罐子没开启。若拿去卖，能卖原价。

鹿野跟了过来。她喉咙里好像有叹息的声音。我没听清楚。她说走吧。我说好。我跟在她身后缓慢地移动着脚步。每走一步，胸口都有把锉刀来回拉动。我像一条受了伤的中华田园犬，跟随在主人身后。我不知道我为什么有这种感觉。我们之间的距离保持着一个精确的恒值。高架灯下的人民广场上，有一片流光溢彩的白色光华。披红戴绿的大妈们在跳着广场舞，舞曲还是叶倩文唱的那首《潇洒走一回》。舞曲嘭嚓嚓嘭嚓嚓。是鼓槌，敲击着那面阿能诃鼓的鼓槌。她们跳的是疲惫生活中的梦想。

我举目望去，如受雷击。是许姜。昂着细长的颈脖，在那堆中老年妇女里，在方阵的最右侧，举手踢腿，像动漫游戏中失血过多的角色。是的，她的肢体动作像木偶人。

天空繁星闪烁。我的眼泪下来了。

我说：“鹿野，我是不是个傻 × ？”

鹿野扑哧一声笑了出来，说：“是的。大傻 × 。死流氓。地球的渣滓。”

四十八

“呦呦鹿鸣，食野之苹。我有嘉宾，鼓瑟吹笙。”

我轻声诵念。

中国是一个诗歌的国度。蘅塘退士编《唐诗三百首》我读过很多次。朱璇问我最喜欢唐朝哪个诗人。我刚要说出嘴，她用一个美国红提堵住我的嘴，说：“我来猜。猜中，你晚上起码要给我三次。”我说好。她在纸上写下了一个名字。我徐徐展开。

是的，我喜欢李白。

“君不见黄河之水天上来，奔流到海不复还。”仅此一篇，即可见谪仙人面目。直令人手欲舞之，足欲蹈之，向前跪倒膜拜之。

我也知道朱璇喜欢谁。喜欢李白那篇《黄鹤楼送孟浩然之广陵》的孟夫子。用她的话来说，《春眠》一诗，小时候读，只觉朗朗上口,眼前一片清新自然。等到年龄渐长,再诵“夜来风雨声，花落知多少”，那是于极平常处闻惊雷，是要掉下眼泪的。孟诗无一字佶屈聱牙生僻怪诞，从随处可见的农家生活中潺潺流出，如石上清泉，字字可见自然。自然又自在，诗句铺开如画，画面空寂幽静，又有足音，是人于画中行走——称得上天籁。世上多以王维与孟浩然并称。王维的山水诗有个核，即禅意哲理，反而见了机心；孟浩然的诗，不事雕琢，纯然出自天性。这不可学，一学便伪。在他的诗里，我们能感受到时间慢下来的魅力，比如“野旷天低树，江清月近人”。远处的天空为什么会比树林更低，因为暮色悄然四合，夕阳缓缓西坠。“低”在这里还是一个动词，是一个慢慢低下去的过程，是一个时间流动的声音。羁旅夜泊，日暮添愁。宇宙寂静，明月伴我。这首诗打通作为个体的生命意识，作为时代的社会意识，与最神秘的宇宙意识，使之融为一体，且有远近，明暗，虚实，强弱，有弦外之音，有象外之旨，是第一流的诗。

朱璇是做学问的人，居然还知道孟浩然的许多典故。比如他的死，就是因为太够哥们儿义气。五十二岁那年，王昌龄遭贬官途过襄阳。两人相见欢。又开喝。关键是他背上长了毒疮，不能喝的。没办法，朋友来了有美酒，孟夫子就是这样实诚，结果酒喝高兴了，毒疮迸裂，人也就死了。

朱璇这句话是对我的委婉规劝吗？

刘启明最近是有点不像话了，把陈妍这个屁也不懂的小姑娘调到浙江去做市场，事先未与朱璇请示。这是在搞独立王国嘛。盘子大了，难免有各种嘈杂声响。这些也就罢了，关键是他还与孙平眉来眼去。上个月还偷偷回了一趟老家，打着探望老父母的名义。回村还撒钱，给村里每个上了七十岁的老者包了一个万元红包。这个蠢货到现在也还是一种屌丝思维，不懂得花钱是一种比赚钱更困难的艺术，盲目露富不仅有破财之忧，更恐有牢狱之虞啊。

是到了让朱璇上岸的时刻了。既然刘启明渴望，就让他这个蠢货去接“绿色长城”项目的最后一棒。知足不辱，知止不殆。许多押注者就是太贪婪于去赚“最后一个铜板”,结果身与名俱裂。市里的水泥生意我已交给王画虎。原来针对孙平设的局，只要王画虎愿意，随时可以把这个嚣张之徒一把掐死。但这已经与我没有多大关系了。

人有了数亿资产后,真的会进化成另外一种生物。此种“进化”难以言说，犹如慧能顿悟，又仿佛是在某一个神秘时刻被上帝的手指触摸了心灵。上亿算有钱吗？算个屁。

我越来越明白那些真正有钱人的思维了。

就算哪天我有了十亿百亿千亿，那也顶多算个屁。

我需要一个合法的游戏，一个能让钱真正发出声音的游戏，一个能在潜移默化中影响一个国家与民族的游戏。

这个游戏会是什么呢？肯定不会是史玉柱搞的《征途》。

朱璇上次与我途经北京木樨地北附近的中科院时，说韩国和美国科学家已经能够利用克隆技术获得人类胚胎干细胞。更有意思的是，科学家们还发现细胞会唱歌。不同的细胞声音不一样，有的低沉浑厚，有的婉转悠扬。受到伤害，会发出尖叫，死亡前，还会发出呻吟。而当细胞出现基因突变，比如癌细胞，则会出现噪声。这直接导致一门《细胞声学》学科的建立。我们的肉体里到底还隐藏着多少秘密，能否把对这些秘密的探寻，或者说这种对科学的浓厚兴趣本身，设计成一个可供全民参与的游戏？这个问题是朱璇提出的。我想了一下，弃之脑后。今天这个现实，是由科技与资本建构，但前者在我的理解范畴外。不过朱璇向我推荐的一本书倒是挺有意思的，《神秘的量子生命》，“量子机制就发生在我们每个人的身体内，而且它们可能是生命之所以为生命的核心”，这有点像玄学。

朱璇的容颜令人倾倒，在木樨地的那场酒宴上，犹如云层间蜿蜒的红色闪电，所谓：有淑人兮邦之媛，佩明月兮纫兰茎，扬轻躯兮掌上，翻长袖兮筵前。初鸿惊兮巧周旋，忽翟举兮何蹁跹？云鬟坠兮玉珥，文席委兮珠钿。羌宛转兮妖且妍，奇莫敌兮妙莫传……那几个面目浮肿官僚们的口水流得有多长啊，其中一个鬓须花白的，乘着上洗手间的空当撸了起来。这固然与那几瓶1982年的拉菲红酒里下的春药有关，但根本还是朱璇。这让我在送走这几位瘟神后，连酒店房门都没进，就在行驶于长安街上的奔驰车内与她搞了一次。她的眼神真是会点燃一个雄性身体里的火。啊，我必须说，朱璇的身体才是造物主最慷慨的恩赐，尤其是我带着她在海南三亚蜈支洲岛的碧海里潜泳时，那是一种毫无瑕疵的美，是人体与水流的完全融合，是神迹。

我的头枕在朱璇膝上。她的膝盖好像是蚕丝绵。这一刻若能静止不动，我愿以生命来换。可惜“这一刻”永远在不断地消逝。

“这幅字是你写的吧。”朱璇以颊轻轻摩挲我的脸颊，手指着对面墙壁上挂着的那条横幅。是曹操的《短歌行》，我最喜欢的诗歌，最喜欢的诗人，没有之一。我是愿意在李白面前下跪的，但若遇到了曹操，我愿意是他迟早要剪去的指甲，或者说是萦绕在他口鼻附近的空气，只为能有机会进入他的肺部而激动如同风暴（刘启明的那首我忘掉了名字的诗真是太恶心了，可想到曹操，这几句诗还真是妥帖）。

“是。”

“是因为鹿野吗？呦呦鹿鸣，食野之苹。”

“是。”

朱璇太聪明。太聪明了也不好。霓虹的光照进屋内，姹紫嫣红，是一堆寂静的花朵。其中一朵是朱璇的脸。她有心事，花瓣半明半暗。

我撑起身，用舌尖挑开她的唇。是凉的，触感柔软细腻，还是没有任何味道，像洗得极干净的刺身。朱璇不喜欢吃刺身，但我喜欢。

我还喜欢凝视她为了“我的喜欢”，把刺身小块拌上芥末与酱油叉入嘴时的样子。这大半年，我带着她去了不少地方。最好吃的还是在日本东京的一家寿司店。靠近地铁，门脸狭小。只有区区数个座位。店的名字我忘掉了。主厨的名字，记得。叫小野二郎，有一张一丝不苟的脸庞，他加工刺身的刀工绝对是世上第一！

“三哥,刘启明撑不起这盘棋。我觉得现在还不是我退的时候。你安心写书，我确实也很想看看鹿野到底是一个什么样的女人。你说过，她是真正甘为你舍了性命的女人。我很好奇。好奇她的头发有多长，鼻子有多高，嘴唇有多丰满，她喜欢吃什么，用什么牌子的化妆品……你们那个时代，一个县城女性用的比较高档点的化妆品是玉兰油吧。我用过，现在普通商场还有售。三哥，你若喜欢那个香味，我明天买来用给你闻。”

朱璇停顿片刻，缓缓说道：“三哥，你安心写书，把鹿野，还有吴情都写出来。还有许姜，她现在过得怎么样？我来赚钱。”

“我来赚钱”这四个字是重点。我的手向上伸去，滑入她的衣衫。是香奈儿的品牌，高级定制服。这么聪明的女人也难以摆脱日进斗金的诱惑。又或者说，这与智商无关。人皆有贪婪之心，至死方休。我的贪婪在别处。指尖滑腻，我轻轻攥紧朱璇胸脯上那个柔软的半球体，攫住，像攫住一个被反复揉酥的羊乳袋子。这个世界上还有多少人知道这件香奈儿套装下包裹的身体，曾经只需八百元即可肆意使用，品咂这只羊乳袋子里的甘甜腥香？刘启明算一个。朱璇是会对刘启明下手吗？她将借助谁的力量？她是否知道，她之所得已经远远超过了她所能负荷的？

我喜欢她，但我不爱她。我爱的是鹿野。

如果说我爱过的女人犹如星辰，一颗二颗三颗，那鹿野就是明月当空。

“明月升起，群星失色。用它圆满的光辉，把世界煅成白银。”

这是萨福的诗。这个性感的女诗人；这个爱着自己女学生的诗人；这个抛夫弃子“想要吞下整个世界”的女人；这个曾在法庭上解开胸衣，让世界看见了那对美丽乳房，因此被判无罪的女人；这个最终因为日渐苍老，不能再拥有爱，而跳崖蹈海而死的女人。

鹿野不是她，但有着她的义无反顾，以及高贵与脆弱。

朱璇知道我爱的是鹿野。她知道我知道。她还知道，我对刘启明的放纵是对她所握权力的平衡，是有监控意味。她甚至知道——我知道，她为了拉拢刘启明，还与刘启明再次上了床。朱璇就像我写过的那个在同一刻亦有千百张脸庞的新女神，浑身上下皆充满“魔法与异世界之美”。如此聪明，如此淫荡，如此美貌丰腴，如此贪婪——以至于对自己的贪婪毫不掩饰。

这是一个伟大女神的孩提之时。

我该祝福她，或者继续浇之以水与养分，还是该干脆一把扼死她——在明眸皓齿的她还未成长至呼风唤雨之时？

头颅里有某个古怪的东西，看不清样子，似有三个脑袋，在朝我走来。吼声低沉。它嘴角滴下的口涎好像是硫酸。我皱眉，手臂肌肉团团纠结。手继续向前。

五根手指掐住朱璇的喉咙，略用力。她嘴里渐有呻吟喉音。这是她所热爱的，所沉溺的。不需要再刺激腰腿臀乳，她也能借此抵达一个比性高潮还要强烈的幻境深处。如果再加上那副被扔在沙发抽屉里的警用手铐，这个幻境还会进一步演化成为一个奇异国度。黑暗中，朱璇的身子在簌簌颤抖。她的乳房在发胀，她的嘴唇在变软，她的脸颊在发烫。她身体的某一部分变得滑腻狼藉。

她没有理会身体的这些变化。俯下身，腰低臀翘，脸偎着我的脸，冰凉的指尖在我胸前那条伤疤处划动，眼神有点茫然，呢喃道：“三哥，我不甘心。”

我也不甘心，不甘心鹿野的死。

这是一个漫长的故事。我还没有找到这个故事的源头到底在哪里。

四十九

我在医院又躺了三天。左胸缝了七针，拆线后上面多了一个小蜈蚣。用鹿野的话说，我这身体不是正常人类，应该让政府解剖，若是能找出这种惊人恢复力的基因片段，也算是把人渣派上用场。鹿野一口一个人渣。我觉得自己确实是人渣。她对我的鄙夷与不屑是属于颠扑不倒的真理。办出院手续的那天下午，我在病房的墙壁上写字。用圆珠笔写。写“我是人渣”这几个字。写满半堵墙壁。没人打扰我，没人来阻碍我这荒谬而又无聊的行为，包括鹿野。她在门口瞥了一眼就走开了。我写完行书，写楷书；写完楷书，写隶书，再写宋体，瘦金体。宋体是跪在岳王庙前的汉奸秦桧发明的，瘦金体是那个最后被当蜡烛烧了的宋徽宗发明的。我很沮丧，我的心情没有因为这种书写变得稍微好过一点。

老妇人进了屋。那个像中世纪女巫的老妇人。瞄了眼我满屋子的涂鸦，没有像往日那样开始打扫房间，直勾勾地盯着我。我被她看得毛骨悚然。我说：“你想干什么？”

她冷哼，“你想干什么？”

她以为自己是复读机啊。我恼怒，心烦意乱。发现自己心里有一些沙砾。我知道我不是贝壳。不能把这些沙砾变成珍珠。我知道我伤害了许姜，“伤害许姜”这件事顶多是这些沙砾中的一小块。人与人之间的关系，尤其是恋人之间的关系，是那样脆弱，一旦出现裂痕，即不可拾掇缝补，只能等着它彻底碎掉的那天。所谓覆水难收，这是常识。我对着脑子里的那一小块沙砾说了声对不起。我不知道其他沙砾是什么，多半坚硬，有着锋利边缘，还散发着腐烂气息。我死死地盯着老妇人，盯着这张满是橘子皮的脸庞。这些橘子皮在动，像云像雾像奔跑的马像一群我从未见过的怪兽。我不知道接下来我该干什么。我听见屋子里那个脸色灰暗的惫懒年轻人小声嘟囔了一句，“写字”。

老妇人放下手中的抹布与桶，抓起那个惫懒年轻人的胳膊，夺过圆珠笔。

该死的，她在他额头上写了“我是人渣”这四个字。噢，该死的，这个惫懒年轻人丝毫不加反抗，像一只被施了魔法的呆头鹅。字写得还真是不错。横轻竖重，笔力雄浑，是颜体。那个硬骨头男人留下的书法范式。这是要数十年家学打底子的。李芳的字比起这个老妇人来说，起码差了三个等级。我皱起眉头。该死的老妇人写完这四个字后，还不无羞辱地朝着惫懒年轻人竖起左手中指，声音是那样恶毒，“你以为你不是粪坑里的蛆？你是的。

你这样的蛆，我见多了。”

老妇人扔掉笔，继续打扫卫生。我听见那个呆若木鸡的男人居然喊了一声大姐。他这是怎么了，他难道不应该暴起一脚？鹿野那记侧踹就很好，他的身体恢复好了，这一脚踹去，这个瘦骨嶙峋的老妇人就可以挂墙壁上了。

“大姐，你的左手中指怎么是黑的？”

这个问题他问过。当时老妇人的回答只有一个字。现在仍然是一个字。

“病。”

“怎么会病成这样？”

“水里有消毒药水。”

“干吗要加药水？”

“加药水才能把血迹与污秽洗干净。”

“用洗衣粉不就成？”

“活人的行，死人的不行，沾了鬼气。小伙子，不是我咒你。你心里就有一只鬼。你若不能把它降伏了，迟早要被它吃掉。”

老妇人用一种极为平静的口吻下了结论。

“怎么降？念《能断金刚般若波罗蜜经》吗？”

“去别处。”

老妇人拎起水桶，转身走了。门外有哧哧笑声。是鹿野。不知她在屋外偷看了多久。一脸不屑，“金刚经就金刚经，还什么《能断金刚般若波罗蜜经》，这是欺负人家没文化？装 × 被打脸了吧”。

鹿野的长腿在屋子里一转，在龛懒年轻人跟前停下，盯着他前额，再次发扬话痨本色，惊奇道：“这是书法啊。咱们中国传统文化里的精粹。比那什么庞中华的好太多了。拓下来，肯定能当字帖用。哎，我说人渣，别这样眼大无神，挤出一个笑容，让姐看看。好了，别伤心了。出院后，别再惹事打架了。碰到我哥那种拳头硬的，及早躲远点。我说人渣，姐也好歹算侍奉了你这些天，你就忍心连一个临别红包都不发吗？”

“你心里有鬼吗？”龛懒年轻人嘀咕了声。

“没有。姐是干干净净身，清清白白魂……呸，我与你这种人渣说这干吗？好了好了，出院手续我也替你办完了。该给本姑娘滚了。有多远滚多远。要我说啊，你这张脸本来长得还真不丑，可为什么我一见就这样恶心呢？肯定是你的本质属性有问题。人渣，以后在哪儿偶遇，千万别说我认得你。平生不求人，就求人渣兄你这一件事。”

鹿野双手抱拳作揖。

龛懒年轻人没说啥，默默拎起早已收拾好的行囊。他走得很慢，肩膀上好像压着几座大山。他不是孙悟空；就算他是孙悟空（这是绝无可能的），这个世界上也早就没有了取经人。他在医院门口碰到那个不断振拳高喊“秋高物燥，防火防盗”的棋篓子。后者显然忘掉了他是谁，凑上前，拍着他的肩膀，喜气洋洋地说道：“不认识我了？我是你的田叔啊！”他没理会棋篓子，没瞪眼，没一个过肩摔。他走一步，棋篓子跟着他走一步。

棋篓子傻乎乎地笑，两眼翻白，一丝口涎从嘴边垂下。他的疯病犯得更厉害了。真奇怪，疯成这样的人，怎么就饿不死呢。棋篓子紧跟在惫懒年轻人身后，亦步亦趋。惫懒年轻人行一，他行一。惫懒年轻人三步并作一步跳，他也三步并作一步跳。惫懒年轻人皱眉，他也皱眉。惫懒年轻人握掌成拳，学人猿泰山作势吼叫，他也握掌成拳，学人猿泰山作势吼叫。

人流熙熙攘攘。

惫懒年轻人歪过头看棋篓子。

到处是人，人的目光，秃鹫似的目光。惫懒年轻人耳朵里有嗡嗡的响声。我都听见了，这些响声是一个个的小人儿，在打架，打得头破血流，在打该把哪个小人儿先丢出去供这些秃鹫啄食。

“喝酒不？”

棋篓子双手捧出挂在胸前的瓶子。是一个可乐瓶，里面有黑乎乎的液体。

“好酒。我婆娘做的。知道我家婆娘的手艺吧，连张负重都说好得不得了。”棋篓子压低嗓子，“知道张负重是谁吗？那是天上的星辰下凡，杀人如麻。你田叔当年可也是他麾下一员先锋官。惭愧惭愧，逢山开路，遇水搭桥，没办过啥大事。”

惫懒年轻人没说话，驻足，观天。

俩人身边已围上几只秃鹫。这日子没法过了。我看到惫懒年轻人脑子里的一缕火花。很奇怪，他并没有急于摆脱困境，只是站着，像是要弄明白自己到底该何去何从。

“那封信我已经写好了，你现在把部队番号告诉我。找了你好多天，就见不到人，这不，信一直搁我手上没法寄出去呢。快一点说，再不说就耽搁事了。军情紧急。”棋篓子一副忧心忡忡的样子，上前抓着了惫懒年轻人的手。惫懒年轻人一把没甩开，眉头越发皱得紧了，嘴里下意识地嘟囔了声，“什么信？”

“干革命工作记性不好可不行啊。”棋篓子眉毛一扬道，“首长下命令，话就说一次，从不重复，哪怕你是聋子，你也得听清楚。哪怕首长说的是，娃，你把你老婆塞枪膛里去，你也得听得清清楚楚，执行得干脆利索。别舍不得，军令如山，岂可因为你娃的一个老婆，贻误战机，耽搁全国人民奔幸福的大事？你们现在这帮新兵蛋子咋就不晓得轻重？弄不好，这可是要军法从事。”棋篓子说到后来，已经是声色俱厉，还动手往惫懒年轻人脖子上比画了几下。

惫懒年轻人一个巴掌甩在棋篓子脸上。

他一声不吭。他身边有一只秃鹫扯细着嗓子喊道：“田伯光，你放什么狗屁？首长的话我们能听不清楚吗？你看见我们哪只耳朵没听清楚？哪怕他没说出口，我们也能听得清清楚楚。就算是领导的一个屁，我们也听得出，听得懂。田伯光，你这是对首长领导艺术的诋毁！是对首长人格的侮辱！我告诉你，你再不跪下来，我这就打电话叫首长来收拾你。”

这棋篓子果然跪下来了。

“我没有诋毁领导。我家婆娘是自己寻的死，与领导没关系。我家婆娘是个不要脸的婊子啊，她妄图勾引领导，腐蚀领导，罪该万死。请组织相信我。给我一把枪，我一定打死她。我罪有应得，我罪该万死。”棋篓子语无伦次，眼泪鼻涕唰地一下全淌了出来，还不停地拿脑袋往水泥路上敲，敲得咚咚响。

秃鹫们围了上来。

惫懒年轻人被挤出人堆外。他在苦思冥想。他想起来了。棋篓子的疯不仅与那个荆钗布裙的婆娘有关，也还与他爸早年说的一句话有关。

棋篓子是在人武部临时借去带民兵时喊口令出的问题。整队集合，棋篓子喊：“向右看——齐！”棋篓子一直这样喊，大家也不觉得什么。后来县里的书记，就他爸，来人武部视察工作，听着这个口令，拍了拍棋篓子肩膀开了句玩笑，说：“你这是要让大家向右派分子看齐吗？”

棋篓子顿时双股战栗，等到醒过神来，他爸已走了，追上前要解释，被他爸一瞪眼，讪讪后退。又不死心，后来又专门跑来县里找他爸要说清楚，结果越描越黑，神经就开始不太正常了。要说他爸脑子还真灵活，人武部的领导问接下来咋办，他爸皱着眉头只想了零点几秒，马上就找到了法子，让他们接连喊三声“向左转”，再看齐。

不过这样的事不稀罕，他爸造的孽不要太多。

县里有个老同志端茶喝水时，不小心把茶水洒在报纸上。报纸上有主席像。他爸马上指出这是想把主席浸在水深火热中。几场批斗会下来，老同志就去向马克思报到了。

又比如有一个葫芦牌菜刀。算是名牌，大家都爱用。他爸让轻工局发出一纸公文通知下架。说是这把菜刀里藏着不可告人的阴谋，用他爸的原话来说，这叫“谁知道你葫芦里卖的什么药”？商店里凡是不为广大工农兵服务的日用品都停止了销售，连照相馆也只准照那种标准坐姿的。

等等。

惫懒年轻人想明白了什么，他的腿在哆嗦。那时的他，还不知道他爸做过的恶，即将由他来承受，一撇一捺都少不了。不过就算他知道，他也毫不在意。他看了眼棋篓子。棋篓子应该是经常在街头上演这一幕戏。秃鹫们啄食掉它们所感兴趣的食物就散去了。棋篓子连个观众也没有了，继续跪着，继续有板有眼地磕着头，五体投地。

“他能这样磕多久？”惫懒年轻人问一个面目模糊的中年人。中年人没搭理惫懒年轻人，加快脚步。一个灰不溜秋的小孩旁边插话了，“天晓得，有时是半个小时，有时到第二天早上，他还在这儿磕着头呢”。中年人与小孩果然是两种生物。惫懒年轻人上前掏出几张零钞放在棋篓子面前。棋篓子没注意到惫懒年轻人，嘴里的声音也小多了，听不大清楚，一直在说，说得没有半点磕碰。甚至没注意到这几张纸币。风把这几张零钞卷走了。棋篓子的身子跟一只提线木偶没两样，跟前几天晚上惫懒年轻人看到的许姜没有两样。

惫懒年轻人吸吸鼻子，迈长腿。

临走前，他对着棋婆子说了句谁也没有听清的话。但我听见了。

他说：“就算你磕下一辈子的等身长头，神亦不会饶恕。你作过的恶，时间记得，历史记得，地球记得。凡所有恶，皆有清算之时。”

五十

什么是疯癫？它根源于不服从，是对现实的逃逸，是对自我与世间万物的重新命名。是一种紧张的形式。一种澎湃力量，是身体里面有了一头远古巨兽，比如我的身体里有龙。

什么是诗？同上。

是否可以这么说，疯癫即诗？他对棋婆子说话的口吻，还真像一个诗人。

他回了家。他用手指轻按了下胸口。那隐约尚在的痛楚是养分。他爸看了他一眼，没有说话。鼻孔对天，在躺椅上呼噜了一声。小阿姨也在，拿着暖水瓶在续茶水，回头瞟了他一眼，不紧不慢地说："回来了？"

"回来了。"

"你爸又犯病了。我就没去接你出院。"

"哦。"

“医院打电话来说，你有东西还忘在医院里没拿。”

“哦。”

“吴主任也打来电话，说这些天你不用上班，先把身体好好养养。”

“哦。”

“你爸有话要与你说。”

“哦。”

“他是你爸！”

他没再吭声。随手扔下行囊。真奇怪，他那时想起的不是许姜，不是小羽，也不是女老师，而是他在女老师日记本里看到的一段话——

> 我想要一个宇宙。只有你我。昨夜衰老，今昼年轻。
>
> 在极漫长的周而复始的时间里，我们的脸上浮现出人类所有的脸庞。欢悦的，悲苦的，天真的，愚昧的……凡此种种的总和。其他信息，或者说数据，不管它是真理与信仰的显现，还是对公理定式更迷人的发现，对美更深刻的理解，对万物更精确的归纳，都被拒之于外。
>
> 这只是一个只属于你我的平庸宇宙。
>
> 灌注其中的，只有我们不断变幻的面容与爱。

这段话写得并不算好。可他第一次看到就被深深地打动了，尽管他并不愿意承认这点。如果我没有记错的话，在他第 13 次阅读这段话的那个月明星稀的夜晚，他做了一个梦。梦见已被枪决的女老师，还有她提过的那个画家。

画家在画布里一动也不动，可能是被吓坏了。也可能不是被吓着了，是心甘情愿觉得自己就是画布的一部分，是上面的一根有颜色的纤维组织。

过了许久，其间已经沧海桑田数回。画家发现眼前出现几个问号。这几个问题是曾经出现过的。可此刻他又看见了它们。

“我是谁？我在哪儿？我在这里干什么？我从哪里来？我要往哪里去？”

这让画家感受到了极大的痛苦。这痛苦是如此真实不虚，以至于一把将他搡出画布。就在他跨出画布的那一刻，赤裸的女老师上前抱住了他。她的表情是那样欢愉，就像是一个等待情郎归来，等待了三生三世的女人。

然后，就在他眼前，女老师与画家开始欢爱。

其间，画家看了他一眼，问道：“他是谁？”

“是蛇。”女老师看了我一眼，又像没看。

然后他就醒了。大汗淋漓。

他的颈肩处又有了汗。他面对着深渊。他的拳头在不由自主地攥紧。他终于知道了毁灭了他人生的罪魁祸首是谁，他错了，错得太厉害了。他爸终于开口说话了，声音就似一摊浓痰里冒出的泡泡。他没叫他儿子，也没叫他张三，更没叫他小三。

“我死了，你就开心了？”

他用鞋底踩院子里一颗石头。石头会有生命吗？他这样用力踩它，石头是否会觉得痛？书上说，给张良传授兵法的老头儿就是一块有颜色的大石头变的，故自号黄石老人。人有灵魂，石有精魄。我是希望这个石头给他挥舞拳头的魄力吗？我皱起眉。我很喜欢这种父子对峙的场面，可这里的气味太难闻了。三个人的味道都难闻，包括那个一身素净的小阿姨在内。

“你打算怎么办？”

他不吭声。有本书叫《老妇还乡》，他看过的。小开本，黄色的，又脏又旧。他是在黑傻的床铺底下找到的。黑傻是在部队阅览室借的。他没打算替黑傻归还。他不清楚黑傻为什么要借这样一本书。这本书的书名太无聊了。老妇还乡能干什么？青春做伴才好还乡，要不就是《琵琶记》里的，“但愿得你名登高选，衣锦还乡，教人作话传”。可他太无聊了，还是看了这本该死的书。这个老妇人，用钱，杀死了那个曾辜负她少女时代的伊尔。

从爱的角度来看，算是对激情的自我惩罚——她杀死了他。这不是解脱。复仇所带来的狂喜之情很快就要消失，世界在她面前越显狰狞可怖。

“我是老妇人，我也是被老妇人杀死的伊尔。”他脑子里的低语，我听见了。我笑了起来，我在他脑子深处对着他轻声低语，“你以为你是个诗人，结果发现自己是一个傻 × 了吧”。他把手指插入耳孔。这是没有用的，是徒劳无功的，是自取其辱的。

他爸在咳嗽，每说一句话，就像是身体里少了一小块。

“许国泰来过我这里。”

“哦。”

他爸老了。眼神阴翳，脸色灰蒙，心神仿佛已经不在这个人世间。小阿姨俯身用一块手帕小心拭去他爸嘴角不断涌出的白沫。白沫又酸又臭，气息难闻。也真是难为了小阿姨。脸上神容没有半点不悦。天了个噜，他差点脱口而出，“注意身体”。他这就要做自己的叛徒啊。我毫不犹豫给了他两记嘴巴子。他的肩膀一阵晃动，站住了。

“人总是要死的。老而不死是为贼。只是我死了,你怎么办？”

老贼还真是会煽情。我想笑，忍住。

“你放心。”

他说。

“你走吧。钱我已叫你小阿姨准备好了，工作的事我已对小吴讲了，先办停薪留职，以后再说。许国泰那个女儿若没事就好。若有事，你的麻烦就大了。许国泰这个人，我太了解了，打了几十年的交道。”

“许姜出什么事了？”他脱口而出。

“可能是精神分裂了。”小阿姨插了话，小心避开疯这个字眼，

“那个丫头半夜跑到街上去唱歌，说什么柔情让她香喷喷，见到男人，就说要让人家跟她那个，还喊你的名字。现在她家里人把她锁在屋里头。不知是造了啥孽。你俩谈恋爱怎么会谈成这样？”小阿姨脸上露出惋惜之色，“那丫头其实很不错的。以前一见我，老说阿姨好。嘴甜得很。”

他眼前一暗，双膝一软。我不得不赶紧扶住他的那已倾斜的脑干。

他拔腿想往外走。

他爸剧烈地咳嗽，差点就掉下躺椅，身体变成一小撮。

“回来。”

“我去找她。”

“许国泰你不了解。你这样鲁莽地跑去，他一枪打残你。说你是蓄意上门滋事。我也无话可说。”

“你住院那几天，你爸非要让人抬着去许国泰家。许国泰不见。最后还是游书记打招呼……”小阿姨又插话了。她的话没有说完，被他爸的目光逼了回去。

“打残我是应该的。”他强行忍住溢出眼眶的泪水。

真可笑。他的眼泪与一只鳄鱼的眼泪有区别吗？

我津津有味地看着。

“我老了，本不必管这些事。如果你还是我的儿子，就听我一句话，不要去了。”他爸用力地吐出一口浓痰，身体随着这口痰的吐出，又萎靡寸许，“你与那个风尘女子的事，我没有说你。人不荒唐枉少年。小三，有件事，也该是时候让你知道。小阿姨是你妈妈嫡亲的妹妹。”

“你别说了。”小阿姨顿足掩口，她的眼圈红了起来。

这件事他早听说了。不知道是听谁说过的。天下没有不透风的墙。他的脑子又继续嗡嗡响。那些互相打架的小人儿又出现了。这种古怪的生物，如同田野上的草，怎么也没办法根除干净。是要往他嘴里灌一瓶百草枯吗？我拿不定主意。

“你妈死后，我常去她坟头。我对不起她。后来，你小阿姨遭了难，隐姓埋名到这儿来了。”他爸露出一丝古怪的笑容，“这些年真委屈了你小阿姨。小三，爸爸时日不多，有很多事也得向你做个交代。以后做事不要冲动，要对得起你死去的妈妈。”

“小三，你是张家的儿子。老张家的单根独苗。”他爸扭过脸，缓慢地。那个迟钝衰老的声音在对小阿姨说，“你把他妈妈的相片找出来给他吧。”

他又看见了那张发黄的相片，看见妈妈美丽的脸，一张精确的椭圆。

岁月流过了这么多年，他妈妈眼神还是这样悲伤，里面有凋谢的星光。

我的心突突一抖。

时至今日，这个浑身颤抖的惫懒年轻人已大致理解，母亲当年为什么要上吊自缢。生，若无所欢；死，即为解脱。只是她之一死倒是解脱，他却成了孤儿，一个被母亲遗弃的孩子，一个被人所厌憎的渣滓。而他之所为，不过是想将他眼里的凶手，他的父亲推向审判席，那张存于人心深处的审判席——这是他不曾意识到的，而我看得清清楚楚。这是可笑的。我没法不笑出声。他在低声呢喃。我听得见。

“妈妈，为何你就能狠心抛下我？我恨你。难道我是这般无足轻重，就因为我是张负重的儿子吗？妈妈，我可以抽掉我血管里的血，只要你能活过来。妈妈，只要你能活过来，我一定会有让你骄傲的闪光时刻。”

他心里的喃喃自语毫无意义。

我知道。我还知道许许多多现在他所不知道的。

小阿姨说话了。小阿姨老了，满脸皱纹，像一个枣核。这是他所忽略的。我看见了。小阿姨老得真快，心苦的人易老。小阿姨是妈妈的嫡亲妹妹。我知道，都不用去做 DNA 检测，看那张脸就知道了。一个多么简单的事实。可他从来就没注意过。是他故意的。他故意选择了忽视。这是一个自毁性的人格。他的魂灵早已支离破碎，在他还尚未拥有一个相对清晰的人格意识时。那些在他幼时所看见的，听见的，承受过的，就像是一种无法治愈的可怕瘟疫，以人类尚未理解的某种方式，感染了他体内的诸多基因片段。

我知道。我默默地看着他。既无怜悯，也无悲伤。

“你知道你妈是怎么死的吗？”小阿姨轻轻说道。

他的身子晃了一下，又晃了一下。

“大家都说，你妈是为了一个戏子死的。其实她是为了你。那年你还不到一岁，啥事也不懂。你爸在外面得罪了人。那个恶棍唆使了两个歹徒，趁你爸去省城参加工作会议，冲到家里见什么砸什么。就有更多看戏的人，趁火打劫、顺手牵羊的人跟过来。你妈抱着你瑟瑟发抖。就有坏人把你从你妈怀里夺走，作势要扔到井里去。非逼着你妈当众跳白毛女。你妈跳了后，他们还不肯把你归还。还提各种畜生要求。你妈照做后，就崩溃了……后来你妈就死了。再后来，组织上为平息事态，也就对外宣称你妈是自杀的。”

一个多么可笑又可怖的故事。是故事，哪怕它确实是真的。这用脚指头就能明白的。我观察着他的表情。他睁大眼，眼眶湿润。他没有让眼泪掉下。这值得夸奖。

“唆使的人死了吧，还有，那两个暴徒下场不会好到哪里去吧？”

他小声道。

他爸没吭声。小阿姨也没吭声。他爸嘴角流下浑浊的口涎，有几寸长。

“被他搞掉了吧。这是一头睚眦必报的畜生。”他指了指躺椅上的老者。

他爸死死地盯着他，浑浊的眼球里冒出那种要吃人的凶光。如果他不是张负重的儿子，不是张家的单根独苗，他相信，我也相信：

这个浑身散发着臭味的老头儿，一定会把他的手啊脚啊都剁下来，再蘸着辣椒酱吃下肚，哪怕他已经躺在椅子上不能动弹。不，不对，是逼着疼爱他的人把那些被砍下的手脚蘸着辣椒酱吃下去。他了解这个老头儿。他是一头可怕的野兽。他也是兽。他是他的儿子。他知道。我也知道。老鼠的儿子天生会打洞，豺狼的儿子天生就凶残。

就算小阿姨说的是真的，就算他妈真死于那桩暴行，根源还是在他爸这里。这是一个不容置喙的事实，简单，清晰。

我在他脑子里为他的逻辑拍起巴掌。

他冷不丁就笑了起来："为什么对我说这些？"

"你爸爱你，你妈也爱你，没有谁抛弃你，你真的不必这样。"

小阿姨小声说道。

"小阿姨，对不起，到今天我才知道你是我的亲阿姨。我想问你一句话，说这些有意思吗？我妈是怎么死的，我很清楚。她不要我了，因为我是我爸的儿子。我没办法把我血管里的血都换掉。小阿姨，对不起，也许你说的是事实。但我妈想掐死我也是事实。

要不要我提醒你们一下？”

他说的是谎话，他早就知道小阿姨是他的亲阿姨了。不过这不重要。他后面说的是事实。他咯咯怪笑，朝天空挥了一下手。

“我妈是我三岁那年死的。你们以为我忘掉了，不记得了？是我三岁零七十一天。那是周五。收音机广播里在播送新闻，说东方红 1 号发射了中国首枚人造卫星。街头有人敲锣打鼓。我记得。我记得妈妈那天对我说的每句话，还有她做过的每件事，她是怎样在卧室与厨房间走来走去。她穿的是那件米黄色的毛衫。薄薄的，像丝绒。她用这件毛衫裹过我的身子。我记得。我记得她手上的掌纹与冷。她上吊前叹过七十三次气。一次比一次长。可我什么都做不了，只晓得哭。事实上，她不止一次想掐死我，在她上吊那天之前。她的指甲掐在脖子上真的很疼。我记得这种疼的感觉，至今犹残留在脖子上。我记得清清楚楚。我不知道上帝为什么要给我这样一个大脑。我很痛恨为什么我的大脑不是一个漏勺，这样那些糟糕透顶的记忆碎片就会被时间冲掉。

“小阿姨，你姐是被我爸害死的。请相信我。我不喜欢撒谎。谎言重复千遍也许就是真理，但在我这里，谎言永远都是谎言。我不需要谎言，哪怕是温情脉脉的。一是一,二只是二。世界是残酷的，不惮变得更加残酷。你可知道我妈为什么要掐死我？她说了，我是畜生的儿子。你知道吗？她不仅掐我脖子，还用被子闷我，还把我的头按入冷水里。她不敢殴打我，捆绑我，针扎我，摔打我，因为怕被畜生看出来，可她折磨我的手段可真不少。她是爱我的，要不我早死了。她也是恨我的，要不她上吊前就应该把我掐死，而不必把我留在这个世界上独自受罪受苦。”

他说完了吗？

不，没有。他只是暂停，喘口气。

他爸嘴里哈出的气都是冰凉的。他爸真是凶悍，眼里的恶毒一点也没有减少。可他爸奈何不了他分毫，谁让他是张家的单根独苗呢。

看着他爸这种受了内伤的神情真爽，比大夏天吃冰镇西瓜还要爽。

我想笑，几乎要乐不可支地笑出声。

不仅是因为他爸，也因为他。这个狂妄自负又无知愚蠢的年轻人，这个自以为聪明、自命不凡又短视天真的年轻人啊。

“至于我爸。爱我吗？他爱的不是我这个人，而是他的儿子。换言之，哪怕他生下来的只是一条狗，他也是爱的。小阿姨，你相信吗？如果我还有个兄弟，老张家的香火没有断的危险，他早把我干掉了。小阿姨，我劝你倒是可以考虑与我爸生个孩子。不要担心年龄大，现在国外有试管婴儿。我爸干了这么多年的坏事，积攒下的家财少不了，万贯家财得后继有人啊。”他拍了拍小阿姨的肩膀。

小阿姨哭了。

他还是头一次看她哭。他的心里有些不安。

小阿姨到他爸这隐姓埋名这么多年，究竟犯了一个什么样的错呢，想来也是杀人放火那种。不过这与他无关。他对小阿姨挤出干巴巴的笑容，指了指脸色通红又迅速泛白的老头儿道：“快翘辫子了。”

小阿姨如梦惊醒，赶紧上前用手轻捶着他爸的背。他爸咳出一口浓痰，哆哆嗦嗦地朝着大门伸出手指，“你给我滚，我没有你这样的儿子！”他有点羡慕他爸。他爸都这样了，小阿姨还这样。假如某天他像他爸这样又脏又臭，会有一个女人像小阿姨这样待他吗？肯定是没有的。他是一个比他爸更坏的畜生。他爸是狗，他就是一摊狗屎。他妈当时真应该带他上路，让他活到今天，真是一点也不利于大家走在社会主义的金光大道上。

我微微笑。

一只蝴蝶翩翩飞来，又有一只蝴蝶跟在它身后飞过墙头。它们缠缠绵绵上下翻飞，好像一只是梁山伯，一只是祝英台。

所有的蝴蝶都挨不过冬天。

他走出门，走得很快，双肩耸着。这里本来就不是他的家。

我很想提醒他一声，事情不是像他想象的那样。一个故事，只要是悲伤的，都绝对不会这样简单。这是上帝所不允许的。如果时间的缝隙允许，我很愿意把三年后迟早要发生的那一幕，在他脑海里提前播放出来。

那时候，他已经是小有名气的三哥了。

小阿姨坐在他面前，挺着背，就像这天一样，不会因为他是三哥了，就有什么区别。小阿姨告诉他，他爸死了。一口痰涌上来，前后就几分钟的事。送到医院已经脑死亡了。小阿姨说让他去看看他，毕竟是他爸，死者为大。他说放屁。他死了，全世界人民都应该放鞭炮以为志庆。起码这鞭炮他得放上三天三夜。小阿姨不再说什么了。她脸上的悲哀是那么深重，呈现出一副让人心碎的苦样。他怜悯她，无意去取悦她。她愿意没名没分侍候他爸，那是她的事。人都要做自认为要做的事，虽然这些事往往狗屁不值。不过就是狗血剧里乏味的一段。他目送她远去。小阿姨突然停足，扶着玻璃门，似乎在犹豫着什么。然后咳嗽，上气不接下气。他递上去一杯水。

小阿姨没接水杯。

晃着身子，扶着玻璃门，像是在嘶喊。可声音是那么低。

“你爸先天不育无精。”

他怀疑自己听错了，有点蒙。他说：“阿姨，你头昏了？”

小阿姨眼里有了汹涌的泪水。那双干枯的眼窝里瞬时涌出了那么多的泪水。

“你不是你爸的儿子！”

小阿姨一点点往下瘫倒，他不得不把她搀扶到椅子上。小阿姨的眼里有幽幽的火。这火，他依稀记得。他妈妈死的那天，他在他妈妈眼睛里也看到过。这姐妹俩还真是像。

“你不是张负重的亲生儿子。你明白吗？你若不信这张医院里的证明，可以上医院做亲子鉴定。现在的大医院可以做，只要有钱。你爸死了也没关系。我打听过了，只要有你爸的血，头发什么的，就行。这里是你爸的遗物。你自个拿着。”

小阿姨从随手挎包里拿出一个公文袋，塞在他手里。

小阿姨走了。小阿姨比枣核还要更老了。整个人好像都在一堆皱纹里。头发也全白了，没有任何光泽，像一蓬盖了雪的乱草，乱七八糟。公文袋里有一张泛黄的医学鉴定书，一份用塑料袋装着的毛发，一玻璃管血。还有他爸的一份遗书。很简单的几行字。他爸把财产一分两半，一份给他，一份给小阿姨。

按小阿姨的说法，他是她姐姐与那个唱采茶剧的小白脸的孩子。在那个革命年代，胆大妄为的他们还是偷偷吃了禁果。他爸早知道自己是先天不育无精，选择了隐忍，还一直待他如己出。

这是真的。他们之间没有血缘关系。他去医院做了DNA亲子鉴定，做了两次。还有血型鉴定。他爸死了，这不影响鉴定的进行。按小阿姨的说法，小白脸是先被革命群众打死后，他爸才发现了他妈，再娶了她。小白脸的死与他爸根本就没有关系。

他还能说些什么？小阿姨的话可能是虚构，但这不重要。重要的是，他的确不是他爸的亲生儿子。他有什么资格恨那个躺椅上的老头儿呢？那个又脏又臭的老头儿，几乎是竭尽全力给出了自己所能给的一切，包括父爱。小阿姨还指出一个他不愿意承认的事实，就是这几年，每当他在外面遇到麻烦时，总会出来些莫名其妙的人帮助他。这并非是他红运当头，而是那些欠了他爸债的人在还债。是他一点也不领情。他就是一只忘恩负义的畜生。

对了。那个老头儿既然不是他的亲生父亲，那就是一个大王八。

龙生龙凤生凤，大王八的儿子只能是小王八，不管它俩是不是亲生的。谁见王八的儿子是孔雀？他一个人在屋子里笑出了眼泪。

“爸，我对不起你。我还是恨你。”

他的眼泪还真是太他妈的可笑。

我哈哈大笑。他还自以为自己像博尔赫斯笔下那个博闻强记的富内斯，居然还记得他妈“掐我脖子，还用被子闷我，还把我的头按入冷水里”，这个大脑还真是不一般的发达。他应该去写小说的，去虚构悲惨的故事，这样或许还能像他小时候看过的《妈妈再爱我一次》那样赚上一笔呢。我笑出了眼泪，发出了杀猪一样的笑声。这笑声太可怕了，停不下来。我不得不用牙齿狠狠地咬在舌头上。

剧烈的疼痛让我又回到现实中。

五十一

黑暗中，朱璇的双眸幽幽发亮。我又瞥见了那种一闪即逝的绿光。

“为什么要用第三人称写这段事呢？这是你的亲身经历，为什么不老老实实，一笔一画，平铺直叙。这样，或许会更具有感染人的力量。解构，颠覆，或者纯粹是享受作为旁观者的恶趣味？又或者说，是故意通过对时间与空间的打碎，制造阅读障碍，以便让读者停留盘桓？”

我没有直接回答朱璇的话。我喝酒。一大杯茅台。

我本不喜欢茅台的这种酱香，偏爱口感更为柔软的五粮液。可我还是喜欢在酒柜里摆上几瓶过期茅台。喝着喝着，就不想再喝其他酒了。偶尔啜饮一口五粮液，也觉得过于轻薄孱弱。我理解这是为什么。人的舌头是有记忆的，人的身体是有行为模式的，人的大脑也是有思维惯性的。这叫路径依赖。这种依赖能够帮助人脑更有效率地工作，使人这个物种跃居万物之灵长。不对，“使人这个物种跃居万物之灵长”的，不是效率，而是虚构。

一只猴子采摘水果的效率再高，它也永远只是一只猴子；同理，一只豹子捕食猎物的效率再高，它也永远是豹子。虚构之力，使人此物种来到今日此时，并有了一个星辰大海作为舞台的澎湃未来。

我抽抽鼻子。房间里有一种味道。是玉兰油的香味，朱璇身上弥漫出来的。我悚然一惊，翻身坐起。似乎有一件很不好的事情正在发生，待我欲定睛看去，它又如燕子悠然远去。额头出汗。我捏着酒杯，把这些天的事在脑子里细细筛过一遍。

朱璇光滑的手臂搭在肩膀上。

“三哥，怎么了？”

“在想我今天都说了什么。”

我踱到窗边，目不转睛地盯着夜空中冉冉升起的一团焰火。它所绘制的图案是如此动人，脆弱，转眼即逝。它是人的隐喻。是对“人是一团无用之激情”的精确描述。而使这一团团焰火，能够接二连三不断绽放的土地又是如此广袤，包括了种种匪夷所思的神奇景观。并且，让人更为惊疑不定的是：它在日趋极端，日趋复杂。而这两个“日趋”并没有损害这种广袤性，反而使之拥有了一个更辽阔壮丽的未来。

“今天你说了米芾的字。说他的字好，刚柔相济，奇正互生，又有野性率意。看其字，如乘大宛名马，马有盛装舞步，人马合一。殊为叹绝之余，马突从一片鳞次栉比里凭空跃起，奋蹄扬鬃，着实是快意难当。”朱璇在我身侧坐下，搁下手中拿着的高脚酒杯，俯身为我按摩头部穴位，嘴里吐气如兰。

“你说你喜欢这个人。喜欢他的癫狂，他的贪痴。”

我点了点头道：“这是一个彻头彻尾的奉行酒神精神的狂徒。”

“是的，三哥，你说得真好。在酒神颂歌里，一切显而易见的秩序纷纷垮塌，生命的原始本能把那些有着明确外观的造型全部无情打碎。山川大地，在震动中重新显现。而关于人的一切，被这个手舞足蹈的酒神狂徒重新书写。这种书写必然伴随着最深刻的痛苦与狂喜，具有一种形而上的悲剧意识的指向。这根放浪形骸的标月之指，也必然使人从日常中得到救赎，让在尘土中终日劳作方能勉强糊口的他们，有机会去理解生命是一派欢乐的源泉此命题。我也喜欢他。是膜拜。米芾拜石，这就是一场行为艺术。行为本身成为公共事件。创作者从作品背后走到公众面前，与作品、观众三者共同构成奇观。这是本雅明说的震惊。也是三哥你反复说过的。列缺霹雳，丘峦崩摧。更重要的是：震惊之后，一个超越世俗的艺术王国得以诞生。新的人将由这个艺术王国孕育而生，不再服从旧有的伦理道德，他要挣脱一切束缚，重构一个艺术的人。而这种挣脱与重构，也势必导致众人眼里的癫狂，以及自我内心的反复折磨、各种强迫症的发作。”

朱璇的声音在屋子里像溪水流动。

那只燕子又飞了过来，在水面上一掠而过。

今天上午我在市艺院做了一场讲演，谈“何以为人，人何以为”这几个字。是朱璇给我的题目。我本不想去。朱璇说一定要去。要把捐的二百万奖学金发挥出五百万的效果。最重要的是，改变大家对三哥的固有印象。

“流氓会文化，谁也挡不住。三哥，你要朝着文化这个方面包装自己。”

朱璇浅笑嫣然，说讲稿她来准备。讲稿准备得非常不错，是一个热心公益与教育事业的成功企业家该说的话。不过我不喜欢。在进学院礼堂的休息室里，我看到墙壁上挂着的一幅米芾的字，是那幅《动静交相养赋》的复制品。米芾的生平我略有所知，宋四家之一，名与苏轼、黄庭坚、蔡京同列；明人董其昌评米芾，更推许他为宋代书法第一。

常奇装异服，招摇过市。为了得到心爱之物不惜做无赖小儿。别人不想给，各种寻死觅活。回复友人书信，写到“芾在拜”时，搁笔，理衫，拱手相拜。有太多奇闻逸事，连他的死都像一场事先张扬的行为艺术，提前一个月处理妥家事，与故交做离别书信，再买一口棺材，坐卧其中。更好玩的是，其人滑稽，其字却不怪诞，也谈不上有多么险绝狂放。结体严谨，多呈正三角与梯形，非常稳固；用笔无往不收，无垂不缩，很讲究回锋顿挫。人与字之间的差异感，在这里就形成巨大的生命张力，真是有意思得紧。

我心一动，上了讲台，把朱璇准备的讲稿搁在一边，也就随口从米芾的字这里脱稿说起。说到后面，还真是掌声雷鸣。事后朱璇告诉我，开头的掌声还是一个组织行为，是学院老师的暖场安排，后来就真是自发的，不仅有掌声，还有尖叫。对了，还有那个绿眼睛的长腿少女，她也在，可能是留校当了辅导员，穿得一本正经，我差点都认不出来了。演讲的后半段，还给我递纸条子。

“人类史说到底就是一部天才涌现史。大部分的人，包括在座的 99.99%，都是为某个天才涌现所提供的土壤。至于道德，那只是一个被不断误解的地理名词。亲爱的同学们，你们都是搞艺术的，都希望自己是天才。若想证明自己是那个 0.01%，渴望成为划过夜穹的那道闪电，那你首先得学会摧毁，摧毁你的日常生活，啊，就从摧毁你身边的朋友开始吧！”

朱璇咯咯笑着，把我讲过的话一字不差地重复了一遍。

这话真是太邪恶了。我真的这样说过吗？

朱璇露齿笑道：“真的假不了，有原声录音呢。要不要我播放给你听？我开始还挺担心着呢。但你讲得真好。三哥，你就是一个天才。”

这话我不爱听。

所谓天才，都是一群王八蛋，包括爱因斯坦在内。这个能够领会造物主的心思，揭开原子与宇宙奥秘的天才，一直到老都是习惯性的劈腿，脚踏两只船那是他的生活常态。起码，我不劈腿。又或者说，这部分证明我不是一个天才。

对了，米芾的字。那幅《动静交相养赋》，光“之”字就有二十一个，字字皆不同。我体内恐怕就不止于二十一个人格。朱璇体内又会有多少个？

啊，那只燕子又飞了过来。

翅翼尖窄，凹尾短喙。羽毛上面有一层带金属光泽的淡绿色。

是那个男人。我看见了！

我看见了他！

戴着一顶七成新的棒球帽，坐在礼堂倒数一排靠门的位置。是孙平。那个阔嘴东北男人，那个号称“什么样的钱都敢收，什么样的女人都敢玩，什么样的事也敢干”的男人。他妈的，我附庸风雅给自己脸上涂油抹彩，他来干什么？

一个声音在喉咙里爬，要爬出来。来到舌底下，电动马达一样抖动。我咬紧牙关。这个声音在我口腔中扭动，翻滚，跳跃，猛地像猫伸出一直隐藏在厚厚肉垫深处的坚硬爪子，使劲一挠。我的两排牙齿不由自主地互相敲击了一下。手也不听话了，一阵痉挛挣扎。

朱璇没有发现我的异常，还在慢声说着话。

她的身形在光线黯淡的屋子里，还真有点像米芾手书《研山铭》上的字，恣肆烂漫、欹侧生姿。不，不是字，也不是燕子，是一头美丽的豹子，是一头豹子即将飞起捕食前的姿势。头很疼。这只豹子在说话，光线在她胴体上流动，有着无与伦比的美，以及致命的诱惑力。

我端起杯子，又喝了一大杯茅台。

“生活是一条河流。这个庸俗的比喻属于陈词滥调的范畴。再深想一下呢？比如河流，它有层流与湍流。如果河床上有巨石等障碍物，还会形成涡流等。水流的种种形态都可定义生活中的某类现象，乃至于成为人类社会结构的镜中隐喻。水的流量与流速，又受降雨量蒸发量渗透量，流域大小以及河床构造及其地理面貌等种种因素的影响。

“一个人的命运与河流何其相似啊。更有趣的是，人们望见河流时，所望见的其实就是河面，是河流这个整体中极小的一部分。水底另有广袤世界——尽管这是一个事实，但是一个少数人心照不宣的事实。大多数人的一生都在随波逐流，作为河面上的漂浮物存在。在他们眼里，河面的现实就是一切的因果，河面上的规则便是全部的律法，河面上的常识即为真理。更多的现实犹如被水流不断冲刷的河床。但少有人能够意识。为什么呢？

“因为没有必要。这是价值观——对月亮一无所知的渔民，一样可以收获月亮引发的潮汐所带来的丰厚馈赠；因为人类认知的固有缺陷。这是方法论——能穿上潜水服到水底探险的总是极少数人。潜水服很贵的。只依靠肉身与常识，要去察看水底的真实，几乎是不可能的事；因为看不见。这还是方法论——这里有一个悖论。能穿上潜水服的，多半是科学主义的信徒。他在水底所能看见的现实，是科学眼里的现实，那些非科学的，哪怕是神迹，也会被他们有意无意地视而不见，更别提回来告知大家……”

这些话非常熟悉。

是我说过的。

她为什么要不厌其烦地重复我说过的话？

我浑身战栗，号叫出声，使出吃奶的力气号叫出声。这声喊叫就是一个即将引起一系列可怖的链式反应的病毒。与此同时，我的手动了，完全不由大脑支配，一把掐住了朱璇细长的脖子，以迅雷不及掩耳之势。噢，这种感觉真好，像一把掐住了一个体内装满甜浆的有着细核的水果。噢，她不是豹子，就是一个水果。只要我再加用力，这个水果就会炸裂，露出那个真实不虚的核。

“朱璇，孙平怎么来了？如果我没有记错的话，尽管他坐最后一排，你坐第一排，但你们的目光起码交会过一次。我知道，腿长在他身上，他爱来就来，你管不着。可他来了，为什么你不对我说一声呢。哪怕是事后？你是在隐瞒着什么吗？”

朱璇目光里似乎多出一些诡异的浮游生物。我一时还真认不出这些浮游生物的品种。窗外不断升起的焰火，在她这张被精心修饰过的精致面容上，不时涂上一层绯红。她的眼珠子在朝上翻起，现出一点阴翳。她是要拿白眼对看我吗？她为什么不开口反驳，是心虚了吗？是不是我再用力掐下，她将就此化为花片、蝶翅，飘扬于空？

不，是我掐得太用力了。

我松开五指，开始咆哮。这头皮毛美丽的豹子啊，我是多么渴望把它带到乞力马扎罗那常年积雪的山巅之上，在上帝的庙殿里，做一场神圣献祭。耳里有奇怪的声响，像号角吹起。我回过头，我看见了一只地狱三头犬的眼眸，就在窗户嵌着的玻璃幕墙上。是的，地狱三头犬。众妖之祖堤丰与蛇身女怪厄客德娜所生，把守地狱大门的恶魔。

它在静静地看着我。

我依稀记得自己曾经是那么喜爱骑在它们的背上到处游玩，捏它们的尖耳朵，拔下几根淡金色的坚硬毛发，敲打它们三角形的古怪颅骨。现在轮到它们来折磨我了。也许这不是“记得”，是幻觉。它眸子的深处是那个穿着灰夹克的慵懒年轻人。他的身影在被某种奇异的力量不断撕碎扯烂。他的双手之间涌现出各种奇异之物，有时是一个用鸟羽与晃动的光线编织出黑白杂间的乌比斯环，有时是一团会说话的闪烁不定的火，有时是一个有着少女胴体的垂死老妇，有时是一座通体由白玉构建而又在几秒钟内迅速崩塌的神庙……

玻璃幕墙上出现阵阵涟漪，动而有光。一个我目前还不能理解的逻辑在支配这过程，像一组简洁优美的物理公式支配了万象万有。我无法拒绝观看，甚至连扭一下脖子也做不到。

我看着他。

看着这个穿着三接头皮鞋的年轻人。他身边有暗云覆水，黑风波涌。他拖在地上的影子有龙形蛇角。

五十二

他走在去县政府礼堂的路上。叫长征路。这条长征路他走了千百遍，闭着眼睛也知道这条路上哪个地方是琴键。他在长征路与红旗路交叉路口处看见了李芳。这是一朵花，让男人精虫上脑，让世界美如斯。更重要的是：

她的存在让万物加速流动。犹如货币。

她的小腿洁白粉嫩，黑裙性感优雅。如果再给他一次机会，他会毫不犹豫，并且充分享受这种采撷的过程。他注视着她的目光不会比一张狗皮膏药好到哪里去。她没看他。粉脸酡红的李芳，想来喝了不少酒。站在秃头吴身后，欠腰，姿势优雅。秃头吴的腰弯得快接近 90 度了。他在打开一辆黑色帕萨特的车门。一双锃亮的皮鞋踏出车门……是的，锃亮的。

他亲眼见到过这双锃亮皮鞋沾染了泥浆的时刻。它从水泊中抬起，很自然地踩在台阶上。很自然的，秃头吴趋身上前，像狗舔着食物，从兜里摸出一张手帕把鞋擦亮，动作极是敏捷迅速。

鞋的主人缩回了脚，继续前行。而更令人叹为观止的是，在此过程中，皮鞋身边的各色人等皆按其身份，各有其职守，该陪皮鞋主人说话的继续说话，该弯腰跟在秃头吴臀后递手帕的，也做好充分准备。无人逾越。而这一切根本没有经过彩排或演习。就是这样自然而然，像树生出叶子，水往下游流。

秃头吴的腰更低了。是准备随时趴在地上成为这双皮鞋的地毯。

这是可以理解的。

鞋的主人是县里的游书记，现任一把手。就连矮胖县长在这个瘦高男人面前，也是十分谨慎，非常谦虚。如果说县长的恩情是比海深，游书记的恩情就是大海的十次方。是他哺育了人们，没有游书记又怎么可能有大家这样幸福美满的生活？他笑了起来。他都有点替李芳着急了。她是多么想上前挽着游书记的手啊。身体紧绷成了一张弓。秃头吴真是太讨厌了，都替他害臊。秃头吴应该知情识趣退往一边，让李芳这根弓弦拉响。

不过秃头吴若这样做了，明天就可能不是吴主任了。没办法。游书记也没办法。所以游书记没有第一时间去握李芳的手，朝四周挥手致意，声音略有嘶哑，“同志们辛苦了。”众人齐声答，“游书记辛苦了。”

游书记步幅不小，秃头吴的身子往后缩去，目光扫向李芳。李芳接到这道目光，加快步频。游主任光秃秃的头顶在阳光下闪闪发亮，挥动的手臂以一种极细微的技巧甩开了李芳的殷勤，继续阔步挺胸。游书记真是人民的好领导，假如这个穿着三接头皮鞋的年轻人是游书记，他的手恐怕立刻就跑到李芳腰肢处了，手指还会不断下移——根本不受大脑指挥。又或者说，假如他是游书记，他极可能会立刻回到车内说声“李芳啊，进来，我有工作要与你谈”，再扬长而去。他还没与哪个女人车震过呢。他在脑子里幻想过N次。又或者说车震这太粗俗了。他大可以把手伸入李芳的怀里，摸着那对丰盈之物，思考一下县城经济发展的诸多要素及模式，以及生命的意义。

他确实敢这样做。

所以他这辈子都不可能是游书记。他仔细研究游书记脸上的肌肉。肌肉的每个细小动作都是学问，值得受用终生。他嘿嘿笑，想起游书记从来就没有在光天化日下与李芳调过情。游书记太了不起了。他是人民的好书记。游书记的工作不容易啊，为了统筹全局，带领全县人民迈进新时代，所以十天就有九天半是待在市里，所谓会当凌绝顶，一览众山小，在一个更高的点上往下看问题，思路应该会更加清晰，视野会更加广阔。游书记肩膀上的责任很大，担子太重，所以现在的步伐都有点踉跄。幸好李芳及时扶住游书记的手臂。跟在后面的人群不约而同地轻嘘出一口气。这要是让游书记摔着了，我们全县人民还怎么活？用游书记的秘书的话来说，游书记就是我们的爹，我们的妈，我们前方的明灯，我们的雨露，我们头顶的太阳。这属于援例不当，把游书记比喻成爹妈也就算了，但明灯不就是一个灯泡吗？雨露也很快会蒸发，而太阳……太阳距离地球有 15210 万千米。可游书记明明就在我们中间！

他嘿嘿笑。他差点想跳到队伍中间，揪出那个愚蠢的秘书，给他拳梁上狠狠一击。

他没有这样做，他今天有更重要的事情要做。

今天是全县三级干部大会。

游书记要率领四套班子在主席台上，做一个字正腔圆的报告。他布置好了。那个得过小儿麻痹症的瘸腿少年还真是办事靠谱。按他说的时间，在他吩咐的地点，等了他五天，很有点尾生的风骨。少年叫啥名字，对了，叫王虎。他把当时那撕成一半的人民币给了少年，还另外再加了二百。现在东西都准备好了，布置妥了，三大笼耗子，两笼癞蛤蟆，还有蟑螂与一小罐臭虫。臭虫可真不好找。都在主席台上的天花板上倒扣着，只要他在外头一拉线，拽掉那层封住笼口的薄膜，耗子、癞蛤蟆、蟑螂还有臭虫就会掉到那些端坐在主席台上的人的脖子里。啊，这只是一个比喻。不是说他们就是耗子、癞蛤蟆、蟑螂还有臭虫。起码癞蛤蟆是益虫。

他朝走在队伍前头的李芳敬了一个礼。李芳是没有资格坐主席台上的。可惜陈副书记的辫子确实翘得有点早，要不李芳也就不至于是一个办公室副主任，那么她今天的衣领里也可能钻入一只蟑螂。

他朝秃头吴敬了一个礼。秃头吴也是没有资格坐主席台上的。按说让一只癞蛤蟆掉他脖子里最合适。真奇怪，陈副书记与李芳有一腿，游书记与李芳有一腿，县长与李芳有一腿，罗副书记与李芳有许多腿……区区一个办公室主任是怎么摆平这些关系的。又或者说，这些书记县长们就喜欢头上有一点绿，因为绿色意味着和谐，象征着繁荣昌盛？应该是女字旁的“娼”吧。

他朝许国泰敬了一个礼。这个家伙有资格坐主席台，坐最边上。可惜没有蛇，要是搞到一笼蛇就好了，肯定会有一条眼镜蛇或赤练蛇什么的，主动掉他脖子里。

他朝着队伍中一个清瘦老者敬礼。是新来的鹿副书记，接替昔日的罗副书记分管教育、卫生文化系统。鹿野就是他的女儿，鹿望就是他的儿子。

他敬礼，朝着队伍敬礼。朝着这只缓缓步入礼堂的队伍致以革命敬礼。

瘸腿少年在他身边站着，同样敬着礼。

这是庄严的一刻，这是神圣的一刻。

敬礼罢，半个小时后，他拽下了沿着天花板伸到窗户外的那根细细的绳索。尖叫声此起彼伏，他做了一个瞄准的手势，对着眼前这幢饱经风雨侵蚀、面目阴森的建筑物，说了一声“叭”。

他被倒吊在一个黑屋子里，口鼻出血。几个人拿着皮鞭往他身上抽。如果说当年他在公安局被那个胖警察折磨的痛苦指数是1，这次他所遭受的痛苦指数就是10。没有人搭救他。他所要遭受的不仅仅是他应该承受的，包括他养父所造过的孽，也一点不落地全由他承担了。庆幸的是，他的身体没有因为这种残酷的殴打被彻底毁坏，用鹿野的话来说，这就是只踩不死的蟑螂。令人难过的是，这伙暴徒折磨的不仅是他，还有他的养父与他的小阿姨。他们在扇他养父的嘴巴，一声比一声响，当着他的面。他不心疼。他只心疼小阿姨。

小阿姨脸上挨了好几个耳光，半边脸高高肿着。其中一个蒙着面的,还要去剥小阿姨的衣裳。他给他们磕头了。这是没有用的。他们中一个蒙着面的，拎过屋角的一个塑料桶，解开裤带，往里面尿。其他人跟着解开裤带，往里面尿。桶被踢到他跟前。他的身子剧烈地颤抖起来。小阿姨的上衣被撕了下来。小阿姨的乳房松松垮垮，异常干瘪。他闭上眼，尖叫起来。他喝了桶里的尿。他终于明白了为什么妈妈会投缳自缢。他不是他妈妈，那个从未伤害过哪怕是一只小动物的脆弱女性。他打着饱嗝说好，说真他妈的好喝。蒙面人走了。他朝他们的背影竖起中指。他不知道他们是谁。但没关系，他知道他们背后都是谁。

他躺在医院里想着复仇之事。

这股火焰让他形容枯槁。

鹿野在照顾他，在用汤勺给他喂羹。在不停地说话。说他是县里的神话，说他替全县百姓出了心头一口恶气。她有一个货真价实的紧翘臀部。他裤裆里的那个玩意儿又硬了。他控制不了。他一言不发。她继续说话，说得一张脸白里透红。她说韩信受过的胯下之辱。她懂得的东西还真不多。翻来覆去就是韩信。他都想开口提醒她改说一下越王勾践的卧薪尝胆。他没吭声。她继续说。她真是一个话痨，苍蝇一样嗡嗡嗡地响。她又不是《大话西游》里的唐僧。他逃走了。再次不告而别。

他在长椅子上躺下。夜穹在他眼前打开，中间有一条乳白色亮带。那是银河。牛郎在河东，织女在河西。织女星离地球约 2.6×1014 公里，他现在看到的织女星的光实际上是 27.6 年前发出的。那时他还没有出生，甚至还不是他真正的亲爸，那个白面小生睾丸里的一个精子。他在默默地想，想被时代洪流卷去的女老师，想杳无踪迹的小朱与裸身在屋子里写字的李芳，想小羽身上好闻的味道，想许姜，想“迢迢牵牛星，皎皎河汉女”，想“天上一颗星地上一个人”，想“金风玉露一相逢便胜却人间无数”，想“一块石板青又青，青石板上钉银钉”。也不知道过了多久，他听见了歌声。是他写的歌。

“一朵花开不为春，姹紫嫣红才是真。柔情让你香喷喷，我对青天喊一声……”

如被雷击。偏偏浑身瘫软，无力动弹。他在那一刹那，感觉自己连一根小指头也动不了。

这首欢乐的抒情之歌，被许姜唱得是那样缠绵悱恻，催人泪下。是许姜。真的是她。哪怕隔着千山万水，中间还有地球上的七十亿人，他也能一眼认出她。白衣黑裙的许姜，赤足站在高架灯下高声曼唱。那是一张多么悲伤的脸啊，连一滴泪水都没有。那么多男人像苍蝇一样围在她身边，打着拍子，嘴里喊着号子。

她一边唱，一边脱衣。

她的乳房在灯光下像极了一对惊恐的鸽子。

他哭了。他说对不起。他想爬到她脚边去，把这声“对不起”说出口。眼角余光瞥见黄志强与那位鼻环姑娘。他努力从脸上挤出一点比哭还要难看的笑容，鼻环姑娘的眼睛亮了，像一只鹭鸶发现了一条在泥滩里蹦跶的鱼。也许不是鹭鸶，是别的什么动物。黄志强大步跨了过来，把他打得半死。是鹿野救了他。他的身体太孱弱了。那是她第一次救他。就像她生来就是为了救他的。

他肆意妄为的日子结束了。他受苦受难的日子开始了。

他的身体里没有龙，只有一个沉重的磨盘，要碾碎他的魂灵。

他是愚蠢的。他知道他是愚蠢的。他们也知道他知道他是愚蠢的。

他是愤怒的。他知道他是愤怒的。他们也知道他知道他是愤怒的。

他为什么会这样愚蠢，又为什么要这般愤怒？

愤怒是一种根源于自他保护意识的应激反应。是重要的，像人的恐惧感、疼痛感，以及性欲与食欲一样，当人愤怒的时候，肾上腺素升高，心率加快，人的战斗力与思维的敏捷力都能比平时有一个显著提升，而这种哪怕是百分之一的提升，都有助于他们在残酷的自然演化中成为活下来的那个。所以，愤怒是必要的。哪怕此种愤怒，如咆哮之岩浆，在冷却凝结后成为顽石一块，成为花果山上那块上有九窍八孔三丈六尺五寸高的石头，又或者被人扔到大荒山无稽崖青埂峰下。

——这是他后来懂的。

那么愚蠢呢？愚蠢又是为了什么？为什么他胸中会有这么多可笑至极的愚蠢？

一个校长被学生活活打死。事隔多年后，人们对此进行调查，在场的学生开始了回忆与陈述。结果没有人是凶手。有人只是负责石头，有人本来只想把石头攥在手里，有人是被人搡倒才丢出石头，有人说石头是往校长腿上扔的……甚至那块沾满血的石头并不存在。是校长自行气绝。所有的陈述都暧昧不清，并相互矛盾。所有人的大脑，皆在自动过滤、篡改着对自己不利的记忆。这也是可以理解的。人是基因的奴隶。基因是自私的。也只有这种自私性，才能让基因得到更多的传递与繁衍。是这样吗？

他想起县里发生过的一件事。那是罗副书记也被打倒的时期。他并不是那么清楚事情的前因后果及细节，但校长被活活打死，这是一个事实。

“事实从来就是主观的事实，是罗生门，是薛定谔的猫，是一个被利益、本能、人固有的缺陷等所决定的波函数。我们说要求真。这个真随着人对世界认识的不断深入，越来越呈现出一种不确定性，是随机的，由概率支配，某种程度上，是根据观察者的意愿而呈现出他们乐于见到的肌理与纹路，所谓人择原理。”

“而逻辑这座不可能的楼梯也常把人引入歧途。由于公众语境里叙述技巧的需要，所有人都在设法强调观点与结论，忽略前提与条件，甚至是选择性忽略。白粉与米粉都是粉，但白粉吃了是会死人的。我们现在讨论问题时，经常是在‘粉’的层面，煞有介事。这是他们的愚蠢，也是他们的必须。他们需要这样做，他们才能得到方向，得到一根震耳欲聋的标月之指。”

有人死了，是被活活打死的。总得有人对此负责，总得有人忏悔。“他们不忏悔，谁来忏悔？我是他们的孩子，我罪不可逭。”

这个愚蠢而又愤怒的青年，在医院里，隔着灌木与树枝，远远地望着许姜那张紧贴着玻璃窗的惨白脸庞。许姜没有看见他，僵硬地站着，一动也不动。一切恩爱会，无常难得久。若离于爱者，无忧亦无怖。他喊住一个护士，请她帮忙，把刚在花店买的鲜花送进病房。他看见许姜把花瓣一朵朵揉碎，一朵朵扔下窗台。面无表情。他出了医院，离开县城。没有与鹿野说再见，第三次不告而别。

五十三

他在大巴上。宇通卧铺客车。是新车，路不好走，到省城约有四百公里，刚修两年还不到的柏油马路，有一半都是坑洼。开车的司机诅咒着这条路的祖宗十八代，手在方向盘上扭来扭去，心理比手势还要扭曲。他理解这个愤怒的司机。他躺在座位上说：“我不肏这条路的祖宗十八代，我肏修这条路的包工头祖宗十八代！”

车内死寂，无人应和，车内旅客多是去省城进货的小贩。

他去看窗外，脑子里云雾晦冥。这个早晨，将在他记忆里反复播放。

没有什么出奇之处，皆是普通风景。

车窗有静默的山峦与沾满露水的田野。缕缕炊烟，是乳白色的。偶尔见鸟，停在这乳白色里，黑色的一撇。树木也是静的，赤脚踩在田埂上的农人还是静的。静得像一张画。他想起陶渊明“结庐在人境，而无车马喧”。他呸了一声。不是呸陶渊明。

是呸坐在车内想起这句诗的人，包括他自己。

这是一种无耻的抒情。每个村庄都很穷，有多穷呢。他很清楚。他有很多从农村来的战友。他们的人生理想是混上一个志愿兵或考入军校穿上四个兜吃起公家粮。这种强烈的欲望让他们比狗还要乖，比蚂蚁更勤奋，比骆驼还能吃苦耐劳。理想不是每个人都能实现的，要不然这世上就没有理想这个词。

要复员的老兵聚在小酒馆，喝劣质的老白干。任猴子酩酊大醉，号啕痛哭，“我真不想回去”。这一嗓子，简简单单的六个字，引发众人恸哭。也不怕丢脸不丢脸的。这可是一群掉了脑袋不吭一声的汉子。大家抱头痛哭。真的是抱头痛哭啊。一个把一个的脑袋抱在蒲扇般大的手掌里，来回捏着，拧着，弄着。

他在这些人中。他知道他们害怕什么。他知道的，虽然他不用受他们即将受的苦。没有谁比农民更苦，没有哪个地方比这些被诗情画意笼罩着的村庄藏有更多的不幸。而且他们的苦痛与不幸，因为无力诉说，是被遗忘的，是无人知晓的。

黑傻转业退伍后没两年死了。不是黑傻没有睾丸。黑傻是累死的，活活累死的。黑傻为多挣几块钱，跑去泥场脱坯，从早上四点一直干到下午三点，一口气没喘上来，一头栽倒在地。黑傻之所以想赚钱，是想盖一间大点的瓦房，再替妹妹准备一份像样的嫁妆。黑傻太蠢了。在土里流再多的汗，也赚不到几块钱。哪怕黑傻拿着背包里那副乌木棋子去省城摆残局骗人，赚的钱也会远远多于在土里流汗赚的。黑傻就是想不明白这个道理。黑傻是蠢死的。他朝着窗外比出一个竖起中指的手势。他对自己说："我不能这样活！"

四百余路公里的路程走了近十个小时。他的路就是这样开始的。他还不知道他要走的路有多么艰难。

时至今日，他可以用"辞海"那种厚度的一本书，来叙述自己如何用一千块钱赚来第一个一百万。譬如当年他就曾按人生兵法上的头脑风暴及谆谆告诫，琢磨数天，用几百块钱买来些茶叶，烧好几锅水，再在里面加入一点儿盐与其他作料，渴望能把它们成功地推销出去。可想而知，这些茶叶水最后只能倒入阴沟，更糟糕的是，一个戴红袖套的老婆婆蹿出来，一把揪着他上衣领子，大声一喝：乱倒垃圾，罚款一百元。一个男人的衣领被女人死死拽着，按道理男人得一拳挥去，把她揍趴下。考虑到他是生活在一个有着尊老爱幼等古老传统的文明国度，以及这一拳揍出去有可能出现的后果，他迅速在脸上堆起笑容，告诉她老人家他立刻把这些茶叶渣从阴沟里捞出来。

原来他在县城里的那些暴戾都不见了。

这个发现令他震惊。

但不管他有多么震惊，老婆婆义正词严地告诉他不行。从她嘴边飞溅而起的唾沫里，他这才弄明白，她已在他旁边整整守候了数个时辰，就等着这令人怦然心动狂喜的一刻，事情哪能就这么完结？换谁也不答应啊。他只好把那些装茶叶水的碗与勺子全送给她。最后老婆婆告诉他，这还是遇上她，若遇上城管，非得被拎进去，能穿一条短裤出来，那就值得放鞭炮庆贺。

老婆婆的话，伊始他不信，后来他信了。这怪他，既然是摆地摊，城管来了，天大的事也没有撒开脚丫子跑重要，干吗还要停下来帮那个痨病鬼陈叔捡东西？连人带货被逮进去。做检讨没用。一个脸上长满疙瘩豆的哥们儿嘴一努。他不懂是什么意思。陈叔立马脱衣服，脱到只剩下条内裤。他吓一跳，这是要干吗，是传说中的捡肥皂吗？陈叔见他把拳头捏得咯吱响，赶紧解释，人家是要查查他们有没有在屁眼里塞钱或是其他什么的，这是规矩。他松开拳头。在人屋檐下，就得要低头。他脱掉衣服。长疙瘩豆的哥们儿挥着根棍子，在他们的胸脯上敲两下，喝令大伙趴下身，对着他们的肛门分别捅了捅，这才心满意足地挠挠鼻孔。衣服倒还了，里面的东西全部一扫而空，他想回去理论。陈叔害怕了，独自跑了。

书店里的人生兵法都是垃圾。

他知道了。

渐渐，他越来越发现：书本就是在愚弄人心。多数情况下，它只是风俗与日常经验的呈现。堕落的是，人们读书基本上不是为了求真审美，而是“一种快感的获得”。他看不出这种通过读这些胡编乱造所获得的快感，与通过其他形式获得的，有什么质的不同。

更重要的是，在这个时代，光活着，像动物一样活着，有口饭吃，有个地方睡，就已经让人竭尽全力。

一个底层青年想要人生逆袭，概率不比中六合彩高。

他逐渐认清了这个事实。

没有鹿野就没有他的今天。

他有两天没吃饭了。饥饿是几把小刀来回刺入他的腹部。不是说没有吃的，饭店的泔水桶里面多的是残羹冷炙，只啃走半边的鱼，根本没有下过箸的鸡胸脯。只要肯弯下腰捡起它们，就能饱腹一顿。不是没有人这样干。太多的乞丐追逐着泔水桶。他饿，可他实在弯不下腰。他已是身无分文，唯一的财产就是肩膀上那袋劣质太阳眼镜。

水在他的胃里晃悠。水是一样好东西，把它与空气一起咽下，就有点吃夹心饼干的感觉。起码能哄上半个小时的胃。半个小时早过去了。

他在琢磨一个问题：假如这个泔水桶摆在荒野里，四周没有别人，他会不会弯下腰？

还是不会。

因为那是泔水桶。

他知道自己的可笑，他愚蠢的坚持。只要他给他爸那里打个电话，吃饭的钱总是还有的，虎倒余威在，他出门时小阿姨还塞给他一个本子，上面列了一连串人名与电话号码。但这个电话他是打不了的。他不是害怕老家县城，而根源于他对它彻骨的憎恨。他不想再与老家的任何事情牵扯上关系。

热，像牛皮癣一样的热，贴紧裸露在外的每一寸肌肤。天桥底下是热的，树荫底下是热的。开着大功率冷风机的商场门口倒是不热。可保安站在那里。

他在天桥底下来回走动。如困兽。

两个老汉在旁边蹲着下棋，一胖一瘦，他们不怕热，竟然能在一张象棋盘上找到比避热还值得全神贯注的事。他忍受不了胖老头儿的愚蠢，汗流浃背，手指戳到棋盘上，叫嚷出声。观棋不语真君子？去他妈的。

老汉不是黄石公，不管是胖的，还是瘦的。避他如避蛇蝎。临走时连这副象棋也不要了。他盘膝而坐，在棋盘上摆出一个残谱，摆的是野马操田，是到了用它出来骗吃混喝的时候，一个戴墨镜的中年人来到他面前，用一种很不耐烦的声音说道："我老板找你。"

这个人的老板是个妞，叫吴情。

吴情是鹿野的表姐。鹿野到省城进修，来看看多年未见的表姐，就在天桥旁边的富丽大厦的 7 层楼上，用吴情新买的天文望远镜，极其偶然地看见了他，兴致大起，开始了对他的跟踪观察，把他的困窘与狼狈一点不落地全看在眼里，包括他是怎样摆摊的，怎样为了一块钱差点撸起袖子与人干架的，怎样围绕着泔水桶团团打转的，怎样跳着脚对着太阳戳指怒骂的。鹿野告诉吴情，说他是一个流氓，还挺有文化的。“流氓会文化，谁也挡不住”。鹿野把他干过的事，尤其是在全县三级干部会议上干的那件事，来了一个数来宝。

吴情后来把鹿野说的话说给他听了。

如果不是这些话，吴情就不会动念叫他上楼。而他可能就在街头摆起残局，可能投奔某战友，可能挤上绿皮火车南下深圳在某个工厂流水线上拧螺丝，可能弯腰去捡泔水桶里的食物，可能拿出小阿姨给的电话簿里拨打了其中一个……太多的“可能”。

命运在这里呈现出一个极复杂的斑斓图案，犹如蝶。

蝴蝶扇动的翅膀里，闪烁着那青灰色的让人心惊胆战的磷粉之光。

鹿野不了解吴情。

吴情是许爷的女人。许爷是这个市的枭雄，是传说。不过他见到吴情时，许爷已死去一年，被一群十六七岁的毛头孩子用火药枪当胸打了几枪。不知道为什么，所有的枭雄都得这样稀里糊涂地死去。不管是电视剧，还是现实生活。许爷的死不了了之。吴情的日子因此日渐窘迫。人一走，茶就凉，这话是对的。没有这句话，就没有你方唱罢他登台。

在吴情办公室的墙壁上，他见到许爷，在摆在案头的一张相片上，戴着眼镜，一个儒雅的中年人，嘴上有两撇胡子，穿着一件风衣。非常眼熟。“浪奔浪流，万里滔滔江水永不休……”他下意识地哼了起来。《上海滩》里的丁力也蓄有这种胡须。这很可笑，影视似乎是一个带有预言性质的寓言。他对吴情说，你喜欢看电影吗？

吴情说喜欢。

他说，人，都有奇妙的观影体验，数分钟或者数小时。若上帝说:给你数万万个这样的时间段,这种奇妙的颅内高潮。前提是，你得一直坐在那把座椅上。你愿意吗？

吴情听不懂他的话，像看怪物一样看着他。

他自顾自地往下说。说大多数人恐怕都是不愿意的。事实上，当人在电影中获得璀璨的梦境、无尽的诗意、自由与喜悦时，那个一直不得不安放在座椅上的肉身何其滞重。人在观影中所得越多，所要付出的代价越重。在黑暗的空间，银幕是唯一的光亮。有时想啊，电影真是一场真实不虚的谎言。它把人的一生搁进一百二十分钟内。但没有人的一生真的就是一百二十分钟。这种技术上的裁剪、叙事，剔除了一百二十分钟以外大量的冗余。这些冗余看起来是无用的，是重复且难以让人忍受的，但它是最真实不过的血肉，保障了人的真实性。我们热爱电影，热爱着我们的谎言，不断地为它热泪盈眶。

电影催眠人类，而观众则善于无条件地接受这种催眠。电影就是我们的生活。

他没有解释颅内高潮是什么。他知道眼前这个颧骨高耸的女人听不懂。

没关系，他只是想说。说完后，被她赶出去，那也无妨。

他等着她的决定，还问她要了一杯冰水。

他一边喝着冰水，一边目不转睛地盯着这个女人的脸。这很无礼。他知道。可他就想这样看着。他在上楼前，根本不知道这个女人是干什么的，也不清楚他将在三年后，在她的鼎力相助下，收拾好许爷遗下的烂摊子，拿回那些本该属于她的产业。

他只是这样看着。他不知道他将成为三哥，也不知道眼前这个女人，不久后就是三哥的女人。那时的他还不知道这些。没关系，他知道他永远不会是照片上那个风度翩翩的中年男人。他不爱她。这一辈子都不爱。他深知这点。她也不爱他。她只是需要他，就像他需要她一样，是火需要另外一团火。

她点燃一根烟，吸了几口，脸上紧绷着的线条松懈下来。她留下了他。

认识吴情的第七天，他讨回一笔三十万元的烂账。

他把一大提包钱放在那张宽阔的大班桌上。一个普通的公文包。吴情震惊了。她想掩饰，掩饰不住。吴情太清楚这个叫肥头的债主有多么凶恶难缠，他也清楚。她让他去，是死马当活马医。本来就不抱任何指望，在她看来，不过是历练。

讨债是一门学问，要比狠，但光比狠是不行的。得动脑子。首先是搞清楚对方的家底。得有钱，钱在哪里，谁拿着钱。如果真没钱，那就得想法子把对方卖了。让对方配合“卖”。其次是弄清楚对方有弱点。只要是人就不会没有弱点的。七情六欲就是人的弱点。而七情六欲就是人生而为人的根本。针对这些所谓人性的弱点（他还把卡耐基的《人性的弱点》重新找出来翻阅），给这个欠钱的大爷，施加一个能把他逼到崩溃临界点的，真实不虚的压力。这是讲究技术与策略的，因人而异，有的是不断持续加压，有的是雷霆万钧，有的是干脆示弱。

他找到肥头，直接到了肥头公司，道明来意，收钱的。肥头说他够胆子，说他还不如雇一支老年腰鼓队，每天定时到公司门口咚咚咚地喊还钱，说不定自己一时看着高兴，还真把钱还了。他当着肥头一众马仔的面，猛夸肥头的剽悍往事，哥们儿义气，大侠风度，说以上是公事，还有私事想单独私聊。肥头带他进了小房间。

进屋里，他直接给肥头跪下了。

是的，跪下了，双膝落地，脊背挺直，求肥头哥给他一条活路。

他怎么也想不到有一天他会主动给人下跪。

他就真的这样做了。

他掏出针管，告诉那个一脸鄙夷的肥头说，这里面是艾滋病人的血；说，他的兄弟们打算把这针管扎进肥头那个六岁儿子的肉里；说，他一向仰慕肥头崇拜肥头，肥头是他的偶像，他不屑于干这种龌龊事；说，若收不回这笔钱他只能去死；说，他是个当兵退伍的，他那帮兄弟们也都是把脑袋系在裤腰带上的；说，吴情需要这笔钱，请肥头看在死去的许爷分上把钱还了，江湖上会传诵他的美名的……这些“说”怎么讲也是策略，有的话得先说，有的话得后说，有的话得咬牙切齿地说，有的话得面无表情地说，有的得一脸谄媚地说。总之，这些话在他脑子里起码排练过五十次。他都能感受到每句话各自的形状、重量与飞行速度。

肥头脸上的表情不断变幻，最后提了一点要求：

要么让吴情陪睡一晚，要么他过来干。

他答应了后者。

他踏入灰色中，一片充满暴力欺诈、恐吓与勒索的灰色中。但这些灰色对他来说根本就不算什么，是小菜一碟。是开胃的小菜。在老家县城，他已见过了人性的最黑暗处。他有条不紊地干着活。头脑、勇气与在部队里训练出来的满身肌肉让他迅速地崭露头角。他是这个城市的后起之秀。他的名气很快超过了他的大哥，肥头。肥头设了一个局，想让他的下辈子都坐轮椅上。他大意了，没想到最狠的一击来自他所仰仗的——在他看来，这是愚蠢的，狡兔尚未死尽，就这么着急烹走狗，是谓不智。他那时还没有理解，这个世界有太多的傻 × 与二货，得照着他们认知的节奏去做事，得把自己的心智拉到与他们同一个水平线上，才可能真正理解他们的贪婪与恐惧。

他几乎被打断腰，像条死狗趴在垃圾堆里。他以为自己要死去了。他不怕死，像狗一样死去也没有什么不好。那么多的帝王将相，不也像狗一样死去嘛。他都想起了历史上那个“如厕，陷入卒”的晋景公。这个人很了不起，借屠岸贾的刀，一手导演《赵氏孤儿》，取得康熙诛鳌拜式的胜利。他在暴雨中疯狂大笑。他的笑声惊动了一个路人。

是鹿野。她是来省城进修的。她已不在医院上班了，托她父亲的福，调至卫生局。这是鹿野第二次把血肉模糊的他背进医院。她真傻。她本来就是一个路人。只要她当作没看见，就像大多数人一样，就能够拥有一个平庸但还算幸福的人生。可她就是过不了心中那坎，忘不掉当年在学校看到过的南丁格尔的誓言，“务谋病者之福利”。她埋怨这只打不死的小强，怎么就把自己弄至如此地步。她照顾他，解衣推食。她不清楚自己为什么要这样做。也可能是因为他之所为，是她琐屑日常里的一道闪光。她爱上他，就在这个解衣推食的过程中。她是多么着迷于他胸口那道刀疤啊，都想乘着他熟睡的时候，伸舌去舔。可他不配。他就是一个小瘪三，一个不入流的人渣。他快康愈时，她选择了不告而别。他都这样干过三回，她干一回，也是理所应当。他记住了那张似嗔宜喜的脸庞，从病床上一头爬起后，他再次敲响吴情办公室的门。内外交困的吴情，再次收留了他。

都市是最好的生存老师，水泥丛林里只遵循一条弱肉强食的法则，要么吃人，要么被人吃，除此之外，别无选择。

吴情在床上教他，教他所不懂的。上的是速成班。他是最好的学生，举一反三，触类旁通。他不仅没有对肥头展开报复，各种场合见了，还是喊大哥，当浑然不知当日之局的背后主谋。肥头真是蠢，当日就不该存让他坐轮椅的想法，而是得让他去死；其后，更不该心存怜悯，让他觅得一丝空气，得以重新浮上水面。若是肥头其时痛打落水狗，他是没有机会翻身的。他知道这点，所以愈加谦恭。那时他还不知道，为了能让他喘口气，吴情去陪了肥头一夜，被弄得遍体鳞伤。这事是肥头的势力彻底崩塌瓦解时，他才知道的。

他替吴情看准了一个商机，卖洋酒。

一瓶路易十三零售价一万二，味道与五块钱一瓶的咳嗽糖浆差不多。到岸价还不到三千，加上海关税、打点各方面关系等等杂七杂八的费用，成本不到四千。每卖一瓶酒，能赚八千。梦巴黎娱乐城一夜之间曾经卖出过四十瓶。

他清楚这四十瓶洋酒的去向：某上级部门莅临市里指导工作喝了五瓶；海外某投资考察团喝了五瓶；一个大款与另一个大款斗富各喝了六瓶，其中一位爷忽然暴怒，连续往地上摔了八瓶；另有六瓶被一个西装革履神秘莫测的中年人买去了，最后四瓶则是梦巴黎那几个当红小姐喝了。小姐们都很喜欢他，她们每喝一瓶路易十三，他给她们一千块。钱是好东西，能够最大限度地发挥出人的主观能动性，把不可能的事变成可能。

梦巴黎有个小姐，叫玉儿，一口气灌下四瓶洋酒，害得请她坐台的那位爷脸都快白了，还不能冲上去夺酒瓶。第二天他把四千块钱递给玉儿时，她嘻嘻笑，说那位爷纯粹是一只土鳖，就这熊样，也想学别人包工程？他也笑，说这四瓶酒灌到肚子里，你撒出来的尿每一滴都价值千金。他很佩服玉儿的胆量，不是酒量。医生叫她少喝酒，可她还是照样喝。

玉儿与他是一种人。他有点喜欢她。但他不与她上床，不与她们中间的任何一位上床。他陪吴情。吴情床上功夫极好，曾向他演示了各种叫床的声音，从小声呻吟到大声尖叫，从纯情古典到先锋流行，从意大利到美利坚，从你杀了我吧到我要死了……光一个“yes”，其间的起承转合高低起伏，就能让闻者似纵马驰骋在那辽阔的草原，转眼间又自阿尔卑斯山巅踩着雪橇急速滑下。

吴情好赌。去地下赌场。在庆丰大厦最高层。整整一层。保安森严。非会员不得进入。有各种玩法，麻将梭哈牌九百乐门大富翁等。吴情穿着露背晚装，进了门，拽着他的手就松开了。身体发抖。眼里就有了很亮的光。像一个酒精重度患者。吴情是个赌鬼。他明白了吴情为什么会处于这种内外交困的境况了。再多的钱也扛不过这个赌字。

十赌九骗。

他劝吴情。如今再不用辛辛苦苦往骰子里去灌水银塞铁屑或者练什么破听骰术，高科技作弊让人是怎么死的都不知道。他明白的道理，吴情都明白，还津津有味地给他讲各种赌鬼凄凉的下场。“明知故犯，罪加一等。尤其是女赌鬼。女赌鬼下了地狱，要被剁手，还要被各种鬼轮流压。”他开玩笑。他知道这个玩笑根本无济于事。人是需要瘾的。人这种生物也是一定会上瘾的。不是对这个上瘾，就是对那个上瘾。因为瘾根源于“人对更好生活的渴望”。瘾，一种奇妙而又可怕的化学反应，使机体分泌大量多巴胺。它有数个阶段。起初是填充，填充那人之几种基本欲望所形成的洞，这是生理层面的；接着是浸染，身体在这套奖赏机制发生畸变，这几乎是不可逆的，接着心灵发生扭曲；再接着就是生理与心理共同作用下的改变，瘾成为了生活的最高准则，最重要的内容。

吴情的瘾是到了第三个阶段。这是不可克服的。

一个赌鬼是不惮于把他的女人押上牌桌的，哪怕是心爱的女人。当年的韩萍就分别被黄志强、老鬼等人押上牌桌。如果说韩萍没有说服力，还有王佳慧。至少从明面上看，黄志强都肯为王佳慧去杀人，可同样在牌桌上押过王佳慧，押过还不止一次。

他离开吴情，自立门户。不是做洋酒生意。他在梦巴黎结识了市国土局的一位领导。这是他的机缘，他开始鲤鱼跃龙门，一遇风云就化龙的传奇。玉儿立下汗马功劳。他这一生的关键节点，都有女人帮他。玉儿没读过多少书，脑子聪明，可惜没多久就回老家嫁人了。娶她的男人是有福的。

他成了三哥。短短三年。

五十四

他离开老家的第五年的春天，又遇到鹿野，是在一个朋友的Party上。

这回他身上没有淌着血，没有被人打得鼻青脸肿，心里面也没有凄风冷雨。他西装革履，脚上还穿着那种老款的三接头皮鞋，但牌子是意大利的a.testoni。他手上有这个市里30%的水泥生意。他很谦卑，对谁都保持着无可挑剔的笑容。他刚接收了许爷的女人，吴情发誓戒赌。他知道赌鬼的誓言是不可信的。可吴情的身份是重要的，从她手上流失的资源是重要的。名正才能言顺，他想拿到那些东西，就得让她做自己的女人。这个道理，他俩都明白。他们合作得很好。她挎着他的胳膊，像大明星走在戛纳红地毯上。

他看见鹿野，她与人言笑晏晏。像有根针在他心里扎了一下。他对吴情耳语数声，端着酒杯走了过去。十分钟后，他们就去附近的一家酒店开了房。她不是处女，这是意料之中的。身为女人，总是要被采摘的。不采摘也是要烂地头的。他没有处女情结，那就是一张膜，是女性胚胎发育最后阶段的残留物。事实上，处女膜上分布血管极少，其撕裂后的出血量更是相当之小。传说中的婚床见红，只是一个概率事件，甚至可能是由于相关组织的出血，而非是膜的撕裂。这些他都懂。而在他成为三哥的这些年里，他见过不少女性的处女膜，各种形状的，还有一个小姐都做了三年，居然还有一张伞形的处女膜——让他啼笑皆非。

他喜欢抱着鹿野的感觉，这不仅是温香暖玉抱满怀，还是抱着往事。

他牵起鹿野的手走入市里最高档的莲花商场。这里是女人洗涤身心的圣地，是一个比伊甸园更要崇高的庄严之所。他给她买了一个 LV 包，买了一套香奈儿的衣裳，买了一块翡丽达腕表，再买了条镶有三克拉钻石的项链。这笔钱不算是一个小数字。他连眉头也没皱一下。这是她该得的。更重要的是，对于他来说，钱就是一个数字，不垢不净，或有增减生灭，那也只是缘于人心。他已经越来越理解钱的本质，是数字及增值。这种货币语言，通过对各种生产要素的组织及生产，使人类摆脱匮乏，进入相对有余——而人在匮乏年代，与相对有余的年代，其思维模式大不一样，甚至可以说是两个物种。

鹿野尖叫出声。他心中略微有点失望。他还一直以为她与其他女人会有所不同。她问他干什么发了这么大的财。他说做生意。他当然不会告诉她这些数字后面隐藏的罪恶——如果说这世上真有罪恶的话，那么它们确实是巧取豪夺的结果。

有钱真好。如果说这世上还有钱办不到的事，那么只有两种可能，一是钱还太少；二是不懂怎么用钱。鹿野肯定没有遇见过他这样肯为她花钱的土豪，开始还会不时地把嘴张开成一个 O 字，最后干脆就瘫软在他身上，让他不得不把她拎出门外。

那时，他不知道她是天使。

他还以为她就是一个被钱砸晕了的女人。

在这个世界里，只有天使才懂得爱。

只有天使才不惧伤害，放下所有，没有半点犹豫，全心全意地爱。鹿野是他的天使，是老天派来拯救他的，可他不懂。他到今天也不能说是懂了。凡人与天使是两个物种，凡人是永远无法真正理解天使的脑回路。

吴情与他吵了一顿。他没解释，懒得解释。他开着车带着鹿野到处闲逛，踏遍附近的名山古刹，听这个话痨姑娘喋喋不休。不，她不再是姑娘了，她有了丈夫，还有一个刚过周岁的婴儿。她是出轨的女人，她是不要脸的荡妇。可这又有什么关系呢，他就喜欢她的放荡，喜欢被她那两条长腿夹得透不过气来的感觉。在他的词典里，道德这个词语早已删去。生活不是对伦理的修辞与实践，不是那一套陈词滥调，而是“我之履痕所及，才有奇妙动人”。

这里有一个强人择原理。不被“我”所注视的，皆属冗余与无意义。或许是有价值的，这价值边际效益趋零。再粗暴点，主体有，万物才有。没有“我”，这个世界就什么也不是。世界，是因为“我”的目光，才获得了组织结构与声色光影——

他是这么想的，也是这样做的。

他甚至专门去找了一趟鹿野的丈夫，把他与鹿野的私密照片摆在那个不幸的男人眼前。他问这个市工商局综合科科长，这个一脸憔悴的年轻人，要多少钱，可以终止与鹿野的婚姻。年轻人双手捧脸，恸哭。这是多么可笑的啊。这个活得像公文的年轻人并不知道他妻子身体里的那头野兽，那头渴望腾云驾雾到云层之上的兽。“你不适合她。”他说。他不耐烦地用指节敲击着嵌有大理石的櫟木桌面。鹿野赶过来，给了他两耳光，跪在她丈夫身前号啕痛哭。她的痛苦，他看得明明白白。但他将给她自由，生而为人理应得到的自由。痛苦是必须要付出的代价，是不可缺少的过程。她的眼泪实在太多了，几乎要把她的丈夫淹没掉。他起身对鹿野说道：“你让我失望了。”鹿野骂他是一个疯子。他知道，他本来就是一个疯子，是自然界的一个错误，一头疯狂的野兽。不需要辩解的。他走得很快。几天后他收到一个包裹，是鹿野寄来的，里面装了他给她买的LV包、香奈尔套装、戒指、翡丽达腕表，还有那条钻石项链。他吹了声口哨，把这些东西都扔到抽屉深处。

他想他可以忘掉这个叫鹿野的女人了。

他的生意风生水起。他有了这个市里60%的水泥市场份额。

他不着急，行事愈渐狠辣果断，吴倩不再对他叫嚷，各种温言细语，偶尔还下厨煲一碗汤，等他回来喝。他尽量赶回来喝这碗汤。大雪天，他开着奥迪驶进市莲花大道，一辆凯美瑞侧翻在地，车厢内还流出鲜血。他没有理会，踩油门远去。车后镜倒映出凯美瑞的车牌。他在哪里见过。他心中一动，然后潮水汹涌而来。他迅速倒车。车内果然是那个话痨女人。还有她的孩子。局势很危险，汽油在滴。这若是遇上明火，就得燃烧爆炸。电视剧里有太多这样的狗血情节。他在后备厢找出工具，拧开车门，把她与孩子托出，送至医院。当年她是怎样解衣推食，他也是一样解衣推食。孩子没保住。她也失血过多。她居然是 Rh 阴性血，是熊猫血。医院没有血浆。他笑了起来，生活还真是电视剧里的狗血套路啊。他不是熊猫血。医生说上海有血，但大雪封路。有新婚夫妇因为赶不上远方筹备妥的婚礼，不得不在滞留高速路上的大巴车上，举行一个简易婚礼。他想了一下，出了门，让手下送来一辆摩托，不是嘉陵，是 300cc 的钱江摩托，再弄好几个备用油箱与一个保存血浆的冷冻箱挂车后座，就出发了。

天色滢滢，路边电线上已为冰凌所裹，铜钱般大，电缆上的冰凌粗如儿臂。积雪铺地，不复有车辙可寻。一座座山于路边箕踞，犹如沉默的白象。

他脑子里什么念头也没有，就是驱车。

像当年他载着许姜一样。来回一千二百公里，他用了十六个小时。没有人知道他是怎么办到的。他也不知道。把冷冻箱交到医生手里后，他瘫倒在地，也被送入了急救室。

鹿野已离了婚。她丈夫这时已沦为一个彻头彻尾的赌鬼，一个比吴情还要讨厌的赌鬼。输掉了前途，房子，还欠下一大笔高利贷。鹿野是来市里找表姐吴情帮忙的。鹿野已经知道吴情是做哪些生意的。吴情拒绝了她。这是可以理解的。他不怨吴情。这件事对他来说不算小事，但也不难办。他找熊哥帮忙，算欠了熊哥一笔情。他回到病床前，以为自己再也不欠这个脸色惨白的女人。女人叫他滚，说她沦落至此，都是他害的。

是他害的。他是肇事者。她现在所遭受的苦，都缘于他。他承认。他说了一声“对不起”，没有分辩，继续回到原先的轨道中。

他开始关心县里的人事。他就是在这个时候知道了，那个在全县三级干部会议上搞来耗子与癞蛤蟆的瘸腿少年叫王虎。他收下这个身残志不残做事靠谱胆大心细的年轻人。替这个年轻人改了名。他还知道了许多事，当年把他倒吊起来殴打的蒙面人之一，就是鹿望。后面的主谋果然是许国泰。不过报复是没有必要的。尽管这种报复对目前的他来说并非难事。

那些咬牙切齿的仇恨，在时间的火焰里，是可以淡忘的，是可以化为灰烬的。他关注的是另外一些事情。这个世界有许多比仇恨更有意思的事情，比如把一个人带到悬崖边，再把他推下去，听他的尖叫声。

他听说了许姜的事情。

许姜病愈出院后回了公安局上班。还在户政科。因为与他的事，几年没嫁。许国泰托人撮合了一桩婚事，男方是龙岗镇里的一个小民警。因为这场婚事，得以调到县公安局。他们的夫妻关系糟透了。公安局大院里深更半夜经常响起许姜的尖叫声，那种让人毛骨悚然的尖叫。男方终于不干了，死活要离。那就离吧。许国泰自知理屈。哪晓得物极必反，离婚的许姜改性子了，描眉涂唇出没于各种风月场所。只要是男人，一概不拒绝，还常领着那些丑的老的傻的男人回家过夜。这个捅了他一刀的女人很快被大家说成是公共汽车。

王画虎说到这里时，口气十分鄙夷。看得出来，王画虎很想问他，当年他怎么会与这种贱货搞在一起。但王画虎不敢问。是他让许姜变成这样的。所有人都好像忘了这点。

这可真令人不愉快。

他捡起烟灰缸上还在燃烧着的烟头，摁灭在胳膊上。他喜欢这种皮肉被烧焦的味道，不用多久，胳膊上又会出现一个伤疤，他喜欢在没有事的时候凝视着它们。它们是洞，黑洞。也是眼，洞悉世情的一只眼。他与这些伤疤，相看两不厌。

盈盈清江水，

为君一梳洗。

远山接青翠，

不如女儿媚。

他在几案上写完这二十个字，下了决心。他要娶她。他对吴情说他明天得回老家办一件事。吴情问他办啥事。他说娶许姜。吴情是知道许姜的，吴情充分调查过关于他的一切。吴情的身子一点点僵硬，脸部的表情一点点僵硬。他感受到了这种僵硬。他说："这是我欠的债，得还。"吴情不再动了，一句话也不说。他开始使用她，像使用一个洞。吴情就是在那天晚上下决心背叛他的。他知道。无所谓。如果吴情胆敢背叛，他有的是法子捏死她。

五十五

他在县城的皇朝酒店找到许姜。不是金帝娱乐城。金帝娱乐城做的是婊子生意，生意每况愈下，早已被几家水疗会所与洗浴中心取代。他推门进屋时，一个干部模样的男人趴在许姜身上，像一匹瘦骨嶙峋的奇怪的马。干部这种生物，不管他们穿的是什么服装，也不管他们是在哪里，在干什么，他也都能一眼认出。

他没打扰他们。在屋外坐下来，抽烟，耐心等待。心里很平静，异样平静，是一片被雨水洗过的天空。他知道他要做什么。等到男人离开后，他再次推门进去。是推门，不是敲门。他有太长时间不习惯“敲”这个动作。

许姜躺在床上，赤条条的，叉着双腿，像一个真正的婊子那样叉着双腿。这些年没见了，她瘦了，胸前根根肋骨；也丑了，枯黄如秋日之草；乳房松垮萎缩，像两只没装东西的袋子。她的眼里什么都没有，别说是火星，连灰烬也没有。就那样直视着灰白色的天花板。好像天花板上有一个伊甸园。那个曾经坐在他摩托车后尖叫的许姜早死掉了。

他冲她笑了笑。

她终于认出他，眼里有了疑惑的光，一闪而过。继而笑，咯咯地笑，疯狂大笑，像被人在胃部重击了一拳，不得不弯曲起身子。

他不说话，默默看着她。看着她歇斯底里地笑。

“你来这里做什么？三哥。”她认出他，还叫出他近年来的绰号。她喘着气。笑快要把她噎死了。他往她身上扔了一件外套。又笑了笑。他的笑容可能让她害怕了。脸有惊惧，胡乱披衣，迅速起身。摸出包烟，盘膝坐，抽出一根。手指在发抖，她点烟都点不着。他摁着打火机。她抽的是几块钱一包的中南海。她的日子过得很不好。这种“不好”是他能想象的。活在这个刺蒺藜尘世，就很艰难，没有一个“好”字可言——若有所谓的“好”，也必定是轻浮轻薄，塑料盆景，而已。

他看着许姜的双眸，说：“来看你，来娶你。”

许姜没说话。她的身体抖得厉害。为什么要抖呢？他来娶她，又不是说恩赐，他只是来还债，罢了。

“谢谢。我觉得这样挺好的。”

许姜小声说，像眯了眼，用手去揉。这个样子真像一个小女孩子呀。他在心里赞叹，随口应道：“是挺好的。”身体不受控制，像有一个神灵主宰了中枢神经系统。他不由自主地弯下腰，去亲她的嘴。冰凉，是大理石的味道，有烟味，劣质香烟。他妈的，还有男人精液的味道……他皱皱眉，情不自禁。也可能没皱。只是嘴唇下意识地有点僵硬。几秒钟后，许姜跳了起来，像一只形容古怪的青蛙，疯了一般咬住他的嘴唇，用舌头把她口腔里的东西往他嘴里送。她的舌头是那样强而有力，是蜥蜴的尾巴。他吐出嘴里的苦涩，咳嗽，推开她扭曲的身子，推开这张不无狰狞的面容。

他说："许姜，别这样。"

"不这样，那怎样？你刚才不是说要娶我的吗？"

许姜又叼起一根烟。那个僵尸一样的女人不见了。那个偏执的疯狂女人不见了。她身体里有了一种古怪的活力，像被注射了一管强心针。许姜脸上有毫不掩饰的嘲讽。他看得懂。他无可奈何地笑了笑，"你先刷个牙，洗个澡。我等你。"

"我都舔过多少男人的屌了。我太脏了，洗不干净了。"许姜吹出一个烟圈，说，"三哥，你就别拿我这样的贱货开玩笑了。你如今是有身份的人。我们结束了。"许姜又吐出一个烟圈。两个烟圈一大一小，缠绕纠结，渐渐消散。

"一朵花开不为春，姹紫嫣红才是真。柔情让你香喷喷，我对青天喊一声……三哥，这是你写给我的歌，我很喜欢。这些年，我一边替男人舔，一边在心里唱，一边对自己说，要是我舔的是三哥的屌，那该多好啊。"许姜眼里涌出惊疑不定的光。几分钟前的那剂强心针的效果在离她迅速远去。她瞳仁的光在变散。很快，不再动弹了，痴痴呆坐，像是房间里根本没有另外一个人。

他不是一个有身份的人。他就是一个流氓。一个不折不扣的流氓。他知道。

他的喉咙很干，喉咙里面好像有一片撒哈拉沙漠。他把一张银行卡塞在她手里，起身离开了。卡里的钱够在这个县城买上一套二百平方米的房子，或者相对体面地吸上几年。许姜已经是一个不折不扣的婊子了。她还是一个毒瘾患者。他在她嘴里还尝到冰毒那种淡野菊花香味。准确地说，他嗅到了她身上那股吸毒者才有的异味。那具曾经充满生命活力的美丽躯体，像一个烂苹果在发臭。

这是她的错。人所受到的伤害，皆不是自我放弃，心甘情愿坠入深渊的借口。又或者人可以被魔鬼打倒，但不可以卖身为奴。

这是他的错。当年他就不该答应李芳去见她的。她本来是一个普通少女，大脑里面没有钢，没有铁，没有那根扯不断的弦。懦弱是人的本性，人是会向魔鬼屈膝的。多数时候，魔鬼看上去与神的面容并无二致。她本可以嫁个寻常男人，过着平凡美好的一生。因为他，这种可能性不复存在。她的心里尽是毒蛇出没的荒草戈壁。他是欠她的。这些钱是还不了这笔债。他明白。

他回到老家街头，数年未归的街头。街头像云层翻滚。

他不知道自己该往哪里去。县城与他离开时的变化不大，差不多的楼房，个别贴起一些马赛克，在阴暗的黄昏光线下，显得极为怪诞与荒谬。他看到几张飘浮在人流中的熟悉脸庞，感觉却是如此陌生。那些原本生动的脸，与一些没有生命的异物相仿，谈不上兴奋，也谈不上疲惫，就是物。

赫拉克利特说，“人不能两次踏进同一条河流”，因为无论是这条河还是这个人都已经不同。这是常识。把这个常识含在嘴里，竟如此苦涩。他又看见了腿短身粗的吴青吴主任。秃头吴好像在地上滚，心急火燎地往县府大门里滚动。一个腰肢纤细的少妇在他身后碎步疾行，嘴里还在不断地喊：“吴副县长，您听我解释，听我解释。”少妇喊得真有节奏感。她为什么要喊吴副县长呢？她完全可以喊吴县长。这又不是会议现场。

他在街头拐角处找了个大排档坐下，要了一瓶白酒，几碟菜，自斟自饮。真难喝的劣质白酒。他喝了肯定不止一瓶白酒。他把豆腐香干都嚼出牛肉的味道。街道浮了起来，像吱吱呀呀坏掉的旋转木马。头晕得厉害。他不得不咯咯笑，疯狂地笑，歇斯底里地笑，旁若无人地哈哈大笑。牙齿在口腔里互相敲击，发出当当的响声。他把这个世界上的各种笑容都用脸部肌肉表演了一回，踉踉跄跄起身。一回头却看见了鹿野。她在大排档外怔怔地看着他。

是啊，“蓦然回首，那人却在灯火阑珊处”。就是这种感觉。

那天晚上，鹿野把他牵回她家。

就像一个温柔的女主人牵着她失散的小狗。她的手指是冰凉的，冰凉地贴住他脸颊。他放声大哭。他说对不起，许姜；他说，对不起，鹿野。他说了许许多多的对不起。

他还说了一句，“对不起，爸。”

他的头很痛。各种尖锐的物体刺入脑子，涨大，爆裂。一颗颗五颜六色的星星，忽明忽暗，萤火虫一样，在他眼前浮起。转眼，化而为鸟，百千只恶鸟翱翔其间。他有恶心感。不得不闭上眼，深呼吸五秒。鸟不见了。四周是嘈杂细碎的声响。

他慢慢站起身。四周是嘈杂细碎的声响。一个戴金属胸罩的女孩正以一种极为夸张的姿态定格在屏幕上。电视坏掉了，也可能是碟片坏掉了。声音还在咿咿呀呀。他上前亲了下女孩那个忽明忽暗的金属胸罩，隔着屏幕，嘴唇有着麻酥酥的电流。这个世界就是一个笑话。

他回过头，他看见了刘启明。

这个善于吮痈舐痔的中年男人睡着了，打着鼾，鼻孔里跑着一辆轰隆隆响的绿皮火车。刘启明身边躺着陈妍，叉着双腿，姿势非常不雅。他皱起眉。他想了起来。

他想起他与刘启明的谈话。他们谈了茅台五粮液剑南春西凤酒汾酒泸州老窖古井贡酒董酒洋河大曲郎酒女儿红绍兴黄酒马尿白刀子进红刀子出黑社会政界要人万国博览会中国人得喝中国人自己的酒外国的月亮比中国还圆中国人都是他妈的不争气的猪五千年文明资本主义精神与清教徒前浪死在沙滩上风物只宜放眼量五六十民族伏特加香槟鸡尾酒威士忌黑牌轩尼诗 X.O 马爹利芝华士人头马等。

他想起自己还与刘启明这个傻 × 抱头痛哭，陈妍抱着他们，左边一个，右边一个，一副心满意足的样子。他这是怎么了？他怎么会与舔人屁眼的王八蛋抱头痛哭呢？这真是咄咄怪事。不过刘启明还真能算是一个有才华的人，起码一眼就看出各种文章的傻 × 属性。包括他写的。他不无自嘲地笑起来。他又想起了陈妍睡着后，他与刘启明面面相觑的样子。他们不再说牡丹丛中游做鬼亦风流，也不再念曾因酒醉鞭名马生怕情多累美人，就是大眼瞪小眼。他们都看见了对方的疲惫、邋遢、恶俗，一个都不想让对方看到的样子。这真有趣。他看见他自己在反复摁着遥控器壳。键坏掉了。几个比基尼女郎在液晶屏幕上扭动身子。一个戴金属胸罩的女孩子在屏幕中心的位置，用力摇动臀部，放声歌唱，“他在马路边捡到一分钱，把它交给警察叔叔……说声再见……”而刘启明，则一直在来回摁着手中的打火机，眼神空洞，是那种直勾勾的。他们闯入到一个哑口无声的泥潭里。再多的话语，就算是爱因斯坦与佛陀说的话，在这个泥潭里也顶多是一个泡泡。他们闭上嘴互相研究对方的面容与轮廓，是那样可恶，就像他们的皮囊里是那种酸臭腐败的沼泽气体。

他哈哈大笑起来。迟疑不定。

什么时候，他把刘启明放到一个可与他平起平坐的位置了？

他苦思冥想。

他听见自己在说：“为什么我要从李芳的屁股写起？因为屁股若坐错了地方，那是要掉脑袋的。所以屁股一定要比脑袋聪明。啊，为什么我要从李芳的屁股写起？因为这是伤感，是怀旧，是对逝去之美的祭奠，是对不可挽回的凭吊，也是《西西里的美丽传说》里的雷纳多·阿莫鲁索在多年以后想起初次见到留着波浪状黑亮秀发的玛莲娜。”

他在胡说八道，前言不搭后语。他知道。他朝空中举起杯子，一个并不存在的杯子。一个提着木桶的老女人迎面朝他走来。她的左手中指漆黑，她的脸上一片死寂。他认得她。是他多年在县城医院见到的那位。不知道是什么原因让她从县城医院来到了省城的红磨坊。原因不重要，重要的是：这么多年了，她的模样没有一点改变。她从他身边走过，不快不慢，足下没有声响，就像鬼魂。

是的，鬼魂。

他在她的肩头看到了鹿野，她的面容一闪而逝，如飞鸟。

他的身子被魇住了，眼里突然溢满泪水。

他看见他在大街上来回走动。他记得自己是张三，他想不通自己为何不是李四，又或者是王二麻子什么的。有人说夜晚的天空会有阴茎倒挂下来，他却始终没有看见过一根。电线杆倒是有很多，一根一根，整整齐齐排在街道两侧，跟门牙差不多。

这个城市是一只饕餮之兽，根本不是什么有着倾国之姿的女神。一个灰蒙蒙的中年人在往电线杆上刷着糨糊，专心致志。看不清面容,可能是他N年之后的模样。他意识到这点。他走了过去，像一块铁被磁所吸引。

中年人不耐烦地说，看什么看？他说，不看什么。看你干活。中年人身上有种腐烂的味道，像一个快要烂掉的苹果。这让他想起一个女人。但他怎么也想不起这个女人的名字了。他皱起眉头，想吐。中年人又瞥了他一眼，啪的一声响，先吐出一口分量颇重的浓痰。他都感觉到马泥路面在摇晃。中年人说，烂屌了？他说没有。中年人说，那你看个鸟啊？中年人的话有逻辑性。

他笑起来，及时往后退去。他怕他会一拳打扁中年人。

中年人的目光追了过来，咂嘴道：烂屌了，也没啥不好的。总比没得烂好。对吧。烂了屌，就得赶紧治。你放心，我是专家。有病找我，一针下去，保证立马见效。神不知鬼不觉，以后想怎么玩都可以。真不是吹，我这门祖传手艺那可是当年宫里面传出来的。同治爷你知道不？就是慈禧的儿啊，你知道同治爷得了什么？杨梅大疮啊。你知道是谁把同治爷治好的？我爷爷的爹啊……

中年人的两片嘴巴急速颤动。这很易让人晕头转向。可惜他并没有淋病梅毒，便说道，我没病。中年人的目光顿时愤怒起来，没病？那就滚，滚远点，别碍事。中年人扭过脸，继续干活，往电线杆上贴小广告，腮帮子还一鼓一鼓，几块肌肉同时在脸上一耸一跳。过了几秒钟，又破口大骂老天爷阳痿了，屌烂掉了，喂狗去了。

天有病，人知否？

中年人的愤怒还真是不加丝毫掩饰，腥臭的唾沫星子都喷到他脸上。他用中年人的唾沫星子擦了把脸，把好不容易放下的拳头又重新攥紧，准备告诉这个中年人，三哥是谁。中年人扔下手中的塑料桶，拔腿就跑。

中年人跑的姿势是如此夸张，把他也吓了一跳。

身体斜侧，前倾，膝盖抬起几至胸前，手臂摆幅超过 90 度，脚尖落地，前蹿。

不仅在跑，还在跳，在飞跃一个不锈钢垃圾桶时，姿势比在雅典奥运会上以 12 秒 91 的成绩夺得冠军的刘翔还要优美，几乎是要飞了起来。不过这显然是没有丝毫用处，那几束光线像强力胶，牢牢地粘在其人后背。不多时，几个人影在光线另一头出现了，中年人跑不脱了。停下来。黑暗中涌出更多的人。中年人的胳膊肘被拧到脑后，龇牙咧嘴，牙缝里倒抽着凉气，双膝跪倒，冲着面前一个状若天神的男人号啕大哭，“爷啊，饶了我吧，我下次再也不敢了。爷啊，我家上有八十岁老母，下有十岁幼儿，你开恩啊。爷啊，你就当我是一个屁，把我放掉吧”。

中年人竟然记得这么多部电影的对白，真是难为这么一大把年纪了，完全可以去给周星驰搭档演戏。他笑起来。果然马上有人立刻赏了中年人一记大耳光，声色俱厉。这把年龄真是活到狗身上了。屁也是有三六九等之分，不是想当谁的一个屁就能当得了的。这是常识。

中年人被这群城管队员押走了。大街上又恢复了安静与和谐。

他继续在大街上慢慢溜达。那桶被打翻的糨糊倾倒在下水道边，被灯光一照，五彩缤纷，很有点儿像某种高级动物酒醉后的呕吐物。一条狗从幽暗角落中奔出，津津有味地舔着。

他瞪了它一眼，它冲他汪汪叫了两声。它得意不了多久，像它这种独自跑到街道上讨生活的流浪狗，完全在《城市禁狗令》的适用范围内。于是，他对它扮了个鬼脸，也汪汪叫了两声，展颜一笑，四肢落地，继续前行。

噢，对了，就是这条狗，他想了起来，像是被一道闪电劈中。

许姜的爹，许国泰，那个因为一桩贪污案被双开的没了爪牙的父亲，得知他回县城后，就决心把他打死。许国泰有一把真正的六四式手枪，还有七颗子弹，擦得精光锃亮。第一颗子弹射入他的左胸。第二颗子弹哑火了。第三颗打中他的肚子。第四颗他打空了，鹿野挡在他胸前。第五颗他打中了他的肩膀。第六颗打中了他的胳膊。第七颗许国泰打中了自己的太阳穴。许国泰错了，第一枪就应该打他脑门。更重要的是，他左胸塞着一个5克拉钻戒，是准备给许姜的。真正给他造成伤害的就是第三枪。许国泰也不应该在有一个女孩拦在他身前的情况下，就这样草率开枪。许国泰是个老警察，不该犯这种错误，完全可以一枪打死鹿野，再击毙他。许国泰还不应该把最后一颗子弹留给自己。这个父亲就这样迫不及待地想离开人世吗？也许许国泰已经等了太久的死，已经不再耐烦确认他的死。

鹿野把他送入医院，这是她第四次救他。

他得到抢救。但鹿野死了。死于一场意外车祸，在来医院探视他的路上，一辆渣土车撞倒她。老天没有因为她的善良，还有那些罕见的美德，对她露出温柔一面，反而让他这种人类的渣滓继续苟活于世。他听闻她的噩耗后，是从病床上爬过去，像一条狗那样，爬到她僵直的身体前，揭开覆盖在她身上的白布。

他像一条狗舔食糨糊一样，舔着鹿野脸上的血，额头上的血，唇上的血。没人胆敢拦着他，没人敢说他失心疯。他还活着，他是三哥。

这真是有意思啊。

我哈哈大笑起来。我在黑暗中露齿大笑。笑声未能持续过久。胸口一阵剧烈绞痛，恶心，想吐，心悸、气促。眼前景物犹如群蜂乱舞。是色泽艳丽，口器发达的马蜂。每只马蜂都能在我灵魂上蜇上一口。马蜂的毒素可引起人的肝、肾等脏器的功能衰竭。我皱眉。

我说："朱璇，你他妈的什么时候给我催眠了？"

五十六

我睁开眼。举目四望。四周的墙壁雪一样白，白茫茫，燕山之雪大如席。

白色的光，像一只蝴蝶在空中慢慢飞翔。往上一点，往下一点，往左一点，再往右一点。翅翼停住，变大，有了湍流一样的复杂图案，有了红尘与荒野，城市与一盏吸顶灯。

“人与光，是这世界上最神奇的存在。光有波粒二象性，这是众所周知的。人呢。在一个时间节点，人只能在这儿或者在那儿，不可能同时出现在此地与彼处，这是粒子特性；而记忆、意识、思维等就是波，能坐地神游十万里，同时出现‘这一边’与‘那一边’。这是不是人的波粒二象性？

“我总觉得，量子力学所描述的微观世界里那些特殊的物理现象，与人类精神生活中最隐秘、最微妙的部分有着极奇妙的联系。世界不只有眼前的苟且，以及什么诗与远方……如果人的目光能够再深入现实一点（现实即镜面），去触摸现实何以成为现实的那个逻辑，那个把镜子镶嵌起来的框……或许我们会来到《黑客帝国》。”

这是朱璇的声音。

这个婊子在做什么？

我想起身，赫然发现自己没法移动一根手指头，更糟糕的是，我之双手还被反铐于椅背后。是那副被扔在沙发抽屉里的警用手铐。心脏处一阵抽搐。这个婊子他妈的到底想做什么？不仅双手被反铐，我的两条腿也被绳索缠绕绑在椅腿上。绑得还真他妈的专业，是我教她的紧缚绳艺。

我嘿嘿冷笑。我知道她想干什么。这是徒劳无功的。

不管是催眠，还是酷刑等伎俩，对我这种人来说根本是瞎子点灯白费蜡烛。

朱璇过来了，身上一丝不挂，赤足，她的长发已快垂至腰际。是那样黑滑光亮。噢，上帝，她的瞳孔果然转动着那根针一样的淡绿。

“是的，我催眠了你。三哥，你太累了。我刚在看你写的文章。你笔记本里的残简、断章、手札等。你是个天才，不是爱因斯坦那种级别，相对于我们这种普通人，你是的。三哥，我想你每天做的事恐怕还没有你脑子里想的百分之一多吧。”朱璇舔了舔我的耳垂，俯下身子，把头枕在我膝盖上。

她的脸上有难以掩饰的倦容，眼睛肿得厉害，尤其是左眼，像熊猫眼。她这是与谁搏斗了一场吗？

“没有用的。朱璇，密码在我脑子里。就算你催眠了我。那也是一个动态密码，每隔60秒生成一个与时间相关的、不可预测的随机数字组合，每个密码只能使用一次，每天可以产生43200个密码。噢，别用这种奇怪的眼神看我。我不懂得RSA算法什么的，但购买这种高级的加密服务不困难。给了我这套密钥的那个日本专家向我保证，哪怕用上今天世界上最强大的计算机，要破解这个动态系统，至少也需要五百年的时间。”

我脱口而出。

真他妈的见了鬼，我的舌头就像一台被设置好的自动播放系统。

又或者说，这段话是我早已用舌头咀嚼搅拌过成百上千次？事实上，我对自己这样流畅地说出它，没有一丝惊异。

我对着朱璇露出笑容，“你可真没耐心，比我想得更早动手。我有点好奇，你是怎样说服自己与孙平合作的？你知道的，那是条恶狼啊，会把你连骨头与皮，还有你膀胱里的尿，大肠里的粪便，一起吞到腹内的”。

朱璇咬住了唇，一脸震惊。我见过太多这样富有表演才能的女性了。刘启明说过的，“人生如戏，全靠演技。演技不够，拿钱来凑”。没有钱，拿眼泪来凑，也是常态。膝盖湿了。这个俯在我膝盖上的婊子居然哭了。还真想把这条流着眼泪的母鳄鱼一把掐死。手足孱弱无力，这个婊子多半在茅台酒里加了料。可能是普鲁卡因，或者利多卡因，这两种药物被过量口服或注射后，都将导致心脏麻痹。也可能是直接让我吸入了七氟烷之类的麻醉剂。视线还是有点模糊，我努力撑住眼睑。

“三哥，你太多疑了。我催眠你，不是想取得你账户里的钱。你写这本书，写得太痛苦了。我们的过去，是一个黑洞，你在洞里爬不起来。我只是想帮你一下。催眠治疗，你知道的。”

“那行，你替我打开手铐，还有脚下的绳子。我就信你。”

我尽可能放平缓语气，生怕语气略大，眼前这个赤裸的女人就要像田螺姑娘一样从空中消失。朱璇摇了摇头。我嘿嘿笑，不无嘲讽道：“朱璇，贪婪，这不是错。有了十万，就想有一百万；有了一百万，就想一千万；有了一千万，就想一个亿。不，是恨不得自己下一秒钟就能有一个亿。朱璇，勇敢点，承认自己的贪婪之心，你会快乐起来，这个糟糕至极的世界再也不会是你的对手！”

“三哥，你病了。”

朱璇小声道。

“难道我错了吗？”

“三哥，你总是对的。你说得不错。我是贪婪的。你给了我目标。我才知道，原来我是可以有目标的，原来贪婪是如此美好。所谓积跬步而致千里。可我不着急赶到终点啊。三哥，你应该明白的，假如我明天真有了一个亿，后天我可能就会去死。”

悲泣声渐起。朱璇抬起一张盈盈泪脸，撩起颈边长发。

朱璇喉咙上面有五个青紫色的手指印。

那是我留下的，我忘掉了。

“三哥，你有没有发现，你身边的女人，不管她们有多么冰雪聪明，多么美丽动人，最后的结果，无一例外，不是疯，就是死，再要么就是往死里作践自己？你有没有想过这是为什么？你是一个恶棍，一个疯子，一个满嘴谎言的骗子，可你还是一个天才……不，你是不是天才对我来说毫不重要。

“三哥，你是一个重情义的人。三哥，你在说你像狗一样舔着鹿野脸上的血时，我哭了；你在说你要去娶许姜时，我哭了；还有，我原来看你写的，你在细雨时为小羽祭奠烧纸时的那一幕，我也哭过。三哥，你有没有想过这个问题？为什么，她们，无一例外，不是疯，就是死，再要么就是往死里作践自己？”

朱璇把“无一例外，不是疯，就是死，再要么就是往死里作践自己”这句话重复了两次。重要的话得重复三次。她没说吴情，也没说女老师，以及李芳、朱明霞等人。她这是故意的吗，是在缩小这个密码的范畴吗？

是的，这个动态密码，即是由她们中数人的名字组成，不是拼音字母，而是根据她们的姓氏笔画之和，所对应的圆周率小数点后那个位置上的数字。我刚才对朱璇说的动态密码，是有，但根本没有什么日本专家。是银行的一项特别服务。由我之指纹所能开启的一个口令牌，但这个动态密码是打开账户最外层的通道，不能进行账户资金划拨交易……头很疼。这段话里有多少内容是真，又有多少内容为假？就算她给我喂了传说中的吐真剂，比如东莨菪碱什么的，所得也恐怕只是这段话吧。

我用力敲了敲头颅。

凝视着朱璇的脸庞，轻声问道："是你把老师，推下阳台的吗？"

"是的。"

"你后悔吗？"

"不后悔。"

"为什么？"

朱璇沉默下来。在她那双闪烁着微绿光芒的双眸里，我想我应该是读到了她想说的内容。人此物种，对构成它的一半，即女性，真是太不友善了。

所谓五千年的灿烂文明，某种意义上，即是一部女性的血泪史。"嫔妃太监妄言干政者杀无赦"，这是把女性与太监并列；把罪犯的妻女发配给妓院强迫卖淫，任两条腿的雄性动物百般凌辱。这种东西方历史上司空见惯的行为，是把女性当作男性的财产；盛行于一些宗教保守国度的荣誉谋杀，全世界每年起码有五千起。而通常对这些不幸女性下狠手的，实行活埋斩首砸石焚烧泼硫酸的，都是她们的亲生父亲与兄弟。对了，还有欧洲中世纪，对于女巫的追捕、审讯、拷打和各种酷刑——这里有一个可怕的景观，处决杀女巫的日子，必定是万人空巷。人们，主要是男性，围观女巫之死，像欣赏一出盛大的演出；还有一些女教徒因为传经布道被绞死。因为“女人在污秽之中，凡她所躺的物件，都为不洁净，所坐的物件，也都不洁净”，因为“妇女在信徒聚会上要缄默，因为她们无权说话”，她们是没有资格传经布道的。太多了。

“女人与奴隶唯一的区别在于女人更野蛮。”

“如果哪个女人说她渴望自由，那很简单，她真正渴望的是彻底的放纵。”

“女人永远也不会忘了邻居欠她的一把小斧头，所以她最喜欢干的一件事就是天天上邻居家问斧头去，彻夜不归的情况也就在所难免。”

“对于女人，勉强可称作理智的东西几乎没有。这就是女人为什么在其一生中始终保留着孩子般稚气的原因。她们所注意的只是她们眼前的事情，留恋的也是这些。”

“掩饰是女人的本能，无论是聪明的女人还是愚蠢的女人均如此。”

“女人是最危险的消遣品。到女人那里去，别忘了带上你的鞭子。”

这些话我都在不同场合说过，不是我的原创，我引用了，还给予了不无时代特色的表达，而每次此种言说，都无一例外地让围绕在我身边的那群雄性肾上腺素急速飙升。

我必须承认，我是在通过侮辱女性，操纵人心，以试图获得某种掌控之力。我必须承认，女性在我眼里就是一个物，顶多是渡江之筏——上了岸，谁还会问那张筏的下落与命运？

我可能还得反省一件事，那就是：

我真的爱过吗？

我从未把鹿野、小羽、许姜她们视作玩物。

不对。这句话太无耻了。我不能这样无耻。起码，最早我是把许姜当成揍向许国泰的一记下勾拳。记忆是虚构之物，被任意涂抹与篡改。明明是凶手，是加害人，通过回忆的过滤剪裁修饰，把自身说成是受害者——还自我催眠，真信了。这种无耻，是我所不屑的。许姜是我害了的。这是一个明明白白的事实。是主观上的加害，有心为恶。而鹿野与小羽，我一直在回忆里说，“她们是我的血我的肉我的骨”。这是真话,但这只是抒情。她们的意义，似乎只是为了构成这句抒情话语存在，而她们自身的脸庞，她们的痛苦与欢愉，我真的发自肺腑地了解吗？如果有那么一星半点的了解，我就不会指责小羽，就不会把那些私密照片拿给鹿野丈夫看。再不客气地说一下,不管是哪个女人,包括眼前的朱璇在内,她们中的谁是喜欢吃甜的，谁喜欢吃咸的，谁喜欢吃辣的，谁喜欢早餐就着萝卜干下稀饭，谁喜欢哪首歌，谁喜欢看哪本书，我都不甚了了。这种感觉真不好。

“男人们为什么要把自己的失误和错误都归咎于女人，为什么他们这样干能得到成功，并且还将继续成功下去？”朱璇在小声说话。

“因为这是一个社会结构的问题。怎么说呢，对人人平等的想象，或者说‘天赋人权’这个充满理想主义色彩的四个字，是构建现代社会的基石。这种想象平等（比如，王侯将相宁有种乎；比如男女平等）与实际不平等（王侯将相与男女性别即是不平等）之间，存在一个落差，犹如水能落差发电，它在提供社会进化的内在驱动力。竞争带来活力与创新，人类社会的形态才能不断更新。”

我叹了气。我的话不具有多少说服力。我知道。“王侯将相宁有种乎”式的平等，可以通过一种制度设计使人能够在各阶层有效流动。这种不受肤色、种族、阶层等制约的流动性才是平等的精髓。但性别无法流动。

女性注定就是要被摆上祭坛的。

一种极深的疲倦袭击了我。这是要心脏猝死的节奏吗？额头涌出大颗大颗虚汗。我终于看清楚了朱璇裸着的身子，上面布满瘀痕与创伤。就像是有一条暴龙在她身体上踩过。

“是我干的吗？”

“是。”

朱璇的眼泪夺眶而出。伸出双臂，轻轻把我拥入怀里。那两团坚挺结实、偏又温绵细软的，抵住我下颏。

“真美。”

我嘟囔道。我知道“真美”这两个字是邪恶的。我刚才问朱璇的，都是邪恶的。我知道。但我一定得问。因为我是张三。

我闭上眼，等到我再次睁开的时候，我已平卧于暗红色的檫木地板上。不知是什么时候，朱璇已解开手铐与我脚上的绳缚。还真是有点不大习惯。人生而就在各种铐缚中，铐缚是牢笼，亦是自由。我努力挤出笑容。四肢百骸如被车轮碾过，指尖发麻。我可能是眩晕过去了一段时间。喉咙里有异样的烧灼感。还有朱璇。她跪在我身侧，满脸是泪，上身前倾，双手正有规律地按压着我的胸口。手劲真大。是一头母暴龙。我的肋骨怕是要被她按断了。这是报复吗?

这是有趣的。

她有力的双手，是早年的艰苦不幸打在她身上的烙印。不管她以后飞得再高，这个烙印不可更改，是一块已嵌入DNA的基因片段。她哭什么呢。这对细滑光润浑圆饱实的乳房，有着惊心动魄的美。蓓蕾嫣红，像两枝摇晃着的盛开玫瑰，上面还歇有几滴清露水，真想再在这花瓣上轻轻咬上一口。

朱璇在说话。声音是那样远，犹如遥远的风声。是说120就要过来了吗?

来不及了。我知道。这套心梗急救的措施，朱璇做得非常好。但是没有用的。这与她无关。她做什么，都会是最好的。天网恢恢，疏而不漏；不是不报，时辰未到。是到我恶贯满盈的时辰了。

凡人皆有一死。

真有趣，朱璇现在喊的不是三哥，而是张三，是他妈的张三。她以为她是上帝，以为她甩我两记耳光，喊一声张三你他妈的不能死，就有用？她脸上的泪水真多，也真是迷人，难怪说女人是水做的。

张三是谁呢？

张三不是打生下来就是张三的。张三是他所经历的每一刻的总和，这“每一刻”是粒子，而这个“总和”即是波，不过，不管是粒子还是波，他这个波函数即将塌陷。

我凝视着朱璇近似歇斯底里的脸庞。这种凝视，或者说塌陷，让痛苦一点点地远离了我。没办法，我总是会爱上这种气质的女人。

她是我的妻子，她是我的母亲，她是我的女儿，她还是我的女神。

这个叫朱璇的女人。

我终于想明白了。我在黑夜里想明白了。我在白昼里想明白了。我在时间的每条褶皱与罅隙里想明白了，我在这个星球上想明白了。

我在朱璇的怀抱里想明白了。我的明白，我都明明白白。

“三句话。”

我脑子里剩下一个简单的音节，“唵”。它在震动。

这个世界震动如弦。

“第一，我办公室的左手抽屉里，有一块木牌，上面有两个字，劳烦。你把木牌，与你想除掉之人的名单，找个路人，一并交给那个在尚书巷路口卖五香猪蹄的小贩。孙平必须死。其他人，你看着办。”

“第二，保险箱的密码是鹿野与小羽的全拼。记得，要加and。里面有两份文件，你要好生阅读。其中一份是给你准备的新的身份信息。叫祝英台，也是云南昭通人，是孤女，二十八岁时失踪了。至于用朱璇这个名字，还是用祝英台这个名字活着，你自己决定。另外，中间横断背面贴有一个暗格，里面藏着账户通道密码的动态口令牌。你取下我的左手大拇指指模可以打开。”

“第三，账户的交易密码，是你的名字。朱璇。Zhūxuán，这七个字母。”

凡人皆有一死，我不能例外。没有什么可遗憾。起码在我成为三哥后，这三句话是真的。我欺骗过许多人，也欺骗过自己。这三句话里没有谎言。

对了，不止三句话，还有第四句，就三个字。

我想把它说出来，没有力气说了。不，包括前面三句，我都没有力气说出来。它们只是我头脑里的想象。不过没关系，我的舌头还能动。舌头总是最后死去的。我用舌头顶开口腔左侧第二颗下臼齿，朝朱璇汗湿的掌心吐出一块小小芯片。

我想对她说的，这里都有。

包括对吴倩的安排，对李芳的照顾，对刘启明、王画虎等人的处置，对其他人的使用之法。以及，我所渴望的那个游戏内容……只是建议。是她真正做主的时候了。

账户上有一亿四千零八十万。是美金。有了这笔钱，我的女神就能化茧成蝶，按她自己的意志与喜欢的样子，来到这个滞重星球的云层之上。

她会成为新的图腾。我知道。就算今晚发生的，皆出自于她的布局与谋划，过期茅台酒里确实搁有能够促使人心肌梗死的药物，她现在的眼泪与哭喊都是精彩演技，也不会有损这图腾分毫。她迟早要光芒万丈。

我对朱璇眨了眨眼睫毛，是 I Love You 的摩斯码。

眼睑越来越重，原来死是这样的。

“失控的电梯”带着我不断向下，奇怪，没有轰的一声巨响，停住，悬在一个不可名状处。此处无限大，又极细小。有一望无际的地平线，亦有一个果壳宇宙。是刹那，亦是心头明悟处。我起身前行，一切疑虑随我之履痕所及缓缓散去，露出被云雾与湿气遮住的狭长山谷。这个世界，原来有如此澄清之时。青木接天，碧草铺地，其间多有异果，甘美鲜香。有数只通体雪白的独角兽于林间缓行。一束光穿过林叶，洒落下金黄。

我看见了许姜、李芳、吴倩，她们的身子是半透明的，在路边的檫木树丛中，像蝴蝶，其大如燕，亦像肩上有翅的精灵，光彩溢目。我点头致意，继续向前。前面是鹿野、小羽、女老师（她的真名叫何招娣）。我看见了。她们的身子是透明的，又有奇异的丰腴肥沃。她们在悬崖下的水潭边沐浴，是那样美，宛若是天上的神祇。

后记

1

写完了一个长篇的草稿，《人间值得》，Word 字数 27 万。

像在悬崖陡壁上，对着虚空撸了一发。

天空中庞大又稀薄的云层，深夜里寂静幽深的森林，月光下那些带奇异声响的树枝所呈现出的迷人线条，遥远处那团由万千魂灵所构成的璀璨灯火，以及随着量子涨落而涌现的一个肉眼难以察觉的玻尔兹曼大脑……这些似乎都是我。

我所渴望的是人的灵魂，不管是苦的咸的甜的还是金属味道的。我渴望把它们塞在嘴里，用牙齿咬碎，用舌头喉咙大肠十二指肠细细品尝，品尝着人的味道。

我的身体里有龙。我说过。龙是什么？

是兽。我的身体里面有一头饕餮怪兽。我知道。

如果不能降服它，我迟早要被它吃掉，连渣都不剩。舌尖有龙的血。极腥。我越来越意识到，写字是我降服它的唯一手段。只有写，不断地写，才能让我与它彼此豢养。

体内有满足感，又混杂着古怪的虚无感。

犹如眼前这逶迤山脉，云层之间那条鳞甲箕张的龙。

活着的人啊，我要明明白白指出你们皮囊下的恶，你们内心的疯狂、纯真与残酷。

我是你们的血，你们的肉，你们的骨。我从来没有像今天这般清晰地感受到这一点。“你们，是我所有的脸庞。”——这是我的荣幸，亦是痛苦的渊薮。

2

说人话。

我很迷恋写字时进入的那个“时刻”，脑子里云蒸霞蔚，时有异兽咆哮。又或神魂超拔，眼耳口鼻舌皆被一种极深刻的宁静占据，肉身被一只看不见的大手托举至高处。近似宗教体验。不过，老陷身于此，也不好。这是“我”的喷薄汹涌，如破晓之日。不管用哪种人称代词书写，仍是用“我”的目光丈量世间万物，还是在日光照耀下。太阳底下无新事。老说“我”这个词，挺乏味的，会遭天谴的，比如本书主人公。

要有“他者”。

我与他者才能构成一个具有流动性的有机系统。一个黑白互生阴阳互根的整体性景观。懂得了我，才会有勇气与自信，以及智慧。主体有，万物才有。“我之履痕所及，才有奇妙动人。”理解了他者，才会有深情，看见世界的壮丽辽阔，看见山河大地齐齐震动。继而看见穹顶之下那个磅礴恢宏的意志。明白，所谓“我”，即这个贯穿于人类史的庞大意志中的一个细胞，凋零有时，荣耀有时。

这部小说的外壳是弑父。是愤怒。倒不是俄狄浦斯情结在作祟，而是：

“父亲”是来处。人要前行，就得有这个勇气把前浪拍在沙滩上。

才可能有一个以星辰大海为舞台的澎湃未来。

活在“父亲”的阴影里，就是活在地表的一个黑洞里。这种“活”，不管他们手上戴着多么高级的腕表，又住着多大的房子，声称内心的幸福指数已然爆表，我看不出与丧尸有什么区别。要有否定。哲学上最基本的“否定之否定”，即弑父。

这本小说也不仅是弑父。

这样的书太多，图书馆里都快摆不下了。包括《1984》之类反乌托邦的小说，还是弑父的原型及相关套路的敷衍铺陈。弑父没有什么了不起，一根愤怒的中指，一个 V 字手势，就行了。弑父之后，让百兽震惶的乳虎，又要变成那只额头有个王字的讨厌的大老虎。

我不喜欢这种勇士化身为恶龙的陈词滥调。

更重要的是：我觉得所谓五千年文明史，都是在父亲的注视下。宛若一个钟摆，已经到了彼之顶端。我想，是到了钟摆朝另一侧晃去的时刻。

随着脑力对体力的取代，女性将崛起，将主宰，将构建一个崭新的社会形态，成为新结构的奠基者，新规则的制订者，新律法的阐述者，新秩序的捍卫者。那些把她们定义为“第二性”的女性特征，要被扬弃。什么是女性，会被重新书写，定义。

她们将是一个新物种。比如小说中尚在化茧成蝶的朱璇。她是希望所在。

我愿意祝福她们。所以让男主选择了心甘情愿。

这部小说 99% 的内容都是男性倾向的，像一个熵增的肥皂泡，像这个不断膨胀的宇宙，让人绝望；然后，那 1% 的内容，是对女性的赞歌，犹如一根针，在上面扎了一下。

嘭。我喜欢这种感觉。

（闲话：小说完稿后，私下请几位朋友帮着挑些 Bug。有鼓励的，说是“今天的《狂人日记》”，“这个时代的《恶之花》”，“用《水浒》的率直与粗鲁，写了半部《金瓶梅》”等等。也有批评的，说是“道德败坏，是对读者心灵的戕害”。戕害两个字我不认可，不过不必解释。有个问题得解释下。用一个女性朋友的话来说，“这个作品非常男性化，荷尔蒙爆棚，没有给女性读者一点空间”。说得比较委婉。还有个女性朋友打电话说，看了开头数页，觉得被冒犯了，看不下去，想把书扔掉。怎么说呢，觉得委屈。只好请她俩多点耐心，坚持把书看完……妇女之友，是我的人生底色啊。）

这部小说还算是一个恶棍的生成史，一个自我认知的焦虑史。

一个坏人，一个从底层爬起不择手段的人，一个为非作歹毫无礼义廉耻的人，一个把道德从人生词典里删去的人，一个心狠手辣罔顾他人感受的人……种种恶行，罄竹难书。

但，他的生命意志与生命能量足够大，是一条恶狼在月光下的长嗥。而他最终也意识到，他真正梦寐以求的，不是事业（金钱）与爱情（美女），而是这声“长嗥”！

我读过车载斗量的书，体内已有四十五条年轮，越来越意识到一个问题：

人子的光，可能就在于这声长嗥中，与善恶无关。

当然，可恨之人亦有可怜之处。这可怜是他不想让人看见的，不能看见的。至于这个“自我认知的焦虑”，这是我们这个流动的现代社会的普遍性问题。中国的这四十年改革开放，有太多的悬崖瀑布，太多的旧貌换新颜。以往的世界，不断消失。在这个由工具理性建构的新现实里，人都要重新面对“我是谁，我从哪里来，要往哪里去”这个古老的问题，并求解。

这部小说还是一个男人和七个女人的故事（这样说真是有点恶俗）。七个女性，七层隐喻，七道门，七种照亮。她们，共同构成那个“唯一的真实”，构成了一个短暂有限的生命长度里的诸多起承转合，构成了《人生的七个阶段》。是开始，扭曲与生长、高潮时的唱念做打，以及不可避免的凋零。我喜欢七这个数字。七日为一礼拜。这是时间的循环往复；七，又是“阴阳加五行”，这是中国人对天地宇宙的认识。当然，还有七宗罪。贪婪、傲慢、淫欲、嫉妒、懒惰、猜疑、暴怒。七宗罪不是人的错，皆有人之真性蕴藏其中，相对应的是：渴望、自信、性爱、进取、安静、好奇、力量。

把小说草稿发给一个朋友看，说开始读的时候，是那种手指尖划过嘴唇时的快感；接着起了一身鸡皮疙瘩，要哆嗦；紧接着，就有了颅内高潮。

我挺喜欢颅内高潮这四个字，我在写的时候也有。

各种机缘，我有幸尝过中国各地的不少美食，但我觉得最好吃的莫过于人的灵魂，尤其是那些伤痕累累的灵魂，味道真是太棒了。而那些喉咙里有过这声长嗥的灵魂，那就是龙肝凤髓。

3

有朋友问了一个问题，觉得很有意思。

即：你为什么会从《众生》这种云端之上的结构体，回到地面写一个当代恶棍呢，这是不是在蹈余华那批先锋作家“回到现实”的旧路？

还真不是。这个世界上有很多种价值体系。在我心里，最高的是自由。这两个字是神的灵运行在水面上。什么是自由？对这个问题的回答,几个T的硬盘也装不下。我也说过,“自由即牢笼”。这话的潜台词是：所谓自由，必定存在于“笼子、笼中之人，以及人打破笼子”这三者之间。

公司是笼子，法律是笼子，名利是笼子，爱与恨是笼子，性别与肉身是笼子，地球是笼子，光阴是笼子……要意识到笼子的存在，所以佛陀说人生是苦。要意识到笼中之人的普遍性（特殊性在于你是选择做笼中之虎，还是选择做笼中之鸟。感知自由的第一步，即选择。无选择，无自由），更要有这个勇气去打破笼子。

笼子是不一样的。一种是具象的，相对来说，比较好打破。职场可以跳槽，自有留爷处；婚姻可以解体，从头再来。法律可以修订，恶法非法。我们也有阿波罗登月计划与已经飞了二百多亿公里的旅行者1号。包括性别，同样可以打破。另一种是抽象的，是孕育出人这种奇妙生物的母体，很难在一个实证层面被打破。比如名利这个笼子。它其实是人的血肉。看淡可以，要彻底摆脱,除非你能把肉体脱了去。再比如光阴这个笼子,也只能是“大块假我以文章”。不管是哪种笼子，要想打破，必然会血流涂地。没有哪个笼子不咬人，有的笼子咬的还是人的三魂七魄。

正因为“难”，“打破”这个行为，就有了比希腊悲剧更高的美学价值，能在思想层面打开了一个多重宇宙，自由这束光才能真正得到显现，照耀魂灵。

《众生》系列是对传统小说固有疆域的打破。从文体结构此层面来说，是从地面到云端的一跃。这个跃起是自由的（是否到了云端，另说）。还是觉得不痛快。《众生》里的人，他们的行为逻辑，基本上还是践行着人们所熟悉的那套伦理道德。他们也作恶，对恶是有愧疚与负罪感的。文本的结构与思想，也在某种程度上遮蔽了人的魂灵。

我想回到人这个主体。曾在某篇文章中看到一个观点(大意):人是自由的生物，而自由是有风险的。人有了自由的意志，恶也随之变成可能。

深以为然。不仅是可能。如果说自由是人类生来就有的权利，是至善;恶即由此孕育而生。一旦消灭了恶,自由就必无容身之所。又或者说，如果我们追求自由，我们就必须承认：恶是不可避免，并且是必需的。恶是打破笼子的必要手段，有时，甚至是唯一的手段。我想写一个“作恶，并且有能力对恶进行思辨”的人。写一本关于自由与恶之辨证关系的书，纯粹就是生命力的咆哮。写得确实很嗨。

对了，还有个朋友写了一篇读后感，曰：

这是一部极具特色的以见微知著的方式集中展现中国当代基层社会生活的原创长篇力作。作者黄孝阳，70后实力派作家，生活阅历丰富，被莫言誉为“以小说包罗万象，妙语丛出，佳句联翩，想象力惊人”的作家。作品具有现实主义创作特色，接地气，有温度。在描摹精当的艺术表现中，人性之幽微处纤毫毕见，作品立意之高迈卓绝令人激赏。作品以小人物展现大格局，无论张三，还是女老师、小羽、许姜、鹿野、李芳、朱璇、吴情……他和她们，都是人间大幕上灵魂带伤的舞者。历经磨难，仍坚守善良本性。

小说讲述了小人物在大时代洪流中的奋斗史，时代感很强，勾勒出20世纪80年代至本世纪初的风云变迁，血肉丰满，饱满多汁。小说从平凡处透视出深沉恒远的人性光芒，彰显智者的博大胸襟和悲悯情怀。作品对于人性的挖掘与思考深入、绵密，在艺术表现手法上富于创新，体现了作者不断突破自我和寻找更高坐标系的雄心，同时在内涵与主旨上又圆融先锋与传统，无论乡情琐事或家长里短，作家皆能以智慧及冷静的目光打量，令人在春风化雨、润物无声的亲切叙事中，渐悟或顿悟世界的真相与人情的万千滋味。作品时代感很强，主题积极。

小说既张扬了作者百科全书式的写作风格，涉及各种领域的洞见和卓识穿插其间；同时，其又突破了作者原先工于雕琢结构的写作定法，以灵活而丰富的多种手法进行艺术表现，有鬼斧神工、浑然天成的艺术效果。作为多年来扎根现实创作的实力派作家，黄孝阳一次又一次把笔触扎根向生活的深处、现实的深处，在社会、历史与现实的纵深之地孜孜以求，笔耕不辍……

莞尔。

是为记。

2019年2月10日

图书在版编目 (CIP) 数据

人间值得 / 黄孝阳著. — 北京 : 北京十月文艺出版社，2019.10

ISBN 978-7-5302-1990-4

Ⅰ. ①人… Ⅱ. ①黄… Ⅲ. ①长篇小说—中国—当代 Ⅳ. ① I247.5

中国版本图书馆 CIP 数据核字 (2019) 第 185374 号

人间值得
RENJIAN ZHIDE
黄孝阳 著

出　版　北京出版集团公司
　　　　北京十月文艺出版社
地　址　北京北三环中路 6 号
邮　编　100120
网　址　www.bph.com.cn
发　行　新经典发行有限公司
　　　　电话（010）68423599
经　销　新华书店
印　刷　北京盛通印刷股份有限公司
版　次　2019 年 10 月第 1 版
　　　　2019 年 10 月第 1 次印刷
开　本　880 毫米 ×1230 毫米 1/32
印　张　18.25
字　数　340 千字
书　号　ISBN 978-7-5302-1990-4
定　价　68.00 元
质量监督电话　010-58572393
如有印装质量问题，由本社负责调换。